天地外國經典文庫

Brave New World
Brave New World Revisited

美麗新世界

[英] 奧爾德斯 · 赫胥黎 著
Aldous Huxley

陳超 譯

總序

香港是中西文化薈萃之地，文化以多元為主要特徵；人們讀的，既有四書五經、唐詩宋詞、胡適陳寅恪，也有聖經和莎士比亞、培根和狄更斯。香港文化發展史的重要內容是文化交流史。所謂文化交流，就是研究和介紹由外國先進思想衍生的普世價值，以及各國的優秀文學作品，作為發展本地文化的借鑒。用著名學者錢鍾書先生的話來說，就是「東海西海，心理攸同；南學北學，道術未裂。」[1] 翻譯家傅雷先生在〈翻譯經驗點滴〉一文中說：「中國人的思想方式和西方人的距離多麼遠。他們喜歡抽象，長於分析；我們喜歡具體，長於綜合。」[2] 可見，同為人類，中國人和西方人「心理攸同」；作為不同人種，他們的思維方式各有短長。香港各大學設英國語言文學系、翻譯系、比較文學系，文學院有歐洲和日本研究專業，目的就在於此。在這方面，香港有着足以驕人的成就。

茲舉一例。有學者考證，俄國大作家列夫．托爾斯泰作品最早的中譯本《托氏宗教小說》就是香港禮賢會出版的（時在清光緒三十三年即一九零七年），以此為嚆矢，托翁的著作以後呈扇形輻射到全國各地，被大量迻譯成中文出版，對我國文學界和思想界產生了深遠的影響。[3]

再舉一例，上世紀六、七十年代，香港今日世界出版社聘請了多位著名翻譯家、作家和詩人，如張愛玲、劉以鬯、林以亮、湯新楣、董橋、余光中等，迻譯了一批美國文學名著，其中包括《老人與海》、《湖濱散記》、《人間樂園》、《美國詩選》等書，到九十年代，這批書籍已成為名譯，由內地出版社重新印行，對後生學子可謂深致裨益。

為了持久延續這種交流，我們與相關專家會商斟酌，擬訂了引進「外國經典文庫」的計劃，盡可能蒐集資深翻譯家中譯外國文化（包括文學、哲學、思想、人文科學）經典的新舊版本，選粹付梓，給廣大讀者提供閱讀和研究參考的方便。

所謂經典，即傳統的權威性著作。它們古今俱備，題材多樣，以恢宏、深刻、精警見稱，在文學史、哲學史、思想史上具有崇高地位，迥異於坊間流行的通俗讀物。先期分批推出的二十種名著，簡述如下：

希臘哲學家柏拉圖的《對話集》，既是哲學名著，也在美學領域佔有重要地位，開了散文史上論辯文學的先河。

《莎士比亞十四行詩集》是西洋詩歌史上最深宏博大的十四行詩集。

愛爾蘭小說家喬伊斯短篇集《都柏林人》，由傳統走向革新。這位二十世紀最重要的作家之一，以其代表作、意識流長篇《尤利西斯》奠定了現代派文學的基礎。

英國女作家伍爾夫是運用「意識流」手法進行小說創作的先驅。她的長篇小說《到燈塔去》，以描寫人物內心世界見長，語言富有詩意。

勞倫斯是上世紀最具爭議的英國小說和散文家。他畢生以四海為家，著名的意大利遊記選《漂泊的異鄉人》，對當地風土人情的描寫繪影繪色，《不列顛百科全書》盛讚為具有「畫的描繪、詩的抒情、哲理的沉思」。

英國小說家赫胥黎的長篇《美麗新世界》，與奧威爾的《一九八四》、俄國作家扎米亞金的《我們》，被譽為文學史上三部最有名的反烏托邦小說。

奧威爾的《動物農場》與《一九八四》同為寓言體諷刺小說名著，在現代外國文學史上迄今仍享有盛名。

英國小說家毛姆的長篇《月亮和六便士》，以法國印象派畫家高庚為人物原型，刻劃的角色人情練達，冰雪聰明，筆致輕鬆流麗，幽默感人。他的另一小說《面紗》，雖非代表作，卻是以香港為背景的經典，而且二零零七年經荷里活改編為電影（譯名《愛在遙遠的附近》），頗值得注意。

小說家歐·亨利的《最後一片葉子》是膾炙人口的短篇集，作者堅持傳統寫作手法，享有「美國短篇小說創始人」之譽。

美國作家海明威的中篇小說《老人與海》，因「精通敘事藝術以及對當代風格的有力影響」榮膺一九五四年諾貝爾文學獎。他上世紀長居巴黎時構思的特寫集《流動的盛宴》，體裁略有不同，表現了含蓄凝練、搖曳生姿的散文風格。

法國存在主義小說《鼠疫》和《局外人》，冶文學和哲理於一爐。作者加繆與同為存在主義作家的薩特齊名，是一九五七年諾貝爾文學獎得主。

意大利作家亞米契斯的兒童文學作品《愛的教育》，早年由民初作家夏丏尊從日譯轉譯為中文，是當時傳誦一時的日記體文學作品；夏氏是我國新文學的優秀散文家，譯文暢達，此書初版迄今，在兩岸三地屢屢重版。

作為西方現代派文學鼻祖，奧國作家卡夫卡的小說《變形記》，荒誕離奇，寓意深刻，揭示了社會中的各種異化現象。

風格大不相同的兩位日本作家的作品：被譽為「日本毀滅型私小說家」代表人物太宰治的《人間失格（附〈女生徒〉）》；與川端康成、谷崎潤一郎等唯美派大家齊名的永井荷風的散文集《荷風細雨》入列，為文庫增添了東方文學的獨特風采。《泰戈爾散文詩選集》雖然詩制精悍短小，但給予中國早期新詩的影響，我們卻可以從胡適、徐志摩、冰心等人的小詩中窺見它的痕跡。

考慮到歷史、語言和讀者熟悉與接受程度等原因，以上品種還較集中於英美日經典，其他如古希臘羅馬、印度、德、法、意、西班牙、俄羅斯乃至別的亞洲、非洲、拉丁美洲國家的精品尚待增補。我們希望書種得以逐年擴大，使「文庫」成為一套覆蓋寬廣、姿彩紛呈的外國文學寶庫，更有力地促進本地文化與世界各國優秀文化的廣泛互動，加速新時期本地文化的向前發展。

末了，對於迻譯各書的專家和結合本地實際撰寫導讀的學者，謹此表示由衷謝忱。

天地外國經典文庫編輯委員會

二零二一年一月二十日修訂

註釋：

[1]《談藝錄．序》，中華書局（香港）有限公司，一九八六年版。

[2]《傅雷談翻譯》第八頁，當代世界出版社，二零零六年九月。

[3] 戈寶權〈托爾斯泰和中國〉，載《托爾斯泰研究論文集》，上海譯文出版社，一九八三年版。

目錄

導讀

「美麗」？新世界

人類的外表在過去數千年間沒有增多或減少一頭半臂，但生活模式則隨着科學和技術發展而改變不少，可說是生活的進化。從前無法預知未來數週的天氣，無法隨時接收世界各地的資訊，現在即使突然要去一個陌生地方，只要打開手機，衛星定位自然會為我們引領方向。減少生活中的未知數，促使我們控制好生命中的各樣細節，社會繼而變得穩定、完善和具效率，儼然是一個人所共想的烏托邦。

奧爾德斯·赫胥黎家世顯赫，祖父湯姆斯是生物學家，父親里奧拿達是詩人兼作家，哥哥朱利安除了是英國現代生物學權威，也是聯合國文教組織第一任秘書長，弟弟安德爾更獲得諾貝爾醫學獎。生於這樣的家族裏，赫胥黎一開始也矢志從醫，惟不幸於一九一一年患上角膜炎，導致短暫失明數年。這次病患使他免於一次大戰服役，並決定轉而修讀英國文學，踏上成為偉大作家的道路。這些背景，叫人不難理解修讀文學的赫胥黎何以能寫出《美麗新世界》這部蘊含豐富生物科學元素及概念的小說。這部小說於一九三二年發表，作者身處飽經憂患的二十世紀前半葉，正值兩次世界大戰之間的歐洲，體驗工業革命後科學和技術的急速發展，想像（或預期）人類日後的生活，討論起一個他不會存在其中的「美麗新世界」。他既無法享受筆下的「快樂」生活，也不會遭受高科技對他的嚴密監控，大可不必操心這個沒有自己的未來世界。然而，赫胥黎還是將那份擔憂寫了出來，反映他對人類思潮及未來理想更迭的高度關注。

生命是社會的根源，而社會的運作是由人類的行為所組成，越能操控或限制各種人類生活的行為和細節，生命裏的一切則更易掌握，降低因意外而產生的成本，社會則會安全、穩定和具有效率。社會通過建立類似小說中「人人為我，我為人人」的集體意識，減少個人因素帶來的不穩，維持整體的穩定，從而保持個人生活、生命的穩定性，標籤任何配合集體意識的行為和精神皆為「文明」的表現，而着重個人意志則被視作不文明的野人，只因他們可能動搖社會的穩定性，導致此等「文明」的終結。追求穩定的「大同」秩序，彷彿是構想烏托邦中不可或缺，甚至是唯一重要的部份。赫胥黎以科學技術控制生命的孕育作「美麗新世界」的開端，世界踏入福特取代基督的紀元，意味人類自認為擁有媲美神創造生命的能力，監控人類的出生，甚至按社會需要塑造各人的喜惡和興趣，孕育符合社會標準的人類，確保新生命長大後的行為不會影響社會利益和大眾福祉。現實世界中納粹德國採取的優生學概念，可說試驗了赫胥黎書中所預料和擔憂的「文明」狀況，可怕地成為二次大戰中種族屠殺的依據。這樣的世界，又是否符合人類的集體福祉？

一個講求整體穩定的社會，要求人類的感情投放到集體，強調分散感情和縱慾，放大官能愉悅的重要性，以免深厚的關係會產生激烈情感，影響社會穩定。專一的愛情和一夫一妻的道德觀於是變得不合乎社會需要，就像芬妮對萊妮娜的勸籲，「一直這樣子只和一個男人交往很不好」，「你知道主任非常反對感情強烈或長久的關係」。情感是社會上最不穩定的因素，在一個連情感也處於被高度控制的社會，宗教、哲學和文學等對人類情感有着重要影響的作品，亦被定義為不文明的禁書，熱衷莎士比亞作品的讀者是一名「野人」，我們當下認為美好的事物，到那時候皆可能被列作違禁品，以成就社會的穩定，實在是極大的諷刺和荒謬。可是，人類終究有空虛軟弱的時候，內心總會泛起幅度不一的漣漪，而沒有了深厚感情、宗教和文藝作品的精神支援，這個「美麗新世界」到底剩餘甚麼來填補個人意志和心靈的缺漏呢？小說提出的是「蘇摩」——藥物將主宰新世界的情感，避免正面面對個人的情緒，及免除抑壓個人感受所帶來的痛苦，達到忘我的愉悅境界。社會一一剔除各種影響個人情感的元素，個人意志被壓縮到極致，建立穩定而沒有煩惱和危險的美好環境，邁向一個人類盡皆嚮往的烏托邦。

「美麗新世界」到底是誰人眼中的美麗呢？「美麗」是難以一致的概念，每人對美的標準本就不盡相同，同樣的經歷給予不同人的幸福亦總有偏差，企圖劃一，那是將部份人眼中的美麗強加於他人，即有人必須放棄自己所追求的美麗，以配合或遷就他人的標準，是集體意志淩駕於個人感受。故事中的野人對新世界的「美麗」是予以否定的，他寧可承受情緒起伏的煎熬，拒絕服用蘇摩。在他而言，世界的美麗和人的幸福，包括了宗教、哲學和文藝，以及情感的自主，與社會高度控制生活細節產生明顯對立。從而看來，「美麗新世界」的美麗無法滿足所有人，這個叫人憧憬的書名所蘊含的不可能性，實在非常耐人尋味。小說安排主宰者與野人進行深刻的討論，一場「穩定」與「自主」的思辨，令這個看來只是以人類未來作背景的科幻故事，推向哲學層面——人們所嚮往的烏托邦、所追求的「美麗」究竟是甚麼？

「美麗新世界」源自莎士比亞《暴風雨》一劇，女主角米蘭達自小生活在與世隔絕的孤島，當她初見身穿錦衣華服的人們時，看不到他們內心的醜惡，脫口讚道：「人類有多麼美！啊，美麗新世界，有這樣的人在裏頭！」我們在小說中看到人類受益於先進的科技，使生活看來變得如此美好。與此同時，科技牢牢掌握人類的生活，人類彷彿不過是軟禁在社會中的普通生物，跟動物園裏被妥當照顧的動物沒兩樣。「美麗新世界」中，最具自由的只有主宰者，他可以在自己的房間擺放被禁的莎士比亞著作。主宰者的自由建立在民眾的「穩定」之上，是一般民眾所看不到的醜惡，作者藉此呈現他對「美麗」背後的擔憂，當科技到達一個可以輕易掌控人類的生活和思想的水平，隨之而來的道德問題，人類是否可拿捏好當中的利害關係，避免高科技只淪為獨裁者統治武器？

今天，我們活在比赫胥黎那時更先進的世代，這個新世界有着怎樣的「美麗」呢？下一代身處的環境又會否比我們當下更「美麗」呢？赫胥黎在一九四六年的〈再版宣言〉中談及他希望的未來景象，「科學和技術的運用猶如安息日，是為人而造，並不像現在，或更像美麗新世界般，由人去適應它們，被它們奴役」。科學和科技如許多事物一樣是雙面刃，關鍵就在於人的取態。二次大戰結束於新型武器的誕生，那兩枚原子彈諷刺地讓世界重回平靜的軌跡。核能為人類生活提供更理想的條件，也代表一項新的威脅，就如早年的切爾諾貝爾和近年福島核電廠事故，而更甚者是擁有先進核武器的國家可能為世界帶來的戰爭災難。現代監察系統日趨先進和完善，人類的生命和財產則看來更安全，同時亦對個人的私隱和自由構成威脅。雖然赫胥黎對科學與科技發展抱持開放態度，他於一九五三年曾親身參與實驗，試用一種叫「美斯卡靈」的新藥劑，從而了解其作用，但經歷兩次世界大戰和目睹冷戰時代的來臨，擁有權力的人藉把持科學和技術進一步走火入魔，更多管治趨向極權化，個人自由越縮越小，將世人推向一個極端的境地，促使他預告：「這種恐怖狀態或許不需一個世紀就會降臨我們身上。」現在我們這些後人所見，他的預言實非杞人憂天，令《美麗新世界》如此充滿警世意味的作品顯得更為重要，並與喬治．歐威爾（另譯：奧威爾）《一九八四》、薩米爾欽（另譯：扎米亞金）《我們》兩部著名的反烏托邦小說一樣，向我們這些現在和以後活在「新世界」的讀者揭示對未來的憂慮和關注，提醒人類以免沉溺在科學和科技帶來的方便和愉悅，任由一些本來美好的事物趨向崩壞，必須在科技與自然、集體穩定與個人自由之間找到並存的中和點。

不然，當世界崩壞到一個無可救藥的地步時，我們餘下的就只有坐以待斃。

李家豪

李家豪，香港中文大學文學碩士，入選文學院「院長嘉許名單」（二零一一）。曾獲二零二零年中文文學創作獎小說組優異獎，以筆名賈餘獲第四十八屆香港青年文學獎小說高級組季軍。火苗文學工作室成員。文章散見報刊雜誌。

烏托邦似乎要比我們原先所相信的更加容易實現。現在我們意識到自己正面臨另一個令人擔憂的問題：我們如何去阻止烏托邦實現……烏托邦是可能的，生活正朝烏托邦奔去。或許一個新的時代正在開始，在這個時代裏，知識分子和文化階層在想方設法逃避烏托邦，希望回歸到不那麼「完美」但更加「自由」的非烏托邦社會。

——尼古拉．別爾嘉耶夫[1]

註釋：

[1] 別爾嘉耶夫（Nicolas Berdiaeff, 1874-1948），俄國宗教哲學家，基督教存在主義的代表人物。試圖把合法的馬克思主義與新康德主義結合起來，最終轉向基督教末世論，一九二二年被蘇聯政府驅逐出境，著有《自由與精神》、《論人的命運》、《俄國共產主義之起源》等。此段引文原文為法語。

《美麗新世界》作者序

所有的道德家都認為長久的悔恨是最要不得的情感。如果你做了壞事，感到後悔，作出能力之內的補償，下一次提醒自己要做得好一些就行了，但絕不能沉溺於自己的過失。在糞堆裏打滾並不能讓你變得乾淨。

藝術也有其道德準則，而這一道德準則的許多規定和尋常的倫理觀念的規定是相同的，或至少可以進行類比。譬如說，悔恨對蹩腳的藝術於事無補，就像悔恨對糟糕的行為於事無補一樣。我們應該找出不好的地方，承認它，如果可能的話，在以後去避免它。耽於二十年前的文筆缺陷，嘗試對第一次創作時未能寫好的作品修修補補，希望讓它臻於完美，人到中年的時候再去嘗試彌補年輕時的另一個自己犯下並遺留下的藝術上的原罪——所有這一切可以肯定地說，只會是徒勞無功。這就是為甚麼這本新版的《美麗新世界》和舊版的《美麗新世界》內容相同的原因。作為一部藝術作品，它有很多缺陷，但如果要彌補這些缺陷，我得將整本書重寫——在重寫的過程中，作為一個年紀更大一些的另一個我，或許在克服故事裏的一些缺陷的同時，原本它所擁有的優點也會被摒棄。因此，我抵制住了誘惑，不沉溺於藝術上的悔恨，寧可讓它的優點和缺陷都得以保留，並去思考別的事情。

但是，與此同時，似乎有必要對這個故事的最嚴重的缺陷進行探討：我只賦予了野人兩種不同的生活——在烏托邦世界裏的癲狂生活和在印第安村子裏的原始生活，後者在某些方面更人性化，但在其他方面同樣怪誕和荒唐。在創作這本書的時候，人類被賦予自由意志的目的是在瘋狂和愚昧之間作出選擇的這個想法讓我覺得很有趣，並認為那很有可能成為現實。但是，為了營造出戲劇化的效果，我總是讓野人說出比他所接受的撫養和教育更具理性的話。他是在一群奉行一半的內容在倡導生殖崇拜，另一半的內容在倡導殘忍的苦行的宗教的踐行者中長大的，即使他熟讀莎士比亞也並不表示在現實中他能說出那些話來。當然，在結局裏，我寫到他失去了理智，苦行的信念重新主宰了他，他的下場是瘋狂地折磨自己和在絕望中自殺。「於是，他們在悲慘中死去。」——讓這則寓言的作家，那個樂呵呵的懷疑論審美家感到安心。

今天，我並不是想表明神智健全是不可能實現的。恰恰相反，雖然我仍像以前那麼悲觀，認為神智健全是一種相當罕見的現象，但我堅信它是可以實現的，並且希望更多的人神智健全。我在最近幾本作品裏闡明了這一點，並編撰了一本智者關於神智健全這個主題所說過的話及如何去實現它的所有方式，但一位知名的學術批評家仍對我說我是在危機時刻知識分子階層陷入失敗的一個可悲的例子。我猜想他是在暗示他自己與他的同仁才是歡樂的成功的象徵。人類的造福者值得被推崇和緬懷。讓我們為教授們建造一座萬神殿，建造的地點應該設在歐洲或日本某座被摧毀的城市的廢墟中間，在靈骨塔的入口上，我會用六或七英尺高的字母刻下這個簡單的句子：「向全世界的教育者致以神聖的紀念，環視四周，豐碑永存。」

但讓我們回到未來……如果現在我要重寫這本書，我會賦予野人第三條道路。在烏托邦和原始社會這個兩難境地之間，將會有保持健全神智的可能性——在某種程度上，這一可能性已經實現了，離開美麗新世界的被放逐者和難民組成社區，生活在保留區內。在這個社區裏，經濟的運作在按照反集權主義和亨利．喬治[1]的理念進行，而政治的運作則按照克魯泡特金和合作社主義者的想法進行。科學和技術會被利用，但就像安息日那樣，它們是為人類而設的，而不應該是人去適應它們和被它們所奴役（這正是當前的情況，而在《美麗新世界》裏更是變本加厲）。宗教應該是有意識地理智地追求人類終極目標的過程，追求高屋建瓴的天道或邏各斯和超凡脫俗的神格或梵。主流的生命哲學應該是高度功利主義的哲學，至樂的準則應該讓位於終極目標的準則——在生活中的每一次事件中要提出並回答的首要問題應該是：「這個想法或行動是否有助於我和盡可能多的個體去實現人類的終極目標，還是妨礙它的實現？」

野人在原始的環境下長大（在那本假想中的新的版本裏），直到他有機會親身了解到由追求健全神智的自由合作的個體所組成的社會的本質之後才被帶到烏托邦世界裏。這麼一改，《美麗新世界》將實現藝術意義上（如果能將一個如此宏大的詞語和一本小說聯繫在一起的話）和哲學意義上的圓滿，而這顯然是當前這個版本所欠缺的。

但《美麗新世界》是一本關於未來的作品，無論它的藝術品質或哲學意味是甚麼，一本關於未來的作品只有在它的預測似乎可能會實現的情況下才能引起我們的興趣。在現代歷史的斜面上又下滑了十五年後，站在當前我們的有利位置，它的預測是否符合事實呢？在這段充滿痛苦的時間裏發生了甚麼事情，證實了或證偽了在一九三一年所作出的預測呢？

你立刻就會發現一個明顯而且重大的預測失敗。《美麗新世界》沒有提到原子裂變，而這確實是很奇怪的過失，因為開發原子能的可能性在這本書創作之前就已經是一個熱門的話題。我的老朋友羅伯特．尼克爾斯[2]甚至就這個主題創作了一部成功的戲劇，我記得自己還在出版於二十年代末的一本小說裏簡略地提到過這個話題。因此，如我所說，我們的福特紀元七世紀的火箭和直升機不是用原子裂變供應能源似乎很荒唐。這個疏忽或許不可原諒，但至少可以很容易解釋清楚。《美麗新世界》的主題並不是科技的進步，而是科技的進步對人類個體的影響。物理、化學和工程所取得的勝利被視為理所當然心照不宣的內容。唯一專門進行描寫的科學進步是應用於人類身上的未來生物學、生理學和心理學的研究結果。只有借助生命科學的手段，生命的質量才能被深刻地改變。物質科學可以被應用於毀滅生命或使得生活變得極其複雜和痛苦，但除非作為生物學家和心理學家的手段，它們並不能改變生命的自然形態和表達。原子能的開發開啓了人類歷史的一場大革命，但並不是最具深刻意義的最終革命（除非我們將自己炸得粉身碎骨，從而終結了歷史）。

這場真正具有革命意義的革命將不是在外部世界而是在人類的靈與肉中實現。薩德侯爵[3]生活在一個革命的年代，自然而然地，他以革命的理論去合理化解釋他獨特的癲狂。羅伯斯庇爾只實現了政治層面的最膚淺的革命。巴貝夫[4]嘗試進行更加深入的經濟革命。薩德侯爵認為自己的革命具有真正的革命意義，而不只是政治層面和經濟層面的革命——那是影響到每一個男女老少的革命，他們的身體自此將成為所有人共同擁有的性財產，他們的思想中天生的體面觀念和傳統文化辛辛苦苦進行灌輸的禁忌將被滌盪一空。當然，虐待狂和具有真正革命意義的革命之間並沒有必要的或不可避免的關聯。薩德侯爵是一個瘋子，他的革命的目標是讓全世界陷入混亂和毀滅。統治着美麗新世界的人或許神智並不健全（以這個詞語的絕對含義而言），但他們並不是瘋子，他們的目標並不是無政府狀態，而是社會的穩定。正是為了實現穩定，他們才通過科學手段發動了最終的、個體性的、真正具有革命意義的革命。

但與此同時，我們正處於或許是倒數第二次革命的初始階段。下一個階段將可能是原子彈戰爭，到那時候，我們就不用去預測未來了。但可以想像，或許我們擁有充份的理性，即使不能完全避免戰爭，至少能夠像我們十八世紀的祖先那樣理性行事。三十年戰爭那難以想像的恐怖情景是對人類的一個教訓，之後在一百多年的時間裏，歐洲的政治家和軍人有意識地抵制動用武力去實施毀滅或（在大部份衝突裏）直至將敵人徹底消滅為止的無休止的戰爭。當然，他們仍在發動侵略，貪婪地覬覦利益和榮耀，但他們也是保守主義者，一直決心不惜代價保全自己的世界。過去三十年來，保守主義者不見了，只有左翼和右翼的激進民族主義者。最後一位保守主義政治家是第五任蘭斯道恩侯爵[5]，在寫給《泰晤士報》的一封信裏，他表示第一次世界大戰本應像十八世紀的大多數戰爭那樣以妥協而結束，但這份曾經奉行保守主義的報紙的編輯卻拒絕刊登這封信。當時是激進民族主義者得勢，而結果我們都知道了——布爾什維克主義、法西斯主義、通貨膨脹、大蕭條、希特勒、第二次世界大戰、歐洲的毀滅與全世界的饑荒。

那麼，假設我們能夠像先輩從馬格德堡[6]中汲取教訓那樣從轟炸廣島汲取教訓的話，或許我們可以度過一段雖然沒有和平但只有局部性而且不具備徹底毀滅性的戰爭的時期，而原子能將會在這段時期被應用於工業。顯然，結果將會是一系列迅速而徹底的經濟和社會變革。人類生活所有的現有模式將會被打破，新的模式會應運而生以適應原子能這個非人類的因素。原子能科學家就是穿着現代服飾的普洛克路斯忒斯[7]，他們將準備好人類將不得不躺下的床。如果人類無法適應那張床——嗯，對於人類來說那可就太糟糕了。有的人會被拉長，有的人會被截肢——這種拉長和截肢的做法自科技的應用高歌猛進以來就一直在進行，只是這一次它們會比以前更具戲劇性。這些痛苦的行動將會由高度集中的極權主義政府主導。這是不可避免的，因為短期的未來和不久前的過去是相似的，而在不久前的過去，在大規模生產的經濟和絕大多數人都是無產者的人口中所發生的科技的迅速改變總是會導致經濟和社會的動盪。為了克服動盪，權力已經被集中，政府的控制日益增強。即使在原子能得以應用之前，或許全世界的政府會徹底走向極權主義，而在原子能得以應用的期間及之後，可以完全肯定，它們將走向極權主義。只有大規模的反對集中化和倡導自助的群眾運動才能阻止當前邁向中央集權的趨勢。但目前並沒有這麼一場運動會發生的跡象。

當然，沒有理由認為新的極權主義會和舊的極權主義一樣。依靠大棒、火槍隊、人為的饑荒、大規模監禁、大規模遷徙而實施的統治不僅滅絕人性(如今沒有人在乎這些了)，而且是效率低下的體現——而在高科技的年代，效率低下就是褻瀆神明的原罪。在一個真正有效率的極權主義國家裏，為政治領導人服務的無所不能的幹部及其麾下的管理者大軍控制着一群不需要實施脅迫的奴隸，因為他們熱愛自己的奴役身份。讓他們愛上奴役就是安排給當前的極權主義國家裏宣傳部門的幹事、報紙的編輯和學校的老師的任務。但他們的方式仍很原始和不符合科學。耶穌會曾經誇口說，如果由他們負責一個孩子的教育，他們將能夠塑造那個人的宗教思想。但這只是一廂情願的想法。當代的教育家在塑造學生的反射神經方面的效率或許還遠遠不如教育伏爾泰的可敬的神父。宣傳工作已經取得的最偉大的成就不是讓被影響者去做甚麼，而是讓他們不去做甚麼。真相是重大的，但更重大的事情，從實際的角度看，是對真相保持沉默。極權體制的宣傳工作者只需對某些話題保持沉默，拉下邱吉爾先生所說的「鐵幕」，將群眾和政治領導人認為不好的事實或爭論隔絕開來，這對思想的影響就要比最雄辯的譴責或最不可抗拒的邏輯駁斥更卓有成效。但光是沉默並不足夠。如果迫害、消滅和其他社會摩擦的現象要得以避免的話，正面宣傳必須和反面宣傳同樣有效。未來最重要的曼哈頓計劃將由政府資助，對政治家和參與其中的科學家所說的「幸福的問題」進行探究——換句話說，讓人們熱愛奴役身份的問題。沒有經濟上的安穩，對奴役身份的熱愛就不可能存在。為了節約篇幅，我假定無所不能的幹部和管理者會徹底解決長治久安的問題。但安穩很快就會被視為理所當然。它的成就只是表層的外部性的革命。只有在對人的身心進行深刻革命的情況下才能實現對奴役身份的熱愛。要實現這一革命，除了其他手段之外，我們還需要下面這些發現與發明。首先，心理暗示技術的飛躍——先是通過嬰兒培育，然後借助藥物如莨菪鹼。其次，全方位的對人與人的差別的認識，使得政府能夠為任何個體分配他或她在社會和經濟等級體系中適合的位置。（圓鑿方枘將會帶來對社會體制有害的想法和煽動起他人的不滿。）第三，（因為無論現實多麼美妙，人們總是希望去度假。）酒精和尼古丁的替代品，能比杜松子酒或海洛因帶來更強烈的快感，而且危害更小。第四，（但這將是一個長期的計劃，需要經過幾代人時間的極權主義控制才能成功實現。）一個不會出錯的優生學機制，目的是使人類的繁衍實現標準化，協助管理者的任務。在《美麗新世界》裏，人類繁衍的標準化被渲染到了離奇的程度，但並非不可能實現。從技術手段和意識形態上，我們還要經過漫長的路程，才能實現瓶裝嬰兒和一組組的經過波卡諾夫斯基流程處理的半白癡。但到了福特紀元六零零年時，天知道還有甚麼事情是不會發生的。與此同時，那個更加幸福和安穩的世界的其他特徵——諸如蘇摩、睡眠教育和科學等級體制——或許再過三四代人就能夠實現。而《美麗新世界》裏的性濫交似乎也不是非常遙遠。美國幾座城市的離婚人數已經和結婚人數相當。無疑，再過幾年，結婚證將會像養狗證那樣被販賣，有效期為十二個月，而且沒有法律禁止換狗或在一段時間內養多於一隻寵物。隨着政治和經濟自由的消亡，性的自由會相應地增加作為補償。獨裁者（除非他需要炮灰和依靠家庭去殖民空曠或被征服的地區）會致力於倡導這一自由。這些，連同在藥物、電影和收音機的作用下做白日夢的自由，將有助於他的臣民接受命中注定的奴役。

考慮到這一切之後，似乎烏托邦比十五年前任何人所想像的離我們都更加接近。當時我預測它將在六百年後實現，今天看來，一個世紀內，那個恐怖的世界就將降臨到我們頭上，要是我們能夠不讓自己在這段時間裏被炸得粉身碎骨的話。事實上，除非我們抵抗中央集權和利用應用科學，不把它當作以人為手段的目標，而是締造自由個體的手段，否則我們只有兩個選擇：要麼是由幾個奉行民族主義的極權主義軍事國家，以原子彈的恐怖立足，結果是人類文明的毀滅（如果是有限度的戰爭，軍國主義將陰魂不散）；要麼是迅速的科技進步和原子彈革命所導致的社會混亂將促使一個極權主義超級大國的誕生，為了效率和穩定，世界演變成為一個好戰而殘暴的烏托邦。你付出了金錢，而且你將承擔起選擇的後果。

一九四六年

註釋：

[1] 亨利·喬治（Henry George, 1839-1897），美國哲學家、記者，曾進行土地改革和自由社會的實踐，代表作有《進步與貧窮》、《保護或自由貿易》等。

[2] 羅伯特·馬利斯·鮑爾·尼克爾斯（Robert Malise Bowyer Nichols, 1893-1944），英國作家、詩人、劇作家，代表作有《這就是我的歌唱》、《司芬克斯的微笑》等。

[3] 多納西安·阿方斯·弗朗索瓦（Donatien Alphonse François, 1740-1814），封號薩德侯爵，法國作家、詩人，代表作有《牧師與垂死之人的對話錄》、《臥室裏的哲學》等。

[4] 弗朗索瓦—諾爾·巴貝夫（François-Noël Babeuf, 1760-1797），法國政治活動家、記者，曾從事社會主義革命活動，後被法國政府逮捕並處決。

[5] 亨利·查爾斯·基斯·佩蒂—菲茨莫里斯（Henry Charles Keith Petty-Fitzmaurice, 1845-1927），第五任蘭斯道恩侯爵，英國政治家，曾擔任印度總督、國防部長、外交部長等職務。

[6] 在三十年戰爭中，馬格德堡曾被神聖羅馬帝國實施屠殺和洗劫，約有兩萬名居民被殺，城市被縱火焚毀。

[7] 普洛克路斯忒斯（Procrustes），希臘神話中的一個強盜，強迫被綁架的路人躺在他的床上，不夠床的長度的人會被拉長身子，超過床的長度則會被砍掉雙腿。

第一章

這是一座低矮的灰色建築，只有三十四層樓高。正門入口的上方寫着**中倫敦生育與培育中心**，在一面徽章上刻着世界國的格言：**集體、身份、穩定**。

底樓那個寬敞的房間面朝北方。儘管室內像熱帶一樣炎熱，整個夏天窗外卻很冷。一道微弱暗淡的光線從窗戶射入，飢渴地尋找披着布簾的人體模型或面容蒼白凍得起雞皮疙瘩的學術人士，卻發現只有實驗室裏的玻璃器皿、鍍鎳器皿和閃爍着清冷光芒的瓷器。四下蕭瑟交疊。那些工人們穿着白色的工作服，手上戴着死屍般蒼白的橡膠手套。燈光凝滯而死氣沉沉，像是一個幽靈。只有在顯微鏡的黃色鏡筒上它才折射出一絲生機。那些顯微鏡和擦亮的試管放在一起，像一塊塊美味的黃油，在工作台上擺了長長的一列。

「還有這間，」主任打開門，「是受精室。」

三百位受精操作員正俯身操作着儀器，生育與培育中心的主任走進房間時，在幾乎聽不到呼吸聲的安靜中是全神貫注之下不經意間發出的自言自語的喃喃聲或口哨聲。一群新來的學生可憐兮兮地跟在主任身後，他們都很年輕，朝氣蓬勃但閱歷尚淺。每個人都拿着筆記本，只要這位大人物一開口就忙不迭地做着筆記。這可是權威可靠的信息，機會難得。中倫敦生育與培育中心的主任總是很重視親自帶新生參觀各個部門。

「大致向你們介紹一下，」他向他們進行講解。因為他們當然必須有一些大致的認識，才能夠理智地進行工作——但還是知道得越少越好，如果他們想要成為快樂的社會好公民的話。因為眾所周知，具體就是美德與快樂，而概述則是思想上必要的惡。社會的骨幹不是哲學家，而是鋸木匠和集郵愛好者。

「明天，」他略帶威脅卻又親切地朝他們微笑着補充道，「你們將開始進行嚴肅的工作。你們沒有時間聽籠統的介紹。與此同時……」

「與此同時」，權威可靠的信息，機會難得，抄到筆記本裏。這幫男生瘋也似的抄寫着。

主任走進房間，他個子高瘦，但身材筆挺，下巴很長，牙齒大而凸出，當他沒有說話時，剛好被他那豐潤飽滿的嘴唇遮住。他是老是少？三十歲？五十歲？五十五歲？實在是很難辨認。反正在安穩的福特紀元六三二年這個年頭，你不會想到去問這個問題。

「我這就開始。」生育與培育中心的主任說道，那些學生更加熱切地在筆記本裏做着記錄：「這就開始。」他揮揮手，「這些就是培育器。」他打開一扇絕緣門，向他們展示一排排標着號碼的試管。「這個星期的卵子供應，」他解釋道，「以血溫進行保存，而男性的精子，」說到這裏他打開另一扇門，「它們必須以三十五度保溫，而不是三十七度。正常的血溫會殺死它們。裹得熱乎乎的公山羊可沒辦法配種生出羊羔。」

他仍然倚在向他們展示的培育器上，簡略地講述着現代受孕過程，那些鉛筆在頁面上匆忙地書寫着難以辨認的字跡。當然，首先是關於操作流程的介紹——「這是為了社會福利的志願行動，更何況它的獎金抵得上六個月的工資。」接着他繼續介紹讓被剝離的卵巢保持活性和積極發育的技術，然後談到理想溫度、衛生、黏度的通盤考慮，提到保存那些被提取出來的成熟卵子的液體，然後領着學生走到工作台邊，當場向他們展示如何從試管裏抽出這種液體並一滴滴地放置在經過特別加溫的顯微鏡的載玻片上，如何檢查裏面那些卵子是否有異常，如何計算數目和如何轉移到一個多孔的容器裏，（現在他帶他們去觀看操作）如何將這個容器浸泡在微溫的黏稠液體中，裏面有自由游動的精蟲——並強調最低密度是每立方釐米十萬條，經過十分鐘後，如何將這個容器從液體中取出來，對裏面的卵子再次進行檢查，如果有卵子仍未受孕，如何再次浸泡在液體中，如果有必要的話，再浸泡一遍。如何將這些受精的卵子放回培育器裏，阿爾法和貝塔的卵子得一直等到被裝進瓶裏為止，而伽瑪、德爾塔和埃普斯隆的卵子只經過三十六小時就又被取出來，進行波卡諾夫斯基流程處理。

「波卡諾夫斯基流程。」主任重複道，那些學生在他們的小筆記本裏劃了下劃線。

一個卵子，一個胚胎，一個正常的成年人。但一個經過波卡諾夫斯基流程處理的卵子會長出胚芽，會增生，會分裂，從八個到九十六個胚芽不等，每一個胚芽都會成長為一個形態完美的胚胎，每一個胚胎都將成長為一個正常體格的人。以前只能培育出一個人，現在可以培育出九十六個。這就是進步。

「基本上，」生育與培育中心的主任總結道，「波卡諾夫斯基流程包含了一系列對發育的抑制。我們阻止正常的生長，而吊詭的是，卵子的反應就是發育出胚芽。」

「反應就是發育出胚芽。」那些鉛筆匆忙地書寫着。

他指着一條緩緩移動的傳送帶，上面有一個擺滿了試管的架子，正進入一個大的金屬盒子裏，另一個擺得滿滿的架子正在出現。機器發出輕微的運作聲。主任告訴他們，試管要花八分鐘才能通過盒子。一個卵子最多只能承受八分鐘的高強度X光照射。有幾個死了，剩下的卵子裏面，最脆弱的卵子分裂成兩個胚芽，大部份卵子分裂成四個，有幾個分裂成八個。所有的卵子都會被送回到培育器裏，胚芽在裏面開始發育。兩天後突然將其冷卻以阻礙發育。兩個、四個、八個，那些胚芽自己又發育出了胚芽，然後用酒精將其幾乎毒死，接着它們又發育出胚芽——從胚芽再發育出胚芽再發育出胚芽——再進一步阻礙發育通常會導致死亡——然後就由得它們自然發育。到了這時，原先的卵子從八個變成了可觀的九十六個胚胎——你會認同這確實是一個驚人的進步。一模一樣的多胞胎——但不是舊式的胎生方式那種偶然性分裂的沒有實質意義的雙胞胎和三胞胎，而是一次性培育出十幾胞胎乃至幾十胞胎。

「幾十胞胎。」主任揮斥方遒地揮舞着手臂，似乎正在撒錢。「幾十胞胎哪。」

但一個學生傻乎乎地詢問這麼做有甚麼好處。

「我的好孩子！」主任一個箭步衝到他跟前，「你不明白嗎？難道你真的不明白嗎？」他舉起一隻手，表情肅穆地說道：「波卡諾夫斯基流程是社會穩定的主要手段之一！」

「社會穩定的主要手段。」

標準化的男人和女人，標準化的群體。一座小型工廠的員工可能就是同一個波卡諾夫斯基流程處理的卵子的產物。

「九十六個一模一樣的多胞胎操作九十六部一模一樣的機器！」他的聲音幾乎因為興奮而發顫。「現在你們知道自己置身於何處了。歷史上第一次，」他引用了世界國的格言，「集體、身份、穩定。」多麼偉大的言論。「如果我們能將波卡諾夫斯基流程無限制地進行下去的話，所有的問題都將得以解決。」

由標準的伽瑪，一成不變的德爾塔，整齊劃一的埃普斯隆得以解決。數以百萬計的多胞胎。大規模生產的準則終於被應用在生物學上。

「唉，但是，」主任搖搖頭，「我們無法將波卡諾夫斯基流程無限制地進行下去。」

九十六個似乎就是極限。七十二個是一個平均數目。由同一個卵子和同一個男性的精子盡可能多地孕育出一模一樣的多胞胎——那是他們所能做到的最好成績（遺憾的是，這並不是最優秀的成績），而就連這個也很難做到。

「因為按照自然規律，要花三十年才能讓兩百個卵子成熟。但我們的任務是在這個時候就穩定人口，就在這裏，就是現在。花上四分之一世紀的時間去慢慢地孕育多胞胎——這有甚麼意義呢？」

顯然，根本沒有意義。但莢裂技術大大加速了成熟的過程。它們能保證兩年內產出至少一百五十個成熟的卵子，然後進行受精和波卡諾夫斯基流程處理——換句話說，以七十二的倍數遞增，你能夠培育出平均數目將近一萬一千個兄弟姐妹，分為一百五十組，所有人的歲數相差只有兩歲。在特殊情況下，我們能夠用一個卵巢孕育出一萬五千多個成人。」

一個臉色紅潤的金髮青年碰巧經過，主任朝他招了招手，「弗斯特先生，」他說道。那個年輕人走了過來。「弗斯特先生，你能告訴我們單獨一個卵巢的紀錄嗎？」

「本中心的紀錄是一萬六千零十二個。」弗斯特先生毫不猶豫地回答。他有一雙活潑的藍色眼眸，語速很快，顯然很享受引用數字。「一萬六千零十二個，一百八十九組多胞胎。但其他人當然幹得更出色，」他口若懸河地繼續說道，「在幾個熱帶中心，新加坡經常產出一萬六千五百多個，蒙巴薩曾達到一萬七千個。但他們擁有不公平的優勢。你們應該去看看一個黑人的卵子是如何對腦垂體分泌物作出反應的！真是太驚人了，尤其當你習慣於處理歐洲人種的時候。但不管怎樣，」他一邊大笑一邊補充道（但他的眼睛裏閃爍着好勝的光芒，挑釁地抬起下巴），「但是，如果可以的話，我們會打敗他們的。目前我正在處理一個非常優秀的次等德爾塔卵子。才十八個月，已經孕育出了一萬兩千七百個孩子，包括出瓶了的孩子和胚胎。它還很強壯，我們會打敗他們的。」

「我欣賞的就是這種精神！」主任高聲喊道，拍了拍弗斯特先生的肩膀。「一起來吧，讓這些孩子們能夠向你這位專家學習。」

弗斯特先生謙遜地微笑着，「榮幸之至。」

他們走進瓶裝室，裏面正和諧而有序地忙碌運作着。一片片已經被裁成合適尺寸的新鮮的母豬腹膜從地下一層的器官倉庫由幾部小電梯被飛速運上來。嗖！然後，嗞！電梯門打開了，流水線裝瓶員只需要伸出一隻手，接過一片腹膜，插進去，撫平，還沒等那個流水線上的瓶子沿着沒有盡頭的隊列被送到伸手夠不着的地方，嗖！嗞！另一片腹膜已經從下面被運上來了，準備被放入另一個瓶子裏，然後裝瓶員動手操作下一個流水線上緩緩前行的無窮無盡的瓶子。

裝瓶員的旁邊站着錄取員。接着，那些卵子一個挨一個地從試管裏被轉移到更大的容器裏，他們靈巧地將腹膜的襯裏裁開，放入桑葚胚，灌入生理鹽水……瓶子過去了，現在輪到那些標籤員。出身、受精日期、波卡諾夫斯基組別的身份——這些細節從試管被轉移到瓶子上。它們不再是無名的胚胎，而是有名字和身份的胚胎，這個流程緩緩地進行，通過牆上的一個開口，進入「命運規劃室」。

「八十八立方米的索引卡片，」他們進房時，弗斯特先生說道。

「包含了所有相關信息。」主任補充道。

「每天早上及時更新。」

「每天下午進行協調規劃。」

「在此基礎上進行精確計算。」

「有多少個體，分別是甚麼品質。」弗斯特先生介紹。

「以某某數量進行分配。」

「任何時候都能實現最優出瓶率。」

「意料之外的浪費會立刻得以糾正。」

「是立刻，」弗斯特先生重複道，「要是你們知道上一次日本地震之後我加班加點幹了多久就好了！」他爽朗地大笑着，搖了搖頭。

「命運規劃員將他們的數字發給受精操作員。」

「他們就會提供所需的胚胎。」

「那些瓶子會被運到這裏，詳細地進行命運規劃。」

「然後它們被送到下面的胚胎庫。」

「我們現在就去那裏。」

弗斯特先生打開一扇門，引路走下樓梯，來到地下室。

他們來到一個昏暗的地方，這裏的氣溫仍像是熱帶。兩扇門和一條有兩個拐彎的通道確保地窖不會被日光照射到。

「胚胎就像是照片的菲林，」弗斯特先生詼諧地説道，一邊打開第二扇門，「他們只能忍受紅光。」

現在學生們跟着他走進了悶熱的黑暗中，但那是深紅色而且能看得見東西的黑暗，就像夏日午後閉上眼睛的黑暗。一排排的層層疊疊的細頸凸肚瓶閃爍着不勝其數的紅寶石般的光芒，在紅寶石之間，昏暗的紅色幽靈般的男男女女的影子在穿梭走動，他們長着紫色的眼眸，而且看得出臉上長着紅瘡。機器的嗡嗚聲和咔嗞聲輕輕地攪動着空氣。

「向他們介紹幾個數字吧，弗斯特先生。」主任說道，他說話說累了。

弗斯特先生十分樂意為他們介紹數字。

二百二十米長，兩百米寬，十米高。他朝上指去。就像小雞喝水一樣，那些學生抬眼朝高處的天花板望去。

底樓、一樓和二樓有三層架子。

蜘蛛網一般的鋼架層層疊疊，從四面八方消失在黑暗中。在它們旁邊有三個紅色的幽靈正忙碌地從一條傳送梯上把細頸凸肚瓶搬下來。

那條傳送梯是從社會命運規劃室出來的。

每一個瓶子都會被放在十五個架子中的其中一個，每一個架子都是一個傳送機，以肉眼看不見的每小時三十三點三釐米的速度前進。以一天八米的速度前進二百六十七天，總共走兩千一百三十六米，在底層轉一圈，在一樓轉一圈，在二樓轉半圈，到了第二百六十七天的早上，在出瓶室的日光下，成為了所謂的獨立個體。

「在這個過程中，」弗斯特先生總結道，「我們為它們付出了很多。噢，真的很多。」他的笑聲裏透着博學和得意。

「我欣賞的就是這種精神。」主任又說了一遍，「我們四處走走吧。由你來講解，弗斯特先生。」

弗斯特先生為他們進行了詳細的講解。

告訴他們胚胎如何在腹膜裏發育，讓他們嘗了嘗供給營養的馥郁的替代血液，還解釋了為甚麼它們必須用胎盤粉和甲狀腺素進行刺激，介紹了黃體萃取物；給他們看從起點到第兩千零四十米處每十二米設置的自動噴射器，講解了在行進過程中的最後九十六米處逐漸增加的腦垂體激素的劑量，描述了在第一百一十二米處裝入每個瓶子的人工母體循環，給他們看盛着替代血液的蓄池，讓替代血液在胎盤裏循環並流經人工肺和廢物過濾器的離心泵；他還提到胚胎很容易貧血的麻煩，以及因此必須大劑量供應的豬胃和馬駒胎盤的萃取物。

他還向他們展示了在每八米的最後兩米，讓所有的胚胎都同時搖晃以熟悉運動的簡單裝置；提到了由於重力而引起的所謂的「出瓶之痛」，以及對瓶中的胚胎進行適當的訓練將震動所帶來的危險降到最低的種種預防措施；向他們講解在第二百米附近進行的性別測試，解釋了標籤系統——T表示男性，O表示女性，那些將會成為雄化雌體的胚胎則會標一個白底黑字的問號。

「當然，」弗斯特先生説道，「絕大部份情況下，擁有生育能力是很討厭的事情。一千兩百個人中有一個擁有生育能力的卵巢對我們來說就足夠了，但我們希望有好的選擇，你當然總是希望有高的安全系數。因此，我們允許最多百分之三十的女性胚胎正常發育。其他的胚胎在剩下的行程裏每二十四米就進行男性荷爾蒙注射。結果就是：它們被培育成了雄化雌體——在結構上很正常（他不得不承認只是它們確實有極為輕微的長出鬍子的趨勢），但沒有生育能力，保證沒有生育能力。現在是最後的內容，」弗斯特先生繼續說道，「絕不只是對自然的模仿，而且進入了更加有趣的人類創造發明的世界。」

他搓着雙手。他們當然不滿足於只是孕育胚胎，任何一頭奶牛都可以做得到。

「我們還進行命運規劃和培育。我們將試管中的嬰兒培育成社會化的個體，無論是阿爾法或是埃普斯隆，培育未來的下水道工人或未來的……」他本想說「未來的世界主宰」，但他改口說的是「未來的生育與培育中心的主任」。

生育與培育中心的主任微笑着接受了這一讚美。

他們正經過第十一個架子的第三百二十米處。一個年輕的次等貝塔技術工人正忙碌地用螺絲刀和扳手對經過的瓶子的替代血液離心泵進行調整。隨着他將螺絲逐漸旋緊，電動馬達嗡嗡嗡的聲音越來越深沉，低點，再低點……最後擰一下，然後瞧一眼旋轉器，大功告成。他往流水線挪了兩步，對下一個離心泵進行同樣的操作。

「通過減少每分鐘的轉數，」弗斯特先生解釋道，「替代血液的循環就會慢下來，從而以較長的間歇流經肺部，胚胎就得到較少的氧氣。而氧氣不足是讓胚胎發育不良的最佳手段。」他又搓着雙手。

「但為甚麼要讓胚胎發育不良呢？」一個聰明的學生問道。

「笨蛋！」已經默不作聲很久的主任突然插話了，「難道你沒有想過，一個埃普斯隆的胚胎必須有一個埃普斯隆的環境和埃普斯隆的資質嗎？」

顯然，他沒有想到過這一點。他的臉上寫滿了迷惑。

「人種越低賤，」弗斯特先生説道，「氧氣供應就越少。第一個受影響的器官就是大腦，接着是骨骼。在百分之七十的正常氧氣供應下，你可以培育出侏儒。低於百分之七十的話就會培育出沒有眼睛的畸形兒。」

「他們根本一無是處。」弗斯特先生總結道。

而如果他們能發明一種縮短成熟期的技術（他的聲音變得私密而熱切），那將會是莫大的成功，能對社會作出偉大的貢獻！

「想想馬吧。」

他們就開始想馬。

馬六歲就成熟，大象十歲就成熟，而一個十三歲的人還沒有性成熟，要等到二十歲才完全長大。當然，延遲發育的好處是人類擁有智慧。

「但在埃普斯隆身上，」弗斯特義正詞嚴地說道，「我們不需要人類的智慧。」

不需要，也不會得到。但是，雖然埃普斯隆的思想十歲時就成熟，他們的身體要長到十八歲才適合進行勞動。長年的多餘的不成熟時期就這麼白白浪費掉了。如果身體的發育能被加速到，比方說，像奶牛的發育一樣快的話，將能為集體厲行節約！

「厲行節約！」那些學生喃喃地念叨着。弗斯特先生的熱情感染了他們。

他開始介紹技術環節，談到了非正常內分泌調節，它能讓人生長緩慢，卻會導致生殖細胞突變，這一後果能夠被消除嗎？埃普斯隆的培育能夠像狗和牛那樣通過適當的技術恢復正常的發育嗎？這就是問題所在。它還沒有得到解決。

在蒙巴薩的皮爾金頓培育出了四歲就性成熟和六歲半就完全成熟的個體。這是科學上的勝利，但毫無社會意義。六歲大的男女太笨了，甚至連埃普斯隆人的工作都做不了。整個過程就只有成功或失敗兩種情況，你要麼根本沒辦法進行改造，要麼實現徹底的改造。

他們仍然在嘗試找到二十歲的成年人和六歲的成年人之間的理想的中間狀態，但迄今為止仍未取得成功。弗斯特先生長嘆一聲，搖了搖頭。

他們穿過深紅色的昏暗光線，來到九號架子第一百七十米旁。從這裏開始，九號架子被封閉起來，在接下來的行程中，那些瓶子進了一條隧道，每隔兩三米就有一個開口。

「熱度培育。」弗斯特先生說道。

熱管與冷管交錯排佈，寒冷與強力X光造成的不適被聯繫在一起，胚胎出瓶時會很怕冷，按照安排，他們將被分配到熱帶地區，去當礦工、醋酸絲紡織工人和煉鋼工人。

然後他們的意識會接受培育以認同他們的身體的感受。「我們培育它們能在高溫下茁壯成長。」弗斯特先生總結道，「而我們樓上的同事會教導他們去熱愛它。」

主任語重心長地說道：「而這就是快樂和美德的秘密——熱愛你必須去做的事情。培育的目標就是：讓人們熱愛他們無法逃避的社會使命。」

在兩根管子的中間，一個護士正小心翼翼地用一根長長的注射器將凝膠質的東西注入一個經過的瓶子。那些學生和他們的嚮導站在那兒，靜靜地看着她。

「很好，萊妮娜，」弗斯特先生說道。最後，她抽出注射器，挺直腰板。轉過身時她嚇了一跳。雖然她的臉上長着紅斑，而且眼睛是紫色的，卻是一個非常漂亮的女孩。

「亨利！」她臉紅地朝他微微一笑，露出一排皓齒。

「真是迷人，真是迷人，」主任喃喃說道，輕輕地拍了她幾下，萊妮娜恭敬地微笑以示致意。

「你在給他們注射甚麼？」弗斯特先生以非常職業的口吻問道。

「噢，就是普通的傷寒和錐蟲病疫苗。」

「熱帶的工人在一百五十米處開始接種，」弗斯特先生對學生解釋道，「這些胚胎仍然有鰓。我們給魚打防止將來得人類疾病的疫苗。」然後轉身對着萊妮娜，「今天下午四點五十分屋頂見，」他說道，「老時間。」

「真是迷人。」主任再次說道，最後拍了她一下，然後跟在其他人後面離開了。

在第十號架子上，一排排的下一代的化學工人正接受增強鉛、腐蝕性蘇打、焦油和氯的耐受性的培育。在三號架子上，兩百五十個尚處於胚胎狀態的火箭飛船工程師中的第一批正經過第一千一百米的標誌線。一個特別的機關不停地將容器旋轉着。「這是在增強他們的平衡感，」弗斯特先生解釋道，「在太空中進行火箭外部維修是一件很棘手的工作。我們在他們正立的時候減緩循環，這樣他們就會陷入半飢餓狀態，在他們倒立的時候加倍替代血液的流動。他們就會將倒立與快樂聯繫在一起。事實上，當他們拿大頂時，他們開心得不得了。」

「現在，」弗斯特先生繼續説道，「我想向你們展示培育優等阿爾法知識分子的很有趣的方法。我們在一樓的五號架有很多胚胎。」他對着兩個正準備下樓的男生説道。

「它們在大約九百米處，」他解釋道，「得等到那些胚胎的尾巴掉了才能進行真正有意義的智力培育。跟我來。」

但主任看着他的錶，「兩點五十分了，」他説道，「我擔心沒有時間去參觀知識分子的胚胎了。我們得在孩子們午睡結束到上面的育兒所去。」

弗斯特先生很失望，「至少去出瓶室看一眼也行。」他央求道。

「那好吧。」主任寬容地微笑着。「就看一眼吧。」

第二章

弗斯特先生被留在出瓶室裏。生育與培育中心的主任和他的學生們走進最近的電梯，來到五樓。

門牌上寫着：**育兒所新巴甫洛夫培育室**。

主任打開一扇門。他們來到一間空蕩蕩的大房間，光線很亮堂，因為整面南牆就是一扇窗戶。六七個護士，穿着正式的黏膠纖維布料的白色夾克和長褲，頭髮掖在白色的無菌帽下面，正忙碌地在地板上擺放長長的一列盛着玫瑰花的碗。那些碗很大，滿滿地盛着玫瑰花，有幾千片成熟綻放的花瓣，像絲綢一般柔滑，就像是無數小天使的面頰。在明亮的光線下，這些小天使的臉龐不只有粉嫩的白人臉龐和雅利安人的臉龐，還有明黃色的中國人的臉龐、墨西哥人的臉龐，還有好像吹天堂之號累得中風般的臉龐，還有死人一樣的蒼白色的臉龐，就像大理石那麼蒼白。

生育與培育中心的主任進來時，那幾個護士立正敬禮。

「把書擺好。」他簡扼地說道。

那幾個護士默默地遵守命令。在玫瑰花碗之間整齊地擺好書——四開本的幼兒讀本打開着，上面印着格外招人喜愛的鳥獸蟲魚的彩色圖片。

「現在把孩子們帶進來。」

她們匆忙走出房間，一兩分鐘後回來了，每個人推着一架高高的小型升降機，上面有好幾個四面圍着鐵絲網的架子，裏面是八個月大的嬰兒，全都長得一模一樣（顯然是一組波卡諾夫斯基多胞胎），全部都穿着黃褐色的衣服（因為他們的級別是德爾塔）。

「把他們卸下來。」

那些嬰兒被卸了下來。

「把他們轉過身，這樣他們可以看到鮮花和書本。」

那些嬰兒被轉過身，立刻安靜了下來，然後開始朝那些亮麗的色彩斑斕的花瓣和白紙上鮮艷活潑的圖案爬去。他們爬近時，太陽暫時從烏雲後面露出來。那些玫瑰似乎綻放出內在的激情，那些閃閃發亮的書頁似乎瀰漫散發出新的深奧含義。那些正蹣跚爬行的嬰兒們興奮地尖叫着，開心得咯咯咯地笑個不停。

主任搓着雙手，「很好！」他說道，「簡直就是天造地設的安排。」

爬得最快的幾個嬰兒已經來到了終點，漫無目的地伸出小手，觸摸着、緊抓着和撕扯着變形的玫瑰花，那些閃閃發光的書頁被揉成一團。主任等到所有的孩子都玩得不亦樂乎時，開口說道：「仔細看好了。」然後他舉起手發出信號。

站在房間另一頭的開關面板旁邊的護士長拉下一個小小的拉桿。

一聲劇烈的爆炸聲響起，然後是尖利的警報聲，聲音越來越尖，幾乎讓人瘋狂。

那些孩子被嚇得哇哇大哭，臉蛋因為恐懼而扭曲着。

「現在，」主任高喊着（因為噪聲震耳欲聾），「現在我們開始用中等強度的電擊實施培育。」

他再次揮了揮手，那個護士長拉下第二個拉桿。那些嬰兒的啼哭突然間變了腔調。他們發出尖利的痙攣般的叫嚷，聲音裏透着絕望和癲狂。他們小小的身體僵硬地抽搐着，四肢似乎在看不見的絲線牽引下呆板地扭動着。

「我們可以給整片地板通電。」主任高聲解釋道，「但這樣就夠了。」他朝那位護士做了個手勢。

爆炸聲平息了，鈴聲也停止了，尖利的警報聲的頻率漸漸降低，直至悄無聲息。那些僵硬的抽搐的身軀鬆弛了下來，原本失魂落魄的痛哭哀號回到了正常的出於恐懼的啼哭。

「再把鮮花和書本給他們。」

那些護士執行了命令。但是那些玫瑰花一湊近過來，一看到那些鮮艷的貓咪、公雞、黑綿羊的圖片，那些嬰兒就恐懼地縮開了，哭聲突然間轉弱為強。

「看到了嗎？」主任志得意滿地說道，「看到了嗎？」

書本與噪聲，鮮花與觸電——已經在這些嬰兒的頭腦裏緊密地聯繫在一起，經過兩百次相同或類似的重複教育，將會變得根深蒂固。人類締造的聯繫是大自然無力解開的。

「他們長大以後將會，用心理學家的話說，『本能地』痛恨書本和鮮花。那是無法改變的條件反射。他們會一輩子對書本和鮮花避之唯恐不及。」主任轉身對護士們說道：「把他們帶走吧。」

這些穿着黃褐色衣服的嬰兒仍然哭哭啼啼的，被抱到升降機上，然後被推了出去，留下一股餿牛奶的味道和令人感到舒心的寧靜。

一個學生舉起手，雖然他很清楚為甚麼你不能讓下等人把集體時間浪費在書本上，他們讀到的內容或許會對他們的應激反應造成負面影響，這樣的危險總是存在，但是……他不明白為甚麼不能碰鮮花。為甚麼要費盡心思讓德爾塔不喜歡鮮花？

生育與培育中心的主任耐心地進行解釋。讓那些孩子一看到鮮花就驚叫痛哭是基於崇高的經濟政策。在不是很久之前（大概一個世紀左右），伽瑪、德爾塔甚至埃普斯隆，都被設定為喜歡鮮花——喜歡大自然，尤其是喜歡鮮花，讓他們一有機會就想去郊外，這樣就能夠促使他們使用交通工具。

「那他們不是使用交通工具了嗎？」那個學生問道。

「用得很多，」生育與培育中心的主任回答道，「但別的甚麼都沒有消費。」

他指出櫻草花與風景有一個嚴重的缺陷：它們是免費的。熱愛自然使得工廠開工不足。他們決定消除對於大自然的熱愛，至少對低下階層要這麼做，消除對大自然的熱愛，但不是消費交通工具的傾向。當然，他們應該繼續往郊區跑，雖然他們很痛恨它。問題是要找出更加合乎經濟法則的方式，而不是純粹出於對櫻草花和風景的熱愛，而這個方法被適時地找到了。

「我們培育群眾憎恨郊野，」主任總結道，「但與此同時，我們安排他們熱愛一切郊野運動。與此同時，我們確保所有的郊野運動都需要使用精密的器械。因此，促使他們會去消費工業品和交通工具。於是就採取了電擊這一手段。」

「我懂了。」那個學生說道，然後默不作聲，崇拜得五體投地。

沉默了一會兒之後，主任清了清喉嚨，開始說道：「從前，當我們的主福特依然在世時，有一個小男孩名叫魯本·拉賓諾維奇。魯本的父母是說波蘭語的。」主任打斷了自己，「我想你們知道甚麼是波蘭語吧？」

「一門已經滅絕的語言。」

「就像法語和德語一樣。」另一個學生多嘴地插話以展現自己的博學。

「那『父母』呢？」生育與培育中心的主任問道。

那些學生不安地沉默着。幾個男生臉紅了。他們還沒有學會區分意義重大但非常微妙的淫穢與純粹科學之間的區別。最後，一個男生大膽地舉起手。

「人類以前……」他面紅耳赤地猶豫着，「嗯，他們以前是胎生的。」

「說得很對。」主任讚許地點點頭。

「當嬰兒出瓶時……」

「是出生。」有人更正道。

「嗯，那時候他們是父母生出來的——我是說，當然不是現在的嬰兒，而是那時候的嬰兒。」那個可憐的男生完全迷糊了。

主任總結道：「簡單地說，父母就是父親和母親。」這個下流但很有科學啓示意義的詞語重重地砸在這幫目光畏縮默不作聲的男生的心頭。「母親，」他在沉默中高聲重複着，然後靠在椅子上，語氣沉重地說道，「我知道，這些事實讓人覺得很討厭，但那時候大部份的史實確實讓人覺得很討厭。」

他又談起小魯本——在他的房間裏，有一天晚上，由於一時疏忽，他的父母（哐！哐！）不小心讓收音機一直開着。

（「你們必須記住，由於那時候是骯髒的胎生，孩子們總是由他們的父母撫養大，而不是在國家培育中心裏成長。」）

當孩子睡着時，一則來自倫敦的廣播突然開始播放，第二天早上，他的「哐！哐！」（幾個膽子大一點的男生互相擠眉弄眼）驚訝地發現小魯本醒來後一字不差地背誦着由古怪的老作家喬治．蕭伯納寫的一篇長文（「他是少數幾位作品獲准流傳到我們這一代人的作家之一。」），他正按照一種經考證確有其事的傳統在談論自己的才華。對於小魯本的（擠眉弄眼）來説，聽這一番話當然就像在聽天書一樣，還以為自己的孩子突然發瘋了，於是帶他去看醫生。幸好醫生懂英語，聽出那就是昨晚蕭伯納發表的演講，意識到這件事情的重大意義，並就這件事給醫學雜誌寫了一封信。

「睡眠教育或催眠教育的原則被發現了。」生育與培育中心的主任吊人胃口地停了下來。

這個原則被發現了，但要等到許多年後，這個原則才能得到完全的應用。

「小魯本的這個案例就發生在我們的福特的第一輛T型轎車投放市場的二十三年後。」（說到這裏，主任在腹部比出T的姿勢，所有的學生都畢恭畢敬地跟着做。）「但是……」

那幫學生狂熱地做着筆記。「催眠教育最初應用於福特紀元二一四年。為甚麼不是在此之前？有兩個原因，其一……」

「那些早期的實驗者，」生育與培育中心的主任說道，「走了彎路。他們以為催眠教育能夠作為智力教育的一個手段……」

（一個小男孩側着右半邊的身子睡着了，伸出右手，無力地垂在床邊。一個溫柔的聲音正從一個匣子側面的圓形格柵裏傳出來。）

「尼羅河是非洲最長的河流，也是全世界第二長的河流，但長度比不上密西西比—密蘇里河。尼羅河是所有河流的源頭，其流域長度跨越三十五度的緯度……」

第二天早上吃飯時，某人問：「湯米，你知道非洲最長的河是甚麼河嗎？」他搖了搖頭。「可是難道你不記得是這麼開頭的嗎：尼羅河是……」

「尼羅河——是——非洲——最長的——河流——和——全世界——第二長

的——河流……」那些話脱口而出，「雖然——長度——比不上……」

「那好，非洲最長的河流是甚麼河？」

那雙眼睛一片茫然。「我不知道。」

「那尼羅河呢，湯米？」

「尼羅河——是——非洲——最長的——河流——和——全世界——第二長的……」

「那最長的河流是甚麼河呢，湯米？」

湯米眼淚奪眶而出，「我不知道。」他哀號着。）

主任解釋得很清楚，這聲哀號讓最早期的研究者們感到灰心喪氣。那些實驗被中止了，不再嘗試在孩子們睡着的時候教他們尼羅河的長度。這是很正確的。除非你了解個中的內容，否則你無法學習一門科學。

「不過，要是他們一開始的時候進行的是道德教育就好了，」主任説道，朝門口走去。那些學生跟在身後，走進電梯和一路上去的時候都在拚命地做着筆記。「道德教育在任何情況下都不應該是理性的。」

「肅靜。肅靜。」他們來到十四樓時一個高音喇叭宣佈，「肅靜。肅靜。」每一條走廊都有高音喇叭在不知疲倦地重複着。那些學生，甚至還有主任本人，自覺地踮起了腳尖。

當然，他們都是阿爾法，但就連阿爾法也經過嚴格的培育。「肅靜。肅靜。」十四樓的空氣迴盪着要人絕對服從的嘶嘶作響的聲音。

踮着腳尖走了五十碼遠，他們來到了一扇門那裏，主任小心翼翼地打開那扇門。他們邁過門檻，來到一間掛着百葉窗簾的幽暗的宿舍。八十個嬰兒搖籃靠牆排成一排。他們聽見輕微的有規律的呼吸聲和延綿不停的喃喃聲，就像是有人在遠方輕聲低語着。

他們進屋的時候，一個護士站起身，在主任面前立正。

「今天下午上甚麼課？」他問道。

「前四十分鐘我們上了性基礎課。」她回答道。

「現在上的是基礎階級意識課。」

主任沿着那一長排嬰兒搖籃緩緩地走過去。八十個嬌嫩紅潤的小男孩和小女孩正在愜意地睡覺，呼吸很輕柔舒緩。每一個枕頭下都傳出低語聲。主任停下腳步，俯身專注地傾聽着一個嬰兒搖籃的聲音。

「你是說基礎階級意識嗎？讓我們在喇叭上大聲點再聽一遍。」

在房間的一頭有一個高音喇叭掛在牆上。主任走到那裏，摁下一個開關。

「……都穿綠衣服，」一個柔和但非常清晰的聲音從一句話的中間開始講述，「而德爾塔孩子穿黃褐色的衣服。噢，不，我不要和德爾塔孩子一起玩。埃普斯隆更糟糕。他們笨得大字不識一個。而且他們穿的是黑色的衣服，那個顏色醜死了。我是一個貝塔，好開心哦。」

那個聲音停了一下，然後繼續講述道：「阿爾法孩子穿的是灰色的衣服。他們比我們更加勤勉工作，因為他們聰明絕頂。我是貝塔，真是太開心了，因為我的工作不用那麼辛苦。我們比那些伽瑪和德爾塔幸福多了。伽瑪傻乎乎的。他們都穿綠衣服，而德爾塔孩子穿黃褐色的衣服。噢，不，我不要和德爾塔孩子一起玩。埃普斯隆更糟糕。他們笨得……」

主任關掉開關，那個聲音消失了。只有那個微弱的幽靈般的低語聲繼續在那八十個枕頭下嘀咕着。

「在他們醒來之前，它們會再重複上四五十遍，然後星期四再進行一次，星期六再進行一次，總共一百二十遍，一週三次，連續進行三十個月。然後接着上更高級的課程。」

玫瑰花和電擊，德爾塔黃褐色的衣服和阿魏[1]的惡臭在這些孩子們學會說話之前就根深蒂固地聯繫在一起，沒有言語的條件作用粗糙而籠統，無法讓他們理解細微的區別，無法傳授更複雜的行為模式。因此要達到這個目的就必須使用語言，但必須是無理性的言語。簡而言之，這就是睡眠教育。

「有史以來最偉大的道德教化和社會化的力量。」

那些學生在小本子裏記下了這番話。這可是權威可靠的信息。

主任又按下了開關。

「……聰明絕頂。」那個不知疲倦的娓娓道來的柔和的聲音繼續說道，「我是貝塔，真是太開心了，因為……」

雖然確實有水滴石穿這回事，但這些話並不像水滴，毋寧說，它們更像是蠟滴，一滴滴地附着在它們滴落的石頭上，將它包裹起來，和它結合在一起，直到最後，那塊石頭變成了一個深紅色的蠟團。

「直到最後那個孩子的思想就是這些話，而這些話就是那個孩子的思想。不只是孩提時的思想，他長大了也會秉承這個思想——一輩子都是這樣。思想的判斷、慾望和決定都由這些暗示所主宰，而所有的暗示都是我們的暗示！」主任志得意滿地高聲說道，「國家的暗示。」他用力一拍最近的桌子，「因此……」

一個聲音響起，他轉過身。

「噢，吾主福特啊！」他換了個腔調，「我把孩子們給吵醒了。」

註釋：

[1] 植物樹脂，以前用作解痙藥。

第三章

外面的花園裏，正是玩耍的時間，在六月暖和的陽光中，六七百個男童和女童或是尖叫着在草坪上奔跑，或是玩着球類遊戲，或是三三兩兩靜靜地坐在鮮花綻放的灌木叢間。玫瑰花開得正盛，兩隻夜鶯自得其樂地在樹叢裏歌唱，一隻布穀鳥正在酸橙樹叢間百轉千回地叫喚着，蜜蜂和直升飛機的嗡嗡聲令人昏昏欲睡。

主任和他的學生們站着看了一會兒離心力碰碰球的遊戲。二十個孩子正圍成一個圓圈，中間是一座鍍鉻鋼塔。一個球被扔到塔頂的平台，滾落到塔身裏面，掉到一個高速旋轉的圓盤上，從圓柱形的塔身上密佈的一個孔洞裏彈出來，孩子們得接住這個球。

「奇怪，」他們轉身離開的時候，主任沉思着，「真是奇怪，想像一下，即使在我們的主福特那個時代，大部份遊戲用的只不過是一兩個球、幾根棍子或一張球網，想像一下，允許人們玩完全不會增加消費的精心設計的遊戲是多麼愚蠢的事情。真是瘋了。如今主宰者們是不會批准新的遊戲的，除非能證明它能像現有的最複雜的遊戲一樣消耗同樣多的器械。」他打斷了自己的沉思。

「那個小組挺有意思的。」他說道，指着某一個小組。

在一小塊草地上有幾叢長得很高的地中海石楠，裏面有兩個孩子，一個是年約七歲的男孩，另一個是或許大一歲的女孩。他們正在非常嚴肅地進行基礎性愛遊戲，就像正在進行探索的科學家一樣全神貫注。

「有意思，有意思，有意思！」主任情不自禁地重複着。

「有意思。」那些男生們禮貌地表示同意。但他們的微笑帶着幾分輕蔑。他們剛剛擺脫了類似的幼稚的娛樂，現在看着這些遊戲心裏會覺得鄙夷。有意思嗎？不就是兩個孩子在玩傻乎乎的遊戲嘛。如此而已，孩子們的遊戲。

主任繼續以動情的口吻説道：「我總是在想……」這時吵鬧聲打斷了他。

從附近的一處灌木叢裏走出一個護士，牽着一個小男孩的手，他一邊走一邊大吵大鬧。一個愁眉苦臉的小女孩緊跟在她的身後。

「怎麼了？」主任問道。

那個護士聳了聳肩膀，回答道：「沒甚麼。這個小男孩似乎不肯參加正常的情色遊戲。我以前注意到一兩回了。今天又是這樣。他剛剛才開始叫嚷……」

那個愁眉苦臉的小女孩插話了，「我真的不是有心要傷害他。真的，真的。」

「你當然不是有心的，親愛的。」那個護士安慰她，然後轉身繼續向主任解釋：「所以我正要帶他去見心理學系的副主任，看看是不是哪裏不正常。」

「做得對。」主任說道，「帶他進去吧。你留在這兒，小姑娘。」護士帶着那個仍然吵吵鬧鬧的小男孩離開時，主任補充了一句：「你叫甚麼名字？」

「波莉．托洛茨基。」

「好名字。」主任說道，「你現在可以離開了，看看能不能找別的男孩子玩。」

那個小女孩蹦蹦跳跳地跑進樹叢中離開了。

「小姑娘真漂亮！」主任望着小女孩的背影，然後轉身對他的學生說道：「我現在要告訴你們的內容或許聽起來很離奇。但你們對歷史不是很熟悉，大部份史實聽起來都很離奇。」

他道出了離奇的真相。在我們的主福特那個時代之前有一段漫長的時間，甚至之後幾代人的時間，孩子們之間進行情色遊戲被認為是不正常的舉動（學生們哄堂大笑），不只是不正常，而且很不道德（不會吧！），因此被加以鎮壓。

他的那些聽眾的臉上露出驚詫莫名的懷疑的表情。不許可憐的小孩子們自己來點樂子？他們無法相信會有這種事情。

「甚至直到青春期。」主任說道，「就像你們現在這個年紀……」

「不會吧！」

「連一點偷偷摸摸的自體性行為和同性戀行為都不行——絕對禁止。」
「甚麼也不能做？」
「絕大部份情況下不能。直到他們過了二十歲。」
「二十歲？」那些學生異口同聲地高聲嚷道。
「二十歲。」主任重複了一遍，「我告訴過你們會覺得難以置信。」
「但是到底怎麼了？」他們問道，「結果怎麼樣了？」
「結果很糟糕。」一個深沉的充滿磁性的聲音突然插入他們的對話。
他們轉頭望去，在這個小組的邊上站着一個陌生的男子——中等身高，長着黑色頭髮和鷹鈎鼻，嘴唇鮮紅飽滿，眼眸是深黑色的，眼神很淩厲。「很糟糕。」他重複了一遍。
生育與培育中心的主任剛才坐到了遍佈在花園裏的一張鋼鐵和橡膠做的便民長櫈上，但看到這個陌生人，他躍起身衝上前，伸出手，咧開嘴露出熱情洋溢的微笑。
「主宰者大人！真是太意外太開心了！孩子們，你們知道嗎，這位就是主宰者大人，穆斯塔法·蒙德閣下。」

在中心的四千個房間裏，四千口電子時鐘同時敲響了四點鐘。從高音喇叭裏傳出飄渺的聲音。

「白天主要班次任務結束，白天第二班次接替。白天主要班次任務結束。」

他們乘着電梯一路往上去更衣室。亨利．弗斯特和助理命運規劃員故意背對着心理處的伯納德．馬克斯，迴避這個名聲不太好的男人。

輕微的嗡嗡聲和機器的運轉聲仍然攪動着胚胎貯藏室深紅色的空氣。輪班的人來來去去，一張張長着紅斑的面孔依次而過，傳送帶浩浩蕩蕩永無休止地載着未來的男男女女向前進。

萊妮娜．克勞恩輕快地朝房門走去。

穆斯塔法．蒙德閣下！這群頂禮膜拜的學生的眼珠幾乎奪眶而出。穆斯塔法．蒙德閣下！西歐的居民主宰者！世界十大主宰者之一，十大……之一……他與主任就坐在那張長櫈上。他準備留下來，是的，留下來，和他們談話……金科玉律，來自我們的主福特本人的絕對權威的信息。

兩個皮膚像棕蝦一樣的孩子從附近的一個樹叢裏跑出來，睜大着眼睛詫異地盯着他們看了一會兒，然後回到樹叢繼續他們的玩耍。

「你們都記得，」主宰者以渾厚的聲音説道，「我想你們都記得我們的主那句美妙而鼓舞人心的話：歷史算個球[1]。」他緩緩地重複着：「歷史算個球。」

他揮了揮手，似乎拿着一把看不見的雞毛撣子，將幾粒灰塵給撣掉，這幾粒塵埃就是哈拉帕、迦勒底的烏爾。還有幾張蜘蛛網，它們是底比斯、巴比倫、克諾索斯和邁錫尼。撣一撣，撣一撣——奥德修斯在哪兒呢？約伯在哪兒呢？朱庇特、佛陀和耶穌在哪兒呢？撣一撣，撣一撣——那些甚麼雅典、羅馬、耶路撒冷、中央王國——統統都不見了。撣一撣，撣一撣——那個原來是意大利的地方變得空蕩蕩了。撣一撣，撣一撣，所有大教堂都不見了。撣一撣，撣一撣，《李爾王》和帕斯卡爾的《思想錄》不見了。撣一撣，受難曲不見了，撣一撣，安魂曲不見了，撣一撣，交響曲不見了，撣一撣，……

「亨利，今晚去看感官電影嗎？」助理命運規劃師問道，「我聽説阿罕布拉宮那個新人很正點。他們在熊皮地毯上雲雨交合，大家都説實在是嘆為觀止。每一根熊毛都纖毫畢現，真是最美妙的感官效果。」

「這就是為甚麼不教你們歷史的原因。」主宰者說道，「但現在是時候……」

主任猶豫地看着他。有傳聞說在主宰者的書房的保險箱裏藏有古老的禁書：《聖經》、詩集——吾主福特知道還有甚麼東西。

穆斯塔法．蒙德捕捉到他不安的眼神，紅潤的嘴角諷刺地翹了起來。

「沒事的，主任。」他語帶譏諷地說道，「我不會把他們帶壞的。」

主任心裏充滿了迷惑。

覺得自己受鄙視的人都會努力裝出一副盛氣凌人的樣子。伯納德．馬克斯臉上露出輕蔑的微笑。還每一根熊毛！

「我一定會去的。」亨利．弗斯特回答道。

穆斯塔法．蒙德俯身向前，朝他們搖晃着一根手指。「嘗試着想像一下，」他說道，他的聲音讓聽眾的横膈膜異樣地顫動着。「嘗試着想像一下一個十月懷胎的母親是甚麼模樣。」

又是那個誨淫誨盜的詞語。但這一次沒有人想笑。

「嘗試着想像一下生活在家庭裏意味着甚麼。」

他們試了一下，但顯然想像不出來。

「你們知道『家』意味着甚麼嗎？」

他們搖了搖頭。

萊妮娜·克勞恩從昏暗的深紅色的地下室上了十七樓，出了電梯，向右轉，穿過一道長長的走廊，打開一扇寫着「女更衣室」的房門，走進一個震耳欲聾的滿是胳膊、胸脯和內衣的亂糟糟的房間。一百間浴室裏，熱水正四處飛濺或汩汩流出。八十個真空振盪按摩器或隆隆作響，或嘶嘶作響，正同時輕揉着吮吸着八十位女性結實的古銅色的軀體。每個人都扯着最高的嗓門在説話。一部合成音樂機正在播放一曲動聽的小號獨奏。

「你好，芬妮。」萊妮娜朝一個年輕女人打招呼，兩人的衣架和儲物櫃連在一起。

芬妮在瓶裝室工作，她也姓克勞恩。不過，由於世界上二十億人只有一萬個名字，這種巧合並不會讓人覺得驚奇。

萊妮娜將外套的拉鍊往下拉，雙手拉着褲子兩邊的拉鍊，再往下一扯，脱掉她的內衣，仍然穿着鞋襪，朝浴室走去。

家，家——幾個狹小的房間，住着一個苦悶的男人、一個時不時就會生孩子的女人、一群吵吵鬧鬧的不同年齡的男孩和女孩。沒有空氣，沒有空間，一座沒有充份消毒的監獄。充斥着黑暗、疾病和惡臭。

（主宰者喚起了形象生動的情景，有一個男生要比其他人更加敏感，單是聽到這些描述就變得臉色煞白，差點嘔吐出來。）

萊妮娜走出浴室，用浴巾擦乾身子，拿起一根長長的插在牆上的伸縮管，將管口放在胸脯上，似乎想要自殺，然後按下開關。一股暖風將上好的爽身粉噴在她的身上。八種不同味道的香薰和古龍水的旋鈕開關就設在洗手盆的上面。她旋開從左邊數起的第三個旋鈕開關，為自己選了素心蘭味的香水，手裏拿着鞋襪，走出去看看有沒有一台真空振盪按摩器是空閒的。

家，無論是現實的家還是精神的家，都是那麼骯髒。在精神上它就像一個兔子洞或一座垃圾堆，由於緊密結合的生活而充滿了摩擦，充斥着情感。家庭成員之間是親密關係，令人窒息的多麼危險、瘋狂、骯髒的關係！母親瘋瘋癲癲地養育着孩子（她自己的孩子）……就像一隻母貓養育着牠的貓咪。但那是一隻會說話的母貓，一隻反反覆覆地說着「我的寶貝，我的寶貝」的母貓，我的寶貝，噢，噢，到我的懷抱裏來。那些小手，肚子餓了，還有那難以言狀的充滿痛苦的快樂！直到最後，我的孩子睡着了，我的孩子嘴角泛着白色的奶沫睡着了。我的小寶貝睡着了……

「是的，」穆斯塔法．蒙德點了點頭，「你們或許會不寒而慄。」

「你今晚和誰出去？」萊妮娜問道，她剛做完真空振盪按摩，整個人看上去就像一顆白裏透紅的珍珠。

「不和誰出去。」

萊妮娜驚訝地揚起眉毛。

「我最近覺得有點不舒服，」芬妮解釋道，「威爾斯醫生建議我吃點代孕藥。」

「但是，親愛的，你才十九歲。要到二十一歲才必須進行第一次代孕。」

「我知道，親愛的。但有的人如果早點開始會比較好。威爾斯醫生告訴我，像我這樣的寬骨盆的黑髮女人應該在十七歲就進行第一次代孕。所以呢，我是遲了兩年，而不是早了兩年。」她打開自己的儲物櫃的門，指着上面的架子上那一排排盒子和貼着標籤的小玻璃瓶。

「黃體糖漿，」萊妮娜大聲讀着那些名字，「卵巢素，保證新鮮。請於福特紀元六三二年八月一日前服用。乳腺萃取素：日服三次，飯前以水送服。胎盤素：每三天靜脈注射五毫升……呃！」萊妮娜打了個冷戰。「我好討厭靜脈注射，你呢？」

「我也是。但只要有利於身體……」芬妮是個格外敏感的女生。

我們的主福特——我們的主弗洛伊德，出於某個神秘的原因，在談及心理學的問題時他選擇以這個名字示人——我們的主弗洛伊德是第一個揭示家庭生活駭人聽聞的危險的人。世界上到處都是父親——因此到處都充滿了悲劇，到處都是母親——因此就有了各種各樣的反常，從虐待狂到守貞，到處都是兄弟姐妹叔伯姑嬸——因此充滿了瘋狂和自殺。

「但是，在薩摩亞和新幾內亞海岸外的某些島嶼上的野人中……」

熱帶的陽光就像溫暖的蜂蜜灑在孩子們赤裸的身上，在芙蓉花叢中徜徉。家就是二十座棕櫚葉屋頂的房子中的一間。在特羅布里恩群島，懷孕是祖先的幽靈作祟的結果，沒有人曾經聽說過父親這回事。

「兩個極端相遇了，」主宰者說道，「它們注定是要相遇的。」

「威爾斯醫生說現在三個月的代孕能讓我在接下來的三四年健康大有改觀。」

「嗯，我希望他說得對。」萊妮娜說道，「但是，芬妮，你真的說接下來三個月你不打算……」

「噢，不，親愛的，就只是一兩個星期而已。今晚我會去俱樂部打音樂橋牌。我想你會出去吧？」

萊妮娜點了點頭。

「和誰？」

「亨利．弗斯特。」

「又是他？」芬妮那張和藹的圓月般的臉龐露出痛苦和不贊同的彆扭的表情。

「你是說你仍然和亨利．弗斯特在交往？」

父親、母親還有兄弟姐妹。但是，還有丈夫、妻子、戀人。還有一夫一妻制和浪漫。

「雖然或許你們不知道那些是甚麼。」穆斯塔法．蒙德說道。

他們搖了搖頭。

家庭、一夫一妻制、戀愛。一切都是排他性的，一條狹窄的釋放衝動和能量的渠道。

「但是，人人為我，我為人人才是真理。」他以睡眠教學法的格言作為結束語。

那些學生點了點頭，非常認同這則在夜晚重複了六萬兩千次的格言，它不僅是真理，而且是不言自明的無可辯駁的定理。

「但是，說到底，」萊妮娜抗議道，「我和亨利在一起不過才四個多月。」

「才四個多月！虧你說得出口。」芬妮繼續說道，伸出一隻手指責難她，「這段時間除了亨利就沒有別人了，是吧？」

萊妮娜滿臉通紅，但她的眼神和聲音仍然不服氣，「是的，一直沒有別人，」她回答時的口吻幾乎帶着挑釁，「我不明白為甚麼要扯上別人。」

「噢，她還真搞不清楚狀況哦。」芬妮重複着，似乎在對着萊妮娜左肩後面一個看不見的人在說話。然後，她的聲音突然一變，「但是，說正經的，」她說道，「我真的認為你得小心點。一直像這樣子只和一個男人交往很不好。四十歲或四十五歲，還不算太糟糕。但是，在你這個年紀，萊妮娜！不，這樣真的不好。你知道主任非常反對感情強烈或長久的關係。四個多月和亨利·弗斯特在一起，沒有別的男人——為甚麼？要是他知道的話，他會很生氣的……」

「想像一下壓力下的水管裏的水。」他們想像着這幕情景。「我只要戳一個洞，」主宰者說道，「水就會噴射而出！」

他將它戳了二十個洞，出現的則是二十條涓涓的水流。

「我的寶貝，我的寶貝……」

「媽媽！」瘋狂是會傳染的。

「我的愛人，我僅有的唯一的愛人，寶貝，寶貝……」

母親、一夫一妻制、戀愛，所以水噴得老高，泡沫四濺，洶湧澎湃，因為衝動只有一個發洩口。我的愛人，我的寶貝。難怪那些可憐的前現代人都那麼瘋狂、邪惡和可憐。他們的世界不讓他們輕鬆面對，不允許他們保持理性、高尚和快樂。由於母親和愛人，由於他們沒有接受培育服從的禁令，由於有那些誘惑和寂寞的悔恨，由於有種種疾病和無盡的孤立的痛苦，由於種種無常和貧窮——他們不得不產生強烈的情感。而有了強烈的情感（更何況是在孤獨和棄世的絕望中），他們怎麼能穩定呢？

「當然，沒有必要和他分手。時不時和別人在一起，就是這樣。他也在和別的女孩子交往，不是嗎？」

萊妮娜承認了。

「他當然有別的女孩子。要知道，亨利．弗斯特可是個完美的紳士——總是一貫正確。而且還有主任呢，你知道他是個很固執己見的人。」

萊妮娜點了點頭，「他今天下午從後面……拍了拍我。」萊妮娜說道。

「是吧，你知道的！」芬妮很得意，「這表明了他的立場。最嚴格的傳統。」

「穩定，」主宰者說道，「穩定。沒有社會穩定就沒有文明；沒有社會穩定就沒有個人穩定。」他的聲音就像一個號角。聽着他的聲音，他們覺得更加高大，更加溫暖。

那部機器轉啊，轉啊，必須保持永遠運作下去。如果它停止運作了，死亡將會降臨。這部機器開始運轉的時候，地球上生活着十億人。在一百五十年裏，人口增加到了二十億。停止機器的運作，在一百五十星期內，人口將會再減至十億，十億人將會活活餓死。

齒輪必須穩定地運作，但不能聽之任之。必須有人去看管它們，就像輪盤穩穩地固定在機軸上的男人，理性的人，聽話的人，因為滿足而意志堅定。

哭泣；我的寶貝，我的母親，我唯一的唯一的愛的呻吟；我的罪惡，我可怕的上帝，痛苦地慘叫着，狂熱地囈語着，為衰老和貧窮而哀嘆——他們怎麼能夠去看管機器呢？如果他們無法看管那些機器……那十億男女的屍體就無處安葬，無處火化。

芬妮以誘哄的口吻說道：「說到底，除了亨利之外再和一兩個男人好又不是甚麼痛苦或難過的事情。你知道的，你應該更放縱一些……」

「穩定，」主宰者堅持說道，「穩定是首要的終極的需要。穩定。因此就有了這一切。」

他朝花園揚了揚手，宏偉的培育中心，那些或躲在樹叢裏或在草坪上奔跑的赤身裸體的孩子們。

萊妮娜搖了搖頭，若有所思地說道：「不知道為甚麼，我最近不是很想濫交。有時候你就是沒有興致。難道你沒有同感嗎，芬妮？」

芬妮同情和理解地點了點頭。「但一個人總得去作出努力，」她語重心長地說道，「這是你的責任。說到底，人人為我，我為人人。」

「是的，人人為我，我為人人。」萊妮娜緩緩地覆述了一遍，嘆了口氣，沉默了一會兒，然後握住芬妮的手，輕輕地捏了捏，「你總是說得很對，芬妮。我會努力的。」

被抑制的衝動決堤了，這道洪水就是情感，這道洪水就是激情，這道洪水甚至就是瘋狂。它取決於浪潮的力量和堤壩的高度與強度。無拘無束的水流順着指定的河道自由地流淌，成為平靜的康莊之河。胚胎餓了，日復一日，替代血液不停地以每分鐘八百轉的速度旋轉着。瓶中的嬰兒放聲啼哭，一個護士馬上拿着一瓶外分泌激素出現了。在慾望與滿足的間隙潛伏着情感，將這個間隙縮短，打破一切舊的不必要的障礙。

「幸運的男孩子們！」主宰者説道，「我們盡心盡力不辭辛勞，為的就是讓你們過着輕鬆的情感生活——盡可能地不讓你們產生任何情感。」

「吾主福特登臨御車，」生育與培育中心的主任喃喃説道，「天下太平了。」

「萊妮娜·克勞恩？」亨利·弗斯特一邊拉上褲子的拉鍊一邊回答助理命運規劃師的問題，「噢，她是個好女孩，身材豐滿。我很奇怪你怎麼還沒上了她。」

「我也不知道為甚麼。」助理命運規劃師説道，「一有機會我就會把她給上了。」

伯納德·馬克斯面朝着更衣室過道的對面，偷聽到了他們的説話內容，臉色頓時變得蒼白。

「説老實話，」莱妮娜説道，「我開始對每天只有亨利的日子有點厭倦了。」她套上左腳的襪子。「你認識伯納德·馬克斯嗎？」她以明顯故作輕鬆的口吻問道。

芬妮的表情很驚訝，「你不是要説……」

「為甚麼不可以？伯納德是優等阿爾法。而且他叫我和他去一個野人保留區。我一直想去看看野人保留區。」

「但他名聲不大好。」

「我幹嗎要理會他的名聲呢？」

「他們説他不喜歡玩障礙高爾夫。」

「他們説，他們説。」莱妮娜模仿着她的口吻。

「還有就是，他大部份時候老是自己一個人。」芬妮的聲音裏透着驚恐。

「嗯，和我在一起的時候他就不孤獨了。人們對他的態度那麼惡劣，不知道為甚麼。我覺得他人很好啊。」她衝着自己微笑着。他真是太害羞了！就好像她是世界的主宰者，而他只是一個次等伽瑪機修工一樣。

「想想你們自己的生活吧，」穆斯塔法·蒙德說道，「你們有誰曾經遇到過無法克服的困難嗎？」

對於這個問題，大家以沉默表示否定。

「你們有誰被迫在產生慾望和得到滿足之間等候很漫長的時間嗎？」

「嗯，」一個男生開口了，但猶豫不語。

「說嘛。」主人說道，「不要讓大人久等。」

「我曾經等了將近四個星期，我想要的一個女孩子才讓我和她好。」

「然後你覺得情緒很激動？」

「太可怕了！」

「說得很對，太可怕了。」主宰者說道，「我們的祖先是那麼愚昧和目光短淺，當第一批改革者出現了，並提出將他們從這些可怕的情感中解救出來時，他們不想跟他們扯上關係。」

「當她是一坨肉那樣談論她。」伯納德咬牙切齒地想着，「左一句上她，右一句上她。就像一塊羊肉，就當她是一塊羊肉。她說她會考慮一下，這個星期給我答覆。噢，吾主福特，主啊，主啊！」他恨不得走到他們面前，狠狠地迎臉揍上一拳，又一拳，再一拳。

「是的。我真的建議你把她上了。」亨利．弗斯特說道。

「以體外發育為例。菲茨納和川口已經研究出了整套技術。但政府會過目嗎？不會的。曾經有一種叫基督教的事物，逼女人進行懷胎生育。」

「他長得太醜了。」芬妮說道。

「但我蠻喜歡他的長相。」

「而且那麼瘦小。」芬妮扮了個鬼臉，瘦小是很糟糕的事情，而且是低層階級的典型特徵。

「我覺得很可愛啊。」萊妮娜說道，「你會覺得你想要呵護他。你知道的，就像一隻貓咪。」

芬妮驚呆了。「他們說當他還在瓶子裏的時候有人犯了錯——以為他是一個伽瑪，往他的替代血液裏放了酒精。這就是為甚麼他這麼矮小的原因。」

「胡說八道！」萊妮娜憤怒了。

「睡眠教育以前在英國是被禁止的。有一種事物叫自由主義。議會，如果你知道那是甚麼的話，通過法律將其取締。那些記錄仍然保留着。盡說甚麼個體的自由。自由是沒有效率和可悲的，正好比方鑿圓柄格格不入。」

「但是，我親愛的夥計，不用客氣，我向你保證。不用客氣。」亨利．弗斯特拍了拍助理命運規劃員的肩膀。

「說到底，人人為我，我為人人。」

一週三晚重複一百次，一連進行四年，伯納德．馬克斯是催眠教育的專家。六萬兩千四百次重複造就了一則真理。傻瓜！

「或以等級體制為例。一直在提出議案，一直被予以否決。以前有民主這個東西，似乎人不止在物理—化學意義上是平等的。」

「嗯，那我能說的就是，我會接受這次邀請。」

伯納德憎恨他們，痛恨他們。但他們有兩個人，而且體格龐大而健壯。

「福特紀元一四一年，九年戰爭爆發。」

「即使他的替代血液裏摻了酒精這件事是真的我也會接受邀請。」

「碳酰氯、三氯硝基甲烷、乙烷基碘醋酸鹽、二苯代胂睛、三氯甲苯、氯甲酸鹽、二氯二乙硫醚。更別説還有氫化氰酸。」

「我才不信呢。」這就是萊妮娜的結論。

「一萬四千架飛機嗡嗡作響鋪天蓋地而來。但是，在選帝侯大街和巴黎第八區，炭疽炸彈的爆炸聲就像一個紙袋爆開的聲音一樣輕微。」

「因為我真的想去看看野人保留區。」

「三硝基甲苯加雷酸汞等於甚麼呢？地上一個大洞、一堆石頭瓦礫、一團模糊的血肉、一隻斷腳，上面仍然穿着靴子，飛到半空中，撲通一聲落在天竺葵叢中——那種鮮紅色的天竺葵。那個夏天，場面何其壯觀！」

「你沒救了，萊妮娜。我拿你沒轍了。」

「俄國人污染水源的技術實在是太巧妙了。」

芬妮和萊妮娜背靠着背，沉默地繼續換衣服。

「九年戰爭，經濟大蕭條。世界在控制和毀滅之間進行選擇，在穩定和……」

「芬妮．克勞恩也是個好女孩。」助理命運規劃員說道。

在育兒所裏，基礎階級意識課結束了，那些聲音開始轉而灌輸對工業供應品的未來需求。「我真的喜歡飛行。」它們悄聲說道，「我真的喜歡飛行。我真的喜歡穿上新衣服。我真的喜歡……」

「當然，自由主義就像炭疽一樣致命，但你不能靠暴力行事。」

「比不上萊妮娜那麼豐滿，噢，根本比不上。」

「可是，舊衣服醜死了，」不知疲倦的耳語繼續說道，「我們總把舊衣服給扔掉。丟衣服比補衣服好，丟衣服比補衣服好，丟衣服比……」

「政府是坐天下，不是打天下。你們是用頭腦和屁股進行統治，絕對不能用拳頭進行統治。比方說，強制性的消費。」

「好了，我準備好了。」萊妮娜說道，但芬妮一直沒有說話，還轉過身去。「我們言歸於好吧，親愛的芬妮。」

「每一個男人、女人和孩子每年都被迫要進行定量的消費。為了工業的利益，唯一的結果……」

「丟衣服比補衣服好。補丁越多越是窮光蛋。補丁越多……」

芬妮陰沉着臉，「總有一天你會惹上麻煩的。」

「爆發了大規模的基於良心的反對。甚麼都不消費，回歸自然。」

「我真的喜歡飛行。我真的喜歡飛行。」

「回歸文化，是的，真真正正地回歸文化。光是坐在書齋裏讀書你是沒辦法吸收多少文化的。」

「我看上去怎麼樣？」萊妮娜問道。她的外套用的是深綠色的醋酸絲纖維布料，袖口和領口是綠色的黏膠纖維布料。

「在格勒斯綠地，八百個樸素生活者被機關槍掃射消滅掉了。」

「丟衣服比補衣服好，丟衣服比補衣服好。」

綠色燈芯絨短褲配白色黏膠纖維羊毛襪子，在膝蓋下面打了個褶。

「然後是著名的大英博物館大屠殺。兩千名文化擁護者被二氯二乙硫醚毒死。」

一頂綠白相間的騎師帽遮住了萊妮娜的眼睛，她的鞋子是明綠色的，擦得很亮。

穆斯塔法．蒙德説道：「最後，主宰者們意識到武力是不好的。於是採取了較為緩慢但更加可靠的體外培育、新巴甫洛夫式條件作用培育和睡眠教育……」

她腰際纏着一條銀紋綠色仿摩洛哥皮革挎帶，鼓鼓囊囊的（因為萊妮娜不是雄化雌體），裝滿了必備的避孕藥品。

「菲茨納和川口的發明終於派上了用場，開展反對胎生方式的熱烈宣傳……」

「真好看！」芬妮興奮地叫嚷着。她總是無法長久抵擋萊妮娜的魅力。「好漂亮的馬爾薩斯節育帶！」

「隨之而來的是一場反對歷史的運動：關閉博物館，炸毀歷史紀念碑（幸運的是，大部份紀念碑早在九年戰爭期間就已經被摧毀了），銷毀所有在福特紀元一五零年之前出版的書籍。」

「我也得弄一條這種挎帶。」芬妮說道。

「比方說，以前有叫『金字塔』的東西。」

「我那條老的挎帶……」

「以前有一個人名叫莎士比亞。當然，你們沒有聽說過這些。」

「我自己那條挎帶真是醜死了。」

「這些就是真正的科學教育的好處。」

「補丁越多越是窮光蛋，補丁越多越是窮光蛋……」

「我們的主福特的第一台T型轎車的推出市場……」

「我已經戴了它快三個月了。」

「被確立為新紀元的起始日。」

「丟衣服比補衣服好，丟衣服比補衣服好……」

「我剛才說過，以前有基督教這種東西。」

「丟衣服比補衣服好。」

「是基於消費不足的倫理與哲學……………」

「我愛新衣服，我愛新衣服，我愛……」

「在生產力低下的時代很有必要，但在一個機器和固氮作用的時代——絕對是反社會的罪惡。」

「是亨利·弗斯特給我的。」

「所有的十字架的頂部都被砍掉，變成了T字架。以前還有『上帝』這種東西。」

「它是真的仿摩洛哥皮革。」

「如今我們有了世界國，有了『福特節』的慶典，還有社區大合唱和團結儀式。」

「吾主福特啊，我恨透他們了！」伯納德．馬克斯心想。

「以前有『天堂』這種東西，但他們仍然酗酒無度。」

「就像肉，就像一坨肉。」

「以前有『靈魂』這種東西，還有『不朽』這種東西。」

「問問亨利他是從哪兒買到的。」

「但他們總是吸食嗎啡和可卡因。」

「更糟糕的是，她認為自己就是一坨肉。」

「兩千名藥理學家和生化學家於福特紀元一七八年接受資助。」

「他看上去悶悶不樂的，」助理命運規劃員指着伯納德·馬克斯說道。

「六年後實現了商業化生產。完美的藥品。」

「我們逗逗他。」

「能產生欣悅的快感，有麻醉作用，出現美妙的幻覺。」

「心情不好啊，馬克斯？心情不好的話，」有人拍了拍他的肩膀，嚇了他一跳。

他抬頭一看，是那個粗魯的亨利·弗斯特。「你需要來一克蘇摩。」

「擁有基督教和酒精的所有好處，卻沒有它們的任何缺點。」

「吾主福特啊，我要殺了他！」但他說出口的卻是，「不了，謝謝。」把那管遞過來的藥片推開了。

「可以隨時擺脱現實，事後不會導致頭疼或迷糊。」

「收下吧，」亨利·弗斯特堅持道，「收下吧。」

「穩定得到了切實的保證。」

「一克解千愁，」助理命運規劃員引用了那句耳熟能詳的催眠哲理。

「剩下要征服的就只有衰老。」

「該死的，該死的！」伯納德·馬克斯嚷道。

「輕浮自大。」

「性激素荷爾蒙，輸入年輕人的血液，鎂鹽……」

「記住哦，吃蘇摩好過受折磨。」兩人大笑着出去了。

「舊時代的所有生理上的弊端都被克服了。當然，伴隨着這些……」

「別忘了問他關於那條馬爾薩斯節育帶的事情。」芬妮說道。

「所有的老年人的精神特徵也被一掃而空。他們一輩子都會有穩定的性格。」

「……天黑前打兩圈障礙高爾夫。我一定要飛行。」

「工作、娛樂——我們在六十歲的時候仍像十七歲時一樣精力充沛胃口大開。在糟糕的舊時代，老人會消沉、退休、皈依宗教，把時間花在閱讀和思考上——思考！」

「白癡，豬玀！」伯納德·馬克斯一邊朝走廊的電梯走去一邊自言自語。

「這就是進步，老年人能工作，老年人能交媾，老年人一直在享樂，沒有時間，沒有時間坐下來去思考——即使由於偶然的不幸，在令人心裏踏實的消遣之間出現了空隙，他可以服用蘇摩，美妙的蘇摩，半克蘇摩就能享受半個假期，一克蘇摩就能度過週末，兩克蘇摩就能神遊東方極樂世界，三克蘇摩就能來到永恆的漆黑的月球世界，回來時他們會發現自己已經度過了空隙，每天腳踏實地地工作和消遣，一部感官電影緊接着另一部感官電影，和一個又一個豐滿的女孩子交往，打一圈又一圈的電磁高爾夫……」

「走開，小姑娘，」主任生氣地嚷道，「走開，小男孩！你們沒看到這位大人忙得很嗎？去別的地方玩你們的情色遊戲吧。」

「可憐的孩子。」主宰者說道。

在輕微的機器運轉的嗡嗡聲中，傳送帶浩浩蕩蕩地緩緩向前推進，每小時三十三釐米。無數紅寶石在暗紅的漆黑中閃爍着光亮。

註釋：

[1]「歷史算個球。」（History is bunk.）出自一九一六年《芝加哥論壇報》對亨利·福特的採訪。英文原文是：History is more or less bunk. It's tradition. We don't want tradition. We want to live in the present, and the only history that is worth a tinker's damn is the history that we make today.

第四章

1

電梯裏擠滿了從阿爾法更衣室裏出來的人，萊妮娜走進去時，許多人對她友好地點頭微笑。她是個很受歡迎的女孩子，曾和他們當中幾乎所有人共度一夜春宵。

向他們回禮示意時，她在心裏想，他們都是親切而且魅力十足的男生！但是，她還是希望喬治·埃德澤爾的耳朵沒那麼大。（或許他在第三百二十八米處被注射了太多的甲狀旁腺激素？）看着本尼托·胡佛，她不禁想起他脱光衣服時全身毛茸茸的樣子。

想起了本尼托那身捲曲的黑毛，她不禁有點難受，轉頭看到角落裏伯納德·馬克斯那個瘦小的身軀和那張憂鬱的臉龐。

「伯納德！」她走到他身邊，「我正在找你呢。」在電梯運行的嗡嗡聲中，她的聲音顯得很清脆。其他人好奇地轉頭望着他們。「我想和你談談我們去新墨西哥的計劃。」她的眼角瞥見本尼托·胡佛驚訝地倒吸一口涼氣。她覺得很討厭，心裏嘀咕着：「居然很吃驚我沒有央求和他再去旅行一趟！」然後她以更熱情的口吻大聲說道：「我很想七月份和你一起去度假一週。」（她在大庭廣眾之下表明自己對亨利的不忠。芬妮應該很高興，即使那個人是伯納德。）萊妮娜朝他露出最甜美可人的微笑：「如果你還想和我交往的話。」

伯納德蒼白的臉一下子變紅了。「到底怎麼了？」她覺得很驚訝，但與此同時對這個讚美她的魅力的獨特方式覺得很感動。

「我們到別處談這件事好嗎？」他說話都結巴了，表情很不自在。

「我說了甚麼駭人聽聞的話嗎？」萊妮娜心想，「他的臉色怎麼這麼難看，似乎我開了一個骯髒的玩笑似的——問他的母親是誰或其他類似的玩笑。」

「我是說，有這些人在場……」他心存疑慮，欲言又止。

萊妮娜的笑聲很坦率而且絲毫不帶惡意，「你太逗了！」她是真的覺得他很逗。「提前至少一週通知我，好嗎？」她換了一個語氣，「我想我們會乘藍色太平洋火箭去吧？起點是查林T字塔嗎？還是從漢普斯泰德出發？」

伯納德還沒來得及回答，電梯就停住了。

「天台！」一個嘶啞的聲音說道。

那個管電梯的男人長得像一隻猿猴，是個半癡呆兒，穿着黑色的次等埃普斯隆的制服。

「天台！」

他猛地一下拉開電梯門。下午和煦明媚的陽光令他為之一振，他眨巴着眼睛。

「噢，天台！」他欣喜地重複了一遍，似乎突然間從死氣沉沉的昏迷中愉快地醒來。

「天台！」

他朝電梯乘客的面孔露出像小狗一樣期盼崇拜的微笑。他們說說笑笑地一起走出電梯，來到陽光中。那個管電梯的男人望着他們的背影。

「天台？」他又困惑地念叨了一遍。

然後鈴聲響起，電梯天花板的高音喇叭開始播放，以溫柔而威嚴的語氣開始宣佈命令。

「下樓。」它說道，「下樓。十八樓。下樓，下樓。十八樓。下樓，下……」

那個管電梯的男人關上大門，摁下一個按鈕，電梯立刻回落到昏暗的嗡嗡作響的天井裏，回到他所習慣的渾渾噩噩的狀態中。

屋頂很暖和明亮。夏日午後過往的直升飛機發出令人昏昏欲睡的嗡嗡作響的聲音，還有視線之外的火箭飛機高速飛過的時候發出的更深沉的嗡嗡聲，從明媚的天空上方五六英里的高空掠過，就像愛撫着柔和的空氣。伯納德·馬克斯深深地吸了一口氣，仰頭望着天空，然後環顧眺望着藍色的地平線，最後低頭看着萊妮娜的臉龐。

「好美啊，不是嗎？」他的聲音微微顫抖着。

她衝着他微笑着，臉上帶着最深切的理解和關懷的表情。「去玩障礙高爾夫球最好不過了。」她興高采烈地回答。

「我現在必須得飛了，伯納德。如果我讓亨利一直等的話他會生氣的。挑個合適的時間告訴我日期吧。」她揮揮手跑開了，穿過寬闊平坦的天台，朝機庫跑去。伯納德站在那兒望着漸漸遠去的閃閃發亮的白色長襪，那雙曬得黝黑的膝蓋充滿活力地彎曲、伸直、彎曲、伸直，在深綠色的夾克下那條合身的燈芯絨短褲輕柔地擺動着。他的臉上露出痛苦的表情。

「我得說，她很漂亮。」他的身後傳來一個洪亮而爽朗的聲音。

伯納德嚇了一跳，回頭一看，是本尼托．胡佛那張胖乎乎的紅潤的臉龐，正低頭衝他展現出露骨的熱誠的開懷微笑。本尼托是個出了名的好人。人們都說他這輩子都用不着去碰蘇摩。其他人會心情不好和發脾氣，得去度假，但他從來不受侵擾。對於本尼托來說，世界總是明媚的。

「而且非常豐滿。多好的姑娘！」然後他口氣一變：「不過，聽我說，」他繼續說道，「你看上去悶悶不樂的！你需要來一克蘇摩。」本尼托將右手插進褲袋裏，拿出一個小玻璃瓶，「一克解十憂……喂，聽我說啊！」

伯納德突然轉身跑開了。

本尼托盯着他的背影，心想：「這傢伙到底怎麼了？」然後搖了搖頭，覺得酒精進了這個可憐的傢伙的替代血液的那個傳聞一定是真的。「我想影響到腦子了。」他把裝蘇摩的瓶子放好，拿出一包性荷爾蒙口香糖，將一片塞進嘴裏，緩步朝機庫走去，細細咀嚼回味着。

亨利·弗斯特已經將他的飛機開出了機庫，萊妮娜到的時候他正坐在駕駛艙裏等候着。

當她登上駕駛艙坐到他身邊時，他只說了這麼一句：「遲到了四分鐘。」然後啓動引擎，將直升飛機掛上檔。直升飛機垂直地升到空中。亨利開始加速，推進器的蜂鳴聲從馬蜂的聲音變成了小蜜蜂的聲音，又從小蜜蜂的聲音變成了蚊子的聲音，速度計顯示他們正以每分鐘兩英里的最高速度在升空。倫敦在他們身下消失。幾秒鐘後，那些龐大的平頂建築物就好像是一床從公園和花園的綠地上冒出來的形狀各異的蘑菇。在它們中間，有一株比較高的頎長苗條的霉菌，是直指天空的查林T字塔，頂端是一個閃爍着光亮的混凝土圓台。

一朵朵碩大清新的白雲就像健美的運動員的身軀，在他們頭頂的藍天上翻騰舒捲。突然間，一隻細小的深紅色的昆蟲從雲間落下來，發出嗡嗡嗡的聲音。

「那是紅色火箭。」亨利説道，「從紐約來的。」他看了看手錶，「晚了七分鐘。」他補充了一句，然後搖了搖頭，「這些大西洋航班……出了名的不靠譜。」

他將腳從加速器上放開。發動機的嗡鳴聲降低了一個半音符，從小蜜蜂的聲音變回馬蜂的聲音，再變為大黃蜂的聲音，再變為金龜子的聲音，再變為鍬甲蟲的聲音。直升飛機的疾升之勢減緩下來，過了一會兒，他們靜止在半空中。亨利推下一個控制桿，發出咔嗟咔嗟的聲音。一開始很慢，然後越來越快，直到眼前出現一個迷離的圓團，他們前面的螺旋槳開始旋轉，水平方向的風聲愈發尖利。亨利盯着旋轉計數器，當指針指着一千兩百轉時，他關掉了直升飛機的引擎，現在飛機已經有足夠的前進動力能在這個高度繼續往前飛了。

萊妮娜低頭看着腳下地板的窗戶。他們正飛在將倫敦中心和衛星郊區一環隔開的六公里園林地帶的上方，那片綠地擠滿了像蛆蟲一樣短暫的生命。一座座離心力碰碰球高塔在樹叢間閃閃發亮。在牧羊人叢林附近，兩千名次等貝塔混合雙打正在打黎曼曲面網球。從諾丁山到威爾斯登，公路兩邊是雙排自動電梯牆手球場地。在伊林體育館，一場德爾塔體操表演和社區合唱正在進行。

「多難看的黃不拉嘰的顏色！」萊妮娜說出了睡眠教學法針對她這個階層灌輸的偏見。豪恩斯洛的感官電影製片廠的幾座建築物佔據了七英畝半的面積。旁邊是一群穿着黑色和卡其色制服的勞動者，正在忙碌地修整大西路的路面。其中一台巨大的移動式坩堝在他們飛過時正被旋開。融化的石頭傾瀉而下，在路上留下了一道閃爍不定的熾熱的痕跡。石棉壓路機來來去去，一輛絕緣灑水車的尾部升起一道白色的水蒸氣。

在布倫特福德，電視公司的廠房就像是一座小鎮。

「他們一定正在換崗。」萊妮娜說道。

那些穿着葉綠色服裝的伽瑪女孩和穿着黑色服裝的半癡呆兒就像螞蟻和蚜蟲一樣或簇擁在入口處，或排隊準備搭單軌電車。深紫色的次等貝塔在人群中來回穿梭。主樓的屋頂一派忙碌，直升飛機正在起飛和降落。

「說真的，」萊妮娜說道，「我很高興自己不是伽瑪。」

十分鐘後，他們來到了斯托克．波吉斯，開始打第一圈障礙高爾夫球。

2

伯納德低垂着眼睛快步走過天台，即使偶爾看到一個同伴也會立刻迴避。他就像一個被追捕的男人，他不願意看見自己的敵人，擔心他們要比他想像中懷着更深的敵意，讓他的心中產生更沉重的罪惡感，感到更加孤獨無助。

「那個該死的本尼托．胡佛！」但他是出於一片好心，而這在某種程度上使得事情變得更加糟糕。那些一片好心的人和那些不懷好意的人所做的事情沒甚麼兩樣。就連萊妮娜也給他帶來痛苦。他記得那幾個星期的膽怯和猶豫，他對有沒有勇氣去向她表白經歷了觀望、渴望和絕望。他敢面對被輕蔑地拒絕而遭受侮辱的危險嗎？但是，如果她說願意的話，那會是多麼開心的事情！嗯，現在她已經答應了，但他仍然覺得很苦惱——因為她覺得今天下午最適合玩障礙高爾夫；因為她離他而去，和亨利．弗斯特在一起；因為她覺得他不想在大庭廣眾談論兩人最私密的事情很好笑。總而言之，因為她的行為就像任何一個健康體面的英國女孩的行為，而不是乖張離奇而感到苦惱。

他打開自己的機庫，叫來一對閒着沒事的次等德爾塔的員工，要他們將他的飛機推到屋頂。這裏的機庫由單獨一組波卡諾夫斯基多胞胎照料，那些人都是孿生子，長得都一模一樣，個頭瘦小，膚色黝黑，相貌醜陋。伯納德以尖刻、傲慢甚至咄咄逼人的口吻命令他們做事，一個人對自己的優越地位沒有底氣時就會這麼做。對於伯納德來說，與下等階層的成員打交道一直是最犯怵的事情，因為無論是甚麼原因（現在關於他的替代血液裏摻進了酒精這個傳聞很可能就是真的，因為事故總是會發生），伯納德的體格比起普通的伽瑪好不到哪兒去，比起標準的阿爾法身高，他足足矮了八釐米，而且身材瘦削。與下等階層的成員接觸總是讓他痛苦地想起這個身體上的缺陷。「我就是我，但我希望我不是我。」過於敏銳的自我意識給他帶來了沉重的壓力。每次他發現自己平視着而不是俯視着一名德爾塔的面孔時，他就覺得很屈辱。那頭畜生會對他抱以符合他的地位的尊重嗎？這個問題一直困擾着他。這不是沒有原因的。因為伽瑪、德爾塔、埃普斯隆所接受的培育在一定程度上將體格與社會地位聯繫在一起。事實上，睡眠教育造成的對大個子的青睞是普遍現象。因此，那些他表白過的女人嘲笑他，和他同一級別的男人拿他開玩笑，這些譏諷讓他覺得自己像一個局外人，而因為他覺得自己是一個局外人，他的言行舉止就像是一個局外人，這使得別人對他的成見更深，從而強化了由他的身體缺陷所引起的輕蔑和敵意，而這進一步導致他覺得寂寞孤獨。他總是擔心會被人瞧不起，他避免與同一階層的人接觸，在與地位低於自己的人接觸時自發地捍衛自己的尊嚴。他多麼妒忌像亨利．弗斯特和本尼托．胡佛這樣的人！他們從來用不着朝一個埃普斯隆大呼小叫地讓他執行命令，他們認為自己的優越地位是天經地義的事情，在等級體制中如魚得水遊刃有餘——如此悠然自在，對自己優裕的得天獨厚的條件熟視無睹。

他似乎覺得那兩個孿生員工將他的飛機推到天台上時很不情願，動作拖拖拉拉的。

「趕緊地！」伯納德不耐煩地説道。其中一個員工瞪着他。他在那雙空洞的灰色的眼睛裏發現了一種獸性的嘲諷嗎？「趕緊地！」他更大聲地吼了一聲，聲音很嘶啞難聽。

他登上飛機，一分鐘後就朝南邊的那條河流飛去。

宣傳部和情感工程學院的各個部門位於弗里特街一座六十層樓高的獨立建築。在底樓和最底下的幾層是三份倫敦大報的出版部門和辦公室——給上層階級看的

《準點廣播》、淡綠色的《伽瑪公報》和印在黃褐色紙上用的都是一個音節的單詞的《德爾塔鏡報》。然後是宣傳部的電視部門、感官電影部門、合成歌舞與音樂部門等等——佔了二十二層樓。再往上是各個研究機構和供作曲家創作用的密封隔音的房間。最高的十八層樓是情感工程學院。

伯納德降落在宣傳部的天台，然後走出飛機。

「給下面的赫姆霍茲·華生先生打電話，」他命令那個優等伽瑪的門房，「告訴他伯納德·馬克斯先生正在天台等他。」

他坐了下來，點着一根香煙。

口信傳下來的時候，赫姆霍茲·華生正在寫字。

「告訴他我馬上就過去。」他掛上了聽筒。然後他轉身對秘書說道：「你幫我把東西放好。」他的語氣一直都是那麼正式，不帶任何個人色彩，沒有理會她那風情萬種的微笑，站起身，快步向門口走去。

他是個體格魁梧的男人，肩寬膀闊但行動敏捷，精明幹練。他那滾圓粗壯的脖子支撐着一個輪廓美妙的頭顱，長着一頭黑色的鬈髮，五官輪廓鮮明。他相貌英俊，舉止有力而威嚴，他的秘書總是不厭其煩地重複着：他看上去每一寸肌膚都有優等阿爾法的風采。他的職業是情感工程學院的講師（創作部），在授課間隙，以情感工程師的身份定期為《準點廣播》投稿，撰寫感官電影的劇本，寫口號和睡眠教育順口溜很有一套。

「能幹」，這是他的上級對他的評語，（他們會搖搖頭，然後放低聲音）「或許太能幹了點」。

是的，太能幹了點。他們是對的。思想冗餘對赫姆霍茲·華生身上所造成的影響與身體缺陷對伯納德·馬克斯所造成的影響非常相似。體格的不足使得伯納德被他的同伴孤立，而這種被疏遠的感覺按照當前的標準，就是思想冗餘，它成為伯納德進一步被孤立的原因。而讓赫姆霍茲如此不自在地意識到自身存在和孤獨的原因則是他太能幹了。這兩個人的共同特點是，他們都知道自己是獨立的個體。但是，身體有缺陷的伯納德一輩子都因為知道自己被疏遠而痛苦，直到不久之前他才意識到自己的思想冗餘；而赫姆霍茲·華生也知道自己與身邊的人不同。這位自動扶梯壁球冠軍，這位不知疲倦的情場高手（據說在不到四年裏他和六百四十個不同的女孩好過），這位令人尊敬的多個委員會的成員和交際老手突然意識到運動、女人、社區活動對他來說都只是次要的。事實上，打心眼裏，他對別的事情感興趣。但那是甚麼呢？是甚麼呢？那就是伯納德過來和他探討的問題——或者說，總是赫姆霍茲在說，而伯納德在聽，今天兩人又聚在了一起。

他走出電梯時，三個來自宣傳部合成音樂處的漂亮女孩攔住了他。

「噢，赫姆霍茲，親愛的，來嘛，和我們去埃克斯摩爾吃頓野餐晚飯嘛。」她們包圍着他，苦苦哀求着。

他搖了搖頭，推搡着穿過她們身邊。「不了，不了。」

「我們沒有邀請別的男人哦。」

但赫姆霍茲甚至不被這番美妙的承諾所打動。「不了。」他重複了一遍，「我很忙。」然後毅然決然地離開了。那三個女孩跟在他身後。直到他真的登上伯納德的飛機，關上艙門，她們才放棄了糾纏，口中不無怨言。

「這些女人！」飛機升上空中時，他說道，「這些女人！」然後搖搖頭，皺着眉頭，「太可怕了。」伯納德假意應和着，心裏卻希望說這些話的人是他自己，而且他希望能像赫姆霍茲那樣輕易地將那麼多女孩子搞到手。突然間他很想吹噓一番。「我要帶萊妮娜．克勞恩去新墨西哥。」他盡量以平淡輕鬆的語氣說道。

「是嗎？」赫姆霍茲說道，根本不感興趣。然後稍作停頓，「過去一兩週來，」

他繼續説道，「我已經與我那幾個委員會和所有女人斷絕關係了。你無法想像他們在學院裏鬧出了多大的動靜。但是，我想這是值得的。結果就是……」他猶豫着，「嗯，事情很奇怪，太奇怪了。」

身體缺陷會導致思想冗餘。這個過程似乎是可逆的。思想冗餘似乎為了自身的目的，能夠導致自發性的刻意孤獨的失眠和耳聾，以及人為的禁慾和性無能。

這趟短暫的飛行接下來的時間就在沉默中度過了。他們來到伯納德的房間，舒舒服服地伸着懶腰坐在充氣沙發上，赫姆霍茲又開始了。

他緩緩地説道：「你是否感覺到你的內心似乎有某種一直未曾被使用的過剩的精力，在等候着你給它機會宣洩出來——你知道的，就像奔騰而下變成瀑布而不是流入渦輪發電機的水流？」他疑惑地看着伯納德。

「你是説如果置身於不同的情形，一個人可能體驗到的所有的情感？」

赫姆霍茲搖了搖頭。「不完全是。我想説的是，我有時候會有一種奇怪的感覺。我覺得我有重要的東西要説，而且我有能力把它説出來——但我不知道要説些甚麼，因此無法使用那股力量。如果有某種不同的創作方式……或別的寫作題材……」

他沉默着，然後説道：「你知道的，」他最後説道，「我很擅長遣詞造句——你知道的，那種突然間讓你為之一振的語句，就像你坐到了一根釘子上，它們似乎很新穎和振奮人心，即使它們寫的是睡眠教育的淺顯內容。但那似乎並不足夠。光是有好的語句並不足夠，你所寫的題材也得好才行。」

「但你寫得很好啊，赫姆霍茲。」

「噢，還行啦。」赫姆霍茲聳了聳肩膀，「但它們沒辦法深入，它們還不夠份量。我覺得我能寫出更有份量的東西。是的，更加激烈，更加澎湃的東西。但那是甚麼呢？甚麼是更有份量的東西呢？當別人都知道你要寫甚麼，你怎麼能夠充滿激情呢？文字就像X光，如果你運用恰當的話——它們能夠穿透一切。你閱讀着那些文字，然後你就被穿透了。那就是我試圖教給我的學生的一件事情——如何寫出有穿透力的文字。但被一篇關於集體歌曲或香薰設備的最新改進的文章穿透有甚麼好處呢？而且，你真的能讓文字具有穿透力嗎——你知道的，就像非常強烈的X光——當你盡寫那些東西的時候？你能就虛而論實嗎？歸根結底就是這個問題。我一直在嘗試着，嘗試着。」

「噓！」伯納德突然說道，然後豎起一根手指表示警告。兩人傾聽着，「我想門口有人。」他輕聲說道。

赫姆霍茲站起身，踮着腳走過房間，猛地一下將房門打開。當然，門口沒有人。

「抱歉。」伯納德說道，內心和表情很不自在。「我猜想我已經有點神經過敏了。當人們對你起疑心時，你也開始對他們起疑心。」

他將手從眼前掠過，嘆了口氣，他的聲音變得很悲哀，開始為自己辯護開脫。「要是你知道最近我所承受的一切就好了，」他幾乎眼淚汪汪地說道，他的自憐自傷突然泉湧而出。「要是你能知道就好了！」

赫姆霍茲·華生聽着他的傾訴，心裏很不是滋味。「可憐的小伯納德！」他在心裏說道。但與此同時他為這位朋友感到羞愧。他希望伯納德能多展現出一點尊嚴。

第五章

1

到了八點鐘，光線漸漸昏暗下來。斯托克．波吉斯俱樂部的高塔上的高音喇叭開始以比男高音更高亢的聲音宣佈球道即將關閉。萊妮娜和亨利中止了球局，朝俱樂部走回去。從內外分泌托拉斯的所在地傳來那裏的數千頭牛的哞哞聲，牠們不僅提供荷爾蒙和牛奶，而且還為皇家法漢姆的那間大型工廠提供原材料。

黃昏中不停地嗡嗡嗡地響着直升飛機的聲音。每兩分半鐘就會有鐘聲和尖利的哨聲宣告一列輕軌火車載着下級階層的高爾夫球手從各個球道回城裏去。

萊妮娜和亨利上了他們的飛機，出發了。到了八百英尺的空中，亨利減緩了直升飛機的飛行速度，在漸漸昏暗的風景上空停留了一兩分鐘。伯恩漢姆的山毛櫸林像一個漆黑的大池塘，一直延伸到西邊明亮的天際。在暗紅的天際，殘陽漸漸消逝，從淡橙色往上變成黃色和水一般的淡綠色。在北邊，越過樹叢，內外分泌工廠那座二十層樓高的廠房每一扇窗戶都透着電燈耀眼的光芒。他們的下方是高爾夫俱樂部的建築——有寬敞的下級階層的宿舍，一牆之隔是專供阿爾法與貝塔會員入住的小一點的房屋。輕軌車站周邊黑壓壓地擠滿了螞蟻一樣的下級階層的人員。一列燈火通明的火車從玻璃穹頂下駛入開闊地帶，順着東南走向的軌道穿過黑漆漆的平原，將他們的目光引到斯洛火葬場巍峨的建築。為了夜間飛行安全，它的四根高聳的煙囪都點滿了燈。而且張貼着深紅色的「危險」標誌。它是一座地標。

「為甚麼那些煙囪四周都有像陽台一樣的設施呢？」萊妮娜問道。

「為了磷回收。」亨利立即解釋道，「氣體在煙囪裏上升的過程中要經過四個處理步驟。以前將死人火化時，五氧化二磷直接被排放到空氣裏。現在他們回收百分之九十八的磷，每具屍體能夠回收不止一點五公斤。每年光是英國就能回收超過四百噸的磷。」亨利的口吻快樂而自豪，打心眼裏為這個成就感到歡欣鼓舞，似乎這是他自己的成就一樣。「想到即使我們死了也能夠繼續為社會做貢獻真好。幫助植物生長。」

與此同時，萊妮娜移開了視線，正垂直地看着下方的輕軌車站。「真好。」她表示贊同。「但奇怪的是，即使是阿爾法和貝塔也並不比下面那些骯髒矮小的伽瑪、德爾塔和埃普斯隆更能幫助植物生長。」

「所有人在物理和化學意義上都是平等的。」亨利語重心長地説道，「而且，即使是埃普斯隆也在作出不可或缺的貢獻。」

「就連埃普斯隆……」萊妮娜突然想起當她還是個小姑娘在上學的時候，有一回她在夜裏醒來，第一次發現在她睡着的時候一直有聲音在悄悄說話。她又見到了月光和一張張白色的小床，又聽到了那輕柔的聲音在說（那些話經過如此多的漫長的夜晚的重複，印在了腦海裏，無法被忘卻）：「人人為我，我為人人。每個人都是不可或缺的。就連埃普斯隆也是有用的。我們離不開埃普斯隆。人人為我，我為人人。每個人都是不可或缺的……」萊妮娜記得一開始時的恐懼與驚訝，她醒了半個小時，然後，在那些不斷重複的聲音的影響下，她的思緒漸漸平靜下來，陷入令人心安的舒緩的悄悄襲來的睡意中……

「我想埃普斯隆真的不介意成為埃普斯隆。」她大聲說道。

「他們當然不會介意。他們怎麼會介意呢？他們不知道成為其他身份是怎麼一回事。當然，我們會介意。但如果是那樣的話，我們將會接受不同的培育。而且，我們的天資不同。」

「我很慶幸自己不是埃普斯隆。」萊妮娜堅定地說道。

「如果你是埃普斯隆，」亨利說道，「你所接受的培育會讓你對自己不是貝塔或阿爾法同樣感到慶幸的。」他啟動了推進器，朝倫敦飛去。在他們身後的西邊方向，深紅色與橘黃色的霞光幾乎消失了，一團黑壓壓的烏雲已經飄過頭頂的天空。他們飛過了火葬場，飛機順着煙囪升起的熱氣流沖天而上，直至遇到上方下沉的冷氣團才突然往下沉。

「多好玩的轉折啊！」萊妮娜高興地哈哈大笑着。

但這時亨利的語氣裏幾乎帶着憂鬱：「你知道甚麼是轉折嗎？」他説道，「是某個人最終消失無痕。變成一股升騰的熱氣。我很好奇，想知道那會是誰——男人還是女人，阿爾法還是埃普斯隆……」他長嘆一聲，然後以堅定而熱情的語氣總結道：「不管怎樣，有一件事情我們可以肯定：無論他是誰，當他活着的時候他很開心。現在每個人都很開心。」

「是的，現在每個人都很開心。」萊妮娜跟着説了一遍。這句話他們倆每天晚上要重複聽一百五十遍，一直聽了十二年。

他們將飛機停在位於威斯敏斯特亨利住的那座有四十層樓高的公寓大樓的屋頂，然後直接下樓去了餐廳，和喧嘩快樂的同伴們一起美美地吃了頓飯。喝咖啡的時候他們吃了蘇摩，萊妮娜吃了兩片半克的藥片，亨利吃了三片。九點二十分的時候，他們走過大街，去那間新裝修的威斯敏斯特大教堂看卡巴萊表演。夜空中幾乎沒有一片雲彩，也沒有月亮，但星光燦爛。幸運的是，萊妮娜和亨利並沒有察覺到這件令人不快的事情。空中的各式燈光招牌有效地隔絕了外邊的漆黑。「加爾文·斯托普斯和他的十六位薩克斯風手」。新裝修的大教堂的正面閃爍着巨大的字母，誘人地寫着：「倫敦最美妙的香薰與彩色屏幕，最新的合成音樂，應有盡有。」

他們進去了。裏面的空氣瀰漫着龍涎香和檀香的味道，有點悶熱。在大廳的穹頂，彩色屏幕正放映着一幅熱帶日落的圖畫。那十六位薩克斯風手正在演奏一首大家都喜歡聽的老歌：「你是我的可愛的小瓶兒，世上沒有哪一個瓶兒能夠比得上。」四百對舞伴正在光亮的地板上跳着五步舞。很快萊妮娜和亨利成為了第四百零一對。薩克斯風哀怨地吹奏着，就像是貓咪在月亮下叫春，女低音與男高音在呻吟，似乎快死掉了一樣。伴隨着豐富的和聲，他們帶着顫音的合唱逐漸接近高潮，越來越高亢響亮。最後，指揮家將手一揚，開始演奏最後一段支離破碎的飄渺的樂章，將十六個只是凡人的薩克斯風手撤掉，先是高昂的A大調，然後，在一片寂靜和漆黑中，是一段逐漸轉弱的通透的樂章，從四分音符下沉到氣若游絲卻又不斷氣的弦樂演奏（而那個五四節拍仍在樂聲下脈動），讓漆黑中的每一秒鐘都充滿了緊張的期待。最後，期待得到了滿足。朝陽驟然綻放光芒，與此同時，那十六位合成薩克斯風手開始演奏。

我的小瓶兒，我要的就是你！
我的小瓶兒，為甚麼我非得出瓶來？
在你懷中天空總是蔚藍，永遠雲清氣爽。
你是我的可愛的小瓶兒，世上沒有哪一個瓶兒能夠比得上。

萊妮娜和亨利與另外四百對舞伴繞着威斯敏斯特大教堂跳着五步舞，彷佛置身於另一個世界——色彩豐富的溫馨友好的蘇摩節的世界。每個人都是那麼善良、好看和令人愉悦！「我的小瓶兒，我要的就是你……」萊妮娜和亨利得償所願——此時此刻他們就置身於瓶中——安全地置身於風和日麗的終年蔚藍的天空下。然後，那十六位薩克斯風手停止了演奏，合成音樂設備正在播放最新的舒緩的馬爾薩斯藍調音樂，他們就像多胞胎的胎兒，在替代血液的汪洋浪潮中輕柔地搖擺着。

「晚安，親愛的朋友們。晚安，親愛的朋友們。」高音喇叭以溫柔、親切而悦耳的聲音下達了命令。「晚安，親愛的朋友們……」

萊妮娜和亨利與其他人一樣乖乖地聽從命令，離開了大教堂。令人不快的繁星已經在天空中走過了一段距離。雖然隔開夜空的燈光招牌現在已經熄滅了大半，但這兩個年輕人仍然很快樂，對夜色沒有察覺。

在節目結束前半個小時他們吃了蘇摩，現在藥力在現實和他們的意識之間築起了一道無法逾越的高牆。他們置身於瓶中，穿過街道；他們置身於瓶中，搭電梯來到亨利位於二十八樓的公寓。但是，雖然她仍然置身於瓶中，雖然第二片蘇摩起作用了，但萊妮娜並沒有忘記進行所有規定的避孕措施。多年高強度的睡眠教育，和從十二歲到十七歲每週三次的馬爾薩斯避孕訓練，使得這些預防措施幾乎就像眨眼睛一樣自然而且不可避免。

「噢，我想起來了，」從浴室裏回來時萊妮娜說道，「芬妮·克勞恩想知道你送給我的漂亮的綠色仿摩洛哥皮革挎帶是從哪兒弄到的。」

2

每隔一週的星期四是伯納德的團結儀式日。在阿佛洛狄宮（赫姆霍茲前不久根據第二法令被選入）一早吃過晚飯後，他與朋友們道別，在屋頂叫了一輛的士，吩咐司機飛到福特之子合唱歌廳。飛機升到幾百米的空中，然後朝東邊飛去，在轉向的時候，巍峨壯麗的歌廳出現在伯納德的眼前。那是一座足有三百二十米高的燈火通明的白色仿卡拉拉大理石建築，在路德門山的山頂閃爍着雪一般的光芒。四個角落都有停放直升飛機的平台，一個巨大的T字在夜空中閃爍着暗紅色的光芒，從二十四根金色的大喇叭口中傳出莊嚴的合成音樂。

「該死的，我遲到了。」伯納德一眼望見歌廳那口亨利大鐘，自言自語道，「該死的，我遲到了。」果不其然，就在他付車費的時候，亨利大鐘敲響了四點鐘。「吾主福特，」所有的金色喇叭奏響澎湃的低音，「福特、福特、福特、福特……」一連唱了九次。伯納德朝電梯跑去。

進行福特節慶典和其他集體合唱節目的大禮堂位於大樓的底部。在它的上方，每層樓有一百個房間，共有七千個房間供團結小組進行每兩週一次的儀式。伯納德來到第三十三樓，匆忙沿着走廊來到三二一零室，在外面猶豫了一下，然後弓起身子，打開房門走了進去。

感謝吾主福特！他不是最後到場的人。圓桌旁邊的十二張椅子還有三張仍虛位以待。他以最低調的姿態溜到最近的一張椅子，準備好等那些比他還遲的人一到就朝他們皺眉頭擺臉色。

他左邊那個女孩轉身問他：「今天下午你在玩甚麼？障礙高爾夫球還是電磁高爾夫球？」

伯納德看着她（吾主福特啊！她是莫甘娜．羅斯柴爾德）。他臉紅了，羞赧地承認他兩樣都沒玩。莫甘娜驚訝地盯着他。兩人尷尬地沉默着。

然後她斷然轉過臉去，與左邊另一個更喜歡運動的男士聊天。

「對於團結儀式來說，真是一個好的開始。」伯納德悲哀地想着，意識到自己將會再一次無法獲得救贖。要是他剛才能給自己一點時間四周觀察一下而不是匆忙奔向最近的椅子就好了！他原本可以坐在菲菲．布拉德拉弗和喬安娜．迪塞爾的中間，而他卻像一隻沒頭蒼蠅那樣坐在了莫甘娜的身邊。莫甘娜！吾主福特啊！她那兩條黑漆漆的眉毛——那兩條眉毛，在鼻樑上蹙到了一塊兒。吾主福特啊！他的右邊是克拉拉．迪特丁。確實，克拉拉的眉毛沒有蹙到一塊兒，但她實在是太豐滿了。而菲菲和喬安娜就很正點：身材豐滿，一頭金髮，體格不至於太龐大……可那個蠢貨湯姆．卡瓦古奇現在就坐在了她們中間。

到得最遲的人是莎蘿吉尼．恩格斯。

「你遲到了。」這群人的主席嚴肅地説道，「下不為例。」

莎蘿吉尼道了歉，溜到吉姆．波卡諾夫斯基和赫伯特．巴枯寧之間的座位上。現在人到齊了，團結儀式的圈子成為了一個完整無缺的圓形，以一男一女的排列圍坐在桌旁。他們十二個人準備好了融為一體，失去自己的個體性，成為一個更偉大的個體。

主席站起身，比出T字的手勢，然後打開合成音樂，播放柔和的無休止的鼓點聲和管弦樂的和聲，不停地重複着第一首團結讚美詩那簡短而無法逃避的旋律，演奏了一遍又一遍——不是耳朵在聆聽脈動一般的韻律，而是橫膈膜在感受；那些反反覆覆的婉轉嘹亮的和聲迷惑的不是意識，而是充滿嚮往的熱情。

主席又比了個T字手勢，然後坐了下來。儀式開始了。一盒精緻的蘇摩藥片被擺放在桌子的中心處。盛着草莓冰淇淋蘇摩的友愛之杯從一隻手傳遞到另一隻手中，並念出那句規定的話：「我喝下蘇摩，消滅我自己。」十二個人都一飲而盡。接着，在合成交響樂的伴奏下，他們唱起了第一首團結讚美詩。

福特，我們是十二個人，
噢，請讓我們融為一體，
就像融入社會之河的水滴；
噢，讓我們現在一起奔跑，
就像您那閃閃發亮的轎車一樣迅捷。

這段充滿嚮往的歌詞唱了十二遍。接着友愛之杯被傳遞了第二遍。「為更偉大的個體乾杯」是時下最流行的祝詞。所有人都喝了下去。音樂不停地播放着。鼓聲響起，和聲的吶喊和碰撞令融化了的心靈陷入癡迷。他們唱起了第二首團結讚美詩。

來臨吧，偉大的個體，社會之友，
將合而為一的十二個人統統消滅！
我們渴望死亡，因為當我們死去時，
我們更偉大的生命將會開始。

又唱了十二遍。到了這個時候，蘇摩開始起作用了。他們眼神迷離，兩頰緋紅，每一張臉都在快樂而友好地微笑着，綻放着內心的普世仁慈之光。就連伯納德也覺得自己似乎稍稍融化了。當莫甘娜·羅斯柴爾德轉身朝他微笑時，他盡自己的最大努力同樣報以微笑。但那兩條眉毛，那兩條連成一體的黑漆漆的眉毛，哎呀，但它們仍在臉上，無論他如何努力，他都無法做到視而不見。融合還沒有徹底實現。要是他坐在菲菲和喬安娜的中間就好了……友愛之杯被傳遞了第三遍。「我為他的降臨而暢飲。」莫甘娜·羅斯柴爾德説道，碰巧輪到她發起圓桌儀式。她興高采烈地説道。她吃了一口，將杯子遞給了伯納德。「我為他的降臨而暢飲。」他重複了一遍，努力地嘗試體驗他的到來，但那雙眉毛一直讓他覺得很彆扭，而且他離達到高潮還遠着呢，真是太糟糕了。他吃了一口，把杯子遞給了克拉拉·迪特丁。「又要失敗了。」他對自己説道，「我就知道會失敗的。」但他繼續努力保持微笑。

友愛之杯又被傳遞了一圈。主席舉手做了一個手勢，合唱轉入了第三首團結讚美詩。

感受偉大個體的來臨！

快樂着，在快樂中死去！

在鼓點的音樂聲中融化！

因為我就是你，而你就是我。

隨着一段段讚美詩的重複，歌聲變得越來越興奮。偉大個體的降臨那種迫切的感覺就像是空氣中的電壓。主席關掉了音樂，唱完最後一段歌詞後，陷入了絕對的沉默——是緊繃的期待下的寂靜，帶着電流般的生命力在顫抖着蠕動着。主席伸出手，突然間，一個低沉雄壯的聲音，比人的聲音更加悅耳、豐富、溫暖，更加充滿愛意地震顫，令人嚮往和憐憫，一個神秘的動聽的不可思議的聲音在他們頭頂開口說話了，緩緩地說道：「噢，福特，福特，福特，福特。」聲音越來越低沉，漸漸減弱。一股溫暖的感覺令人戰慄地從聽眾的太陽穴擴散蔓延到身體的每一個部位。他們熱淚盈眶，心潮澎湃，似乎獲得了獨立的生命。「福特！」他們正在融化，「吾主福特！」融化了，融化了。然後，另一個聲音驟然響起。「聽啊！」那個聲音就像小號一樣嘹亮。「聽啊！」他們傾聽着。過了一會兒，降為囈語聲，但那比最高亢的尖叫更有穿透力。「是偉大個體的腳步聲。」它重複着下面這句話，「是偉大個體的腳步聲。」那個聲音幾乎消失了。「偉大個體來到了樓梯上。」再一次，房間裏陷入了沉默。暫時鬆弛下來的期盼再次繃緊，越來越緊，似乎到了撕裂的臨界點。偉大個體的腳步聲——噢，他們聽見了，他們聽見了，正輕輕地走下樓梯，越來越近，從看不見的樓梯走下來。偉大個體的腳步聲。突然間，臨界點到了。莫甘娜·羅斯柴爾德大睜着眼睛，雙唇張開着，一下子跳了起來。

「我聽見他了，」她叫嚷着，「我聽見他了。」

莎蘿吉尼·恩格斯叫嚷着，「他來了。」

「是的，他來了，我聽見他了。」菲菲·布拉德拉弗和湯姆·川口同時跳了起來。

「噢，噢，噢！」喬安娜含糊地響應着。

「他來了！」吉姆·波卡諾夫斯基也叫嚷着。

主席前傾着身子，輕輕一碰，開始播放一段銅鐃、喇叭、手鼓的駭人而狂熱的演奏。

「噢，他來了！」克拉拉·迪特丁叫嚷着。「啊！」似乎她正被割喉。

伯納德覺得自己在這個時候得做點甚麼，他也跳起來叫嚷道：「我聽到他了，他來了。」但這並不是真的。他甚麼也沒有聽到，而且他覺得沒有人正要來——除了音樂和逐漸增強的興奮之外甚麼都沒有聽到。他和他們那些最瘋狂的人一起叫嚷着。別人開始扭腰、跺腳、搖擺，他也跟着扭腰、跺腳、搖擺。

他們圍成一圈，跳起了舞，每個人的雙手放在前面跳舞的人的屁股上，轉了一圈又一圈，異口同聲地叫嚷着，伴隨音樂的節拍跺着腳，拍打着前面那個人的屁股，十二雙手就像一雙手那樣拍打着，十二個屁股就像一個屁股那樣發出被拍打的回響。十二人合為一體，十二人合為一體。「我聽到了，我聽到他正走來。」音樂加快了，鼓點聲越來越快，越來越快，那些手拍着屁股的節奏也越來越快，越來越快。突然一個美妙的合成男低音宣佈即將到來的救贖和團結的最終圓滿，十二個人合一的到來，成為偉大個體的化身。「狂歡之禮，」他高唱着，手鼓繼續敲打着熱烈的鼓點：

狂歡之禮，福特與歡樂，
親吻女孩子，和她們結合為一體。
男孩子和女孩子合一得安寧，

狂歡之禮讓我們獲得釋放。

「狂歡之禮，」這群跳着舞的人跟着唱起了朝拜的讚美詩，「狂歡之禮，福特與歡樂，親吻女孩子……」他們唱着歌的時候，燈光開始慢慢地暗下來——與此同時，變得更加暖和、豐富，更加紅通通的，直到最後，他們就在像胚胎倉庫那樣的深紅色的昏暗中跳舞。「狂歡之禮……」在血色的胚胎裏般的黑暗中，他們繼續踩着不停歇的節拍繞着圈跳舞。「狂歡之禮……」然後，圓圈變形了，潰散了，瓦解了，癱倒在周圍一圈圈的沙發上、桌子上和周邊的椅子上。「狂歡之禮……」那個低沉的聲音溫柔地低吟着，在昏暗的紅色燈光中，似乎有一隻巨大的黑鴿仁慈地在或躺或趴的舞者頭頂上盤旋。

他們正站在屋頂，亨利大鐘剛剛敲過了十一點鐘。夜色平靜而溫暖。

「太美妙了，不是嗎？」菲菲·布拉德拉弗説道，「真是太精彩了，不是嗎？」她看着伯納德，表情很喜悦，卻是沒有流露出激動或興奮的跡象的喜悦——因為興奮表示尚未滿足。她的表情是平靜的喜悦，獲得滿足與平和的喜歡，不是空虛的填塞，而是生命獲得平衡、能量得到均衡的平和，豐盈而富有生機的平和。因為團結儀式既有給予也有索取，將人掏空，目的是進行填充。她獲得了滿足，獲得了完美，她不再只是她自己。「難道你不覺得它很美妙嗎？」

她堅持問道，凝視着伯納德的臉龐，她的眼睛閃爍着異樣的光芒。

「是的，我覺得非常美妙。」他撒了個謊，看着別處。看到她那張變形的面孔就像遭到譴責，讓他想起自己的隔閡。現在的他就像儀式剛剛開始的時候一樣可憐孤獨——更加孤立，因為他那死氣沉沉的空虛並未得到填補。其他人都與偉大個體結合了，而他仍孤身一人，沒有得到救贖，即使被莫甘娜擁抱時也是孤獨的——事實上，更加孤獨，更加絕望，就像這輩子一樣煢煢孑立。他從深紅色的昏暗中走了出來，來到燈光下，因為內心的極度苦惱而帶着強烈的自我意識。他實在是太可悲了，或許（她那雙閃閃發亮的眼睛在責備他），或許這是他自己的錯。「太美妙了。」他重複了一遍，但他想到的只是莫甘娜的眉毛。

第六章

1

怪人，怪人，怪人，這就是萊妮娜對伯納德·馬克斯的評價。事實上，他確實很古怪，接下來的幾個星期裏她不止一次猶豫着要不要改變主意，不去新墨西哥度假，而是和本尼托·胡佛去北極。問題是，她去年夏天剛和喬治·埃德澤爾去過北極，而且覺得那裏很荒涼，甚麼都沒得玩，酒店很落後——房間裏沒有電視，沒有香薰設備，只有頂討厭的合成音樂，兩百多個客人只能玩不到二十五個自動扶梯壁球場。不要，她決定不會再去北極了。而且美國她只去過一回。而且那一回根本不夠盡興！就只是在紐約度過一個廉價的週末，是和讓—雅克·哈比卜拉還是波卡諾夫斯基·瓊斯一起去的？她不記得了。這又不是甚麼大不了的事情。想到飛去西域，待上一個星期，真的很令人嚮往。而且那個星期至少有三天他們會待在野人保留區裏。整個中心只有五六個人曾去過野人保留區。作為一名優等阿爾法心理學家，伯納德是她認識的人中少數幾個能搞定通行證的人。對萊妮娜來說，這可是難得的機會。但伯納德也是一個難得一見的怪人，讓她覺得很猶豫，不知道要不要把握這個機會，甚至真的想過要和風趣的本尼托再去一回北極。至少本尼托是個正常人，而伯納德……

「替代血液裏摻了酒精」，這是芬妮對每一種古怪的言行舉止的解釋。但是，有一天晚上她和亨利在床上熱切地討論她的新愛人，亨利將可憐的伯納德比喻為一頭犀牛。

「你不能教會犀牛玩雜耍，」他以簡潔而生動的方式解釋道，「有些人根本就是犀牛，沒辦法根據條件作出適當的反應。可憐的傢伙！伯納德就是其中之一。幸運的是，他工作幹得還不賴，不然的話主任可不會留他。」他安慰性地補充了一句：「不過我覺得他與人無害。」

與人無害，或許吧，但也很不令人放心。首先，他很喜歡獨自行動，這實際上意味着無所事事，因為一個人孤零零的時候有甚麼事情好做呢？（當然，睡覺除外，但一個人不能老在睡覺。）是的，有甚麼事情好做呢？基本上沒甚麼事情了。他們一起出去的第一個下午過得很開心。萊妮娜建議去托基的鄉村俱樂部游泳，然後去牛津學社吃飯。但伯納德覺得人太多了。那麼去聖安德魯的電磁高爾夫球場轉轉呢？也不行。伯納德覺得去打電磁高爾夫球很浪費時間。

「那時間是幹嗎用的？」萊妮娜驚訝地問道。

顯然，去湖區散散步，這就是他的提議，登上斯基多的山頂，然後在石楠花叢裏散步幾個小時。「和你單獨相處，萊妮娜。」

「但是，伯納德，我們整晚都可以單獨相處。」

伯納德臉紅了，看着別處，囁嚅着說道：「我是說，單獨聊天。」

「聊天？說甚麼呢？」散步和聊天——這似乎是很古怪的消遣下午的方式。最後她說服了他，但他很不情願。兩人飛到阿姆斯特丹觀看重量級摔跤錦標賽女子半決賽。

「又是一群人在一起，」他嘟囔着，「總是這樣。」整個下午他一直悶悶不樂，沒有和萊妮娜的朋友聊天（他們在摔跤比賽的間隙在冰淇淋蘇摩吧遇到了十幾個朋友）。他心情不好，所以她給他端來一杯加了半克蘇摩的紅莓聖代，但他斷然拒絕了。「我寧願做自己，」他說道，「做卑微的自己，也不願做別人，無論那會多麼快樂。」

「一克及時省九克。」萊妮娜說出了一句在睡夢中學到的金玉良言。

伯納德不耐煩地推開遞給他的那杯聖代。

「現在可別發脾氣。」她說道，「記得哦，一克蘇摩解千愁。」

「噢，看在吾主福特的份上，別說了！」他吼了一句。

萊妮娜聳了聳肩，「吃蘇摩好過受折磨。」她嚴肅地說道，自己喝了那杯聖代。

回去的路上飛越海峽時，伯納德固執地要停下推進器，讓直升飛機在波濤上方的一百英尺處盤旋。天氣變糟了，颳起了西南風，天空中烏雲密佈。

「看哪。」他提出要求。

「太嚇人了。」萊妮娜說道，從窗戶邊上縮了開去。即將到來的空虛的夜晚、下方黑漆漆的起伏不定的泡沫飛濺的海水和蒼白的月亮，在飛速移動的雲朵映襯下，顯得如此蕭瑟惆悵，讓她覺得很害怕。「我們打開收音機吧，快點！」她伸手摸到儀表盤上的旋鈕，隨便選了個電台。

「……你的胸懷是一片藍天，」十六個假聲唱法的歌手正在唱着，「永遠……」然後頓了一下，靜了下來。伯納德將電台關掉了。

「我想靜靜地看海。」他說道，「吵吵鬧鬧的根本看不了。」

「但電台很好聽啊，我不想看海。」

「但我想看海。」他固執地說道，「它讓我覺得似乎……」他猶豫着，想找出合適的字眼表達自己的感受，「似乎我更像是我，如果你明白我想表達甚麼的話。更加獨立，而不是完全屬於某樣東西的一部份。不只是社會的一分子。難道你沒有這種感覺嗎，萊妮娜？」

但萊妮娜哭了，「太可怕了，太可怕了。」她不停地重複着，「你怎麼能說出這些話？不想成為社會的一分子？說到底，人人為我，我為人人。我們不能離開任何人，就連埃普斯隆們……」

「是的，我知道。」伯納德語帶譏諷地說道，「就連埃普斯隆們也都有用途！我也是！我真他媽的希望自己一無用處！」

萊妮娜被他這番離經叛道的話嚇壞了。「伯納德！」她驚訝而難過地抗議道，「你怎麼能說出這種話？」

他換了個語氣，若有所思地念叨着：「我怎麼能說出這種話？不，真正的問題是：我怎麼不能說出這種話呢？更確切地說——因為，說到底，我很清楚為甚麼我不能說出這種話——如果我能說出這種話，如果我是自由的，而不是被我的培育所奴役的話，會是甚麼樣子呢？」

「伯納德，你說的這些話太嚇人了。」

「難道你不想獲得自由嗎，萊妮娜？」

「我不知道你在說甚麼。我很自由。自由自在地享受着最美好的時光。現在每個人都很幸福。」

他大笑起來。「是的，現在每個人都很幸福。我們對孩子從五歲就開始灌輸這些。但是，難道你不希望以另外一種方式享受自由和快樂嗎，萊妮娜？比方說，以你自己的方式，而不是其他人的方式。」

「我不知道你在說甚麼。」她重複了一遍。然後轉過身背對着他，「噢，我們回去吧，伯納德。」她央求道，「我真的不喜歡待在這裏。」

「難道你不喜歡和我在一起嗎？」

「當然喜歡，伯納德。但這個地方太可怕了。」

「我覺得我們應該更……在這裏更加緊密——甚麼都沒有，只有這片大海和這輪明月。比和那群人在一起的時候更加緊密，甚至比在我的房間裏的時候更加緊密。難道你不明白嗎？」

她斷然説道：「我不明白。我甚麼都不明白。」她決定不再糾結下去，而是換了個口氣問道：「當你有了這些可怕的念頭時，為甚麼你不吃點蘇摩呢？你會統統都忘掉的。你不會感到悲傷，你將會變得快樂，非常快樂。」她微笑着重複着，儘管她的眼睛裏充滿了疑惑和焦慮，但她仍希望能以撩人的甜言蜜語打動他。

他默默地看着她，臉上沒有表情，死死地盯着她看。過了幾秒鐘，萊妮娜的眼睛移開了，尷尬地笑了一下，試着想說點甚麼，卻又說不出來。沉默一直持續着。

伯納德終於開口了，聲音很輕，顯得很疲憊。「那好吧，我們回去吧。」他重重地踩着加速器，讓直升飛機沖上天空。到了四千尺的高空處他啓動了推進器。兩人靜靜地飛了一兩分鐘，然後，突然間，伯納德開始大笑起來。萊妮娜心想：真是個怪人，但不管怎樣，那起碼是笑聲。

「感覺好點了嗎？」她試探着問道。

他從控制桿上抬起一隻手，然後摟着她，開始撫摸她的胸脯，以此作為回答。

「感謝吾主福特。」她對自己說道，「他又恢復正常了。」

半個小時後他們回到了他的房間。伯納德一口吞下了四片蘇摩，打開收音機和電視機，開始脱衣服。

第二天下午他們在屋頂見面時萊妮娜淘氣地問道：「怎麼樣，你覺得昨天好玩嗎？」

伯納德點了點頭。兩人登上飛機。顛簸了一下之後，飛機起飛了。

萊妮娜拍着自己的大腿，若有所思地說道：「每個人都說我特別豐滿。」

「太糟糕了。」伯納德的眼睛流露出痛苦的神情。「就像一坨肉。」他在心裏想着。

她憂鬱地抬頭看着他，「你不會覺得我太豐滿了吧？」

他搖了搖頭。簡直就是一坨肉。

「你覺得我很好嗎？方方面面都很好嗎？」

他又點了點頭。

「好得很。」他大聲地説道。然後心裏想的是：「這就是她對自己的想法。她並不介意當一坨肉。」

萊妮娜得意地微笑着，但她得意得太早了。

「不管怎樣，」稍作停頓後他繼續説道，「我還是希望能夠以不一樣的方式結束。」

「不一樣的方式？還有別的結束方式嗎？」

「我不希望我們以上床作為結束。」他的回答很具體。

萊妮娜驚呆了。

「不是立刻就上床。不是在第一天就上床。」

「那該怎麼辦……」

他開始說一大堆危險的無稽之談。萊妮娜竭力不去聽他在說甚麼，但她時不時還是能夠聽到隻言片語，「……嘗試一下壓抑我的衝動會是甚麼結果。」她聽到他這麼說。這番話似乎觸動了她。

「今朝及時須行樂，莫待明日空蹉跎。」她嚴肅地說道。

「從十四歲到十六歲半，每週兩次，重複兩百遍。」這就是他的評論。瘋狂的胡言亂語一直說個不停。「我想知道甚麼是激情。」她聽到他在說，「我想要體驗某種強烈的東西。」

「當個體感知時，集體就會動搖。」萊妮娜斷然說道。

「嗯，為甚麼就不能讓它稍微動搖呢？」

「伯納德！」

但伯納德仍然很淡定。

「工作時像成年人一樣理智，」他繼續說道，「然後像嬰兒一樣縱慾。」

「我們的主福特可喜歡嬰兒了。」

伯納德沒有理會被打斷，繼續說道：「有一天我突然想到，或許有可能一直當一個成年人。」

「我不明白。」萊妮娜的語氣很堅定。

「我知道你不明白。這就是為甚麼我們昨天像嬰兒一樣上了床，而不是像成年人那樣等待。」

「但那很開心，不是嗎？」萊妮娜堅持說道。

他回答道：「噢，那是最美妙的快樂。」但聲音是如此悲傷，而且表情非常痛苦。萊妮娜突然覺得她的得意頓時煙消雲散。或許他還是覺得她太豐滿了。

「我告訴過你的。」當萊妮娜過來找她傾訴時，芬妮就只會說，「他的替代血液裏被摻了酒精。」

萊妮娜固執地說道：「但我仍然喜歡他。他的雙手很好看。還有他端起肩膀的樣子——太迷人了。」她嘆了口氣，「但我希望他不是那麼古怪。」

2

伯納德在主任的房間門口停了一會兒，深深地吸了口氣，端平自己的肩膀，準備好迎接他很肯定會面對的厭惡與不滿。他敲了敲門，然後走進房間。

他盡量以輕鬆的口吻説道：「有份通行證請您簽字，主任。」將那份文件放在書桌上。

主任乖戾地看着他。世界主宰者辦公室的印章就蓋在文件的抬頭處，底下還有穆斯塔法．蒙德的簽名，又黑又粗。一切都辦得很妥當。主任沒得選擇。他用鉛筆簽了自己的名字縮寫——兩個小而蒼白的字母，貼在穆斯塔法．蒙德的簽名的腳下——正準備不置一言或親切地説「願我們的主福特保佑你」就把文件退回去時，他看到通行證的正文寫了甚麼。

「去新墨西哥的野人保留區？」他問道，他的語氣和他抬頭看着伯納德時的表情顯得很激動吃驚。

伯納德沒想到他會這麼吃驚，點了點頭，一言不發。

主任靠在椅子上，皺着眉頭。「那是多久之前的事情了？」這番話更像是對自己而不是對伯納德説的。「我想有二十多年了，快二十五年了。那時候我和你差不多年紀……」他嘆了口氣，搖了搖頭。

伯納德覺得很不自在。像主任這麼一位傳統嚴謹的人——居然會如此失態！他想要掩面奪門而出。不是因為親耳聽到別人講述任何久遠的過去這件事在本質上令人反感，那是他已經徹底杜絕了的（他以為是這樣）睡眠教育灌輸的偏見之一，而是因為他覺得難堪，他知道主任並不贊成——不贊成，但又違心做了不想做的事情。是出於甚麼內在的壓力呢？儘管心裏很彆扭，伯納德仍專注地傾聽着。

「那時候我和你的想法一樣。」主任説道，「想去看一看那些野人。獲得了去新墨西哥的通行證，然後在暑假的時候去了那裏。和當時的女朋友一起去的。她是個次等貝塔，我想，」（他合上了眼睛。）「我想她長着一頭黃髮。我記得她很豐滿，特別豐滿。我們去了那裏，看了野人，然後騎着馬到處逛。然後——那是我的假期最後一天——然後……她失蹤了。我們騎馬上了那些令人討厭的山的其中一座，那天很悶熱，吃完午飯我們去睡覺。或者説，我睡着了，而她應該去散步了，獨自一人。反正當我一覺醒來時她不在身邊。然後我見過的最可怕的暴風雨朝我們襲來。大雨傾盆，電閃雷鳴，幾匹馬掙脱繮繩都跑掉了。我摔下了馬，想要去追牠們，卻弄傷了膝蓋，幾乎沒辦法走路。但我還是一邊叫一邊找，一邊叫一邊找。但是沒有她的蹤跡。然後我想她應該是自己回招待所去了。於是我順着來時的路爬下山谷。我的膝蓋疼得要命，而且我的蘇摩丢了。這段路花了我幾個小時，直到半夜過後我才回到招待所。她不在那裏。她不在那裏。」主任重複着，然後沉默下來，最後又開口說道：「第二天我們展開了搜尋，但找不到她。她一定是掉進了某處的岩壑，或被一頭山獅吃掉了。只有吾主福特知道。這件事情太可怕了。當時我很難過，非常難過，我得說，我本不應該這麼難過的，因為，說到底，像這樣的事故可能會發生在任何人身上。當然，但社會主體會一直長存，雖然它的個體一分子或許會發生改變。但這個睡眠教育的思想安慰似乎不是特別奏效。」他搖了搖頭，「有時候我還會夢見這件事。」主任繼續低聲說道：「夢見被雷聲驚醒，發現她不見了。夢見在樹底下搜尋着她。」他陷入了沉默的緬懷中。

「您一定嚇得不輕。」伯納德的語氣幾乎帶着羨慕。

他的回答讓主任內疚地意識到自己是在辦公室裏，他掃了一眼伯納德，然後把眼睛移開，臉漲得通紅，然後突然狐疑地看着他，氣憤地捍衛自己的尊嚴，「不要以為我和那個女孩有甚麼不正當的關係。我們沒有感情，沒有長久的感情。那是非常健康正常的關係。」他把通行證遞給伯納德。「我真的不知道為甚麼我會說起這椿不值一提的陳年舊事來煩你。」他對自己透露了一個不體面的秘密感到很惱火，把氣撒到伯納德身上。現在他的眼神流露着赤裸裸的惡意。「馬克斯先生，我想利用這個機會告訴你，我對收到的關於你在工作時間之外的行為報告感到很不滿意。你或許會說這不關我的事。但我必須為中心的名譽着想。我的員工必須不受人非議猜疑，特別是那些身份最高貴的人。阿爾法所受的培育使得他們在情感行為上不一定非得像嬰兒一樣，但是，正因為如此，他們更應該特別努力服從規範。他們的責任就是保有赤子情懷，即使這有違他們的天性。因此，馬克斯先生，我嚴肅地警告你，」主任的聲音現在變得正義凜然，不帶任何私人情感，激於憤慨而顫抖着——他是在代表社會表示不滿。「如果我再聽到任何關於你背離赤子情懷的行為失檢，我就會把你調到一間分所——可能會是冰島。再見。」他將椅子一轉，拿起鋼筆開始寫字。

「這番話會給他個教訓。」他自言自語道。但他想錯了。因為伯納德大搖大擺地離開了房間，砰的一聲關上了門，興高采烈地幻想着自己孤身一人對抗秩序，想到自己是那麼重要和突出而感到心醉神迷。就連遭受迫害這個想法也沒有讓他覺得不開心，讓他覺得很振作而不是消沉。他覺得自己很堅強，能面對並克服一切苦難，就連去冰島也覺得沒甚麼大不了的。因為現在他並不相信自己面臨甚麼危險，因此更是信心爆棚。沒有人會因為這種事情而被調走。冰島只是一個威脅，最刺激和令人振奮的威脅。走在過道裏的時候，他居然吹起了口哨。

當天晚上，他講述了他與主任見面時的英勇表現。他總結道：「於是，我坦率地告訴他滾到歷史的無底洞去吧，然後大步走出了房間。事情就是這樣。」他熱切地看着赫姆霍茲·華生，等候着他應得的同情、鼓勵和欽佩。但赫姆霍茲甚麼也沒說，靜靜地坐着，盯着地板。

他喜歡伯納德，而且因為伯納德是他認識的人中唯一可以談論他覺得很重要的話題的人，對此心懷感激。但是，伯納德身上有一些地方讓他覺得很討厭。比方說，這一番吹噓，還有不時會爆發的可憐兮兮的自憐自傷，還有他總是在事後才故作英勇的卑劣習慣，毫無鎮定自若的氣度。他討厭這些——因為他喜歡伯納德。時間一秒秒地過去，赫姆霍茲繼續盯着地板。伯納德突然面紅耳赤，轉過臉去。

3

這趟行程很平靜。藍色太平洋火箭在新奧爾良提早了兩分半鐘發射，在得克薩斯州遇到了龍捲風耽誤了四分鐘，但在西經九十五度處飛進了順風的氣流，比規定時間晚了不到四十秒就在聖達菲着陸。

「六個半小時的飛行遲了四十秒，還不算太糟糕。」萊妮娜大度地説道。

當晚他們在聖達菲就寢。酒店很不錯——比起去年夏天讓萊妮娜吃盡苦頭的奧羅拉·波拉酒店要好得多。每個房間都擺放了液態空氣、電視機、真空震動按摩器、收音機、熱乎乎的咖啡因飲品、最新的避孕藥和八種不同氣味的香薰。他們走進大堂時聽到合成音樂機正播放着音樂，就覺得別無所求。電梯裏的一則告示讓他們了解到酒店裏有六十個自動電梯壁球場，而且公園裏既可以打障礙高爾夫球也可以打電磁高爾夫球。

「聽起來太美妙了。」萊妮娜嚷嚷着，「我好想待在這兒。六十個自動電梯壁球場呢……」

「保留區裏可沒有壁球場。」伯納德給她打預防針，「而且沒有香薰，沒有電視，甚至沒有熱水。如果你覺得沒辦法忍受，那就待在這裏等我回來吧。」

萊妮娜心裏很不舒服，「我當然受得了。我只是説這裏很美妙，因為……嗯，因為進步是美妙的，不是嗎？」

「從十三歲到十七歲，每週一次，重複五百遍。」伯納德倦怠地説道，似乎在自言自語。

「你說甚麼來着?」

「我說進步是美妙的。這就是為甚麼你不能來保留區的原因,除非你真的想來。」

「但我真的想來。」

「那好吧。」伯納德說道,這句話幾乎是一個威脅。

他們的通行證得由保留區的區長簽名,第二天早上,他們準時來到他的辦公室。一個優等埃普斯隆黑人門衛查看了伯納德的卡片,立刻給他們放行。

區長是一個金髮碧眼頭顱很短的次等阿爾法,個頭瘦小,圓圓的臉龐很紅潤,肩膀很寬,聲音洪亮,張口閉口都是睡眠教育的格言智慧。他是一座不相干的信息的寶庫,不用別人問起就會自發地提出好建議。而一旦開了口他就會興高采烈地說個不停。

「……五十六萬平方公里,分為四個獨立的保留區,每一個都有高壓電線圍欄。」這時,不知道是因為甚麼,伯納德突然想起他的浴室裏的古龍香水旋鈕忘了關,一直敞開着流個不停。

「……由大峽谷水電廠供電。」

「等我回去的時候得花一大筆錢啊。」伯納德在腦海裏似乎看到香薰刻度的指針就像螞蟻一樣不知疲倦地一圈又一圈地緩緩地轉動着。「得趕快給赫姆霍茲．華生打電話。」

「……五千多公里長的圍欄，通了六萬伏的電流。」

「您不是說真的吧！」萊妮娜禮貌地說道，其實她根本不知道區長說了些甚麼，但他那戲劇性的停頓讓她有所察覺。當區長開始滔滔不絕地講述時，她偷偷地吃了半克蘇摩，結果就是，現在她能安安靜靜地坐着傾聽，甚麼也不去想，藍色的大眼睛緊盯着區長的臉，顯得格外專注。

「碰到圍欄就會當場死亡。」區長嚴肅地說道，「根本不可能從野人保留區裏溜掉。」

「溜掉」這個字暗示着甚麼。伯納德心想：「或許我們得開溜了。」那根細細的黑色刻度指針正像一隻小蟲迅速爬行着，隨着時間的流逝，正在蠶食他的金錢。

「無路可逃。」區長重複了一遍，招手示意要他在椅子上坐定。通行證還沒有簽署，因此伯納德別無選擇，只能乖乖聽命。「那些在保留區裏出生的人——記住，我親愛的年輕的女士，」他補充道，色瞇瞇地朝萊妮娜使了個眼色，以猥瑣的耳語説道，「記住，在保留區裏，還有生孩子這回事，是的，真的是生出來的，太惡心了，似乎……」（他以為説起這麼一件羞恥的事情會讓萊妮娜臉紅，但她只是故作理解地微笑着，然後説道：「您不是説真的吧！」）區長失望地繼續説下去：「我再重複一遍，那些生於保留區的人注定會死在這裏。」

注定會死在……每分鐘就是十分之一升古龍香水，一小時就是六升哪。伯納德又試探着説：「或許我們應該……」

區長前傾着身子，用食指敲着桌子，「你問我有多少人生活在保留區？我的回答就是……」他得意洋洋地説道，「我的回答就是不知道。我們只能估算。」

「您不是説真的吧！」

「我親愛的小姐，這就是我的回答。」

六乘以二十四——不對，應該是六乘以三十六。伯納德臉色蒼白，不耐煩地抖着身子。但那番滔滔不絕的話還在繼續。

「……大概有六萬名印第安人和混血兒……徹頭徹尾的野人……我們的巡查員時不時會進行探訪……除此之外，與文明世界完全斷絕聯繫……仍然保留着他們令人作嘔的習慣和風俗……婚姻，如果你知道那是怎麼一回事的話，我親愛的小姐。家庭……沒有經過培育……醜陋的迷信……基督教、圖騰崇拜還有祖先崇拜……滅絕的語言，比如說，祖尼語、西班牙語和阿薩巴斯卡語……美洲獅、豪豬和其他髒兮兮的動物……傳染病……牧師……有毒的蜥蜴……」

「您不是說真的吧！」

他們終於離開了。伯納德衝到電話跟前。快點，快點，快點。但他花了將近三分鐘的時間才接通了赫姆霍茲·華生的電話。「我們或許已經置身於野人當中了。」他抱怨道。「真他媽的太無能了！」

「來一克蘇摩吧。」萊妮娜建議。

他拒絕了，寧可一直生氣下去。最後，感謝吾主福特，他打通了。是的，赫姆霍茲接電話了，他對赫姆霍茲解釋了事情的緣由，赫姆霍茲答應他立刻過去把香水的開關擰緊，是的，立刻就去，還利用這個機會告訴他昨天晚上主任公開宣佈的消息……

「甚麼？他在找人代替我的位置？」伯納德的聲音透着憤怒，「也就是說事情已經決定了？他提過冰島嗎？你說他提過？吾主福特啊！冰島……」他掛上話筒，轉身對着萊妮娜。他臉色蒼白，一副失魂落魄的神情。

「出甚麼事了？」她問道。

他重重地坐在椅子上。「我要被發配到冰島了。」

以前他總是會猜想接受重大考驗會是甚麼情況（不吃蘇摩，全憑自己的精神世界去支撐），會蒙受一些痛苦，遭受一些迫害，他甚至渴望苦難。就在一個星期前，在主任的辦公室，他還幻想過自己英勇地進行抵抗，一言不發地堅強地承受折磨。主任的威脅曾令他感到得意洋洋，讓他覺得比真實的自己更加高大。但現在他意識到，那是因為他並沒有將威脅放在心上，他曾經不相信真到這個時候主任會採取行動。現在看起來似乎威脅真的就要來臨了，伯納德嚇壞了。那想像中的堅韌和幻想中的勇氣頓時煙消雲散，沒有留下一絲痕跡。

他對自己很惱火——真是一個笨蛋——和主任作對——不再給他一個機會，現在他心裏非常清楚了，主任一直想找機會整他。冰島、冰島……

萊妮娜搖搖頭，「過去未來多煩憂，」她引用了一句話，「吃上一克復何求。」

最後她勸說他吃了四片蘇摩。五分鐘後，歷史的根與未來的果都被統統剪除，只有當下的花朵在燦爛綻放。那個門衛過來傳話，說奉區長的命令，一個保留區的衛兵開着飛機過來了，正在酒店的天台等候。他們立刻上樓。一個穿着綠色伽瑪制服的有八分之一黑人血統的混血兒敬了個禮，開始背誦上午的行程。

先是鳥瞰十來個主要的印第安人村莊，然後在熔岩區的山谷降落吃午飯。那裏的招待所很舒服，然後上山去那個印第安人的村莊，那些野人們或許正在慶祝他們的夏祭。那是過夜的最好的地方。

他們在飛機上坐好後就出發了。十分鐘後，他們就穿越了將文明與野蠻分隔的邊境。圍欄延綿不絕，呈一道不可抗拒的直線，在山脈中上下蜿蜒，穿越鹽漠或沙漠，橫穿森林、深溝縱壑的大峽谷、峭壁、山峰和平頂山，圈出彰顯人類意志的得意的幾何圖案。在它的腳下零星點綴着白骨，一具在黃褐色的地面映襯下還沒有腐爛的發黑的屍體，那不知是野鹿、野牛、美洲獅、箭豬、土狼的屍體，還是貪婪的禿鷲被腐肉的氣息吸引，卻離毀滅性的電線太近，遭到電擊而死，彷彿冥冥中自有報應。

「牠們從不學習，」那個穿着綠色制服的飛行員指着他們下面那些骨骸道，「也從不吸取教訓。」他補充了一句，哈哈大笑，似乎那些被電死的動物也是他個人的豐功偉績。伯納德也笑了。吃了兩克蘇摩後，這個玩笑似乎變得好好笑。笑完之後他們立刻沉沉睡去，在睡夢中飛越了陶斯和特蘇基，飛越了納姆比、皮庫里斯和波瓦基，飛越了席亞、科切蒂，飛越了拉古納、阿科馬和神秘的平頂山，飛越了祖尼、奇波拉和奧霍·卡連特，醒來時發現飛機已經着陸。萊妮娜把行李箱搬進一間小平房裏，那個穿着綠色伽瑪制服的混血兒正和一個年輕的印第安人説着聽不懂的話。

「這裏就是熔岩區的招待所，」伯納德走出來時，那個飛行員解釋道，「今天下午在村子裏有跳舞節目。他會帶你們去。」他指着那個臉色陰沉的年輕野人。「我想會很有趣的。」他咧嘴一笑，「他們做的每件事都很有趣。」説完他登上飛機，啓動了引擎。「明天就回去。記住，」他安慰萊妮娜，「野人們都很溫順，不會傷害您的。他們已經嘗夠了毒氣彈的滋味，知道自己絕對不能玩任何把戲。」他仍然哈哈大笑，啓動了直升飛機，加速，飛走了。

第七章

那座平頂山就像一艘擱淺在黃沙之峽的船隻。峽谷在險峻的崖壁之間蜿蜒，在傾斜的岩壁之間，貫穿着一條綠帶——那是河流和它的原野。在峽谷的中央，那艘石船的船首，有一塊幾何形狀完整的光禿禿的岩石，似乎是它的一部份，那裏就是熔岩區的所在。高聳的岩石層層疊疊，越高的層面積越小，就像被鋸開的金字塔，直指藍色的天空。在它們的腳下錯落分佈着幾座低矮的房屋，牆壁縱橫交錯，懸崖的三面陡峭地在平原上直聳而起。幾道煙柱在無風的空中垂直升騰，然後消逝無痕。

「真古怪，」萊妮娜說道，「真是太古怪了。」這是她埋怨時常說的話。「我不喜歡這裏，我不喜歡那個男的。」她指着那個被指派帶他們到村子裏的印第安嚮導。顯然，她的這種感覺得到了回應，那個人走在他們前面，背影敵意很深，態度陰沉而輕蔑。

她壓低了聲音，「而且他臭死了。」

伯納德沒有表示反對。他們繼續走着。

突然間，似乎整個空間活了過來，悸動着，悸動着，就像血液不知疲倦地流淌着。在上方的村莊，鼓點正在敲響。一行人的腳步跟隨着那個神秘的心臟的節奏，加快了步伐，一路來到懸崖的腳下。巨船一般的平頂山的峭壁矗立在他們面前，離船沿有三百英尺的高度。

「要是我們把飛機開過來就好了。」萊妮娜説道，懊惱地仰頭看着巍然而立的光禿禿的岩壁。「我不喜歡走路。而且站在山腳下，讓你覺得自己是那麼渺小。」

他們在平頂山的影子裏走了一段路，繞過一道突岩，在一處被流水沖刷而成的峽谷裏，有宛如艙室扶梯的小徑。他們緣梯而上，小徑非常陡峭，在溝壑間呈之字形拐來拐去。有時候他們根本聽不見鼓點的聲音，而有時候它們似乎就從拐角處傳過來。

走到半路的時候，一隻雄鷹從他們身邊飛過，挨得那麼近，翅膀帶起的風讓他們覺得撲面生寒。在一處岩縫裏有一堆骨頭，讓人覺得心裏沉甸甸的，而且那個印第安人的氣味越來越強烈。終於，他們穿過峽谷來到了燦爛的陽光中。平頂山的頂部是一片平坦的石坪。

「就像查林T字塔一樣。」萊妮娜説道，但還沒等她因為這個相似之處感到心安有多久，身後傳來了輕微的腳步聲。他們回頭望去。兩個印第安人正沿着小路跑過來，從脖子到肚子不着寸縷，深棕色的身體上畫滿了白色的條紋（「就像瀝青網球場一樣，」萊妮娜後來是這麼解釋的），他們的臉塗着紅色、黑色和赭色的顏料，看上去人不像人鬼不像鬼。黑色的頭髮結成辮子，嵌着狐狸毛皮和紅色的法蘭絨。火雞羽毛織成的披風在他們的肩膀上擺動着，頭上戴着蓬鬆艷俗的羽冠。每跑一步，他們佩戴的沉重的銀鐲、骨珠和綠松石珠鏈就會叮叮噹噹作響。他們一語不發，腳上穿着鹿皮軟靴，腳步聲很輕。其中一個拿着一根羽毛撣子，另一個人遠遠看去，雙手似乎拿着三四根粗繩，有一根繩子在不安地扭動着，突然間，萊妮娜看清原來那些是幾條蛇。

那兩個人越來越近，黑色的眼眸看着她，但沒有流露出認出她或察覺到她的存在的最細微的跡象。那條蠕動的蛇又軟趴趴地和其他幾條蛇垂在一起。他們跑了過去。

「我不喜歡這裏。」萊妮娜說道，「我不喜歡這裏。」

在村子的入口處等候着她的情景更令她討厭。他們的嚮導走開了，到村子裏尋求指示。

首先是骯髒，那一堆堆的垃圾和塵土、那些狗、那些蚊蠅，惹得她整張臉因為惡心而皺成一團。她拿出手帕捂着鼻子。

「他們怎麼能夠過着這樣的生活？」她憤慨而難以置信地叫嚷着。（這根本不可能嘛。）

伯納德故作深刻地聳了聳肩膀，說道：「不管怎樣，過去五六千年來他們就是這麼生活的。因此，我想他們一定已經習慣了。」

「但衛生僅次於神聖。」她固執地說道。

「是的，文明就是消毒。」伯納德接着說道，拿睡眠教育的基礎衛生理念的第二句進行調侃，「但這些人從未聽說過我們的主福特，而且他們還沒有開化。因此，沒有意義……」

「噢！」她抓住他的胳膊，「看哪。」

一個幾乎赤身裸體的印第安人正緩緩地從旁邊的房子一樓的平台上順着梯子爬下來——以老人家的小心翼翼的姿態一級一級地下來。他的臉很黑，而且皺巴巴的，像一張黑曜石做成的面具。沒有牙齒的嘴巴很癟，在兩個嘴角上和下巴兩側，幾根長長的幾乎發白的鬍鬚在黑色皮膚的襯托下閃閃發亮。他那長長的沒有紮辮子的花白的頭髮垂在臉際。佝僂的身子瘦骨嶙峋，幾乎沒有肌肉。他緩緩地下來，每一級樓梯都會停一停，然後再往下爬一步。

「他怎麼了？」萊妮娜低聲問道，驚訝而恐懼地睜大着眼睛。

「他老了，如此而已。」伯納德故作滿不在乎地回答。他自己也很驚詫，但努力裝出滿不在乎的樣子。

「老了？」她重複了幾遍，「但主任也老了，許多人都老了，他們並不像那副模樣啊。」

「那是因為我們不讓他們變成那副模樣。我們不讓他們生病，我們人為地讓他們的內分泌維持在年輕時期的平衡，我們不讓他們的鎂鈣比例低於三十歲時的水平，我們給他們換上新鮮的血液，我們一直在刺激他們的新陳代謝。所以，他們當然看上去不是那副模樣。」他接着說道，「而另一部份原因是他們中大部份人在活到這個老傢伙的年紀之前就已經死掉了。他們一直保持年輕，直到六十歲，然後，咔嗟一聲！結束了。」

但萊妮娜並沒有聽他的解釋。她一直在看着那個老人。他緩緩地爬下來。他的雙腳踏上了地面。他轉過身，在深陷的眼窩裏，他的眼睛依然很明亮，久久地盯着她看，沒有流露出驚奇的表情，似乎當她根本不存在。然後，那個老頭弓着身子慢悠悠地從他們身邊蹣跚地走開了。

「真是太可怕了。」萊妮娜低聲說道，「太可怕了。我們不應該到這兒來的。」

她伸手到口袋裏找蘇摩——卻發現她把瓶子落在招待所裏了，她之前從來沒有過這種疏忽。伯納德的口袋也是空的。

萊妮娜只能在無助的情況下面對熔岩區的恐怖。可怕的事情洶湧而來，兩個年輕女人給孩子餵奶的情景令她面紅耳赤，轉過臉去。她這輩子從未見過這麼不體面的事情。而更糟糕的是，伯納德並沒有機智地裝作視而不見，而是對這一令人作嘔的胎生現象公開發表評論。現在蘇摩的效力已經過去了，他為自己早上在酒店裏所表現出來的軟弱感到羞愧，刻意想展現自己的堅強和不羈。

「多麼美妙親密的關係。」他故意離經叛道地說，「它將締造多麼深厚的感情！我總是覺得一個人如果不當母親或許會錯過些甚麼。萊妮娜，你沒有當過母親，可能真的錯過了甚麼。想像一下是你坐在那兒抱着自己的孩子……」

「伯納德！你真是太過份了！」一個患了眼疾和皮膚病的老嫗走了過來，讓她顧不上表示憤慨。

「我們走吧。」她央求道，「我不喜歡這裏。」

但這時他們的嚮導回來了，讓他們跟在身後，引路順着房子之間的狹窄巷道一直往前走。他們拐過一個街角，有一隻死狗躺在垃圾堆上。一個得了甲狀腺腫大的女人正在一個小女孩的頭上捉蝨子。嚮導在一架梯子下面停了下來，垂直地舉起手，然後呈水平方向用力一揮。他們遵照他無聲的指示——爬上梯子，然後穿過通往一個狹長的房間的門道，裏面很黑，而且有一股煙味、煮過的油脂的味道和很久沒有洗過的衣服的味道。在房間的遠端那一頭是另一條門道，穿過門道之後迎來一束陽光，響亮的鼓聲已經很近了。

他們跨過門檻，發現自己置身於一個寬闊的平台上。在他們下方，被高高的房子包圍着，是村子的廣場，聚滿了印第安人。看着斑斕的毛毯，還有黑色的頭髮上的羽毛，閃耀的綠松石和散發着熱力的黑色肌膚，萊妮娜又用手帕捂住鼻子。在廣場中心的開闊地有兩個用石頭和夯實的黏土建成的圓台——顯然，是地下室的屋頂，因為在每個圓台的中心有一個開口，從漆黑一片的下方冒出一條梯子。地下傳來悠揚的笛聲，在持續的無休止的鼓聲中幾乎微不可聞。

萊妮娜喜歡這個鼓聲。她閉上眼睛，讓自己沉浸在舒緩的不斷重複的咚咚聲中，由得它越來越徹底地佔據自己的意識，直到最後世間的萬物不復存在，只有那個深沉的悸動的聲音。它讓她想起在團結儀式和福特節慶典上播放的合成音樂，讓她覺得很安心。「狂歡之禮。」她低聲自言自語着。鼓聲一直重複着同樣的節奏。

突然間，歌聲令人震驚地爆發了——幾百個男人一同聲嘶力竭地引吭高歌。唱了幾句長長的調子後安靜下來，只有雷聲般的鼓點在響，然後是女人們回應的尖利而發顫的歌聲，接着又是鼓聲，接着又是男人們低沉而野蠻地展現男子漢氣魄的歌聲。

古怪——是的，這個地方真是太古怪了，音樂也是，衣服、甲狀腺腫大、皮膚病、衰老，一切都那麼古怪。但表演本身卻似乎並不讓人覺得特別古怪。

「它讓我想起了一首下等階層的集體歌曲。」她告訴伯納德。

但過了一會兒，她就不覺得這是無傷大雅的盛大集會了。因為突然間，從地底下的密室裏湧出一群可怕的怪物。他們戴着醜陋的面具或塗得面目全非，圍着廣場一圈又一圈地跳起了奇怪的舞蹈，一邊跳一邊唱，跳了一圈又一圈——每一次都跳得略快一些，鼓點改變了節奏，而且越來越快，聽上去就像是發燒時耳朵裏的悸動。群眾開始與那些舞者一起唱歌，越來越響，一開始是一個女人在尖叫，然後一個接一個，似乎她們要被殺死了。接着那個領舞的人突然離開了隊伍，跑到位於廣場一頭的一個大木頭箱子那裏，揭開蓋子，從裏面拿出兩條黑蛇。人群開始大聲叫嚷，所有其他舞者伸着手衝他跑去。他把蛇扔給第一批跑到他身邊的人，然後彎腰從箱子裏拿出更多的蛇，越來越多，黑色的棕色的斑駁雜色的蛇——他把牠們扔了出去。然後舞蹈又開始了，換了一個節奏。他們拿着蛇一圈又一圈地跳着舞，膝蓋和臀部輕柔地扭動着，跳了一圈又一圈。然後領舞的人發出一個信號，一條接一條地，所有的蛇都被扔到廣場的中央，一個老頭從地下走了上來，往牠們身上撒玉米麵，然後從另一個開口上來一個女人，用一個黑甕往牠們身上灑水。然後那個老頭舉起手，周圍一片死寂，讓人覺得恐懼不安。鼓聲停止了，生命似乎來到了終點。老人指着那兩個通往地下世界的開口。慢慢地，從一個開口中，看不見的手托着一幅畫着鷹的畫升了上來，從另一個開口升起了另一幅畫，上面畫着一個赤身裸體的人被釘在十字架上。它們就懸在那裏，似乎自己就能立穩，正在觀看着一切。那個老人輕輕地拍了拍手。一個大約十八歲的男孩從人群中走了出來，只纏了一塊白色的圍腰布。他站在老人面前，雙手抱胸，低垂着頭。那個老人朝他身上畫了個十字，然後轉身離開了。那個男孩開始繞着那堆蠕動的蛇慢慢地轉圈。走完第一圈，第二圈剛走到一半的時候，舞者中一個戴着豺狼面具手持皮鞭的高個子男人朝他走去。那個男孩繼續走着，似乎沒有注意到他的存在。那個豺狼男子舉起皮鞭，眾人久久地期待着，然後嗖的一聲，皮鞭呼嘯着，發出結結實實地擊打在肉體上的響亮的聲音。那個男孩的身軀顫抖着，但他沒有吭聲，仍然以緩慢而堅定的步伐繼續走着。豺狼男子又抽了他一鞭子，然後又一下，每抽一下，人群先是倒吸一口涼氣，然後發出深切的嘆息聲。那個男孩繼續走着，走了第二圈、第三圈、第四圈，他的身子一直在滴着血，第五圈、第六圈。突然間萊妮娜用手捂着臉，開始哭泣。「噢，讓他們停下來，讓他們停下來！」她哀求着。但那根鞭子不停地落下。第七圈。突然間那個男孩踉蹌着臉朝下栽倒在地上，仍然沒有吭聲。那個老頭彎着腰用一根長長的白色的羽毛輕撫着他的背部，然後高舉着它，讓人們看到它變成了鮮紅色，然後將它在那堆蛇上面揮舞了三下。幾滴血掉了下來。突然鼓聲再次響起，爆發出激烈而急促的節奏。有人大喊一聲，那群舞者衝向前，拿起那些蛇，然後跑出了廣場。男人、女人、孩子，所有的人都跟着他們跑掉了。一分鐘後，廣場上空蕩蕩的，只剩下那個小男孩，倒在那裏一動不動。三個老嫗從一座房子出來了，吃力地把他抬進了房子。那隻雄鷹和那個十字架上的男人守護着空蕩蕩的村子。然後，似乎他們已經看夠了，從開口處緩緩地沉落，回到看不見的地下世界。

萊妮娜仍在哭泣着，不停地重複着「太可怕了」，伯納德怎麼勸慰她都沒有用。「太可怕了！那些血！」她不寒而慄。「噢，我好想吃點蘇摩。」

從裏屋裏傳來了腳步聲。

萊妮娜沒有動，坐在那兒用手捂着臉，不去看那個人，和他保持着距離。只有伯納德轉過身。

走上平台的那個年輕人穿着印第安人的衣服，但他那紮着辮子的頭髮是淡黃色的，眼睛是淡藍色的，是個白人，只是曬得很黑。

「你好，早安。」他説的是無可挑剔卻很古怪的英語。「你們是文明人嗎？你們從保留區外面的異域來的，是嗎？」

「你到底是誰？」伯納德很驚訝。

那個年輕人嘆氣着搖了搖頭。「一個天涯淪落人。」然後指着廣場中心那攤血漬，「你看到那個該死的地方了嗎？」他動情地顫抖着聲音問道。

「吃蘇摩好過受折磨。」萊妮娜捂着臉呆板地説着，「我好希望能夠吃點蘇摩！」

「原本應該是我在那兒的。」那個年輕人繼續説道，「為甚麼他們不讓我當祭品呢？我可以完成十圈——十二圈、十五圈。帕洛提瓦最多只能走七圈。他們可以從我身上得到兩倍的血。把一碧無垠的海水染成一片殷紅。」他伸出雙臂擺出一個慷慨大度的姿態，然後洩氣地讓手臂垂了下來。「但他們不會讓我參加的。他們不喜歡我的膚色。一直都是這樣，都是這樣。」他的眼睛裏噙着眼淚，他感到很羞愧，轉過身去。

驚訝令萊妮娜忘記了沒有蘇摩的痛苦。她把臉露出來，第一次看着那個陌生人。「你是說你願意挨鞭子？」

那個年輕人仍然沒有對着她，做了一個確認的姿勢。「為了村子——為了祈求降雨和穀物生長，並取悦鷹神普空和耶穌。然後證明我能夠承受痛苦，不會哭泣。是的。」突然間，他的聲音充滿了磁性，他驕傲地端着肩膀轉過身來，自豪而倔強地抬起下巴。「證明我是一個男人……噢！」他驚嘆一聲，然後沉默着，大張着嘴巴。他這輩子第一次看到一個臉蛋不是巧克力色或狗皮那種顏色的女孩子，她長着一頭赤褐色的鬈髮，而且表情親切和藹（多麼新奇的表情！）。萊妮娜正朝他微笑着，多麼英俊的男孩，她心裏想着，而且多麼健美的身軀。鮮血湧上那個年輕人的臉龐，他垂下眼睛，過了一會兒抬起視線，發現她仍然在朝他微笑着，覺得心醉神迷，只能轉過身，假裝認真地看着廣場另一邊的甚麼東西。

伯納德的問題吸引了他的注意力。他是誰？他怎麼到這兒來的？甚麼時候來的？從哪兒來的？他一直盯着伯納德的臉（他是如此渴望見到萊妮娜的笑臉，根本不敢去看她一眼）。這個年輕人努力想解釋關於他自己的情況。琳達和他——琳達是他的母親（這個詞讓萊妮娜露出尷尬的表情）——不是保留區的原住民。琳達是在很久以前從異域來的，那時候他還沒有出世，同行的還有一個男人，就是他的父親。（伯納德豎起了耳朵。）她獨自一個走到了北邊的群山之間，從一個陡峭的地方摔下去，撞傷了頭。（「繼續説，繼續説。」伯納德興奮地催促着。）熔岩區的幾個獵人發現了她，把她帶到村子裏。至於那個是他父親的男人，琳達再也沒有見過他。他的名字叫托馬金。（對了，主任的名字就叫「托馬斯」。）他一定已經飛走了，回到異域，沒有帶上她——他真是一個無情的壞心眼的沒人性的小人。

「於是，我在熔岩區出世。」他總結道，「在熔岩區。」他搖了搖頭。

村子外圍的那間小房子實在是太骯髒了！

它與村子之間隔着塵土和垃圾。兩隻飢腸轆轆的狗正在門口的垃圾堆上猥瑣地聞來聞去。他們走進屋子時，裏面光線昏暗，發出陣陣惡臭，而且蚊蟲的聲音很響。

「琳達！」那個年輕人喊道。

從裏屋傳來一個沙啞的女人的聲音：「來了。」

他們等候着。地板上有幾隻碗，裏面是一頓飯吃剩的東西，或許是好幾頓飯吃剩的東西。

房門打開了。一個非常臃腫的金髮白膚的婦人踏過門檻，大張着嘴巴難以置信地看着這兩個陌生人。萊妮娜惡心地注意到她的兩個門牙不見了，而剩下的牙齒的顏色都……她不寒而慄。她比那個老頭更糟糕。那麼肥胖，而且一臉皺紋，有氣無力的，還有那下垂的雙頰，長着紫色的斑點，鼻子上長滿了血絲，雙眼通紅充血。還有她的脖子——那個脖子，還有那條她戴在頭上的毛毯——又破又髒。在那件棕色的麻袋一樣的束腰外衣下，那對碩大的胸脯和凸起的肚子，還有那個臀部，噢，比那個老頭更糟糕，簡直糟透了！突然間，這頭動物滔滔不絕地開始說話，還伸着雙臂朝她衝來——吾主福特啊！主啊！太惡心了，再過一會兒她那對脹鼓鼓的胸脯就會碰到她，她會吐出來的。吾主福特啊！她還流着口水要親吻她，而且味道那麼難聞，顯然從來沒有洗過澡，而且散發着那種放進德爾塔和埃普斯隆的瓶子裏的東西的難聞的惡臭（不，關於伯納德的傳聞都不是真的），絕對就是酒精的臭味。她趕快掙脫開來。

那張浮腫和扭曲的臉正對着她，這頭動物正在哭泣。

「噢，我親愛的，我親愛的。」在嗚咽聲中她滔滔不絕地說着，「要是你知道我有多高興就好了——經過這麼些年！看到一張文明人的臉。是的，還有文明人的衣服。我還以為我再也見不到一件真正的醋酸絲綢緞衣服了。」她的手指觸摸着萊妮娜的襯衣的衣袖，那些指甲都是黑的。「還有這件迷人的黏膠纖維仿天鵝絨短褲！你知道嗎，親愛的，我那些舊衣服都還留着，我來的時候穿的那些衣服，放在一個箱子裏。過會兒我給你看。當然，那件醋酸絲的衣服已經千瘡百孔了。不過我還有一條很漂亮的挎帶——不過我得說你的綠色仿摩洛哥皮革挎帶更加好看。戴上我那條挎帶我也好看不到哪裏去。」她又開始流淚，「我想約翰告訴過你了。我所承受的苦難——連一克蘇摩都吃不到，只能時不時地喝點龍舌蘭酒，是波普帶給我的。波普是我以前認識的一個男孩。但過後它會讓你覺得特別難受，而且仙人掌酒會讓你覺得很惡心，總是會在第二天讓你有一種很糟糕的羞愧的感覺。我真是覺得很羞愧，想想看：我，一個貝塔——生下了一個孩子。換了你是我你會怎麼樣？（這個暗示讓萊妮娜不寒而慄。）但這不是我的錯，我發誓，因為我仍然不知道事情是怎麼發生的，我一直在做馬爾薩斯節育鍛煉——你知道的，一、二、三、四，我發誓，但事情還是發生了。當然，這裏沒有流產中心，順便問一句，它還在切爾西嗎？」

她問道。萊妮娜點了點頭。「還是每到星期二和星期四就燈火通明嗎？」萊妮娜又點了點頭。「那座美麗的粉紅色的玻璃高塔！」可憐的琳達閉上眼睛，入神地仰着臉，緬懷着腦海中那個燈火通明的記憶。「還有夜裏的河流，」她輕聲說道，大滴大滴的眼淚從她緊閉的眼瞼後面滲出來。「晚上從斯托克·波吉斯飛回家，然後來一個熱水澡和真空震動按摩……但這裏……」她深深地吸了口氣，搖了搖頭，又睜開眼睛，吸了一兩口氣，然後用手指擤了一把鼻涕，擦在外衣的下襬上。看到萊妮娜不由自主地露出厭惡的神情，她說道：「噢，我非常抱歉。我不應該這麼做的。我很抱歉。但沒有手帕你能怎麼辦呢？我記得以前它總是讓我覺得很懊惱，那麼骯髒，沒有清潔用具。他們剛把我帶到這裏來的時候，我的頭上有一道很深的傷口，你想像不到他們用甚麼給我包紮處理的。泥巴，就只有泥巴。『文明就是殺菌，』我總是告訴他們。還有：『斯特雷托科克的G到班布里的T，見到一座漂亮的洗手間去沐浴。』似乎他們還是小孩子一樣。但他們當然不能理解，他們怎麼能夠理解呢？最後，我想我已經習慣了。話又說回來，沒有方便的熱水你怎麼能夠保持東西乾淨呢？看看這些衣服。這些該死的羊毛和醋酸絲可不一樣。它很經久耐穿，而且衣服破了你還得補。但我可是一個貝塔，我在受精室裏工作，從來沒有人教過我這些事情。這不是我應該做的事情。而且，補衣服是不對的。衣服破了就扔掉買新的。『補丁越多越是窮光蛋』，難道不是嗎？補衣服是反社會的舉動。但這裏甚麼都不一樣，就像和一群瘋子生活在一起。他們所做的每一件事情都是瘋狂之舉。」她看着周圍，看到約翰和伯納德已經離開了，正在屋子外面的塵土和垃圾間走着，但她還是神秘兮兮地壓低了聲音，湊了上前，而萊妮娜則僵着身子退讓着。她挨得那麼近，那種棕色的胚胎毒物的惡臭拂動着她臉頰上的絨毛。她嘶啞地低聲說道：「比方說，這裏的人是怎麼相處的。我告訴你吧，太瘋狂了，真是太瘋狂了。人人為我，我為人人，不是嗎？不是嗎？」她一直拽着萊妮娜的袖子。萊妮娜點了點轉到一邊的頭，將一直憋着的空氣吐出來，然後設法又吸了一口氣，總算沒有聞到太臭的味道。琳達繼續說道：「而這裏呢，根本沒有人人為我，我為人人這回事。如果你以正常的方式去和人相處，別人就會認為你是反社會的壞人。他們討厭你鄙視你。以前有很多女人過來鬧事，因為他們的男人過來找我。怎麼不行呢？然後她們就過來打我。不，太可怕了，我沒辦法向你解釋清楚。」琳達用手捂着臉，打着冷戰。「她們真是太可惡了，這裏的女人，像瘋子一樣，瘋狂而且殘忍。當然，她們對馬爾薩斯節育訓練、試管嬰兒或出瓶等事情一無所知。她們一直在生孩子——就像狗一樣。

太噁心了。而想到我……噢，吾主福特啊，吾主福特啊！但約翰給我帶來了很多慰藉。我不知道沒有了他我該怎麼辦。不過，從小時候開始他有時候就會很氣憤。有一次（不過那是他大一些的時候的事情了）他還想殺死可憐的瓦伊胡斯瓦，還是說，他想殺的是波普？因為有時候我會和他們在一起。我一直沒辦法讓他明白這是文明人應該做的事情。瘋狂是會傳染的，我相信。約翰似乎是從印第安人那裏學到這些的。當然，這是因為他老是和他們在一起。雖然他們對他總是那麼兇，不讓他做其他男孩子可以做的事情。這在某種程度上是好事，因為這讓我在培育他的時候可以輕鬆一些，但你不知道這有多麼困難。有太多的事情你不知道，這又不關我的事，我怎麼會知道。我是說，當一個孩子問你直升飛機如何運作或誰創造了世界——如果你是一個貝塔，一直在受精室裏工作，你該怎麼回答呢？」

第八章

伯納德和約翰在外面的塵土和垃圾堆間（現在有四條狗了）緩緩地來回走動着。伯納德說道：「我很難理解和想像，我們似乎生活在不同的星球，不同的世紀。一位母親，這麼骯髒的地方，還有神明、衰老、疾病……」他搖了搖頭，「簡直不可想像。我永遠不會明白，如果你不解釋的話。」

「解釋甚麼？」

「這裏。」他指的是這個村子。「還有那個。」他指着村外的那座小房子。「所有的一切。你的全部生活。」

「但從甚麼地方說起呢？」

「從最開始的時候說起吧。從你能記事時開始吧。」

「從我能記事時開始。」約翰皺着眉頭，沉默了許久。

天氣很熱。他們吃了很多玉米餅和甜玉米。琳達說道：「過來躺一下吧，寶貝。」他們一起躺在大床上。「唱歌吧。」琳達唱起了《斯特雷托科克的G到班布里的T》和《再見，寶貝班廷，很快你就會出瓶》。她的聲音越來越輕柔……

吵鬧的聲響驚醒了他。一個男人正和琳達說話，琳達在哈哈大笑。她把毛毯拉到下巴那裏，但那個男的又把它拉了下來。他的頭髮就像兩股繩子，胳膊上掛着一隻漂亮的銀鐲，上面鑲嵌着藍色的石頭。他喜歡這隻鐲子，但他還是很害怕。他扭頭靠在琳達的身體上，琳達的手按着他，讓他覺得心安了一些。說的那些話他不是很明白，她對那個男人說道：「約翰在這裏不行。」那個男的看着他，然後又看着琳達，輕聲說了幾句。琳達說：「不行。」但那個男人俯身對着床上的他，那張臉那麼大，那麼醜，黑色的髮辮碰到了毛毯。「不行。」琳達又說了一遍，他感覺到她的手更用力地抓着他。「不行，不行！」但那個男人抓住他的一隻胳膊，弄得他好疼。他嚎啕大哭。那個男人拉起他的另一隻胳膊，把他舉了起來。琳達仍然拉着他，一直說着：「不行。不行。」那個男人短促而憤怒地說了些甚麼，然後突然間她的雙手鬆開了。「琳達，琳達。」他踢腿扭動着，但那個男人把他扛到門口，打開房門，將他擱在隔壁房間的地板中間，然後走開了，關上身後的門。他爬起身，跑到門口，踮起腳，正好夠得着那個大木頭門閂。他舉起門閂，然後用力推，但門打不開。「琳達！」他高喊着。她沒有應聲。

他記得有一個很大的房間，裏面很黑，有很多大木頭架子，上面繫着繩索，許多女人站在架子旁邊——琳達說她們在織毛毯。琳達吩咐他和其他孩子坐在角落裏，她去給那些女人幫忙。

他和那些小男孩玩了很久。突然間，那些女人開始大聲地說話，把琳達推到一邊，琳達在哭泣。她走到門口，他跟在身後。他問她為甚麼她們會生氣。「因為我弄壞了東西。」然後她憤憤地說道：「我怎麼會弄她們那該死的織布呢？該死的野人。」他問她甚麼是野人。回到他們的家裏時，波普正在門口等候着，和他們一起進了屋子。他帶着一個大葫蘆，裏面裝滿了像水一樣的東西，但那不是水，而是味道很不好的東西，會燒灼你的嘴巴，讓你咳嗽。琳達喝了一些，波普也喝了一些，然後琳達不停地笑，還很大聲地說話。然後她和波普進了另一個房間。波普走後，他進了房間。琳達正躺在床上沉沉睡去，他怎麼也弄不醒她。

波普以前經常來。他說葫蘆裏的東西叫龍舌蘭酒，但琳達說它的名字應該叫蘇摩，但它會在事後讓你覺得惡心難受。他討厭波普。他討厭他們所有人——所有過來看琳達的男人。有一天下午，當他和其他孩子一起玩耍的時候——他記得那天很冷，山上有雪——他回到家裏，聽見臥室裏傳來氣憤的聲音。那是幾個女人的聲音，她們說着他聽不懂的話，但他知道那些都是可怕的字眼。然後，突然間，哐的一聲！甚麼東西被打翻了。他聽到人群快速移動的聲音，然後又傳來哐的一聲，然後是像在打一頭騾子的聲音，只是沒有那麼骨感，然後琳達叫嚷着：「噢，不要，不要！」

他跑進房間。裏面有三個披着深色毛毯的女人。琳達躺在床上。一個女人正抓住她的手腕，另一個女人躺在她的雙腿上，不讓她亂踢。第三個女人正拿鞭子抽她。一下、兩下、三下，每一下琳達都嚎啕大哭着慘叫着，他拉扯着那個女人的毛毯的一角，「求求你，求求你。」她用另一隻手將他推開。那根鞭子一下又一下地抽下來。琳達慘叫着。他用雙手抓住那個女人棕色的大手，用盡全身力氣咬了下去。她驚叫一聲，把手掙脱開來，將他推倒在地，然後拿着皮鞭抽了他三下。那種疼痛是他從來未曾嘗到過的——就像被火灼傷一樣。那根鞭子又呼嘯而來，但這一次是琳達在慘叫。

「為甚麼她們要傷害你，琳達？」當晚他問琳達。他在哭泣，因為他的背上紅色的鞭痕仍然疼得很厲害。但他之所以哭的另一個原因是她們那麼兇，那麼不講道理，而且因為他只是一個小孩子，對付不了她們。琳達也在哭。她已經是個大人了，但她打不過三個女人。這對她也不公平。「為甚麼她們要傷害你，琳達？」

「我不知道。我怎麼知道？」他聽不清她在説些甚麼，因為她正趴躺着，把臉埋在枕頭裏。「她們説那些男人是她們的。」她繼續説道，她似乎根本不是在對他説話，她似乎正在和她體內的某個人説話。一席她並不理解的長談，最後她開始哭泣，比以往任何時候都哭得大聲。

「噢，別哭，琳達，別哭。」

他挨在她身邊，摟着她的脖子。琳達叫嚷着：「噢，看着點。我的肩膀！噢！」她重重地將他推開。他的頭撞到牆上。「小笨蛋！」她叫嚷着，然後突然開始摑他。一巴掌，又一巴掌……

他哭喊着說道：「琳達！噢，媽媽，不要打我！」

「我不是你媽媽。我不想當你媽媽。」

「但是，琳達……噢！」她一巴掌打在他的臉頰上。

「變成一個野人。」她叫嚷着，「就像禽獸一樣生崽……要不是因為你，我可能已經去找巡查員了，可能我已經離開了。但帶着孩子就不行，真是太丟人了。」

他看到她又要打他了，抬起胳膊護着自己的臉。「噢，不要，琳達，請不要打我。」

「小畜生！」她拉下他的胳膊，露出他的臉。

「不要，琳達。」他閉上眼睛，等待着被打。

但她並沒有打他。過了一會兒，他又睜開眼睛，看到她正在看着他。他試着對她微笑。突然間，她一把摟着他，不停地親吻着他。

有時候，連續好幾天，琳達根本不起床，就躺在那兒難過。要不然，她就喝波普帶過來的那些東西，哈哈大笑，然後睡着了。有時候她病了。她總是忘記給他洗澡，除了冷冰冰的玉米餅之外就沒有別的東西可以吃。他記得當她第一次在他的頭髮裏發現那些小蟲子的時候，她嚇得連聲尖叫。

*　　*　　*　　*　　*

最開心的時刻是當她講述關於異域的故事。「你真的能夠飛起來嗎？想甚麼時候飛就甚麼時候飛嗎？」

「想甚麼時候飛就甚麼時候飛。」她會告訴他那些從一個盒子裏飄出來的美妙的音樂，你可以玩耍的那些好玩的遊戲，還有那些好吃好喝的東西，還有你輕輕按下牆上的一個東西就亮的燈，還有那些你能夠聽到、聞到、看到和感受到的電影，還有另一個盒子，能夠製造出美妙的香味，還有粉紅色、綠色、藍色和銀色的山一樣高的房子，每個人都很開心，沒有人難過或生氣，而且貫徹「人人為我，我為人人」的宗旨，還有那些你能夠看到和聽到世界另一頭發生了甚麼事情的盒子，還有盛在漂亮乾淨的瓶子裏的嬰兒——到處都那麼乾淨，沒有難聞的味道，沒有骯髒——人們從不孤獨，而是生活在一起，如此幸福快樂，就像熔岩區這裏夏季的舞蹈，但要比它快樂得多，而且那裏每一天都這麼快樂，每一天……他一聽就是幾個小時。有時候，當他與其他孩子玩得太累的時候，村子裏的一位老人會和他們聊天，用那些印第安話，聊起了偉大的造物主，他的右手與左手之間的漫長的鬥爭，潮濕與乾旱之間的鬥爭；聊起了阿沃納維羅納，他在夜晚思考，製造出大霧，然後從大霧中創造了整個世界，還有關於大地母親和天空父親的故事，關於戰爭與機遇這對孿生兄弟阿哈伊玉塔和馬塞勒瑪，關於耶穌與鷹神普空的故事，關於聖母馬利亞和能夠讓自己恢復青春的埃蒼納勒希的故事；關於拉古納的黑石、偉大的雄鷹和我們的阿克瑪女神的故事。這些都是奇怪的故事，但因為是用他並不完全理解的另外一種語言講述的，因此格外精彩。躺在床上的時候他會想起天堂與倫敦，我們的阿克瑪女神和一排排的瓶子裏的嬰兒，還有飛翔的耶穌和琳達，還有偉大的世界生育和培育中心的主任和阿沃納維羅納。

* * * * *

許多男人過來看琳達。那些男孩開始對他指指點點。他們用奇怪的話說琳達是個壞人，他們給她起了好幾個他不明白的名字，但他知道那些都是不好的名字。有一天他們唱起了一首罵她的歌謠，唱了一遍又一遍。他拿石頭扔他們。他們扔石頭反擊，一顆鋒利的石頭割傷了他的臉頰，鮮血流個不停，成了一個血人兒。

琳達教他讀書。她用一根炭條在牆上畫畫——畫着一頭坐着的動物，一個瓶子裏的嬰兒。然後她寫了字。「貓咪在毯子上，小孩在瓶子裏」。他學得很快很輕鬆。當他認全了所有的單詞後，她就在牆上寫字，然後打開她那個大木頭箱子，從那些她從來不穿的奇怪的紅色褲子下面拿出一本薄薄的書。他以前見過這本書。她曾經說過：「當你長大了，你就能讀這本書了。」現在他已經長大了，他覺得很自豪。

「我想你不會覺得它很有趣。」她說道，「但它是我僅有的書籍。」她嘆氣道：「要是你能看到我們在倫敦的那些美妙的閱讀機就好了！」他開始閱讀。《胚胎的化學與細菌培育，胚胎倉庫貝塔工作者實用指南》。光讀出書名就花了他十五分鐘的時間。他把書扔到地上，「可惡的可惡的書！」他說道，然後開始哭泣。

那些男孩子們仍然唱着那首可怕的關於琳達的歌曲。有時候他們還嘲笑他穿得破破爛爛的。他的衣服破了琳達不知道怎麼補。她說，在異域，人們的衣服一破就會扔掉買新的。「破爛娃！破爛娃！」那些男孩子們總是衝他叫嚷着。「但我能識字。」他對自己說道，「他們不識字。他們連閱讀是甚麼都不知道。」如果他努力去想關於閱讀這件事，要假裝不在乎別人的嘲笑是很容易的事情。於是他讓琳達再把那本書給他。

那些男孩子們越是指指點點和唱歌取樂，他就更用功地讀書。很快他就能夠流利地讀出所有的單詞。就連最長的單詞也認識。但它們是甚麼意思呢？他問琳達，但即使她能回答，內容也是含糊不清，而大體上她根本回答不出來。

「甚麼是化學品？」他問道。

「噢，就像鎂鹽那種東西，還有讓德爾塔和埃普斯隆個頭矮小和智力退化的酒精，還有促進骨頭生長的碳酸鈣，諸如此類的東西。」

「但你怎麼做出化學品呢，琳達？它們是從哪兒來的？」

「嗯，我不知道。你從瓶子裏把它們取出來。瓶子空了你就派人去化學品倉庫裏拿。我想是化學倉庫裏的那些人把它們做出來的。或許他們是派人到工廠裏拿的，我不知道。我從來沒有接觸過化學。我的工作一直就是照顧胚胎。」

他問的其他的問題都是同樣的回答。琳達似乎甚麼也不知道。村子裏的老人們有更加明確的回答。

「人類和所有動物的種子，還有太陽、大地、天空的種子——是阿沃納維羅納增長之霧中創造出來的。現在的世界有四個子宮，他把種子放在最低的那個子宮裏。種子開始漸漸生長……」

有一天（約翰後來推算應該是他十二歲剛過不久），他回到家裏，發現臥室的地上有一本他從來沒有讀過的書。那本書很厚，而且看上去很舊了。封面已經被老鼠給啃掉了，有幾頁掉落了，皺巴巴的。他拾起那本書，看着扉頁，那本書名叫《威廉·莎士比亞作品全集》。

琳達躺在床上，端着一個杯子，正呷着那味道很難聞的龍舌蘭酒。「波普帶過來的。」她說道，聲音很沙啞，像是另一個人的聲音。「它就放在羚羊地穴的一口箱子裏，據說在那裏已經好幾百年了。我想是真的，因為我看了這本書，裏面似乎盡是在胡說八道，未開化的東西。不過呢，拿來給你練習閱讀還是蠻不錯的。」她喝完最後一口，把杯子放在床邊的地上，側着身子打了幾個嗝，接着就睡着了。

他隨意翻開那本書。

不，但是生活在一張

汗臭衝鼻，充滿油垢的溫床裏，

只知道在腐墮裏翻騰，

在齷齪的豬窩裏尋歡做愛。[1]

這些奇怪的字句就像會説話的雷聲一般轟隆隆地響徹他的腦海，就像夏天舞蹈的鼓聲，如果那些鼓能夠説話的話，又像是高唱着豐收之歌的男人，如此美妙，如此美妙，讓你哭泣，就像老米茲瑪拿着他那些羽毛、那些雕滿了花紋的神杖和骨珠石珠念叨着「伊亞斯拉茲魯斯洛奎斯洛奎斯洛奎基艾斯魯斯魯茲斯！」——但比米茲瑪的巫術更神奇，因為它有更深奧的含義，因為它在和他説話，説着精彩而一知半解的話，像是可怕而絢麗的魔法，關於琳達，關於躺在床上鼾聲大作的琳達，還有床邊的地板上那個空酒杯，關於琳達與波普，琳達與波普。

他越來越憎恨波普。一個人可以儘管滿面都是笑，骨子裏卻是殺人的奸賊！狠心的、奸詐的、淫邪的、悖逆的惡賊！[2]這些詞到底是甚麼意思？他只是一知半解。但它們有着強大的魔力，而且一直在他的腦海裏隆隆作響，有時候似乎之前他並不是真的憎恨波普，因為他無法表述他有多麼痛恨波普，因此並不是真的憎恨他。但現在他知道了這些字眼，它們就像鼓聲、歌聲和咒語。這些字眼和它們的出處——那些奇奇怪怪的故事（他搞不清故事在講些甚麼，但它們仍然很精彩）——它們讓他有理由去憎恨波普，而且它們讓他的憎恨變得更加真切。它們甚至讓波普本人也變得更加真切起來。

有一天，他玩耍後回來，裏屋的門打開着，他看到他們一起躺在床上睡着了——膚色白皙的琳達，身邊是幾乎黝黑的波普，一隻胳膊墊在她的肩膀下，另一隻黑色的手按在她的胸脯上，他的一條髮辮橫跨她的喉嚨，像一條黑蛇正要扼死她。波普的葫蘆和一個杯子就擱在床邊的地上。琳達在打着呼嚕。

他的心似乎消失了，只剩下一個洞。他整個人都空了，空蕩蕩的，冷冰冰的，覺得頭暈目眩。他靠着牆讓自己站穩。狠心的、奸詐的、淫邪的……就像那些祈求豐收的男人在歌唱一樣，就像咒語一樣，那些字眼在他的腦海裏一遍又一遍地重複着。突然間他從全身發冷變為全身發熱。他的臉頰因為鮮血上湧而變得發燙，房間在他的眼前搖晃着變黑了。他咬牙切齒地說道：「我要殺了他，我要殺了他，我要殺了他！」他不停地說着。突然間，他想起了更多的台詞：

當他爛醉如泥、大發雷霆、淫榻尋歡時……[3]

他擁有魔法，咒語作出了解釋並下達了命令。他走到外面的房間裏。「當他爛醉如泥……」切肉的刀就擱在壁爐旁邊的地板上。他拿起刀子，躡手躡腳地回到門口。「當他爛醉如泥，爛醉如泥……」他跑過去刺下一刀——噢，鮮血！——又刺下一刀，波普從睡夢中驚醒，他舉起手想再刺一刀，卻發現自己的手腕被抓住了，動彈不得——噢，噢！——被扭了過來。他動彈不得，他被抓住了。波普那雙又小又黑的眼睛湊得那麼近，緊盯着他的眼睛。他看着別處。波普的肩膀上有兩處傷痕。「噢，看哪，流血了！」琳達叫嚷着。「看哪，流血了！」她一見到血就受不了。波普抬起另一隻手——他以為要揍他，硬着頭皮等候着承受這一下。但這隻手只是托着他的下巴，把他的臉轉過來，使他不得不再一次看着波普的眼睛。看了很久，好像有好幾個小時，突然間——他再也受不了了——他開始哭泣。波普哈哈大笑起來，用印第安語説道：「滾開，滾開，我勇敢的阿哈伊玉塔。」他逃到另一個房間，不讓別人看到他的眼淚。

「你十五歲了。」老米茲瑪用印第安話説道，「現在我可以教你做陶器。」

他們坐在河邊，一起動手幹活。

米茲瑪雙手捧着一堆濕潤的黏土，説道：「首先，讓我們做一個小小的月亮。」老人將那堆黏土壓成一個圓盤，然後把邊緣折起來，月亮變成了一個淺淺的杯子。

他緩慢而笨拙地模仿着老人精細的動作。

「一個月亮、一個杯子，現在是一條蛇。」米茲瑪又鋪開一條黏土，把它捲成一個長長的有彈性的圓柱體，圈成一個圓圈，然後壓在杯子的邊緣上。「然後再來一條蛇，再來一條，再來一條。」一圈接一圈，米茲瑪把陶罐的側面做了起來。它的底部很窄，然後中部凸起，到了罐頸的部位又收窄了。他又揉又拍又擠又刮，最後，罐子站了起來，和熔岩區常見的水罐的形狀沒甚麼兩樣，但它是乳白色的，而不是黑色的，而且仍然很軟，不能觸摸。約翰照着米茲瑪的罐子做的那個粗糙的仿製品就擺放在它旁邊。看着這兩個罐子，他忍不住笑了。

「但下一個會做得更好。」他説道，然後開始弄濕另一團黏土。

構思，塑形，感覺到他的手指變得越來越靈巧有力——這帶給了他莫大的快樂。「A、B、C，維他命，」他一邊做陶藝一邊對自己唱歌，「肝臟裏有脂肪，海裏有鱈魚。」米茲瑪也在唱歌——關於屠熊的一首歌。他們幹了一整天，這一天他忙得全神貫注不亦樂乎。

老米茲瑪説道：「明年冬天我會教你如何製作弓箭。」

他在屋外站了很久，裏面的儀式終於結束了。房門打開了，他們走了出來。科斯魯第一個出來，伸出的右手緊緊地握着，似乎攥着一塊珠寶。基亞金梅跟在身後，同樣伸着一隻握得緊緊的手。他們默默地走着，身後跟着兄弟姐妹、堂表兄弟姐妹和所有的老人，大家都默不作聲。

他們走出村子，走過平頂山，在懸崖的邊上他們停了下來，面對着清晨的太陽。科斯魯張開他的手，手掌上擺着一撮白色的玉米麵。他朝玉米麵吹了口氣，喃喃地念叨着幾個詞語，然後將玉米麵朝着太陽撒了出去。基亞金梅也跟着他這麼做，然後基亞金梅的父親走向前，握着一根裝飾着羽毛的祈禱杖，做了一篇冗長的祈禱，然後將祈禱杖扔到玉米麵的後面。

老米茲瑪用洪亮的聲音說道：「儀式結束，現在他們結為了夫妻。」

大家回家時，琳達說道：「我能說的就是，他們似乎太小題大作了。在文明的國度，當一個男孩想要擁有一個女孩，他只需要……約翰，你去哪兒？」

他沒有理會她，但一直跑，跑得遠遠的，跑到他能獨自一人待着的地方。

結束了，老米茲瑪的話在他的腦海裏迴盪着。結束了，結束了。他一直默默地，隔得遠遠地愛着基亞金梅，但那是激烈的絕望的無可救藥的愛。現在一切都結束了。他十六歲了。

在滿月之夜，在羚羊地穴，秘密將會揭曉，秘密將會發生和得以保守。他們會到地底下去，進入地穴時是男孩，出來後就成為了男子漢。男孩子們都很害怕，同時又迫不及待。那一天終於到來了。太陽下山了，月亮升了起來。他和其他男孩子一起去。大人們站在地穴的入口，身影漆黑。樓梯一直通往亮着紅光的深處。最前面的幾個男孩已經開始爬着樓梯下去了。突然間，一個男人走上前，抓住他的胳膊，把他從那群孩子們中間拉了出來。他掙脫開來，躲了回去，和其他男孩子在一起。這一次，那個男人揍了他，抓住他的頭髮。「你不能去，白毛孩！」「母狗的孩子不能去。」另一個男人說道。男孩子們哈哈大笑。「滾！」他仍然徘徊在隊伍的邊上。「滾！」那個男人又吼了一聲。一個男人彎腰撿起一塊石頭扔了過來。「滾，滾，滾！」一堆石頭扔了過來。他流血了，跑到漆黑的地方。從亮着紅光的地穴裏傳來了歌唱聲。最後一批男孩已經爬下了樓梯，只剩下他一個人。

他獨自一個來到村外，站在平頂山光禿禿的荒原上。在月光的照耀下石頭就像嶙峋的白骨。在山谷下面，土狼正在淒厲地嘯月。青腫的地方仍然很疼，割裂的傷口仍然在流血，但他哭泣不是因為疼痛，而是因為只有他獨自一人，因為他被趕了出來，孤獨地在這個死寂荒涼的只有月亮和岩石為伴的世界裏。在他坐着的懸崖邊上，月亮就在他身後。他看着平頂山下方黑漆漆的影子，那個死亡的黑影。他只需要走一步，輕輕一跳……他伸出右手，在月光的照耀下，鮮血仍汩汩地從他手腕上的傷口流出來。每隔幾秒鐘，一滴血就會滴落，是漆黑的，在死寂的月光下幾乎沒有顏色。滴落，滴落，滴落。明天，明天，明天……

他發現了時間、死亡和上帝。

* * * * *

「孤獨，總是孤獨。」那個年輕人説道。

這番話勾起了伯納德哀傷的共鳴。孤獨，總是孤獨……「我也是。」他脱口而出，「十分孤獨。」

「是嗎？」約翰看上去很驚訝，「我以為在異域……我的意思是，琳達總是説那裏沒有人會孤獨。」

伯納德尷尬地臉紅了。「你懂的。」他轉開眼睛，喃喃地説道，「我想我和大部份人不一樣。如果你出瓶的時候與眾不同的話。」

「是的，就是這樣。」那個年輕人點了點頭，「如果一個人與眾不同，他一定會很孤獨。他們對孤獨的人很殘忍。你知道嗎，他們甚麼都不讓我幹。其他男孩子被叫到山裏過夜的時候——你知道的，當夢境向你揭示你的神聖動物是甚麼——他們不讓我和別人一起去。他們不肯告訴我任何秘密。不過我自己去了，」他補充説，「不吃東西五天，然後在一個晚上獨自走到那邊的山裏。」他指着那邊。

伯納德屈尊俯就地笑了。「你夢到甚麼東西了呢？」他問道。

那個年輕人點了點頭。「但我絕不能告訴你是甚麼。」他沉默了一會兒，然後繼續低聲說道：「我還做了一件別人沒有做過的事情，夏天的時候，我在中午靠着一塊岩石，伸出我的雙臂，就像十字架上的耶穌那樣。」

「這到底是為了甚麼？」

「我想要知道被釘十字架是甚麼感覺。在太陽底下曝曬……」

「但為了甚麼呢？」

「為甚麼？嗯……」他猶豫着，「因為我覺得我應該這麼做。如果耶穌能夠忍受。然後，如果你做錯了事情……而且，當時我不開心，那是另一個原因。」

「你克服不開心的方式倒是很有趣。」伯納德說道。但轉念一想，他覺得它還是有點道理的。比吃蘇摩要好……

「然後我暈了過去，」那個年輕人說道，「摔到了臉。你要看一看我弄傷自己的疤痕嗎？」他把前額濃密的黃色的頭髮撩了起來，露出在他的右邊太陽穴上那道蒼白起皺的傷疤。

伯納德看了一眼，覺得有點毛骨悚然，立刻轉開了視線。他所接受的培育使他少了同情心，而且變得很神經質和潔癖。生病或受傷對他來說不僅是很恐怖的事情，而且就像骯髒、畸形或衰老一樣令他感到惡心反感。他立刻換了個話題。

「你願不願意和我們回倫敦？」他問道，走出了他的計劃的第一步。在那座小屋子裏他意識到那個「父親」是誰後，他就一直在悄悄地策劃。「你願意嗎？」

那個年輕人的臉為之一亮。「你是說真的嗎？」

「當然。當然，如果我能得到許可令的話。」

「琳達也去嗎？」

「嗯……」他猶豫着。那個令人作嘔的怪物！不，這不可能。除非，除非……伯納德突然間想到她那副令人作嘔的尊容或許很有利用價值。「當然可以！」他熱情洋溢地叫嚷着，以掩飾他剛才的遲疑。

那個年輕人長長地吸了口氣。「想到它就要實現——我一輩子的夢想。你記得米蘭達說過甚麼嗎？」

「誰是米蘭達？」

但那個年輕人顯然沒有聽到這個問題。「神奇啊！」

他的眼睛閃爍着光芒，他的臉漲得通紅：「這裏有多少美好的造物！人類是多麼美麗！」[4]想起了萊妮娜，他的臉更紅了。她是一位穿着深綠色黏膠纖維布料衣服的天使，豐滿的身軀綻放着年輕的光芒，總是親切地微笑着。他支吾着説道：「啊，美麗的新世界，」他開始念叨着，然後突然打斷了自己，鮮血已經從他的臉頰上消退，他的臉蒼白如紙。「你和她結婚了嗎？」他問道。

「我怎麼了？」

「結婚。你知道的——一生一世。用他們的印第安話説就是『天長地久』，婚姻就是不離不棄。」

「吾主福特啊，沒有！」伯納德忍不住哈哈大笑起來。

約翰也笑了，但是出於另一個原因——因為他是出於真誠的快樂。

「啊，新奇的世界，」他重複着，「啊，美麗的新世界，有這麼出色的人物！那我們趕快出發吧。」

「有時候你説話的方式真是奇怪。」伯納德説道，困惑而驚訝地盯着這個年輕人，「不管怎樣，等你真的見到新世界再説吧。」

註釋：

[1] 見《哈姆萊特》第三幕第四景，是哈姆萊特對母親的申斥。

[2] 見《哈姆萊特》第二幕第二景，是哈姆萊特對弒兄篡位的叔父的痛罵。

[3] 見《哈姆萊特》第三幕第三景，哈姆萊特本可以乘叔父跪地祈禱時將其殺死，但他希望能在他「爛醉如泥、大發雷霆、淫榻尋歡時」實施復仇，如此才能使其萬劫不復。

[4] 見莎士比亞《暴風雨》第五幕第一景。

第九章

萊妮娜覺得在經過這一天的古怪和恐怖之後，自己應該度一個徹徹底底的假期。他們一回到招待所，她就吃下六片半克的蘇摩，躺在自己的床上，十分鐘後就來到了永恆的月球世界，至少要過上十八個小時她才會回到現實。

與此同時，伯納德躺在床上思考着，在漆黑中睜大着眼睛，直到午夜過了很久才睡着，但他的失眠並非沒有成果，他制訂好了計劃。

第二天早上十點鐘，那個穿着綠色制服的混血兒準時從直升飛機裏走了出來。伯納德在龍舌蘭叢中等候着他。

「克勞恩小姐吃了蘇摩正在度假。」他解釋說，「五點前不會醒來。我們有七個小時的時間。」

他可以飛去聖達菲，做完所有應該做的事情，然後再回到熔岩區，那時候離她醒來還早着呢。

「留下她一個人在這裏安全嗎？」

「就像在直升飛機裏一樣安全。」那個混血兒向他保證。

他們登上飛機，然後立刻起飛。十點三十四分他們在聖達菲郵政大樓的天台着陸。十點三十七分，伯納德接通了白廳的世界主宰者辦公室的電話，與主宰者的第四秘書通話。十點四十四分，他將故事向第一秘書覆述了一遍，十點四十七分半，他聽到主宰者穆斯塔法．蒙德本人深沉而富有磁性的聲音在他的耳朵裏迴盪。

「小的斗膽認為，」伯納德結結巴巴地説道，「大人或許會覺得這件事情很有科學價值……」

「是的，我確實覺得它很有科學價值。」那個深沉的聲音説道。

「你把這兩個人帶回倫敦吧。」

「啓稟主宰大人，您知道，我需要一份特別許可令……」

「有關文件，」穆斯塔法．蒙德説道，「正被送到保留區區長那裏去。你可以立刻前往區長的辦公室。早安，馬克斯先生。」

沒有聲音了。伯納德掛上話筒，立刻上了天台。

「去區長的辦公室。」他對那個優等伽瑪混血兒説道。

十點五十四分，伯納德與區長握手。

「幸會，馬克斯先生，幸會。」他畢恭畢敬地忙不迭説道，「我們剛剛收到特別命令……」

「我知道。」伯納德打斷了他，「剛才我和主宰者閣下通過電話。」他倦怠的語氣暗示着他與主宰者通話是家常便飯。他在一張椅子上坐了下來，「請您盡快完成必要的手續，越快越好。」他斷然強調，完全自得其樂。

十一點三分，他的口袋裏就裝進了所有必需的文件。

他盛氣淩人地對區長説道：「再會。」區長一直把他送到電梯口。「再會。」

他走到酒店，洗了個澡，做了一個真空振盪按摩和電解質剃鬚，聽了早上的新聞報道，看了半小時的電視，好整以暇地吃了一頓午飯，兩點半的時候和那個混血兒飛回了熔岩區。

那個年輕人站在招待所的外面。

「伯納德。」他喊道，「伯納德！」沒有人應話。

他穿着鹿皮軟靴，悄無聲息地，跑上台階敲了敲門。門是鎖着的。

他們走了！走了！這是發生在他身上最可怕的事情。他讓他來和他們見面，而現在他們卻走了。他坐在台階上，哭了起來。

半個小時後，他才想到隔着窗戶看個究竟。他看到的第一件東西是一個綠色的行李箱，蓋子上面寫着 L.C. 兩個縮寫字母[1]。他的心中燃起了快樂的熊熊烈火。

他拾起一塊石頭。碎玻璃叮叮噹噹掉了一地。沒過一會兒他就已經進了房間。他打開那個綠色的行李箱，立刻聞到了萊妮娜的香水的味道，她的存在感填滿了他的肺部。他的心怦怦亂跳，差點沒暈過去。然後，他彎着腰在這個寶貝箱子裏翻尋着，然後拿到光亮處審視。萊妮娜那條備用的黏膠纖維仿天鵝絨短褲上的拉鍊一開始讓他覺得很困惑，然後琢磨出來它是幹嗎用的，覺得很開心。撕開，然後扣上；然後再撕開，然後再扣上。他玩得着了迷。她的綠色拖鞋是他見過的最美麗的東西。他展開那件兩片式拉鍊內衣，頓時面紅耳赤，急忙把它們放到一邊。但他親了親那條噴了香水的醋酸絲手帕，將一條圍巾繫在脖子上。打開一個匣子時，他灑出了一大團香粉，手上沾滿了粉末。他把粉末抹在胸膛上、肩膀上和赤裸的胳膊上。多麼宜人的香味！他閉上眼睛，用沾着香粉的胳膊摩挲着臉頰。光滑的肌膚輕撫着他的臉，鼻孔裏充斥着麝香粉的味道——她的存在是那麼真實。「萊妮娜，」他低聲説道，「萊妮娜！」

一個聲音嚇了他一跳，他懷着內疚感轉過身，把偷出來的東西塞進行李箱裏，合上蓋子，然後又傾聽着動靜，張望了一下，沒有人的跡象，也沒有聲音。但剛才他確實聽到了聲音——像是嘆氣的聲音，又像一塊木板發出的咯吱聲。他踮着腳尖來到門邊，小心翼翼地打開門，發現自己面前是一個寬闊的平台。在平台的對面是另一道門，門是打開着的。他走了出去，推開房門，朝裏面窺視。

在一張矮床上，被子被掀了起來，萊妮娜穿着粉紅色的一件式拉鍊睡衣，睡得正香，在如雲的鬈髮映襯下顯得如此美麗，粉紅色的腳趾甲和她沉睡中的臉龐是如此稚嫩和動人，軟綿綿的雙手和四肢看上去是那麼信任和無助，淚水不禁湧入他的眼眶。

他小心翼翼，但其實根本沒有這個必要——因為只有槍聲才能在時間到來之前把她從蘇摩假期中拉回來——他走進房間，跪在床邊的地板上，端詳着他，嘴唇翕張着，喃喃説道：

她的眼睛、她的頭髮、她的面龐、她的步態、她的語調，
你口口聲聲對我説，一切潔白的東西，
和她的玉手一比，都會變成墨水一樣黝黑，
都會自慚形穢；比起她柔荑的一握來，
天鵝的絨毛都會顯得粗硬……[2]

一隻蒼蠅在她身邊嗡嗡嗡地飛舞着，他揮手把牠趕跑了。「蒼蠅，」他想起了這些篇章：

都可以接觸親愛的朱麗葉的皎潔的玉手，
從她的嘴唇上偷取天堂中的幸福，
那兩片嘴唇是這樣的純潔貞淑，永遠含着嬌羞，
好像覺得它們自身的相吻也是一種罪惡。[3]

他伸出手，以非常緩慢的猶豫遲疑的姿勢，就像一個人要去撫摸一隻害羞而且可能很危險的鳥兒，在幾乎就要碰到她那軟綿綿的手指，距離只有一英寸的地方停住了，顫抖着。他敢嗎？他敢用自己那卑賤的手去褻瀆……不，他不敢。這隻小鳥太危險了。他的手縮了回去。她太漂亮了！太美麗了！

突然間，他發現自己意識到，只要他將她脖頸處的拉鍊往下用力一拉……他閉上眼睛，像剛從水裏出來的小狗甩耳朵那樣用力地甩着自己的頭。多麼下流可恥的

想法！他為自己感到羞愧。她是這樣的純潔貞淑……

空中傳來了嗡嗡嗡的聲音。又有一隻蒼蠅想要偷取天堂中的幸福！是一隻黃蜂！他看着周圍，甚麼也沒有看見。嗡嗡嗡的聲音越來越響，聽位置是在被打破的玻璃窗外。是飛機！他慌慌張張地站起身跑進另一個房間，從開着的窗口跳了出去，匆忙順着兩邊是高大的龍舌蘭的小徑逃跑時，正好看到了從直升飛機裏出來的伯納德．馬克斯。

註釋：

[1] 萊妮娜．克勞恩的姓名縮寫。

[2] 出自莎士比亞《特洛伊羅斯與克瑞西達》第一幕第一景，這是男主人公特洛伊羅斯對女主人公克瑞西達的讚美。

[3] 出自莎士比亞《羅密歐與朱麗葉》第三幕第三景，這是羅密歐對朱麗葉的讚美。

第十章

布魯姆斯伯里中心的四千個房間的四千個電子鐘的指針都指向兩點二十七分。主任喜歡把它稱為「這個工業之巢」，它正在全速運作着，每個人都很忙碌，每件事情都井然有序。在顯微鏡下，精子的長長的尾巴正瘋狂地扭動着，想要率先將頭鑽入卵子中。受精後，卵子開始膨脹，如果進行波卡諾夫斯基流程的處理，就會產生分裂，長出胚芽，裂變為單獨的胚胎群體。電梯轟隆隆地從社會命運規劃室降落到地下室。胎兒泡在暖和的暗紅色的腹膜中，浸着替代血液和荷爾蒙，逐漸成長，然後被灌入毒藥，失去活力，發育成愚笨的埃普斯隆。在輕微的嗡嗡聲和咔嗒聲中，永無休止的移動的架子以肉眼看不見的速度緩緩地行進幾個星期，到了出瓶室裏，新出瓶的嬰兒發出恐懼而驚奇的第一聲啼哭。

下層地下室的發電機轟鳴着驅動電梯上上下下。在十一個樓層所有的育兒所裏，餵食的時候到了。一千八百個經過精心分類標註過的嬰兒正同時就着一千八百個奶瓶吮吸着經過巴氏消毒處理的添加了外分泌物的牛奶。

在他們上方，是連續十層宿舍，年紀還小需要午睡的小男孩和小女孩和每個人一樣忙碌，但他們並不知道這一點，混混沌沌地聽着關於衛生、社交能力、階級意識和幼兒愛情生活的睡眠教育課程。在這些孩子的上方是康樂室，外面在下雨，九百個大一點的孩子正玩着積木和橡皮泥、找拉鍊和情色遊戲。

嗡嗡嗡，嗡嗡嗡！蜂巢在嗡嗡作響，快樂地忙碌着。年輕的女孩們歡快地唱着歌操作着試管，命運規劃員一邊工作一邊吹着口哨。在出瓶室裏，員工們對着那些空蕩蕩的瓶子大開玩笑。主任與亨利·弗斯特走進受精室，主任的神情很難看，嚴肅地板着臉。

「他成了一個公眾樣板，」他說道，「在這個房間裏，因為它的員工要比中心的其他人身份更加高貴。我已經告訴他兩點半的時候來這兒見我。」

「他的工作很出色。」亨利故作大方地插話。

「我知道，因此更要嚴肅處理。他的智力天賦要求他承擔起相應的道德責任。一個人的天賦越高，引領他走歪路的力量就會越大。讓他一個人受苦好過讓許多人被他敗壞。冷靜地思考這件事情，弗斯特先生，你就會認識到，沒有任何罪行比異端行為更加十惡不赦。謀殺只會殺害一兩個人，而說到底，個體算得了甚麼呢？」他作勢掃過那一排排的顯微鏡、試管和培育器。「我們可以輕而易舉地製造一個新的個體出來——想造多少個就造多少個。異端行為威脅的不只是個體的生命，它還對社會本身造成了衝擊。是的，對社會本身。」他重複着，「啊，他來了。」

伯納德走進房間，正從兩排受精員之間朝他們走來。他強裝自信，勉強掩飾着他的緊張，打招呼道：「早上好，主任。」聲音洪亮到滑稽的地步，為了掩飾這個錯誤，他又問道：「您讓我來這兒找您。」這一次聲音又柔和得可笑，像在吱聲。

「是的，馬克斯先生。」主任拿腔作調地說道，「我告訴過你到這兒來。我知道你昨晚度完假回來了。」

「是的。」伯納德回答。

「是的，是的，」主任重複着，把「是」字拖得很長，然後突然抬高了嗓門，「女士們先生們，」他高聲說道，「女士們先生們。」

那些正唱着歌觀察着試管的女孩子們，那些吹着口哨專心致志的顯微鏡操作員們突然停了下來，房間裏陷入了平靜，每個人都看了過來。

「女士們先生們，」主人又重複了一遍，「請允許我打斷你們的工作。我不得不承擔起這個痛苦的責任。社會的安全和穩定受到了威脅。是的，受到了威脅，女士們先生們。這個男人，」他以譴責的姿態指着伯納德，「這個站在你們面前的男人，這個優等阿爾法，他得到了如此多的特權與幸福，因此，他也背負着殷切的期望。你們的這個同事——或許我應該說這位前同事？他辜負了對他的信任。他對運動和蘇摩懷有異端思想，對性生活懷有可恥的非正統思想，拒絕遵循我們的主福特的教導，在辦公時間之外，甚至不願意『懷有赤子之心』。（說到這裏，主任比出了T的手勢。）證明他是社會的公敵和顛覆者，女士們先生們，是顛覆文明，破壞秩序和穩定的陰謀者。基於這個原因，我提議將他解僱，罷免他在本中心所擔任的職務。我還將立刻提出申請，將他流放到最低級別的分處，讓他遠離任何人口稠密的中心，在冰島他將沒有機會以他不符合吾主福特精神的行為引導他人誤入歧途，這一懲罰將能最大程度地造福社會。」主任停了一下，然後雙手抱胸，莊嚴地轉身面對伯納德，說道：「馬克斯，你能提出任何我不應該執行對你的判決的理由嗎？」

「是的，我能提出理由。」伯納德高聲回答。

主任有點驚訝，但仍然莊嚴地說道：「那就提出來吧。」

「當然。它就在走廊裏。請稍候。」伯納德快步走到門口，打開了房門。「進來吧。」他發出命令，謎底揭曉了。

人們倒吸一口涼氣，驚訝地竊竊私語。一個年輕的女孩尖叫起來。有人站在椅子上想看得清楚一些，打翻了兩個裝滿了精液的試管。身形浮腫肌肉鬆垮的琳達在那一個個年輕的身軀和那一張張端正的面孔的襯托下，就像一頭古怪而恐怖的步入中年的怪物，走進了房間，賣弄風情地展示她那破碎而且沒有血色的微笑，搖擺着原本應該撩人地起伏的碩大的臀部。伯納德走在她的身邊。

「他就在那兒。」他指着主任説道。

「你以為我會認不出他嗎？」琳達憤慨地問道。然後轉身對着主任，「我當然認識你，托馬金，你去到哪兒我都認識你，在一千人中也能認出你。但或許你已經忘記我了。你不記得了嗎？你不記得了嗎，托馬金？你的琳達。」她站在那兒看着他，側着腦袋，仍然帶着微笑，但看到主任的臉上一直是那副驚恐而惡心的表情，她的微笑漸漸失去了自信，躊躇着，搖擺着，最後信心全無。

「你不記得了嗎？」她顫聲重複着。她的眼睛帶着焦慮和痛苦。那張浮腫而下垂的臉龐由於極度悲痛而扭曲變形。「托馬金！」她伸出雙臂。有人開始哧哧竊笑。

「這是甚麼意思？」主任開口了，「這個可怕的……」

「托馬金！」她跑上前，她那張毛毯拖在身後，雙臂摟着他的脖子，將她的臉埋在他的懷中。

一陣笑聲終於抑制不住而爆發出來。

「……這真是滑天下之大稽。」主任高喊着。

他滿臉通紅，試着從她的擁抱中掙開。她拚命地緊緊抱着他。「但我是琳達，我是琳達啊。」笑聲淹沒了她的聲音。「你讓我有了寶寶。」她的尖叫蓋過了哄堂大笑的聲音。周圍突然間陷入了驚愕的沉默，每個人的眼睛不安地游離着，不知道該看哪裏。主任臉色頓時變得煞白，停止了掙扎，雙手抓住她的手腕，低頭驚恐地盯着她。「是的，一個寶寶——我是他的母親。」她將這樁醜事公之於眾，陷入羞憤的沉默，然後突然從他身邊掙開，慚愧地捂着臉，啜泣着說道：「這不是我的錯，托馬金。因為我一直在做節育訓練，不是嗎？不是嗎？一直在做……我不知道怎麼會……如果你知道那有多可怕就好了，托馬金……但不管怎樣，他給我帶來了慰藉。」她轉身對着門口喊道：「約翰！約翰！」

他立刻進來，剛進門的時候停下了腳步，打量着周圍，然後穿着鹿皮軟靴的雙腳邁着柔和的步伐快步走過房間，跪倒在主任面前，以清晰的聲音說道：「我的父親！」

這個詞（因為「父親」的含義並沒有那麼淫穢——它並沒有養育孩子這個令人厭惡和道德淪喪的內涵——只是低俗、骯髒而不猥褻的粗話），這個可笑的下流的詞語舒緩了原本幾乎無法承受的緊張情緒。響亮的幾乎歇斯底里的笑聲突然迸發出來，一浪接着一浪，似乎永遠不會平息。我的父親——而他就是主任！我的父親！噢，吾主福特！噢，吾主福特！這真是太妙了。叫嚷聲和喧鬧聲此起彼伏，一張張面孔笑開了花，連眼淚都笑出來了。又有六瓶精液被打翻了。我的父親！

主任臉色蒼白，目光炯炯地瞪着他，眼神中帶着迷惑和羞愧。

我的父親！原本已經漸漸平息的笑聲再次爆發，比剛才更加響亮。他用雙手堵着耳朵，衝出了房間。

第十一章

經過了受精室那一幕之後，整個倫敦的上層階級都迫不及待想見見這個跪倒在生育與培育中心主任面前的可愛的生物——或者應該說是前任主任，因為這個可憐的傢伙事後立刻辭職了，再也未曾踏足中心——而且他還跪倒下來，叫他「我的父親」。（這個玩笑有趣得幾乎不像是真事！）但琳達則沒有人關注。沒有人想要去見琳達。說一個人是母親——這根本不是一個笑話，而是一則猥褻的言行。而且，她並不是一個真正的野人，而是和其他人一樣是從瓶子裏培育出來的，因此不會有甚麼真正的奇思妙想。最後——這是人們不願意見到琳達的最重要的原因——她的樣貌。她肥胖臃腫，年邁體衰，牙齒都掉光了，而且皮膚長了斑點，還有那副身材（吾主福特啊！）——看到她你就會覺得惡心，是的，惡心得要命。因此，那些上流人物決定不去見琳達。而琳達本人也不想見他們。對於她來說，回到文明就是回到了蘇摩，她可以躺在床上，不停地度假，不用回歸現實，忍受頭痛或嘔吐，不會有喝完仙人掌酒之後常有的那種感覺，似乎你做了某件令你抬不起頭做人的如此羞恥的反社會的舉動。蘇摩完全沒有這些不良後果。它所賦予的假期是完美的，如果度假後的早上你覺得不好受，那並不是你自身的問題，而是和假期的快樂相比較的結果。解決方法就是繼續度假。她貪婪地要求更大更頻繁的劑量。蕭醫生一開始不肯開，然後由得她想吃多少就吃多少。她一天要吃多達二十克。

「這會在一兩個月內就讓她喪命的。」醫生對伯納德說道，「呼吸循環系統將會停止運作，再也無法呼吸，然後死掉。這也是一件好事。當然，如果我們能夠恢復青春，情況會不一樣。但我們做不到。」

就像每個人想的一樣（琳達正吃了蘇摩在度假，因此她根本不礙事），約翰出乎意料地提出了反對。

「你給她吃那麼多，不是會縮短她的壽命嗎？」

「從某種意義上說，是的。」蕭醫生承認，「但在另一種意義上，我們其實是在延長她的壽命。」年輕的約翰疑惑地盯着他。「蘇摩或許會讓你少活幾年，」醫生繼續說道，「但你要想想它賜予你的超越時間的無法衡量的持久性，每一次蘇摩假期都是我們的祖先所說的永恆。」

約翰開始理解了。「我的嘴唇和眼睛裏有永生的歡樂。」[1] 他喃喃說道。

「嗯？」

「沒甚麼。」

蕭醫生繼續說道：「當然，你不能由得人們隨隨便便就進入永恆，如果他們有要緊的工作的話。但因為她並沒有要緊的工作……」

約翰堅持說道：「我仍然認為這是不對的。」

醫生聳了聳肩膀，「那好嘛，如果你希望她一直瘋狂叫嚷的話……」

最後，約翰不得不作出讓步。琳達得到了她的蘇摩。自此，她一直待在伯納德的公寓三十七樓的那個小房間裏，躺在病床上，廣播和電視一直開着，天竺薄荷的香薰一直在滴個不停，蘇摩藥片就在伸手可及的地方——她就一直待在那兒，而又可以說根本不在那兒，置身於無限遙遠的另一個世界。廣播裏的音樂就像是一座堂皇繽紛的迷宮，一座變幻無常的迷宮，通往（經過美妙的不可避免的蜿蜒曲折）絕對真理的光明的中心，電視機裏的那些舞蹈形象是無法以言語描述的美妙的歌舞感官電影的表演者，滴個不停的天竺薄荷香水並不只是香薰——它是太陽，是一百萬個薩克斯風，是在和波普做愛，只是更加快樂，快樂得無可比擬，而且永無休止。

蕭醫生說道：「不行，我們不能讓人恢復青春，但我非常高興，能夠有這個機會看到一個人類衰老的例子。非常感謝你把我叫來。」他熱切地和伯納德握手。

大家都想和約翰見面，由於只有通過他的指定監護人伯納德才能和約翰見面，現在伯納德發現自己在人生中第一次不僅被當作正常人看待，而且成了一位非常重要的大人物。再也沒有人談論他的替代血液裏摻了酒精，也沒有人嘲笑他的樣貌。亨利·弗斯特對他格外友好，本尼托·胡佛送給他六盒性荷爾蒙口香糖作為禮物。助理命運規劃員幾乎是可憐兮兮地在巴結討好他，希望能受邀參加伯納德的晚宴。至於那些女人，伯納德只需要暗示她們有可能被邀請，就能隨心所欲地和任何一個女人上床。

「伯納德邀請我下個星期三和野人見面。」芬妮得意地宣佈。

「我好開心。」萊妮娜說道，「現在你得承認你對伯納德的觀感是錯的了吧。難道你不覺得他真的是個好人嗎？」

芬妮點了點頭，說道：「我必須承認，我覺得很驚訝，但也很開心。」

首席裝瓶師、命運規劃處的主任、三位助理總受精員、情感工程學院感官電影教授、威斯敏斯特合唱學院的院長、波卡諾夫斯基流程的主管——伯納德的名單上的大人物排了長長一列。

「上週我上了六個女孩。」他告訴赫姆霍茲，「星期一上了一個，星期二上了兩個，星期五又上了兩個，星期六上了一個。要是我有時間或動了念頭的話，起碼還有十幾個渴望着……」

赫姆霍茲靜靜地聽着他吹噓，神情陰鬱地表示不悅，伯納德覺得很惱火。

「你是在嫉妒我。」他説道。

赫姆霍茲搖了搖頭，回答道：「我很難過，如此而已。」

伯納德氣呼呼地走了，對自己説他再也不跟赫姆霍茲説話了。

日子一天天地過去，成功讓伯納德輕飄飄的，他與之前還覺得很不滿的世界達成了完全的和解（就像醇酒的功效一樣）。當它承認他是個大人物時，一切秩序良好。不過，雖然他的成功促使了他與世界的和解，但他拒絕放棄批評秩序的權利。因為批評使他自我感覺良好，讓他更加自我膨脹。而且他真的相信有可以批評的東西。（與此同時，他真的很享受當一個成功人士的感覺，而且想和哪個女孩子好就和哪個女孩子好。）對於那些為了野人而對他客客氣氣的人，伯納德總是當着他們的面吹毛求疵，説一些離經叛道的話。當他開口時他們會禮貌地傾聽，但在他的背後，人們會搖頭説道：「這個年輕人遲早會遭殃的。」他們滿懷信心地作出預言，因為在適當的時候，他們自己會確保他的下場會很慘。「下一次他可找不到另一個野人解救他了。」但是，與此同時，因為這是第一個野人，因此他們很客氣。而因為他們很客氣，伯納德更是自我膨脹到了極點，整個人因為得意洋洋而輕飄飄的，比空氣還要輕。

「比空氣還輕。」伯納德指着上空說道。

氣象局的繫留氣球就在他們頭頂，像一顆珍珠懸在天空中，在陽光中閃爍着淡紅色的光芒。

「……這位野人先生，」伯納德解釋道，「將會了解到文明生活的所有方方面面……」

他被帶到查林T字塔的平台，從上面鳥瞰倫敦。氣象局的主任和常駐氣象學家擔任導遊。但說話最多的人是伯納德。他神采飛揚，儼然是一位世界主宰者的氣派。比空氣還要輕。

翠綠色的火箭從天空中落下來，八個長得一模一樣的穿着卡其布制服的達羅毗荼裔多胞胎正從客艙的八個舷窗朝外邊張望——他們是乘務員。

「每小時一千二百五十公里。」氣象局的主任感慨地說道，「您怎麼看，野人先生？」

約翰認真地想了一想，然後說道：「但愛麗兒能在四十分鐘內給地球圍上一圈兒腰帶。」[2]

伯納德在給穆斯塔法·蒙德的報告中寫道：「令人驚訝的是，野人對現代文明的各項發明並沒有表現得很驚奇或震撼。無疑，這一部份原因是因為他已經從琳達這個女人，他的X親——那裏聽說過了。」

穆斯塔法·蒙德皺着眉頭，「這個傻瓜以為我神經衰弱到不敢看這個詞完整地寫出來嗎？」

「另一部份原因是他一心只關注他稱之為『靈魂』的東西，他堅持認為那是獨立於客觀環境之外的實體，而我嘗試向他指出……」

主宰者跳過了下一句，正準備翻頁尋找更有趣具體的內容時，目光落在了一連串不同尋常的內容上。「……但我必須承認，」他讀道，「我認同野人的觀點，用他的話說，文明的赤子情懷太過於輕鬆，或代價不夠高昂，我希望借此機會，懇請大人注意……」

穆斯塔法·蒙德覺得又好氣又好笑。這個傢伙居然在社會秩序這個問題上嚴肅地教訓他，真是太可笑了。他一定是瘋了。「我得教訓他一下。」他自言自語道，然後仰頭大笑起來。不管怎樣，目前還不是教訓他的時候。

這是一間生產直升飛機的照明設備的小工廠，是電子設備公司的下屬單位。總工程師和人力要素經理親自來到屋頂迎接他們（因為來自主宰者的那封介紹信發揮了作用）。一行人下樓進了工廠。

人力要素經理解釋道：「每一個流程都盡可能由單獨一個波卡諾夫斯基群體去執行。」

事實上，八十三個短頭顱塌鼻樑黑頭髮的德爾塔負責冷鍛；五十六台四軸卡盤切削車床由五十六個長着鷹鈎鼻和薑黃色頭髮的伽瑪操作；一百零七個經過耐熱培育的埃普斯隆塞內加爾人在鑄造廠上班；三十三個長頭顱窄骨盆長着淡茶色頭髮的德爾塔女性，所有人的身高誤差在一米六九正負兩公分內，正在切削螺絲；在裝配車間，發電機由兩組優等伽瑪的侏儒負責裝備：兩張低矮的工作台面對面擺放着，中間是一條緩緩移動的傳送帶，上面輸送着分散的零部件，四十七個金髮腦袋正對着四十七個棕髮腦袋。四十七個獅子鼻配四十七個鷹鈎鼻，四十七個後縮的下巴對着四十七個挺翹的下巴。完成的設備由十八個長得一模一樣的赤褐色鬈髮、穿着綠色制服的伽瑪女孩負責檢查，由三十四個短腿的左撇子次等德爾塔男性進行裝箱，再由六十三個長着藍色眼睛、亞麻色頭髮和長了雀斑的埃普斯隆半癡呆兒搬到等候的卡車和貨車裏。

「啊，美麗的新世界……」可惡的記憶讓野人發現自己在念叨着米蘭達的台詞，「啊，美麗的新世界，有這麼出色的人物！」[3]

離開工廠時人力要素經理總結道：「我向您保證，我們的工人從來不會惹是生非。我們總是發現……」

但野人突然間擺脫了他們，跑到一處月桂叢後面劇烈地乾嘔着，彷彿他的立足之地不是堅實的土地，而是遇上了氣流的直升飛機。

伯納德寫道：「野人拒絕服用蘇摩，而且似乎因為琳達這個女人——他的X親——總是在度假而感到非常憂愁。值得注意的是，雖然他的X親是那麼蒼老，而且樣貌極其令人反感，野人總是去看她，而且似乎很關心她——一個非常有趣的例子，展現了早期教育能夠修正甚至逆轉自然本能（這裏指的是躲避討厭的事物的本能）。」

他們來到伊頓高中的天台。在校園的對面，五十二層樓高的勒普頓塔在陽光中閃爍着白色的亮光。他們的左邊是學院，右邊是社區合唱學校高聳的鋼筋混凝土和維他玻璃大樓。在方形庭院的中央豎立着我們的主福特的古老的鍍鉻鋼像。

他們剛下飛機，院長加夫尼博士和校長吉婭小姐就來迎接他們。

正要開始參觀的時候，野人問道：「你們這裏有多胞胎嗎？」

「噢，沒有。」教務長回答，「伊頓中學只招收上層階級人士的孩子。一個卵子，一個成人。當然，這使得教育變得更加困難。但他們以後將接受召喚，承擔起責任和應付意外的緊急情況，這是不可避免的。」他嘆了口氣。

與此同時，伯納德喜歡上了吉婭小姐。「如果你星期一、星期三或星期五晚上有空的話，」他朝野人伸出大拇指，「他很有趣，你知道的，」伯納德還補充道，「古怪得很。」

吉婭小姐微笑着（她的微笑真是太迷人了，他心想），說了聲「謝謝」，她很高興能參加他的派對。教務長打開了一扇門。

在雙優阿爾法的教室待了五分鐘後，約翰覺得一頭霧水。

「甚麼是基本相對論？」他低聲問伯納德。伯納德嘗試解釋，但想了一想之後，建議去參觀別的教室。

在通往次等德爾塔的地理課教室的走廊的一扇門後，一個洪亮的女高音喊着：「一、二、三、四，」然後疲倦而不耐煩地說道：「原地不動。」

女校長解釋道：「馬爾薩斯絕育訓練。大部份我們的女學生是雄化雌體，我自己就是雄化雌體。」她朝伯納德微微一笑，「但我們有八百個沒有絕育的學生，需要一直進行訓練。」

在次等貝塔的地理教室裏，約翰了解到「野人保留區是由於氣候或地理條件不利，或自然資源匱乏，不值得進行文明開發的地方」。噠的一聲，教室暗了下來，突然間，在老師頭頂的屏幕上出現了阿科馬地區的懺悔者跪倒在聖母像前面，就像約翰聽過他們慟哭那樣哭泣着，在十字架上的耶穌和鷹神普空面前懺悔自己的罪孽。那些年輕的伊頓學生哈哈大笑着吶喊着。那些懺悔者仍然在痛哭流涕，站起身脫掉自己的上衣，拿起九節鞭開始鞭笞自己，抽了一下又一下。笑聲的音量增強了一倍，甚至蓋過了揚聲器中他們的呻吟聲。

「但為甚麼他們要笑呢？」野人痛苦而困惑地問道。

「為甚麼？」院長轉身對着他，臉上仍然掛着笑容，「為甚麼？因為它真是太逗了。」

在電影院般的昏暗中，伯納德做出了一個冒險的舉動，以前即使是在一片漆黑中他也不敢這麼做。他現在是一個重要人物，膽子也壯了。他伸手摟住女校長的腰肢，它像柳枝一樣搖擺着避開了。他正想親吻一下或者輕輕地掐一把時，百葉窗咔噠一聲又打開了。

「或許我們該走了。」吉婭小姐説道，然後朝門口走去。

「這間是睡眠教育控制中心。」院長介紹道。

數百個合成音樂盒子，每一個對應着一間宿舍，擺放在環繞房間三面牆壁的架子上，另一面牆的架子上面則擺放着音軌紙捲，上面刻錄着各式睡眠教育的課程。

「你把紙捲放在這裏，」伯納德打斷了加夫尼博士的話頭，搶着解釋道，「然後按下這個開關……」

「不，是那個開關。」教務長糾正了他，覺得有點惱火。

「那好吧，那個開關。紙捲就會展開，硒光電管將光脈衝轉化為聲波，然後……」

「然後就行了。」加夫尼博士總結道。

「他們讀莎士比亞嗎？」在去生物控制實驗室的路上，經過學校圖書館時野人問道。

「當然不讀。」女校長紅着臉回答。

加夫尼博士說道：「我們的圖書館只有參考書。如果我們的年輕人需要消遣，他們可以去看感官電影。我們不鼓勵他們沉迷於任何個人娛樂。」

五輛校巴滿載着男生和女生，或唱着歌，或靜靜地擁抱着，在玻璃高速公路上從他們身邊駛過。

「他們剛剛回來。」加夫尼博士解釋道，而伯納德悄悄地和女校長約好了當晚見面。

「從斯洛的火葬場回來。死亡教育從十八個月就開始，每個孩子每星期兩個早上去臨終病院。最好的玩具都放在那裏，在死亡日他們能吃到巧克力忌廉。他們學會了視死亡為天經地義的事情。」

女校長以專業的口吻補充道：「就像其他生理進程一樣。」

八點鐘在薩沃伊劇院，一切都安排好了。

在回倫敦的路上，他們在位於布倫特福德的電視公司的工廠停歇。

「我去打個電話，你不介意在這兒等一會兒吧？」伯納德問道。

野人一邊等一邊張望着。上日班的工人剛剛下班。成群的下級階層工人在輕軌車站前面排隊——有七八百個伽瑪、德爾塔和埃普斯隆男男女女，卻只有十幾張不同的面孔和十幾副不同的身材。一個售票員領到每個人的票，將一個小小的紙盒遞給他或她。那列長長的隊伍緩緩地向前推進。

「那些是甚麼？（他想起了《威尼斯商人》裏的一句話。）那些匣子？」[4]伯納德回來的時候野人問道。

「是當日的蘇摩配給。」伯納德含糊地回答，因為他正嚼着一片本尼托·胡佛送給他的口香糖。「下班後他們就能得到配給。每天四片半克蘇摩，星期六有六片。」

他熱情地挽着約翰的胳膊，朝直升飛機走回去。

萊妮娜哼着歌走進了更衣室。

「你看上去似乎很開心哦。」芬妮說道。

「我好開心。」萊妮娜回答。嘶！「半小時前伯納德給我打電話了。」嘶，嘶！她脱掉短褲。「他臨時有個約會。」嘶！「問我能不能今晚帶野人去看感官電影。我得開飛機去。」她匆匆朝浴室走去。

「她真是個幸運兒。」芬妮看着萊妮娜走開，自言自語道。

這句話沒有嫉妒，好心眼的芬妮只是在陳述一個事實。萊妮娜確實很幸運，能與伯納德分享到野人這個大名人，讓她這個小人物幸運地沾到至高榮耀之光。福特女青年協會的秘書不是請她開課講述自己的經歷了嗎？她不是被邀請參加阿佛洛狄宮的年度晚宴了嗎？她不是已經上了感官基調新聞——被世界上數以百萬計的人看到、聽到和觸摸到嗎？

而且同樣令人滿心歡喜的事情還有那些大人物對她的關注。世界主宰者的第二秘書邀請她共進晚餐和早餐；與福特司法部長一起度過週末，還與坎特伯雷首席合唱領唱員共度週末；內外分泌公司的總裁老是打電話給她，而且她還和歐洲銀行的副總裁去了趟多維爾。

「當然，這一切都挺好。但不知怎的，」她曾經找芬妮傾訴，「我覺得我得到的那些似乎都是虛情假意，因為，他們最想知道的是和野人做愛有甚麼感覺。我只能說我不知道。」她搖了搖頭。「當然，大部份人都不相信我。但這是真的。我好希望事情不是這樣，」她難過地嘆氣道，「他真的太帥了，你不覺得嗎？」

「但他不是喜歡你嗎？」芬妮問道。

「有時候我覺得他喜歡我，但有時候我覺得他不喜歡我。他總是盡力迴避我，我一進房間他就出去，他不碰我，甚至不看我一眼。但有時候如果我突然轉身，我會看到他在盯着我，然後——你知道的，如果男人喜歡你的話會是甚麼樣子。」

是的，芬妮知道。

「我不知道該怎麼辦。」萊妮娜說道。

她不知道該怎麼辦，不僅覺得很迷惑，而且很不開心。

「因為，你知道的，芬妮，我喜歡他。」

越來越喜歡他。洗完澡後噴香水時她心想，現在真正的機會來了，噴、噴、噴——真正的機會。她激動得唱起了歌。

親愛的，緊緊地抱着我，讓我醉去，

親吻我，直至我窒息；

親愛的，抱緊我，就像暖和的兔子，
愛情就像蘇摩一般神奇。

香薰機器正播放着清新宜人的草本狂想曲——蕩漾的百里香和薰衣草二重奏，還有迷迭香、羅勒草、桃金娘、龍蒿；一系列大膽的香料變奏，以龍涎香作為開始，然後緩緩地回到檀香、樟腦、香柏和新割的香草（偶爾會出現不和諧的調子——一股腰子布丁還有淡淡的像是豬屎的味道），再回到樂章剛開始時簡單樸素的香味。最後一股百里香的味道漸漸淡去，周圍響起了掌聲。燈光亮起，合成音樂機開始播放唱片。那是高音小提琴、重低音大提琴和雙簧管的三重奏，讓空氣中充斥着那種讓人覺得很舒服的慵懶。過了三四十個拍子——然後，以這三種樂器作伴奏，一個比人聲更動聽的聲音以柔和的顫音開始歌唱，時而嘶啞，時而從頭頂發聲，時而像笛聲一樣空洞，時而發出熱烈的和聲。它輕鬆地從加斯帕德·弗斯特的音樂表演低音記錄轉換到比盧克雷齊婭·艾祖嘉莉曾經獨領有史以來所有歌唱家風騷（那是在一七七零年帕爾馬的公爵歌劇院，令莫扎特為之感到驚詫）的最高C調更高的顫動的蝙蝠音。

萊妮娜和野人坐在充氣座椅上，享受着香氣和音樂。現在輪到眼睛和肌膚了。

燈光暗了下來，熾烈的字母顯得那麼耀眼，似乎自動地懸浮於黑暗中。「《直升飛機上的三週》，一場超級演唱、合成配音、彩色立體影像感官大戲，同步香薰伴奏」。

「抓住你的椅子扶手上那幾個金屬把手。」萊妮娜低聲説道，「不然你就體驗不到感官效果了。」

野人按照她的話抓住把手。

與此同時，那些耀眼的字母消失了。有十秒鐘的時間，周圍一片漆黑。然後，突然間，耀眼的比真實的血肉之軀更加真切的立體影像出現了，是一個高大的黑人和一個年輕的短頭顱金髮女郎手挽着手。

野人嚇了一跳。他的嘴唇上那種感覺！他抬起一隻手摸着嘴巴，酥癢的感覺消失了，他又把手放回到金屬把手上。感覺又開始了。與此同時，香薰機器噴出純淨的麝香的味道。一個音軌發出鴿子般奄奄一息的「哦—哦」聲，然後是每秒鐘只有三十二次的振動，一個比非洲人的男低音更低沉的聲音回應道：「啊—啊！」「哦—啊！哦—啊！」立體的雙唇再次交疊，阿罕布拉宮的六千名觀眾臉部的性感帶再次感受到幾乎無法忍受的觸電般的快感。「哦……」

這部電影的劇情非常簡單。最開始的「哦—哦！」和「啊—啊！」結束後（兩人開始進行二重奏，並在那張久負盛名的熊皮上做愛——那個助理命運規劃員說得很對——纖毫畢現），那個黑人遭遇了一場直升飛機空難，摔到了腦袋。砰！額頭傳來一陣劇痛！觀眾中響起了一陣「哎喲」和「哎呀」的叫喚聲。

這場腦震盪將那個黑人所接受的培育拋到了九霄雲外。他對那個貝塔金髮女郎產生了瘋狂的獨佔性情慾。她一再抗拒，而他一意強求。劇情有掙扎、追逐、襲擊情敵，最後是駭人聽聞的綁架。那個貝塔金髮女郎被劫持到空中，懸吊了三個星期，聽那個瘋狂的黑人發表野蠻的反社會的長篇大論。最後，經過一系列驚險行動和空中飛行特技，三個英俊帥氣的年輕阿爾法成功將她解救出來。那個黑人被送到一所成人再培育中心，這部電影有一個快樂體面的結局，那個貝塔金髮美女成為那三位護花使者的情人。在交響樂團的伴奏和梔子花的香味中，他們唱起了合成四重奏。最後，在薩克斯風的伴奏下，那張熊皮又出現了，立體影像的親吻漸漸變為漆黑一片，最後的電流酥癢在嘴唇上漸漸消失，就像一隻垂死的蛾子顫動着，顫動着，越來越微弱，越來越無力，最後安靜了下來。

但對於萊妮娜來說，那隻蛾子並沒有徹底死掉。即使到了燈光亮起，他們順着人群慢慢地朝電梯移動的時候，牠的幽靈仍然在她的唇間扇動着翅膀，仍然讓她的肌膚因為焦慮和愉悅而戰慄着。她兩頰緋紅，挽着野人的胳膊，偎依在他身上。他低頭看了她一會兒，臉色蒼白，心裏覺得很痛苦，他渴望得到她，卻又為自己的渴望而感到羞恥。他配不上她，配不上……有那麼一會兒，兩人四目相投。她的眼神中承諾了多少財富！一個女王肆意放縱的揮霍。他立刻望着別處，掙脱被抱緊的手臂。他的心裏有點害怕，擔心她會失去讓他覺得自己配不上她的地位。

「我覺得你不應該看那種東西。」他不去責備萊妮娜，而是將她過去或以後的不完美的缺點歸結於她周圍的環境。

「甚麼東西呢，約翰？」

「那種糟糕的電影。」

「糟糕？」萊妮娜真的吃驚，「但我覺得很好看啊。」

「它很低俗，」他憤慨地説道，「很下流。」

她搖了搖頭，「我不知道你在説甚麼。」為甚麼他總是這麼古怪？為甚麼他總是要大煞風景呢？

在直升飛機的士裏，他幾乎不去看她。他被從未說出口的誓言束縛住，聽命於早已不再生效的法律，坐在的士裏，迴避着她，一言不發。有時候，似乎一根手指撥動了一根琴弦，幾乎將它彈斷，他的整個身子會突然神經質地顫抖着。

直升飛機的士在萊妮娜的公寓大樓的天台上着陸。「終於，」走出的士的時候她欣喜地想着，終於就要發生了——雖然他剛才的舉動是那麼古怪。她站在一盞燈下，照着自己的手鏡。終於要發生了。是的，她的鼻子泛着微光。她從粉撲裏搖出一些粉末，趁他付車費的時候——時間剛剛好，她朝發着油光的部位擦了擦粉，心想：「他真是太帥了。他根本不需要像伯納德那樣靦覥。但是……換了是別人早就那麼做了。嗯，現在，終於要發生了。」那個小圓鏡裏的半張臉突然朝她微笑着。

「晚安，」她的身後傳來嘶啞的聲音。萊妮娜轉過身。他站在直升飛機的士的車門處，眼睛一直盯着她，顯然在她給鼻子補粉的時候就一直盯着她，等候着——但為了甚麼呢？或是猶豫着，嘗試着下定決心，一直在想着，想着——她無法想像那是甚麼樣的荒誕不經的念頭。「晚安，萊妮娜。」他又說了一次，勉強地微笑着。

「但是，約翰……我還以為你……我是說，難道你……」

他關上了門，傾着身子對司機說了幾句話。直升飛機的士升到了空中。

野人透過地板上的窗戶看着下方，看到萊妮娜仰起的面孔，在藍色的燈光下顯得很蒼白。她張着嘴，正在叫嚷着。她那因為透視角度而看上去變短了的身軀正迅速遠離他。四方形的天台越來越小，似乎正掉落在漆黑中。

五分鐘後，他回到自己的房間。他拿出那本被老鼠啃咬過的書，懷着虔誠的心情小心翼翼地翻開斑駁破碎的書頁，開始閱讀《奧賽羅》。他記得，奧賽羅就像《直升飛機上的三週》裏的男主角——是一個黑人。

萊妮娜擦乾眼淚，走過天台去搭電梯。在到二十七樓的途中她拿出了她那瓶蘇摩。她覺得一克不夠份量，她的痛苦是一克蘇摩無法減輕的。但如果她服用兩克的話，她可能明天早上不能按時起床。她決定妥協，往彎曲成杯狀的左手掌心倒出三顆半克的藥片。

註釋：

[1] 出自莎士比亞《安東尼與克莉奧佩特拉》第一幕第三景，這是埃及女王的台詞。

[2] 愛麗兒是莎士比亞《暴風雨》中的精靈。事實上這句話出自莎士比亞《仲夏夜之夢》中的蒲克之口，見第二幕第一景蒲克與仙王奧伯朗的一番對話。

[3] 出自莎士比亞《暴風雨》第五幕第一景。

[4] 莎士比亞《威尼斯商人》中有女主角鮑西婭「挑匣求婚」的情節：富有的少女的終身大事取決於父親生前設置的彩匣——大廳上陳列着金、銀、鉛三個匣子，等待求婚者前來挑選，誰選中彩匣，誰就是她的丈夫。

第十二章

伯納德只能抬高嗓門透過鎖着的門高喊，但野人就是不肯開門。

「但大家都到了，等你呢。」

「讓他們等吧。」門那邊傳來甕聲甕氣的聲音。

「你心裏很清楚，約翰，」（要在扯高嗓門的情況下好言相勸實在是太難了！）「我特意叫他們來見你的。」

「那你應該先問我願不願意見他們。」

「但之前你不是都來了嗎，約翰？」

「就是這樣，所以我不想再去了。」

「就當是為了我，」伯納德好言好語地高吼着，「你就不能為了我來一趟嗎？」

「不行。」

「你是說真的嗎？」

「是的。」

情急之下，伯納德哀聲說道：「那我怎麼辦？」

「去死吧！」房間裏傳來憤怒的咆哮聲。

「但坎特伯雷首席合唱領唱員今晚會來。」伯納德都快哭了。

「埃呀塔卡瓦！」野人只有用祖尼語才能充份表達他對首席合唱領唱員的觀感。「哈尼！」想了想，然後補充道（以毫不留情的嘲諷語氣！），「桑斯埃索忒納。」接着往地上吐了一口唾沫，就像波普會做的那樣。

最後伯納德只能灰溜溜地回到客廳裏，通知已經等得不耐煩的客人們野人當晚不會來了。聽到這個消息，客人們十分憤慨，對自己遭到戲弄，對自己之前客客氣氣地對待這個無足輕重又聲名狼藉而且有異端思想的小人物感到極其憤怒。他們的地位越高，他們的憤恨就越發深切。

「居然和我開這種玩笑！」首席領唱員不停地說着，「和我開這種玩笑！」

至於那幫女人，她們心裏憤憤不平，自己居然被騙上了床——被一個卑賤渺小的男人騙上了床，他的瓶裏曾經出了差錯，被倒進了酒精——被一個體格和次等伽瑪一般無二的畜生騙上了床。真是豈有此理，而且她們越來越大聲地說出這番話，那位伊頓的女校長的話尤其難聽。

萊妮娜一言不發。她臉色蒼白，藍色的眼眸籠罩着少有的憂傷，坐在角落裏，不去理會身邊的人，被與其他人不同的情感所隔絕。她是懷着既憂愁又喜悅的奇怪的情感來參加這個派對的。走進房間時，她對自己說道：「再過幾分鐘，我就可以見到他，和他説話，告訴他（因為她已經下定了決心）我愛他勝過任何我認識的人。然後，或許他會説……」

他會説甚麼呢？她的兩頰湧現出血色。

「為甚麼他那天晚上看完感官電影後的舉動那麼古怪呢？真是奇怪。但我十分肯定他真的很喜歡我。我肯定……」

而就在這個時候，伯納德宣佈了那個消息：野人不會參加派對了。

萊妮娜突然感受到在接受替代激情治療開始時通常會體驗到的那種感覺——一股可怕的空虛，一種喘不過氣來的恐懼，一陣惡心。她的心似乎停止了跳動。

「或許是因為他不喜歡我。」她對自己説道。然後，這一可能性成為了確鑿的現實：約翰不肯來是因為他不喜歡她。他不喜歡她……

「真是太過份了，」伊頓的女校長正和火葬場與磷回收中心的主任説話，「當我想到我真的……」

「是的。」那是芬妮．克勞恩的聲音，「關於酒精的傳聞絕對是真的。我認識一個人，她認識一個當時在胚胎倉庫工作的人。她告訴了我的朋友，然後我的朋友告訴了我……」

「太糟糕了，太糟糕了，」亨利．弗斯特說道，與首席合唱領唱員心有同感，「或許您有興趣知道，我們以前那個主任曾經想過把他調到冰島去。」

伯納德像膨脹的氣球般的自信快樂的心情被每一個脫口而出的字眼扎得千瘡百孔，一下子洩了氣。他臉色蒼白，心煩意亂，可憐巴巴地不安地在客人中間穿梭，結結巴巴語無倫次地向他們道歉，向他們保證下一次野人一定會來，央求他們坐下來吃一個胡蘿蔔素三明治和一片維他命麵包，喝一杯替代香檳。他們照吃不誤，但根本不去理會他，不給他好臉色看，或彼此間討論着他，高談闊論咄咄逼人，似乎當他是透明的。

「好了，我的朋友們，」坎特伯雷首席合唱領唱員以他在福特節慶典領唱時那美妙清脆的嗓音說道，「好了，我的朋友們，我想或許是時候……」他站起身，放下酒杯，將掉在他那件紫色黏膠纖維馬甲上的點心屑撣掉，然後朝門口走去。

伯納德衝上前想攔住他。

「首席領唱員，您真的……？時候還早，我希望您能……」

是的，當萊妮娜偷偷告訴他首席合唱領唱員願意接受邀請的時候，他沒有想過會是這樣。她給伯納德看了首席領唱員送給她的那個小小的T字形金拉鍊搭扣，是她在蘭貝斯和他共度週末的紀念品。與坎特伯雷首席合唱領唱員和野人先生會面。伯納德得意洋洋地在每一張邀請函上寫下了這句話。但野人偏偏就在今天晚上把自己鎖在房間裏，還吼道：「哈尼！」甚至還吼出「桑斯埃索忒納！」這樣的話。（幸虧伯納德不懂祖尼語。）原本將是伯納德的人生巔峰的時刻卻變成了他最恥辱的時刻。

「我懇切希望……」他結結巴巴地重複着，以哀求淩亂的眼神仰望着這位大人物。

首席合唱領唱員以洪亮而莊嚴的聲音說道：「我年輕的朋友，」然後停了停，「讓我給你一點建議，」他朝伯納德晃了晃手指，「趁還不是太晚。一個有益的建議。」（他的聲音變得陰森森的。）「有過則改，我年輕的朋友，有過則改。」他比出T字的手勢，然後轉身換了個口吻，「親愛的萊妮娜，跟我走吧。」

萊妮娜順從地聽命，但沒有微笑，也不覺得高興（對這一榮譽根本無動於衷），跟在他的身後離開了房間。其他客人一個接一個體面地離開了。最後一個客人砰的一聲關上了門，只剩下伯納德一個人。

飽受打擊，徹底灰心喪氣，他頹然跌坐在一張椅子上，雙手捂着臉，開始哭泣。

但幾分鐘後，他覺得思緒平復了一些，拿出四片蘇摩。

在樓上的房間裏，野人正在閱讀《羅密歐與朱麗葉》。

萊妮娜與首席合唱領唱員來到蘭貝斯宮的屋頂。「快點，快點，我年輕的朋友——我是說，萊妮娜。」首席領唱員在電梯門口不耐煩地喊着。萊妮娜剛才稍作停留，抬頭看了看月亮。她低頭收回視線，快步走過天台，和他會合。

《生物學的新理論》，這是穆斯塔法．蒙德剛剛讀完的那篇論文的題目。他坐了一會兒，皺着眉頭思索着，然後拿起筆在封面寫下：「該作者對目標這個概念的數理分析方法頗有新意，而且才華橫溢，但內容離經叛道，為了當前的社會秩序着想，它是危險而且有潛在反動性的讀物，不得出版。」然後繼續寫道：「將作者關押查看，如有必要，送至聖赫勒拿島的海洋生物研究站。」然後在下面畫了一條橫線。在簽名的時候他心裏想道：真是遺憾，它確實是一本傑作。但一旦你開始承認需要對目標作出解釋——那你不知道會引起甚麼後果。正是這類思想或許會輕而易舉地讓上流階層那些思想不穩定的人所接受的培育統統作廢——使他們失去對快樂就是至善的信仰，轉而相信人生的目標高於現實生活，相信生命的目標不是讓快樂一直持續下去，而是意識的強化與昇華，還有知識的進步。主宰者心想，這些或許是真的，但在目前的情況下，絕對不能承認。他又拿起筆，在「不得出版」這幾個字下面畫了第二條橫線，比第一條橫線更黑更粗。然後他嘆了口氣，心想：「如果你不用去考慮幸福，是多麼開心的事情！」

約翰閉上眼睛，臉上洋溢着興高采烈的光澤，輕聲對着無人處吟誦着：

啊！火炬遠不及她的明亮；
她皎然懸在暮天的頰上，
像黑奴耳邊璀璨的珠環；
她是天上明珠降落人間……[1]

那個金T字項鍊在萊妮娜的胸前閃爍着光芒。首席合唱領唱員戲謔地抓住它扯了幾下。萊妮娜突然打破了長久的沉默：「我想我最好得吃上幾克蘇摩。」

就在這個時候，伯納德正沉沉睡去，在夢中私密的天堂中微笑着，微笑着，微笑着。但是，每過三十秒，他床頭的電子時鐘的分針就會無情地向前跳一格，發出幾乎微不可聞的嘀嗒、嘀嗒、嘀嗒、嘀嗒、嘀嗒……到了早上，伯納德回到悲慘的時空裏。他搭出租車來到培育中心，心情跌到了谷底。勝利的喜悅已經煙消雲散。他平靜了下來，成為舊時的自己，與前幾個星期那個暫時膨脹起來的他相比，這個舊時的自我似乎比以往更加沉重，比周圍的空氣更加沉重。

讓人意想不到的是，野人很同情灰心喪氣的伯納德。

「你就像那時候在熔岩區一樣。」當伯納德向他傾訴痛苦後，他說道，「你記得我們第一次說話的時候嗎？在那間小房子的外面。你的樣子就和那時候一樣。」

「因為我又不開心了，這就是原因。」

「嗯，我寧願不開心，也不願享受你們在這裏所享受的虛偽的做作的幸福。」

「我喜歡那樣。」伯納德苦澀地說道，「而你就是罪魁禍首，不肯參加我的派對，使得所有人都和我過不去！」他知道自己是在無理取鬧，他心裏知道野人說得有道理，就因為這麼一樁小事而變成不共戴天的敵人，這樣的朋友不要也罷，最後他甚至高聲地承認這一點。但儘管他知道並承認這些，儘管他的朋友的支持和同情現在是他僅有的慰藉，除了真摯的友情之外，伯納德還繼續執拗地對野人懷恨在心，準備向他進行小打小鬧的報復。對首席合唱領唱員懷恨在心無濟於事，他也不可能去報復首席裝瓶員或助理命運規劃員。對於伯納德來說，作為一個受害者，比起別人，野人的優越性在於，他能把氣撒在野人身上。朋友的一個主要作用不就是將我們不能往敵人身上撒的氣拿來往他們身上撒嗎（以緩和的象徵性的方式）？

伯納德的另一個受害者朋友是赫姆霍茲。在他失意的時候，他又去尋求友誼，而在他風光無限的時候，他從來沒有想過這段友誼值得保持。赫姆霍茲仍當他是朋友，而且不去責備他，也不作任何評價，似乎他已經忘記曾經有過爭吵。伯納德很受感動，與此同時，因為這份寬容而感到羞愧——赫姆霍茲越是寬宏大量，羞愧就越發強烈，因為它與蘇摩無關，只是赫姆霍茲的性格使然。

赫姆霍茲一直就是這麼不記仇和體諒人，而不是吃了半克蘇摩後才會這樣。伯納德心存感激（能重新和他做朋友真是太舒心了），但也感到憤恨（報復赫姆霍茲的大方會是一件很快樂的事情）。

在言歸於好後的第一次見面時，伯納德傾訴了他的痛苦，並得到了安慰。直到幾天之後，他才吃驚而且不無慚愧地得知原來並非只有他惹上了麻煩，赫姆霍茲也與當局起了矛盾。

「事情是因為一首韻文詩而起的。」他解釋道，「和往常一樣，我給三年級的學生上高級情感構建這門課，有十二場講座，其中第七場講座的內容是韻文詩，確切的題目是《論韻文詩在道德宣傳與廣告中的運用》。我上課時總是會用許多技術上的例子作為示範。這一次，我想我可以給他們看一看我自己創作的一個例子。當然，這是瘋狂的舉動。但我實在是無法抗拒。」他哈哈大笑，「我很好奇，想看看他們會有甚麼反應。而且，」他以更加嚴肅的口吻繼續説道，「我想做一點宣傳，我想為他們構建我在寫這首韻文詩時自己內心的感受。吾主福特啊！」他又笑了，「好一場風波！校長召見了我，並威脅要立刻將我解僱。我成了一個有污點的人。」

「但你的韻文詩寫了些甚麼呢？」伯納德問道。

「它們寫的是孤獨。」

伯納德眉毛一揚。

「我會朗誦給你聽，如果你想聽的話。」赫姆霍茲開始朗誦：

昨日的委員會，
只剩下鼓棍，和一個破鼓，
在城市的午夜，
空中傳來笛聲，
緊閉的嘴唇，沉睡的面孔，
每一個機器都停住了，
沉默的垃圾遍地的地方，
這裏曾是眾人待過的地方……
所有沉默的快樂，
在哭泣（大聲或低聲），
在説話——但那個聲音，
我不知道是誰。
蘇珊不在，
埃格莉亞也不在

胳膊和胸脯，
嘴唇和，噢，臀部，
慢慢地浮現；
是誰的？我問道，
是甚麼如此荒唐，
那個本不存在的事物，
卻就此存在。
空虛的夜晚變得，
比我們雲雨交合的夜晚更加充實，
為甚麼會顯得如此污穢？

我把它作為一個例子，他們就向校長舉報了我。

「我不會感到驚訝。」伯納德說道，「它徹底違背了他們的睡眠教育。記住，他們聽了至少有二十五萬遍關於孤獨的警告。」

「我知道。但我想看看會是甚麼效果。」

「好嘛，現在你看到了。」

赫姆霍茲只是笑了笑，沉默了一會兒，然後說道：「我覺得似乎開始有可以寫的題材了，似乎開始能夠運用我覺得一直在我身體裏的那股力量——那股潛伏的特別的力量。似乎將會有事情發生在我身上。」伯納德心想，雖然他惹上了這些麻煩，他似乎真的很開心。

赫姆霍茲和野人一見如故。他們是那麼親密，讓伯納德覺得很妒忌。經過這幾個星期的相處，他從未與野人如此親密過，而赫姆霍茲一下子就和他那麼親密。看着他們倆，聽着他們聊天，他發現自己有時候憤恨地希望他沒有讓這兩人見面。他為自己的嫉妒感到羞愧，於是通過意志力和吃蘇摩讓自己不產生嫉妒。但這麼做並不是很成功，在蘇摩假期之間，那種可惡的感覺總是縈繞心頭。

和野人第三次見面時，赫姆霍茲向他背誦了那首關於孤獨的韻文詩。

「你覺得它寫得怎麼樣？」背誦完後他問道。

野人搖了搖頭，回答道：「聽聽這首詩吧。」然後他打開抽屜，裏面放着他那本被老鼠啃過的書，打開書，然後讀道：

讓那歌喉最響亮的鳥雀，
飛上那株孤獨的阿拉伯樹梢，
宣佈訃告，把哀樂演奏……

赫姆霍茲越聽越興奮，聽到「孤獨的阿拉伯樹梢」，他為之一振；聽到「你叫聲刺耳的狂徒」，他突然露出愉悅的微笑；聽到「任何專橫跋扈的暴徒」，血色湧上他的面頰；但聽到「死神來臨的輓詩」，他頓時臉色蒼白，一種前所未有的感覺令他發顫。野人繼續讀下去：

物性彷彿已失去規矩，
本身竟可以並非本身，
形體相合又各自有名，
兩者既分為二又合為一。
理智本身也無能為力，
它明明看到合一的分離……[2]

伯納德插話道：「狂歡之禮！」然後以難聽的大笑聲打斷了朗誦。「那只不過是一首團結儀式的讚美詩罷了。」他是因為這兩個朋友喜歡彼此勝於喜歡他而進行報復。

在接下來的兩三次見面中，他一而再再而三地實施這個小小的報復行動。這個伎倆非常奏效，赫姆霍茲和野人最喜歡的水晶般的詩歌被硬生生打碎和玷污，內心感到非常痛苦。到最後，赫姆霍茲威脅説要是他敢再插話就把他從房間裏趕出去。但奇怪的是，接下來的打斷是最令人難堪的，而肇事者卻是赫姆霍茲自己。

野人正在高聲朗誦《羅密歐與朱麗葉》——懷着強烈的情懷顫抖着聲音朗誦着(因為他一直把自己看作是羅密歐，而萊妮娜是朱麗葉)。赫姆霍茲聽過了兩個戀人第一次見面時的那幕場景，覺得很感興趣，卻又帶着疑惑。在果園裏的那一幕的詩情畫意的描寫令他覺得很愉快，但它所表達的情懷卻讓他覺得好笑。為了得到一個女孩而陷於這般境地——似乎太荒唐可笑了。但是，他逐漸被精緻的語言細節所吸引，多麼高超的情感構建！他説道：「那個老傢伙令我們最好的宣傳技術人員都顯得特別傻帽。」野人得意地微笑着，繼續他的朗誦。一切都進行得很順利，直到

第三幕的最後一景，凱普萊特與凱普萊特夫人開始逼迫朱麗葉嫁給帕里斯。整一幕赫姆霍茲都很不安，但當野人模仿朱麗葉悲哀地朗誦着：

天知道我心裏是多麼難過，
難道它竟會不給我一點慈悲嗎？
啊，我的親愛的母親！不要丟棄我！
把這門親事延期一個月或是一個星期也好；
或者要是您不答應我，那麼請您把我的新床
安放在提伯爾特長眠的幽暗的墳塋裏……

當朱麗葉說出這番話的時候，赫姆霍茲忍不住捧腹大笑。

那對母親和父親（可笑的淫穢的字眼）強迫女兒與她不喜歡的某個人結合！而那個傻乎乎的女孩不說她已經心有所屬（至少那時候是這樣）！這幕情景除了誨淫誨盜之外，還滑稽得令人忍俊不禁。他一直在努力地憋着不笑出來，但「親愛的母親」（野人是顫抖着聲音痛苦地朗誦出來的），還提到了提伯爾特的墳塋，顯然他沒有被火化，他的磷質就浪費在一座幽暗的墳墓裏，這些對他來說實在是太好笑了。他一直笑個不停，直到眼淚從臉上滑落——而野人氣得臉色蒼白，放下書本憤怒地盯着他，但笑聲仍在繼續，野人憤慨地合起書，站起身，以自覺對牛彈琴的姿態將書鎖進了抽屜裏。

最後，赫姆霍茲好不容易喘過氣來，向野人道歉，讓野人聽他解釋：「我知道一個人需要營造出像這樣的滑稽瘋狂的情景，否則，他就寫不出真正的好作品了。為甚麼那個老傢伙能成為如此優秀的宣傳技術人員呢？因為他有如此多的荒誕不經令人苦惱的事情，讓人為之興奮。你必須受傷和苦惱，否則你無法構思出真正優秀的有穿透力的句子。但父親和母親！」他搖了搖頭。

「你不能要我聽到父親和母親還能一本正經。誰會因為一個男孩能不能得到一個女孩而感到興奮呢？」（野人的臉抽搐了一下，但赫姆霍茲若有所思地看着地板，甚麼也沒有看見。）「不會的。」他長嘆一聲，總結道，「不會的。我們需要另外一種瘋狂與激烈的描寫。但那是甚麼呢？是甚麼呢？能從哪裏去發掘呢？」他沉默了，然後搖了搖頭，「我不知道，」他最後說道，「我真的不知道。」

註釋：

[1] 出自《羅密歐與朱麗葉》第一幕第五景，這是羅密歐初見朱麗葉後的自語。

[2] 以上詩句均出自莎士比亞的詩作《鳳凰與斑鳩》。

第十三章

在昏暗的胚胎倉庫裏，亨利·弗斯特出現了。

「今晚去看一場感官電影嗎？」

萊妮娜搖了搖頭，沒有説話。

「和別人出去？」他對哪個朋友和哪個朋友交往這個問題很感興趣。「是本尼托嗎？」他問道。

她又搖了搖頭。

亨利察覺到那雙紫色眼眸裏的疲倦、雀斑下的蒼白和不帶笑意的深紅色的嘴角邊的憂傷。「你不舒服嗎？」他問道，心裏有點不安，擔心她可能得了某種依然殘存的傳染病。

但萊妮娜還是搖了搖頭。

「不管怎樣，你應該去看醫生。」亨利説道，「定時看醫生，煩惱不發生。」他熱誠地補充説道，拍了拍萊妮娜的肩膀灌輸他的睡眠教育格言。「或許你需要做一次代孕，」他建議道，「或者做一次加強式替代激情治療。你知道的，有時候標準式替代激情治療並不是很……」

萊妮娜打破了沉默，「噢，看在主福特的份上，閉嘴！」然後轉身去照料被冷落的胚胎。

還替代激情治療！要不是她快哭出來了，或許她會哈哈大笑。似乎她自己沒有做過充份的替代激情治療似的！在重新填充注射器時，她長嘆一聲，喃喃地自言自語着：「約翰，」然後，「吾主福特啊！」她心想：「我到底有沒有給這個胚胎打錐蟲病的疫苗呢？」她記不清了。最後她決定不去冒險打第二針，然後走到下一個瓶子那裏去。

二十二年八個月又四天後，在姆萬札—姆萬札，一個前途無量的年輕的次等阿爾法行政官將死於錐蟲病——半個多世紀來的第一例。萊妮娜嘆了口氣，繼續她的工作。

一個小時後，在更衣室裏，芬妮激動地抗議着：「但由得你自己陷入這般田地，太荒唐了，真是太荒唐了！」她說道：「為了甚麼？一個男人——就為了一個男人。」

「但他是我想要的男人。」

「世界上有好幾百萬個男人呢。」

「但我不想和他們好。」

「你又沒試過，怎麼知道呢？」

「我試過了。」

「才幾個呢？」芬妮問道，輕蔑地聳了聳肩膀，「一個？兩個？」

「十幾個。」萊妮娜搖了搖頭，「但沒有用。」她補充道。

芬妮語重心長地説道：「嗯，你必須堅持。」但顯然她對自己的建議並不是很有信心，「世上無難事，只怕有心人。」

「但是……」

「別去想他。」

「我做不到。」

「那就吃點蘇摩。」

「我吃了。」

「好啊，繼續吃。」

「但在間歇期間，我仍然喜歡他。我會一直喜歡他。」

「嗯，如果是這樣的話，」芬妮斷然説道，「那為甚麼你不乾脆和他好？管他甚麼想法。」

「但你不知道他有多麼古怪！」

「那就更應該堅決採取行動。」

「說得倒輕鬆。」

「不要胡思亂想，行動吧。」芬妮的聲音就像嘹亮的軍號，可以去福特女青年會給次等貝塔的少男少女們進行夜間講座了。「是的，立刻行動吧。現在就去。」

「我害怕。」萊妮娜說道。

「嗯，你要做的就是先吃半克蘇摩，我去洗澡了。」她拖着毛巾走開了。

門鈴響了，野人正焦急地盼望着赫姆霍茲下午能過來（因為他最終下定決心要和赫姆霍茲談論萊妮娜，他迫不及待想要傾訴心聲），他一躍而起，朝房門跑去。

「我就知道是你，赫姆霍茲。」他一邊開門一邊叫嚷着。

萊妮娜就站在門口，穿着一件白色的醋酸絲綢緞水手服，戴着一頂白色的圓形鴨舌帽，瀟灑地斜戴在左邊耳朵上。

「噢！」野人驚叫一聲，似乎被人重重地打了一拳。

半克蘇摩足以令萊妮娜忘記了恐懼和尷尬。「你好，約翰。」她微笑着說道，然後走過他的身旁，走進房間裏。他自動地關上門，跟在她的身後。萊妮娜坐了下來，兩人沉默了許久。

「你看到我似乎不是很開心，約翰。」最後她說道。

「不開心？」野人責備地看着她，突然在她面前跪了下來，握住萊妮娜的手，虔誠地親吻着它。

「不開心？噢，要是你能知道就好了。」他低聲說道，鼓起勇氣抬眼看着她的臉，「我崇拜你，萊妮娜，事實上，我對你頂禮膜拜，你配得上世界上最昂貴的事物。」她對他露出甜美的微笑。「噢，你是那麼完美。」（她張開雙唇，朝他倚過去）「太完美了，沒有一個人比得上你，」（越來越近）「你是最好的女孩。」她還在靠近。野人突然間站起身，轉過臉說：「這就是為甚麼我想要先做點甚麼事情……我是說，證明我配得上你。不是我真的能配得上你，但至少證明我並非完全一無是處，我想要做點甚麼事情。」

「為甚麼你覺得有必要……」萊妮娜說道，但沒有把話說完。她的聲音裏透着不耐煩。當你張開雙唇，一直湊過去，越來越近——卻發現因為他突然像一個傻瓜那樣笨拙地站起身，她的親近並沒有得到回應——即使現在她體內的血液有半克蘇摩，也真是讓人覺得懊惱。

「在熔岩區，」野人正語無倫次地喃喃說道，「你必須送給她一張獅皮——我是說，當你想要和某個女孩交往。或一張狼皮。」

「但英格蘭可沒有獅子。」萊妮娜就快氣炸了。

野人補充道：「就算有獅子，」突然露出輕蔑而痛恨的神情，「我想人們會開着直升飛機去捕獵獅子，用毒氣或別的甚麼武器。我不會那麼做，萊妮娜。」他端平了肩膀，鼓起勇氣看着她，看到她並不理解，正惱怒地盯着他。他困惑地繼續說道：「我願意做任何事情，」越來越語無倫次，「你告訴我的任何事情。你知道，有的運動很痛苦，但它們所帶來的愉悅抵消了痛苦。[1]這就是我的感受。如果你願意的話，我會去擦地板。」

「但我們這兒有吸塵器。」萊妮娜迷惑地說道，「沒有必要去擦地板。」

「不，當然沒有必要。有一類卑微的工作是用堅苦卓絕的精神忍受着的，[2]最低陋的事情往往指向最崇高的目標。我想要去做點崇高的事情。難道你就不明白嗎？」

「但如果有吸塵器的話……」

「重點不是這個。」

「而且還有半癡呆的埃普斯隆操作機器，」她繼續說道，「真的，為甚麼要這麼做？」

「為甚麼？都是為了你，為了你，證明我……」

「到底吸塵器和獅子有甚麼關係……」

「證明我有多麼……」

「獅子和見到我很開心又有甚麼關係……」她越來越惱火了。

「證明我有多麼愛你，萊妮娜。」他幾乎絕望地脫口而出。

血液湧入萊妮娜的臉頰，那是內心的驚喜的象徵，「你是說真的嗎，約翰？」

「但我本不願意說出口。」野人大聲說道，痛苦地緊握雙手，「直到……聽我說，萊妮娜，在熔岩區，人們會結婚。」

「結甚麼？」她的聲音裏又透着憤怒。他在說些甚麼？

「一生一世。他們承諾會一生一世共同生活。」

「多麼可怕的想法！」萊妮娜嚇了一跳。

「她那永遠美好的靈魂不會隨着美麗的外表同歸衰謝。」[3]

「甚麼？」

「就像莎士比亞作品裏所説的：『但在一切神聖的儀式沒有充份給你許可之前，你不能侵犯她處女的尊嚴……』[4]」

「看在吾主福特的份上，約翰，説人話。你所説的我一個字都聽不懂。一開始是吸塵器，然後是尊嚴。你要把我逼瘋了。」她跳了起來，抓住他的手腕，似乎害怕他的身體和靈魂會從她身邊逃開，「回答我這個問題：你真的喜歡我嗎？」

他沉默了一會兒，然後用極低的聲音説道：「我愛你勝過世界上的任何事情。」

「那你剛才為甚麼不說？」她叫嚷着，她是那麼氣憤，鋒利的指甲扎進了他手腕的肌膚裏。「而是盡説些甚麼尊嚴、吸塵器和獅子甚麼的。還讓我難過了好幾個星期。」

她鬆開他的手，憤憤地將它甩開。

「要不是我那麼喜歡你，」她説道，「我會恨死你的。」

突然她的胳膊摟住他的脖子，他感到她的雙唇溫柔地吻上自己的雙唇。如此柔軟甜美，如此溫暖，而且就像觸電一樣，不可避免地，他發現自己想起了《直升飛機上的三週》裏面的擁抱。哦！哦！那個立體影像的金髮美女，還有，啊！那個比真人更真實的非洲黑人。太可怕了，太可怕了，太可怕了……他拚命想掙開，但萊妮娜緊緊地抱着他。

「那你剛才為甚麼不説？」她低聲問道，後仰着臉看着他。她的眼睛裏帶着溫柔的責備。

「即使在最幽冥的暗室中，在最方便的場合（良心之聲轟隆隆地説着詩一般的話語），有伺隙而來的魔鬼的最強烈的煽惑，也不能使我的廉恥化為肉慾。[5]不能這樣，絕不能這樣！」他下定了決心。

「你這個傻瓜！」她説道，「我好想和你好。如果你也想和我好的話，你為甚麼不説呢？」

「但是，萊妮娜……」他開始抗議。她隨即鬆開雙臂，從他身邊挪開，他還以為她明白了他無聲的暗示。但她解開她那條白色的挎帶，然後小心地將它吊在一張椅背上，他開始懷疑自己弄錯了。

「萊妮娜！」他惶恐地重複着。

她將手搭在脖子上，然後往下垂直一拉，她那件白色的水手服被解開到腰肢的部位。他的疑心化為了千真萬確的肯定。「萊妮娜，你在做甚麼？」

嘶！嘶！她無聲地作出了回答，脱下那條喇叭褲。她那套拉鍊式內衣是淡粉紅色的，首席合唱領唱員送給她的金T字形項鍊在她的胸前晃動着。

「她們的乳頭透過了鏤空的內衣，在勾引男人的眼光……」[6]這些歌聲般的雷鳴般的神奇的字眼使她似乎變得加倍危險和誘人。溫柔，溫柔，卻多麼尖鋭！硬生生地鑽入理性，貫穿意志。「血液中的火焰一燃燒起來，最堅強的誓言也就等於草稈。節制一些吧，否則……」[7]

嘶！那件粉紅色的內衣就像被切開兩半的蘋果一樣分了開來。她扭動着雙臂，先抬起右腳，然後抬起左腳，那套拉鍊式內衣了無生機地堆在地板上，像一個乾癟的氣球。

她仍然穿着鞋襪，戴着那頂俏皮地翹起的白色鴨舌帽，朝他走去。「親愛的，親愛的！你一早這麼説不就好了嘛！」她伸出雙臂。

但野人並沒有也説「親愛的」，然後伸出雙臂，而是驚恐地退卻，朝她揮舞着雙手，似乎想嚇跑一隻步步進逼的危險的動物。他退了四步，被逼到了牆邊。

「親愛的！」萊妮娜説道，將雙手搭在他的肩上，將身子湊到他身上。「用你的雙臂摟着我。」她命令道，「親愛的，緊緊地抱着我，讓我醉去。」她的命令充滿了詩情蜜意，知道這些歌詞就像是魔法和鼓點。「親吻我。」她閉上雙眼，讓自己的聲音陷入夢囈。「親吻我，直至我窒息；親愛的，抱緊我，就像暖和的兔子……」

野人抓住她的手腕，將她的手從肩膀上拿開，然後將她推到一臂的距離之外。

「噢，你把我弄疼了，你真是……噢！」她突然間沉默了。恐懼讓她忘記了疼痛。她睜開眼睛，看到他的臉——不，那不是他的臉，而是一張猙獰的陌生人的臉，蒼白，扭曲，由於瘋狂而費解的憤怒而抽搐着。她驚駭莫名，「約翰，你怎麼了？」她低聲問道。他沒有回答，只是那雙瘋狂的眼睛緊瞪着她。抓着她的手腕的雙手顫抖着。他的呼吸紊亂而深切。突然間，她聽到他在磨牙，雖然聲音輕微得幾乎無法察覺，卻很恐怖。「你到底怎麼了？」她幾乎尖叫起來。

他似乎被她的尖叫驚醒，抓住她的肩膀搖晃着她。「娼婦！」他大聲吼道，「娼婦！人盡可夫的娼婦！」[8]

「噢，不要，不要。」她抗議着，聲音因為他的搖晃而發出怪異的顫音。

「娼婦！」

「求求你。」

「人盡可夫的娼婦！」

「吃蘇摩好過……」她開始胡言亂語。

野人用力將她推開，她踉蹌着摔倒了。「滾！」他吼道，氣勢洶洶居高臨下地站在她身旁，「不要讓我看見你，不然我會把你給宰了。」他握緊了雙拳。

萊妮娜舉起手捂着自己的臉。「別這樣，求求你別這樣，約翰……」

「快點滾！」

她仍然舉着一隻胳膊，驚恐地睜着眼睛緊盯着他的每一個動作，掙扎着站了起來，仍然蜷縮着身子，仍然捂着自己的頭，朝洗手間衝去。

他那一巴掌發出巨大的聲響，嚇得她就像一顆出膛的子彈向前衝去。

「哎喲！」萊妮娜撲向前。

她把自己鎖在洗手間裏，這下子安全了，然後她才有空查看自己的傷勢。她背對着鏡子，轉頭從左肩上方望去，看到在珍珠般的肌膚上，一個張開的通紅的手印格外顯眼。她小心翼翼地揉着受傷的部位。

在外面的房間裏，野人隨着那些神奇的字眼的鼓點和樂聲正來來回回地踱着步子。「鷦鷯都在幹那把戲，金蒼蠅當着我的面也會公然交合哩。」它們瘋狂地在他的耳朵裏隆隆地響着，「其實她自己幹起那回事來，比臭貓和騷馬還要浪得多哩。她們的上半身雖然是女人，下半身卻是淫蕩的妖怪；腰帶以上是屬於天神的，腰帶以下全是屬於魔鬼的：那兒是地獄，那兒是黑暗，那兒是火坑，吐着熊熊的烈焰，發出熏人的惡臭，把一切燒成了灰。啐！啐！啐！呸！發出熏人的惡臭，把一切燒成了灰。啐！啐！啐！啐！呸！呸！好掌櫃，給我稱一兩麝香，讓我解解我的想像中的臭氣。」[9]

「約翰！」從洗手間裏傳來微弱的刻意討好的聲音。「約翰！」

「你這野草閒花啊！你的顏色是這樣嬌美，你的香氣是這樣芬芳，人家看見你嗅到你就會心疼；這一張皎潔的白紙，這一本美麗的書冊，是要讓人家寫上『娼妓』兩個字的嗎？天神見了它要掩鼻而過……人盡可夫的娼婦！」[10]

但她的香水味道仍在他身上縈繞，他的外衣上殘留着她那天鵝絨般柔軟的身軀上的爽身香粉。「人盡可夫的娼婦，人盡可夫的娼婦，人盡可夫的娼婦。」這番無情的話一直在說個不停，「人盡可夫……」

「約翰，我能拿自己的衣服嗎？」

他拿起那條喇叭褲、那件上衣和那套拉鍊式的內衣。

「開門！」他命令道，踢着洗手間的門。

「不，我不開。」她的聲音驚慌失措，卻很頑固。

「那你想讓我怎麼把衣服給你？」

「把它們從門口上邊的通風口塞進來吧。」

他照她的意思做了，然後又回到房間裏不安地踱着步。「人盡可夫的娼婦，人盡可夫的娼婦。那個屁股胖胖的、手指粗得像馬鈴薯般的荒淫的魔鬼……」[11]

「約翰。」

他沒有回答。「屁股胖胖的、手指粗得像馬鈴薯。」

「約翰。」

「怎麼了？」他生硬地問道。

「我不知道你介不介意把我那條馬爾薩斯挎帶遞給我。」

萊妮娜坐着，傾聽着隔壁房間的腳步聲，一邊聽一邊猜想他準備就這樣來來回回地踱步到甚麼時候。她不知道自己是不是得等到他離開公寓為止，還是說讓他的瘋狂經過一段時間平靜下來之後再打開洗手間的門，然後衝出去，這樣會不會比較安全呢？

隔壁房間傳來電話的鈴聲，打斷了她不安的思緒。踱步聲一下子停了下來。她聽到野人的聲音在與沉默進行對話。

「你好。」

「……」

「是的。」

「……」

「要是我沒有冒充我自己，我就是。」[12]

「……」

「是的，你沒有聽到我說甚麼嗎？我就是野人先生。」

「……」

「甚麼？誰病了？是的，我當然很關心。」

「……」

「情況嚴重嗎？她的情況真的很糟糕？我馬上過去……」

「……」

「不在她的房間裏？那她被送到哪兒去了？」

「……」

「噢，我的天哪！地址在哪裏？」

「……」

「公園街三號——就這樣？三號？謝謝。」

萊妮娜聽到話筒噠的一聲放下的聲音，然後是匆忙的腳步聲，然後是關門聲。接下來是一片寂靜。他真的走了嗎？

她小心翼翼地將門打開四分之一英寸寬，從門縫裏往外面張望，看到屋裏空蕩蕩的，於是鼓起勇氣把門再打開一點點，然後把整個頭探出去，最後躡手躡腳溜了出去，心裏怦怦亂跳地站了幾秒鐘，傾聽着，傾聽着，然後衝到前門，打開前門，溜了出去，關上前門，跑掉了。直到電梯在天井裏開始下落，她才覺得自己終於逃出生天。

註釋：

[1] 語出《暴風雨》第三幕第一景。

[2] 語出《暴風雨》第三幕第一景。
[3] 語出《特洛伊羅斯與克瑞西達》第三幕第二景。
[4] 語出《暴風雨》第四幕第一景。
[5] 語出《暴風雨》第四幕第一景。
[6] 語出莎士比亞《雅典人泰門》第四幕第三景。
[7] 語出《暴風雨》第四幕第一景。
[8] 出自《奧賽羅》第四幕第二景。
[9] 出自《李爾王》第四幕第六景。
[10] 出自《奧賽羅》第四幕第二景。
[11] 出自《特洛伊羅斯與克瑞西達》第五幕第二景。
[12] 出自《第十二夜》第一幕第五景。

第十四章

公園街臨終醫院是一座有六十層樓高的黃磚高樓。野人剛下直升飛機的士，一架顏色鮮艷的空中靈車就從天台呼嘯起飛，朝西飛過公園，目的地是斯洛火葬場。在電梯的門口，操作員告訴了他需要了解的信息，然後他下到十七樓的第八十一號病房（按照電梯操作員的解釋，是一間急症高齡病房）。

房間很寬敞明亮，塗了黃色的油漆，裏面有二十張病床，都安置了病人。臨終的琳達有人陪伴——不僅有伴，而且還有一切便利的現代設施。房間裏一直播放着歡快的合成旋律。在每張病床的腳邊，正對着垂死的病人，是一台電視機，從早到晚一直開着。每過一刻鐘，房間裏的香水味道就會自動變換。在門口接待野人的那位護士解釋道：「我們努力在這裏創造一個完全愉快的氣氛——既是一流的酒店，又是一座感官體驗的宮殿，希望你能明白我的意思。」

「她在哪兒？」野人問道，不去理會這些客套的解釋。

那位護士很生氣。「你着急得很嘛。」她說道。

「還有希望嗎？」他問道。

「你是說，她不會死掉？」（他點了點頭。）

「不，當然沒希望。被送到這兒的人，沒有……」看到他蒼白的臉上流露出難過的表情，她嚇了一跳，脱口而出：「怎麼了，到底怎麼了？」她問道。探訪者出現這種反應令她覺得很不習慣。（反正也不會有很多探訪者，有甚麼理由會有很多探訪者呢？）「你不是覺得難受吧？」

他搖了搖頭。「她是我的母親。」他以幾乎微不可聞的聲音説道。

那位護士用驚恐的眼神瞥了他一眼，然後立刻轉移了視線，從喉嚨到太陽穴，一下子漲得通紅。

「帶我去見她。」野人説道，努力想恢復語氣的平靜。

她仍然面紅耳赤，在病房裏引路。一路走過，他們看到那些病人的臉仍然很年輕，沒有皺紋（因為這裏的人老得很慢，沒有時間讓面部老化——只是心臟和大腦衰竭了）。那些空洞呆板、嬰兒一般混混沌沌的目光追隨着他們。看着這些人，野人覺得不寒而慄。

琳達躺在那列長長的病床的最後一張上面，旁邊靠着牆壁。她靠在枕頭上，正在觀看床腳的電視機裏播放的在南美舉行的黎曼曲面網球錦標賽半決賽，電視調成了靜音，裏面的小人在方形發光的玻璃裏悄無聲息地滿場飛奔，就像水族箱裏的魚——是另一個世界裏的沉默而活躍的居民。

琳達看着電視，露出迷茫的淡淡的微笑，那張蒼白浮腫的臉洋溢着白癡般的快樂。時不時地，她合上眼瞼，有那麼幾秒鐘的時間，她似乎在打盹，然後又猛地醒過來——醒過來觀看水族箱裏那些網球冠軍滑稽的動作，傾聽超級女聲伍利策利婭納唱着「親愛的，緊緊地抱着我，讓我醉去」。聞着從她頭頂的通風口散發出來的溫暖的馬鞭草的香味——醒來時聞到的就是這些氣息，或沉浸在血液裏的蘇摩營造的由美妙的事物構成的夢境中，再一次展現出她那嬰兒般滿足的支離破碎的沒有血色的微笑。

「好了，我必須走了。」護士説道，「我那群小孩子快來了。而且，三號現在隨時可能就會去世。」她指着病床。「請自便。」她快步走開了。

野人坐在床邊。

「琳達。」他握着她的手，輕聲説道。

聽到她的名字，琳達轉過頭。她模糊的眼睛認出了他，閃爍着光芒。她抓住他的手，微笑着，嘴唇翕張着，然後她的頭突然往前傾。她睡着了。他坐在床邊看着她——透過疲憊的肉體找尋着辨認着那張年輕明艷的臉龐，伴隨他度過那在熔岩區的童年，回憶（他閉上了眼睛）着她的聲音、她的動作和他們共同生活所發生過的一切。《斯特雷托科克的G到班布里的T》，她的歌聲曾經是那麼美妙！還有那些幼稚的兒歌，多麼陌生和神秘！

A、B、C，維他命D：
肝臟裏有脂肪，海裏有鱈魚。

回憶起那些歌詞和琳達念叨着這些歌詞時的聲音，他不禁熱淚盈眶。還有閱讀課：「貓咪在毯子上，小孩在瓶子裏」。還有那本《胚胎倉庫貝塔工作者實用指南》。還有夏天在那座小房子的屋頂圍着火堆度過的漫長的夜晚，那時候她向他講述了關於野人保留區外面的異域的故事，那個美麗的奇妙的異域，關於它的回憶，那是神奇的天堂樂土，他仍然是一個完整的個體，沒有因為與這座真實的倫敦和這些真實的文明人的接觸而被玷污。

突然間，刺耳的聲音讓他睜開雙眼。他立刻抹去眼淚，回頭望去。一群似乎無窮無盡的長得一模一樣的八歲大的男性多胞胎正擁入房間。多胞胎跟着多胞胎，多胞胎跟着多胞胎，他們來了——就像噩夢一樣。他們的面孔，他們那一張張一模一樣的面孔——因為這麼多張面孔真的只有一個模樣——翹着鼻孔，無神的眼睛骨碌碌地盯着他看。他們穿着卡其布的制服，大張着嘴巴，嘰嘰喳喳地尖叫着交談着走了進來。沒過一會兒，病房裏就擠滿了蛆蟲一樣的他們，簇擁在病床之間，爬上爬下，看看電視機，朝病人扮鬼臉。

琳達被他們嚇得不輕。有一群孩子簇擁在她的床邊，就像突然間遇到未知事物的動物那樣驚恐又傻乎乎地好奇地盯着她看。

「噢，看啊，看啊！」他們害怕地低聲說道，「她到底怎麼了？為甚麼她那麼胖？」

他們從來沒有見過像她那樣的臉龐——從未見過一張不是年輕緊繃的臉龐或一具不再苗條挺拔的身軀。這些垂死的耄耋老人仍然長得像妙齡少女，相比之下，四十四歲的琳達就像是一頭虛弱變形的老態龍鍾的怪物。

「她好可怕，不是嗎？」他們竊竊私語地評論着，「看看她的牙齒！」

一個長着獅子鼻的多胞胎的臉突然從床底下探了出來，就在約翰的椅子和牆壁之間，開始端詳着琳達沉睡中的臉龐。

「我說……」他剛一開口，話還沒說完就尖叫起來。野人抓住他的領口，把他舉了起來，將一個盒子扣在他的耳朵上，把他給轟走了。

他的尖叫聲引得護士長匆忙趕過來救他。

「你對他做了甚麼？」她厲聲嚷道，「我不允許你打孩子。」

「那好，讓他們不要靠近這張床。」野人的聲音因為憤慨而發着顫。「這些髒兮兮的小混蛋到底在這裏幹甚麼？太不要臉了！」

「不要臉？你甚麼意思？他們正在接受死亡教育。」她兇巴巴地警告他，「我告訴你，如果我再發現你干涉他們的教育，我會叫門衛把你給扔出去。」

野人站起身，朝她走近了幾步。他的動作和他臉上的表情是那麼兇惡，護士驚慌地後退。他好不容易克制住自己，甚麼也沒説，轉身又坐在床邊。

護士的心放了下來，擺出一副尊貴的模樣，但仍然有點驚慌失措。「我警告過你了。」護士説道，「我警告過你了。記住了。」但她還是把那幾個好奇心太重的孩子帶走，讓他們去玩她的一位同事在房間的另一端組織的找拉鍊的遊戲。

「現在你可以離開去喝點咖啡因飲料，親愛的。」她對另一位護士説道。行使權威讓她恢復了自信，心情也好一些了。「好了，孩子們！」她召集起孩子們。

琳達被嚇了一跳，睜開眼睛，呆滯地看了看周圍，然後又昏昏睡去。野人坐在她的身邊，努力想重現幾分鐘前的心情。「A、B、C，維他命D，」他對着自己重複着這些歌詞，似乎它們是一個咒語，能讓死寂的過去恢復生機。但這個咒語並沒有奏效。美妙的回憶頑固地拒絕出現，記起的只有可惡的嫉妒、醜陋和悲慘。肩膀上的傷口流血不止的波普、睡相醜陋的琳達、在滴落在地板上的龍舌蘭酒上嗡嗡飛舞的蒼蠅，還有那些在她經過時叫嚷着那些難聽的罵人的話的男孩子們……啊，不要，不要！他閉上眼睛，搖晃着腦袋拚命想擺脱這些回憶。「A、B、C，維他命D，」他試着記起往事，他坐在她的膝蓋上，她摟着他，唱歌給他聽，唱了一遍又一遍，搖晃着他，哄他睡覺。「A、B、C，維他命D，維他命D，維他命D……」

超級女聲伍利策利婭納升到了嗚咽般的音調，突然間，馬鞭草的味道消失了，取而代之的是強烈的天竺薄荷的香味。琳達動了一下，醒了過來，迷糊地盯着那兩個半決賽運動員看了幾分鐘，然後抬起她的臉，聞了聞換了新香水的空氣，突然露出微笑——孩子般開心的微笑。

「是波普嗎？」她喃喃自語着，然後合上眼睛。「哦，我好喜歡這個味道，我真的好喜歡。」她長嘆一聲，躺倒在枕頭上。

「琳達！」野人哀聲説道，「你不認識我了嗎？」他那麼辛苦，盡了自己最大的努力，為甚麼她就由得自己遺忘了他呢？他稍稍用力地抓住她那隻軟綿綿的手，幾乎硬要把她從這個可恥的快樂之夢中拉回來，從這些卑賤的可恨的回憶中拉回來——回到此刻，回到現實：可怕的此刻，糟糕的現實——但那是莊嚴的意義重大的現實，正因為它讓他們如此恐懼，所以才有着如此重要的意義。「你不認識我了嗎，琳達？」

他感覺到她的手作出了輕微的回應。眼淚湧入他的眼睛。他彎下身親吻她。她的嘴唇動了一下。「是波普嗎？」她又低聲問道，他頓時感覺像是被一桶糞便澆到臉上。

突然間怒火在他的心中燃燒。他遭到了第二回打擊，他的悲痛找到了另一個發洩，化為憤怒而痛苦的激情。

「但我是約翰啊！」他吼叫着，「我是約翰啊！」他悲憤地抓住她的肩膀，搖晃着她。

琳達費勁地張開眼睛，看到了他，認出了他——「約翰！」——但看到那張真實的面孔，觸摸到那雙真實的有力的手，在一個虛幻的瀰漫着天竺薄荷的香氣和超級女聲伍利策利婭納的歌聲的世界裏，在變幻的記憶和光怪陸離的感官夢幻天地裏，她認出他是約翰，是她的兒子，卻以為他是闖入天堂般的熔岩區的不速之客，而她正在和波普共度蘇摩假期。他生氣是因為她喜歡波普，他搖晃着她是因為波普就躺在床上——似乎這有甚麼不對，似乎文明人是不會這麼做的。「人人為我，我為人人。」她的聲音突然間變成了微弱到幾乎聽不見的喘不過氣的嘶叫。她大張着嘴，拚命想讓空氣進入她的肺部。但似乎她忘記了如何呼吸，她試着叫嚷——卻發不出聲音，只有她那雙睜得大大的眼睛裏的恐懼透露出她所承受的痛苦。她的雙手卡着自己的喉嚨，然後抓着空氣——她再也無法呼吸的空氣，對於她來說已經不復存在的空氣。

野人站了起來，彎腰看着她，「怎麼了，琳達！你怎麼了？」他哀聲懇求着，似乎他在乞求得到保證。

她看着他的眼神裏蘊含着無法用言語形容的恐懼——在他的眼裏看來，就像是在責備。

她嘗試着起身，但倒回枕頭上。她的臉可怕地扭曲着，嘴唇發紫。

野人轉身往病房的那頭跑去。

「快點，快點！」他高喊道，「快點！」

護士長站在圍成一圈玩找拉鍊的多胞胎的中心，觀察着周圍。剛開始的驚訝立刻化為不滿。「不許高聲喧嘩！要為這些小孩子着想。」她皺着眉頭，「你會影響教育效果的……你在幹甚麼？」他闖進圓圈裏。「當心！」一個孩子叫嚷着。

「快點，快點！」他抓住她的衣袖，把她拉在身後。

「快來！出事了。我害了她。」

等到他們回到病房的盡頭時，琳達已經死了。

野人全身冰冷，靜靜地站了一會兒，然後跪在床邊，雙手捂着臉，無法自制地哭泣着。

護士不安地站在那兒看着床邊這個跪在地上的人（多麼可恥的一幕！），又看了看那些多胞胎（可憐的孩子們！）。他們停止了找拉鍊的遊戲，從病房的另一頭盯着這邊，眼睛睜得大大的，鼻孔抬得高高的，看着第二十號病床那裏正在上演的驚人一幕。她應該和他説話嗎？嘗試着讓他回到體面莊重的模樣？提醒他這裏是甚麼場合？還是告訴他這麼胡鬧會對這些可憐的無辜的人造成多麼致命的破壞，這一令人覺得惡心的哭泣會將健康的死亡教育統統抹殺——似乎死亡是一件可怕的事情，似乎有哪個人很重要一樣！這會讓他們對這個問題產生最可怕的想法，或許會刺激他們走向完全錯誤的徹底反社會的道路。

她走上前，拍了拍他的肩膀。「你就不能規矩點嗎？」

她生氣地低聲說道。但她望着周圍，看到有六七個多胞胎已經正朝病房的這邊走來。圓圈正在解體。再過一會兒……不行，這太危險了。整群人六七個月的教育將會毀於一旦。她立刻朝這群受到威脅的孩子走去。

「好了，誰要巧克力手指餅乾？」她以輕快的語氣高聲問道。

「我要！」這群波卡諾夫斯基多胞胎異口同聲地喊道。二十號病床被徹底忘記了。

「噢，上帝啊，上帝啊，上帝啊……」野人不斷地對自己重複着。他的腦海裏充斥着悲哀與悔恨，這是唯一能夠說出口的詞語。「上帝啊！」他高聲喊叫着，「上帝啊！」

「他到底在說甚麼？」一個聲音說道，湊得很近，在超級女聲伍利策利婭納的顫抖的歌聲中顯得特別清晰刺耳。

野人嚇了一跳，將雙手從他的臉上放了下來，看着周圍。五個穿着卡其布制服的多胞胎，每個人的右手都拿着一根長長的餅乾，一模一樣的面孔都糊着液狀的巧克力，正站成一排，迷茫地盯着他看。

他們看着他的眼睛，同時咧嘴笑起來。其中一個拿着手指餅乾的一頭指指點點。

「她死了嗎？」他問道。

野人沉默地瞪着他，過了一會兒，站起身，默不作聲地慢慢地朝門口走去。

「她死了嗎？」那個好管閒事的多胞胎快步走在他身邊追問着。

野人低頭看着他，依然沒有說話，把他推開了。那個男孩摔倒在地上，嚎啕大哭着。野人卻連頭都不回。

第十五章

公園街的臨終醫院的下等工作人員由一百六十二個德爾塔構成，分為兩個波卡諾夫斯基群體，分別是八十四個紅頭髮的女性多胞胎和七十八個深色皮膚的長顱型男性多胞胎。六點鐘下班的時候，這兩組人在醫院的前庭集中，由助理司庫為他們分發蘇摩。

野人從電梯裏走出來，走到他們中間。但他的心靈卻在別處——懷着悲痛和悔恨思考着死亡，他就像一具人偶，不知道自己在做甚麼，開始用肩膀頂着人群想穿過去。

「你在推誰呢？你以為你要到哪裏去？」

從許許多多不同的喉嚨裏發出的只有或高或低兩個聲音在吱吱作響或咆哮不休。兩張面孔就像一面面鏡子不停地重複着，一個是長着雀斑的橙黃色的月亮般的光頭，另一個是瘦削的長着鷹鈎鼻兩天沒刮臉鬍子拉碴的臉，都憤怒地轉過來對着他。他們的話語，以及他們的肘部兇狠地頂着他的肋骨，打破了他昏昏沉沉的狀態。他再一次醒來，回到現實中。他看着周圍，察覺到自己眼前所看到的是甚麼之後，不僅心裏一沉，感到恐懼與惡心，日日夜夜困擾着他的譫妄又開始發作了，噩夢般的蜂擁而至的無法分辨的長得一模一樣的多胞胎。多胞胎，多胞胎，他們就像蛆蟲，簇擁在臨終的琳達身邊。蛆蟲又來了，但他們的個頭更矮，而且發育完全，現在他們正在他的悲傷與悔恨上亂爬。他停下腳步，睜着困惑驚恐的眼睛，盯着身邊這群穿着卡其布制服的烏合之眾。站在他們中間，他足足比他們高出一個頭。「這裏有多少好看的人！」這些像歌曲般美妙的話語在嘲諷着他，「人類是多麼美麗！啊，美麗的新世界！」

「分發蘇摩！」一個聲音高聲説道，「請保持秩序。趕快到這邊來。」

一扇門打開了，一張桌子和一張椅子被抬到前庭。那是一個年輕活潑的阿爾法的聲音，捧着一個黑色的鐵匣子進來了。這群翹首企盼的多胞胎滿足地嘀咕着。他們全然忘記了野人，注意力現在都集中在那個年輕人擺放在桌子上的黑匣子上。他正在開鎖，然後把蓋子打開了。

「喔——噢！」那一百六十二個多胞胎異口同聲地讚嘆着，似乎他們正在觀看煙花表演。

那個年輕人拿出幾個小藥匣。「好了，」他頤指氣使地説道，「上來吧。每次一個人，不許推推搡搡。」

那群多胞胎每次一個人，沒有推推搡搡地走上前。先是兩個男的，然後是一個女的，然後又是一個男的，然後是三個女的，然後……

的野人站在那兒看着這一幕。「啊，美麗的新世界，啊，美麗的新世界！」在他的腦海中，這些有如歌聲般的語句似乎換了個調子。它們嘲諷着他的不幸與悔恨，以憤世嫉俗的可惡的調子調侃他！他們獰笑着，一直就像噩夢那樣卑劣、醜陋、令人作嘔。現在，突然間，它們就像嘹亮的軍號在召集武裝，「啊，美麗的新世界！」米蘭達在宣告美好的可能性，要將噩夢變成美好而高貴的事物。「啊，美麗的新世界！」它是一個挑戰，更是一個命令。

「那邊不許推推搡搡！」助理司庫怒氣沖沖地高喊着，把匣子的蓋子給蓋上了，「如果行為不規規矩矩的，我就不派發蘇摩了。」

德爾塔們嘟囔着，互相推搡了一會兒，然後安靜了下來。這個威脅起作用了。領不到蘇摩——多麼可怕的想法！

「這還差不多。」那個年輕人説道，然後再次打開匣子。

琳達一直是一個奴隸，琳達已經死了，其他人應該生活在自由中，世界應該變得更美好。那是一次補償，一種義務。突然間野人知道自己必須做甚麼，就像一扇百葉窗被打開了，一襲窗簾被拉開了。

「好了。」助理司庫說道。

另一個穿着卡其布制服的女人走上前。

「停下來！」野人以洪亮鏗鏘的聲音高喊着，「停下來！」

他朝那張桌子一路擠過去。那群德爾塔驚訝地看着他。

「吾主福特啊！」助理司庫倒吸一口涼氣，「是那個野人。」

他覺得很害怕。

「聽着，我求求你們，」野人熱烈地高喊着，「請借給我你們的耳朵……」[1]

他從未在大庭廣眾下發言，發現要表達自己的意思非常困難。「不要拿那個可怕的東西。那是毒藥，是毒藥。」

「聽我說，野人先生。」助理司庫微笑着想安撫他。

「您介不介意讓我……」

「那是戕害靈魂和肉體的毒藥。」

「是的，但請讓我繼續分發工作，好嗎？幫幫忙。」他小心翼翼地拍了拍野人的胳膊，就好像在拍一頭猛獸一樣，「請讓我……」

「不行！」野人喊道。

「聽我說好嗎?老夥計。」

「把它統統扔掉,那是可怕的毒藥。」

「把它統統扔掉」這幾個字穿透了層層疊疊的魯鈍,直插那些德爾塔的心頭,他們發出了憤怒的抱怨。

「我是來賜予你們自由的。」野人說道,轉身面對那些多胞胎,「我來了。」

那個助理司庫聽不見他在說些甚麼。他已經溜出了前庭,正在電話本裏查找着號碼。

「不在他自己的房間裏。」伯納德的結論就是,「也不在我的房間裏,不在你的房間裏。不在阿佛洛狄宮,也不在中心或學院。他能去哪兒呢?」

赫姆霍茲聳了聳肩膀。他們剛下班,以為野人會在平時經常見面的地方等候他們,但這個傢伙不見蹤影,真是討厭,他們已經計劃好了乘坐赫姆霍茲的四座運動型直升飛機去比亞里茨。如果他再不來的話,他們的晚餐就遲了。

「我們再給他五分鐘吧。」赫姆霍茲說道,「如果他還不來的話,我們就……」

電話的鈴聲打斷了他。他拿起話筒。

「你好，請講。」然後，聽了好一會兒，「吾主福特登臨御車！」他罵了一句，「我馬上來。」

「出甚麼事了？」伯納德問道。

「一個在公園街醫院的人，我認識他。」赫姆霍茲説道，「野人在那兒。似乎發瘋了。不管怎樣，事情很緊急。你和我一起去嗎？」

他們一起匆匆沿着走廊來到電梯裏。

「你們願意做奴隸嗎？」他們剛走進醫院就聽到野人説道。他的臉漲得通紅，他的眼睛閃耀着熱烈而憤慨的光芒。「你們願意當嬰兒嗎？是的，嬰兒。嗚嗚嗚地哭泣和嘔奶。」他被他們野獸般的愚昧激怒了，開始羞辱這些原本想要拯救的人。但這些侮辱根本無法穿透他們厚厚的愚昧的硬殼。他們一臉茫然地盯着他，眼睛裏帶着遲鈍而陰鬱的怨恨。

「是的，在嘔奶呢！」他高喊着。悲傷與悔恨、同情與責任現在都被忘得一乾二淨，被一股強烈的壓倒一切的對這些稱不上是人的怪物的仇恨吞沒。「難道你們不想成為自由的人嗎？難道你們就不明白人性和自由為何物嗎？」憤怒使他變得口齒清晰，這些話滔滔不絕地脱口而出。「難道你們就不知道嗎？」他重複着，但沒有人回答這個問題。「很好。」他冷冰冰地説道，「我會教導你們。我會讓你們獲得自由，無論你們想不想要。」他推開一扇朝向醫院內庭的窗戶，開始將那些盛着蘇摩的小藥盒一把把地扔出窗外。

那群穿着卡其布制服的烏合之眾驚呆了，驚恐地看着這一肆意妄為離經叛道的做法。

「他瘋了。」伯納德喃喃説道，睜大着眼睛看着這一幕。「他們會殺了他的。他們會……」那群人突然爆發出一聲吶喊，一波浪潮惡狠狠地朝野人湧去。「願吾主福特保佑他！」伯納德嚷道，移開了眼睛。

「自助者，吾主福特亦助之！」赫姆霍茲·華生得意地大笑着，推開人群衝了上去。

「自由吧，自由吧！」野人叫嚷着，一隻手繼續將蘇摩扔出去，而另一隻手痛毆着攻擊者無法辨認的臉龐。

「自由吧！」赫姆霍茲突然出現在他身邊——「赫姆霍茲，你好啊！」——又揍出一拳——「終於是男子漢了！」——與此同時一把又一把地將那些毒藥扔出窗外。「是的，男子漢！男子漢！」再也沒有毒藥剩下了。他將那個空蕩蕩黑漆漆的匣子拎給那群人看。「你們自由了！」

那群德爾塔愈發憤怒地咆哮着衝了過來。

伯納德在戰鬥的圈子外面徘徊着。「他們死定了。」伯納德説道，衝動之下，他突然跑上前想去救他們，然後好好想了一想，停下腳步，然後覺得很羞愧，又往前跑了幾步，然後又好好想了一想，站在那裏為自己的優柔寡斷感到羞愧和苦惱——心想要是他不上去幫他們的話他們或許會被殺死，又覺得如果上去幫助他們的話自己也可能搭上性命——這時，戴着鼓眼睛和豬鼻子一樣的毒氣面具的警察跑了過來。

伯納德衝上去迎接他們。他揮舞着雙臂，這就是行動，他總算做點甚麼事情了。他叫嚷着：「救命啊！」叫了好幾次，而且越叫越大聲，讓自己覺得正在幫忙。「救命啊！救命啊！救命啊！」

警察將他推到一邊，開始採取行動。三個肩膀上綁着噴射器的警察朝空中噴射濃烈的蘇摩蒸汽。還有兩個警察忙着擺弄那部移動式合成音樂盒。另外四個警察端着裝滿了強力麻醉劑的水槍，已經擠進人群中，乾淨利落地分頭朝那些比較兇狠的打架鬥毆者開槍。

「快點，快點！」伯納德喊道，「你們如果不快點的話，他們會被殺死的。他們會……噢！」一個警察被他的喋喋不休煩透了，用水槍射了他一下。伯納德搖晃晃地站了一兩秒鐘，雙腿似乎沒有了骨頭、筋腱和肌肉，只是兩根果凍凝膠，最後就連凝膠也不是了，癱倒在地上。

突然間，從合成音樂盒裏傳出一個聲音，開始說話。那是理性的聲音，美好感覺之聲。音軌紙捲正在播放的是合成反暴動演講二號（中等強度），來自一個子虛烏有的人物的肺腑之聲。「我的朋友，我的朋友！」那個聲音是如此動情，深情款款地柔聲責備，就連戴着毒氣面具的警察一時間眼裏也噙着淚花。「這是怎麼回事？為甚麼你們不能快樂地好好相處呢？做一個快樂的好人。」那個聲音重複着，「平靜，平靜。」它顫抖着，減弱為囈語，時不時低到根本聽不見。「噢，我真的希望你能快樂。」它開始滿懷真摯地說道，「我真的希望你能當一個好人！請當一個好人，請……」

兩分鐘後，那個聲音和蘇摩氣體發揮了作用。那群德爾塔含淚互相親吻和擁抱着——每六七個多胞胎互相緊緊地擁抱，就連赫姆霍茲和野人也幾乎哭出來。從庫房那裏運來了新的藥片匣子，新的分發行動立刻執行，在柔和熱情的男中音的勸慰下，那些多胞胎哭哭啼啼地離開了，似乎心都碎了。「再見，我最最親愛的朋友們，願吾主福特保佑你們！再見，我最最親愛的朋友們，願主保佑你們。再見，我最最親愛的……」

當最後一個德爾塔走後，警察切斷了電流。那個天使般的聲音頓時啞了。

「你們願意安靜地走嗎？」小隊長問道，「還是說我們必須使用麻醉劑？」他指着自己的水槍以示威脅。

「噢，我們願意安靜地走。」野人回答，輪番輕撫着被割傷的嘴唇、被抓傷的脖子和被咬了好幾口的左手。

赫姆霍茲仍然用手帕捂着自己流血的鼻子，點了點頭表示同意。

伯納德醒了過來，而且雙腿也能走路了，正準備偷偷朝門口溜去。

「嘿，那邊那位。」小隊長喊道，一個戴着豬鼻式毒氣面具的警察匆匆穿過房間，把手搭在伯納德的肩膀上。

伯納德以憤慨而無辜的表情轉過頭來。逃跑？他根本沒有想過這種事情。

「你到底想要我怎麼樣？」他問小隊長，「我真的無法想像。」

「你是這兩個犯人的朋友吧？」

「嗯？」伯納德猶豫着。他沒辦法否認。

「難道我不是嗎？」他反口問道。

「那就走吧。」小隊長説道，然後領着他們朝門口那輛等候着的警車走去。

註釋：

[1] 出自《居里厄斯·愷撒》第三幕第二景，這是安東尼在愷撒被刺後向羅馬市民公開演講的開場白。

第十六章

三個人被帶進了主宰者的書房。

「主宰者大人一會兒就到。」那個伽瑪管家離開了，留下他們三個人。

赫姆霍茲哈哈大笑着。

「這不像是審判，更像是咖啡因飲品派對。」他說道，大剌剌地坐在那幾張充氣座椅中最豪華的一張上。看到他的朋友那張悶悶不樂的發青的臉，他補充道：「開心點，伯納德。」但伯納德開心不起來。他沒有回答，也沒有去看赫姆霍茲一眼，而是精心挑選了房間裏最不舒服的一張椅子坐了下來，暗自期望這麼做能稍稍平息主宰者的憤怒。

與此同時，野人不停地在房間裏走動着，略帶好奇地打量着書架上的書、唱片和洞口編了號碼的閱讀機器線軸。窗下的桌子上擺放着一本厚厚的書，封皮是柔軟的黑色人造皮革，上面印着一個大大的金色的字母T。他拿起這本書，翻了開來。《我的生平和工作》，吾主福特著。這本書是由「吾主福特知識傳播委員會」在底特律出版的。他信手翻開書，這一頁讀幾句，那一頁讀幾段，然後覺得這本書沒甚麼意思。這時候房門打開了，西歐地區的世界主宰者快步走進房間。

穆斯塔法·蒙德和三人一一握手，但只和野人打招呼。「野人先生，你不是很喜歡文明，是嗎？」他問道。

野人看着他。他原本準備好要撒謊，嚇唬，或乾脆來個不理不睬，但他被主宰者那張幽默而睿智的臉打動了，決定說出真實的想法。他直率地說道：「不喜歡。」他搖了搖頭。

伯納德嚇了一跳，表情惶恐不安。主宰者會怎麼想？被當成一個公然說他不喜歡文明的人的朋友，而且還是當着主宰者的面這麼說——太可怕了。「別胡說，約翰。」他剛一開口，穆斯塔法·蒙德就看了他一眼，嚇得他不敢多嘴了。

野人繼續說道：「當然，有的東西還是很不錯的。比如說，空中播放的音樂……」

「有時成千的叮叮咚咚的樂器在我耳邊鳴響，有時候是一陣陣歌聲。」[1]野人的臉上突然綻放出愉悅的光芒。「你也讀過嗎？」他問道，「我還以為在英國這裏沒有人知道這本書呢。」

「幾乎沒有人知道。我是極少數人中的一個。它是禁書，你知道的。但因為我是這裏的立法者，我可以違背法律。無須遭到懲罰，馬克斯先生。」他轉身對伯納德補充了一句，「恐怕你就不行。」

伯納德感到更加絕望和痛苦。

「但是，為甚麼它會是禁書呢？」野人問道。能遇到一個讀過莎士比亞的人讓他很激動，暫時忘記了別的事情。

主宰者聳了聳肩膀，「因為它是一本舊書，這就是最大的原因。舊的東西對我們來説沒有任何用處。」

「即使它們非常美妙？」

「特別是那些非常美妙的東西。美是迷人的，我們不希望人們被老的東西所吸引。我們希望他們喜歡新的東西。」

「但新的東西是那麼愚蠢和可怕。那些戲劇，根本空洞無物，只有直升飛機飛來飛去，並且你能感覺到裏面的人在接吻。」他做了個鬼臉，「山羊和猴子！」只有用上《奧賽羅》裏面的台詞他才覺得能夠充份地表達他的輕蔑與痛恨。

「但牠們是溫順而馴服的動物。」主宰者喃喃地補充了一句。

「為甚麼你不讓他們看《奧賽羅》呢？」

「我告訴過你了，它是舊的東西。而且，他們根本看不懂。」

是的，確實是這樣。他記得赫姆霍茲是如何嘲笑《羅密歐與朱麗葉》的。「那好，」他停頓了一下，然後説道，「某齣新的喜劇呢？像《奧賽羅》一樣，他們又能看得懂的戲。」

「那正是我們一直想要寫出來的東西。」沉默良久的赫姆霍茲説道。

「那是你永遠都寫不出來的東西。」主宰者説道，「因為，如果它真的像《奧賽羅》的話，就沒有人能夠看得懂，無論它的內容有多麼新，而且，如果它的內容是新的，它根本就不可能像《奧賽羅》。」

「為甚麼？」

「是啊，為甚麼？」赫姆霍茲念叨着。他也忘記了情況的嚴重性。只有伯納德還記得，由於焦慮緊張而臉色鐵青。其他人並沒有理會他。「為甚麼？」

「因為我們的世界與《奧賽羅》的世界並不一樣。沒有鋼鐵你怎麼能造出汽車呢？——沒有社會的動盪，你就寫不出悲劇。如今的世界很太平，人們過着幸福的生活，他們想要甚麼就有甚麼，不會想要得到無法企及的東西。他們享受着富裕與安寧，沒有病痛，不會害怕死亡。他們很幸福，不知道激情與年老為何物，他們不會受到父母的干預。他們沒有感情深厚的妻子、孩子或愛人。他們所接受的培育使得他們不由自主地表現出應有的行為，就算出了甚麼岔子，還有蘇摩呢。而你卻把它們扔出窗外，以自由的名義，野人先生，自由！」他哈哈大笑，「以為德爾塔知道甚麼是自由！現在你還以為他們能看得懂《奧賽羅》！我的好夥計！」

野人沉默了一會兒，然後固執地堅持說道：「不管怎樣，《奧賽羅》是一齣好戲，《奧賽羅》要比那些感官電影好得多。」

「確實如此。」主宰者表示同意，「但那是我們要為穩定所必須付出的代價。你只能在幸福和人們以前所說的高雅藝術之間作出選擇。我們犧牲了高雅藝術。取而代之的是，我們有了感官電影和香薰設備。」

「但它們根本沒有意義。」

「它們的存在本身就是意義，對於觀眾們來說，它們意味着感官刺激。」

「但它們……它們是一個白癡講的故事。」[2]

主宰者哈哈大笑起來，「你真不給你朋友華生先生面子。他可是我們最出色的情感工程師中的一員……」

「但他說得對。」赫姆霍茲沮喪地說道，「因為那些內容確實很白癡。在乏善可陳的時候進行創作……」

「確實如此。但那需要最傑出的才華。你在用最少的鋼材製造小汽車，用只有感官刺激的空洞的內容去創作藝術品。」

野人搖了搖頭。「我覺得它的一切太可怕了。」

「確實如此。事實上，比起痛苦的過度補償，幸福看上去總是很猥瑣。當然，穩定沒有動盪那麼壯觀。得到滿足當然比不上與不幸進行搏鬥那麼令人心醉神迷，也不像與誘惑進行鬥爭，或由於激情或困惑而遭到致命的打擊那麼動人心魄。幸福從來就不是宏偉壯麗的。」

「我想不是，」野人沉默了一會兒後開口說道，「但非得像那些多胞胎那麼糟糕嗎？」他用手遮住眼睛，他仍然記得在裝配桌旁工作的好幾列長長的一模一樣的侏儒的形象，那些在布倫特福德輕軌車站的入口處排隊的牲畜一般的多胞胎的形象，那些蜂擁在琳達的臨終病床周圍的人形蛆蟲的形象，還有那些無窮無盡的攻擊他的反覆出現的臉龐，他似乎在嘗試將它們抹去。他看着纏着繃帶的左手，打了個冷戰，「太可怕了！」

「但多麼有用！我知道你不喜歡我們的波卡諾夫斯基群體，但我可以向你保證，他們是其他一切事情賴以建立的基礎。他們是讓國家這架噴氣式飛機穩定航行的陀螺儀。」他那深沉的聲音激動而洪亮，那隻手作勢比劃着所有的地方和機器無可阻擋的高歌猛進。穆斯塔法．蒙德的口才幾乎達到了合成演講的水平。

野人說道：「我很納悶，為甚麼你們要把他們製造出來——我知道你們可以從那些瓶子裏培育出任何人，為甚麼在你們進行培育的時候，就不能讓每個人都像超優等阿爾法一樣呢？」

穆斯塔法．蒙德大笑起來。「因為我們不希望慘遭割喉。」他回答道，「我們的信仰是幸福和穩定。由阿爾法組成的社會一定是動盪和悲慘的社會。想像一個工人都是阿爾法的工廠——也就是說，那些工人都是獨立的沒有關係的個體，有優秀的天賦，而且所接受的培育是能夠作出自由的選擇和承擔責任（在有限的範圍內）。想像一下吧！」他強調了一遍。

野人試着去想像，但不是很成功。

「那很荒謬。一個接受阿爾法的試管培育和教育的人，如果得去做半癡呆的埃普斯隆做的工作，他會發瘋的——發瘋，或開始打砸東西。阿爾法能完全實現社會化——但前提是你讓他們承擔阿爾法的工作。只有埃普斯隆能夠作出埃普斯隆式的犧牲，原因很簡單，對於他來說，那並不是犧牲，他們不會和你作對。他所接受的培育規定了他必須遵循的軌道。他只能這麼做，他的命運已經注定好了。即使出瓶後，他仍然困在一個瓶子裏——一個看不見的按照胚胎期和嬰幼兒時期的固定模式行事的瓶子裏。」主宰者若有所思地繼續説道，「當然，我們每個人一輩子都在瓶子裏度過。但如果我們是阿爾法，我們的瓶子相對來説是很廣闊的。如果我們被局限在一個狹窄的空間裏的話，我們會覺得非常痛苦。你不能將為上等人準備的人造香檳倒入下層階級的瓶子裏。這個道理很淺顯，而且它也被實踐證明了。塞浦路斯實驗的結果令人信服。」

「那是怎麼一回事？」野人問道。

穆斯塔法．蒙德微笑着説：「如果你喜歡的話，你能稱之為瓶中再培育的實驗。它始於福特紀元四七三年。幾位主宰者將塞浦路斯島上面所有的居民都遷走，並把特別準備的兩萬兩千名阿爾法遷徙過來。他們擁有一切農業和工業設備，而且由得他們實施自治。結果與所有的理論預測非常吻合。土地沒有好好被耕種，而且所有的工廠都在罷工。每個人都藐視法律，沒有人服從命令，所有被分配去從事低級工作的人總是在勾心鬥角爭奪高級工作，而所有得到高級工作的人都在互相傾軋，不惜一切代價也要保住自己的位置。六年後他們發動了一場慘絕人寰的內戰。兩萬兩千人中有一萬九千人被殺了，幸存者們一致向世界主宰者們請願，要求恢復對塞浦路斯島的管制，而他們也實施了管制。這就是迄今為止世上曾經出現過的由阿爾法構成的社會的結局。」

野人深深地長嘆一聲。

穆斯塔法·蒙德說道：「最佳的人口數字以冰山為模型——九分之八的人在水平線下，九分之一的人在水平線上。」

「那些水平線下的人幸福嗎？」

「比那些水平線上的人更幸福。譬如說，比你這位朋友更幸福。」他指着赫姆霍茲。

「幹那麼辛苦的活兒也幸福嗎？」

「辛苦？他們並不這麼覺得。恰恰相反，他們喜歡這樣。它很輕鬆，而且非常簡單，不需要勞心費力。七個半小時的輕鬆工作，然後領到定量供應的蘇摩，然後進行遊戲，無拘無束地性交和觀看感官電影。他們還能要求得到更多嗎？」他補充道，「確實，他們或許會要求縮短工時。當然，我們能為他們縮短工時。在技術層面上，將所有下層階級的工時縮短到一天三四小時是非常簡單的事情。但這麼做的話他們會更幸福嗎？不會的。一個半世紀前進行過這個試驗。整個愛爾蘭島推行每天四小時工作制。結果怎麼樣呢？社會陷入動盪，而且蘇摩的消費大大增加，就是這樣。多出來的三個半小時閒暇時間，根本不是幸福之源，人們覺得一定得去度假。發明辦公室堆滿了節省勞動的計劃，有好幾千份。」穆斯塔法．蒙德做出一個慷慨的姿勢，「為甚麼我們不去執行呢？是為了勞動者們着想，讓他們擁有過多的閒暇是極其殘酷的事情。農業的情況也是如此。如果我們願意的話，我們能夠合成製造每一口食物。但我們不這麼做。我們希望將三分之一的人留在土地上。這是為了他們着想——因為從土地耕種食物要比從工廠裏製造食物耗時更長。而且，我們還要考慮到穩定。我們不希望改變。每一次改變都會威脅到穩定。那是我們對新發明的應用如此謹慎的另一個原因。純科學的每一個發現都有潛在的反動性，甚至科學有時候也必須被視為可能的敵人。是的，就連科學也是。」

科學？野人皺着眉頭。他知道這個詞。但他説不出它到底是甚麼意思。莎士比亞和村子裏的長者從未提到科學，而且從琳達那裏他對科學產生了模糊的印象：科學就是你用來發明直升飛機的東西，讓你嘲笑豐收之舞的東西，能夠讓你不會長出皺紋和牙齒掉落的東西。他努力思考琢磨着主宰者的意思。

「是的，」穆斯塔法．蒙德説道，「那是穩定的另一個代價。與幸福不相兼容的事情不只是藝術。還有科學。科學是危險的，我們必須非常小心地給它套上籠頭和繮繩。」

「甚麼？」赫姆霍茲驚訝地說道，「但我們總是說科學就是一切。睡眠教學法一直都是這麼說的。」

「從十三歲到十七歲每週三次。」伯納德插了一句。

「還有我們在學院接受的所有關於科學的宣傳……」

「是的，但甚麼樣的科學呢？」穆斯塔法．蒙德語帶譏諷地問道，「你們沒有經過科學培訓，因此你們沒有判斷力。我是我那個時代非常優秀的物理學家。太優秀了——優秀到知道我們的科學無非就是一本烹飪書，它有一套任何人都不得質疑的正統烹飪理論，還有一系列食譜，除非得到大廚的同意，否則絕對禁止添加東西。現在我是大廚了。但那時候我是一個好奇的年輕幫廚。我開始烹飪自己的菜式。非正統的菜式，非法的菜式。事實上，是一點真正的科學。」他沉默了。

「發生甚麼事情了？」赫姆霍茲．華生問道。

主宰者嘆氣道：「就像即將發生在你們幾個年輕人身上的事情。我差點就被流放到一座島上。」

這幾個字就像一道電流，強烈地刺激到了伯納德。

「把我流放到一座島上？」他跳了起來，快步穿過房間，站在主宰者面前比手畫腳，「您不能將我流放。我甚麼也沒幹。是那兩個人幹的。我發誓，是那兩個人幹的。」他憤慨地指着赫姆霍茲和野人。「噢，請不要把我流放到冰島。我答應您，我會盡自己的本份。再給我一個機會，再給我一個機會吧。」他開始痛哭流涕，「請聽我說，是他們的錯。」他嗚咽着說：「不去冰島。噢，求您了，大人，求您了……」突然他可憐兮兮地跪倒在主宰者面前。穆斯塔法·蒙德想把他拉起來，但伯納德一直奴顏婢膝地跪着，嘴裏一直滔滔不絕地哀告求饒。最後，主宰者不得不招來他的第四秘書。

「叫三個男的來。」他命令道，「把馬克斯先生帶到一間臥室去。給他多噴點蘇摩蒸汽，然後把他放到床上，讓他待在那兒。」

第四秘書出去了，然後領着三個穿着綠色制服的多胞胎男僕。伯納德被抬了出去，仍在大哭大鬧。

「你還以為他會被砍頭呢。」房門關上後，主宰者說道。「如果他稍微了解情況的話，他會明白他的懲罰其實是一項獎賞。他會被流放到一座島上，在那個地方他會遇到世界上最有趣的男男女女，所有由於某種原因擁有了太強烈的自我意識的個體。他們都是不滿足於正統思想的人，有自己的思想的人，無法融入集體生活。總而言之，每一個人都是獨特的。我都有點羨慕你了，華生先生。」

赫姆霍茲哈哈大笑，「那你自己為甚麼不去島上呢？」

「因為，說到底，我喜歡現在這樣子。」主宰者回答，「我曾經有兩個選擇：被流放到一座島上，可以繼續研究我的純粹科學，或進入主宰者委員會，將來有機會成為主宰者之一。我選擇了後者，放棄了科學。」他沉默了一會兒，然後繼續說道：「有時候，我對科學覺得很遺憾。幸福是一個艱難抉擇──特別是在事關別人的幸福的時候。如果你沒有接受過不加質疑就接受的培育的話更是如此，比真理更加艱難。」他嘆了口氣，然後又陷入了沉默，接着以輕快一些的語調繼續說道：「好了，責任就是責任。你不能由得個人的喜惡行事。我對真理很感興趣，我喜歡科學。但真理是一個威脅，科學曾經造福人群，但對於公眾來說，它也是一個危險。它賦予了我們歷史上最穩定的均衡。相比較而言，中國是一個無可救藥的動盪之邦，即使是遠古時期的母系氏族也沒有我們這個社會那麼穩定。我再重複一遍，這都是拜科學所賜。但我們不允許科學將它的成就摧毀。這就是為甚麼我們如此小心翼翼地限制研究的範圍——這就是為甚麼我差點被流放到一座島上。我們只允許科學去處理當前最迫切的問題。其他研究一律禁止。」稍作停頓之後，他繼續説道：「讀到我們的主福特那個時代的人對科學進步的觀點是很有意思的事情。他們似乎以為它能夠無休止地繼續下去，無論發生甚麼事情。知識是最高的善，真理是最高的價值，其他的都是第二位和從屬性的。確實，即使在那個時候，思想就已經開始改變了。我們的主本人做了大量的工作，將重點從真理和美轉移到舒適和幸福。大規模生產要求這一轉變。普世幸福能使命運之輪穩定地運轉着，而真理與美則做不到。當然，在群眾掌握政治權力時，重要的事情是幸福，而不是真理與美。但是，儘管如此，不受限制的科學研究仍被允許。人們繼續在談論真理與美，似乎它們是至高無上的福祉，直到九年戰爭爆發。這使得他們徹底改變了基調。當炭疽炸彈在你身邊爆炸時，真理、美或知識有甚麼意義呢？那是科學第一次遭到管制——發生在九年戰爭之後。那時候的人甚至願意讓胃口接受管制，只要能過上太平日子，甚麼都願意。從那時開始，我們就一直在進行管制。當然，對於真理來説它並不是好事。但對於幸福來説，它是非常好的事情。凡事總有代價。快樂就是必須付出的代價。你正為它付出代價，華生先生——因為你對美太着迷了。我曾經對真理太着迷了，我也付出了代價。」

「但你並沒有去某座島上。」野人在沉默良久之後開口說話了。

主宰者微笑着說：「那就是我付出的代價。我選擇了為幸福服務。為別人的幸福服務——而不是我的幸福。」停頓了一下之後，他繼續說道：「幸運的是，世界上有那麼多的島嶼。我不知道沒有了它們我們該怎麼辦。我想，得把你們統統關進死囚監獄裏。順便問一下，華生先生，你喜歡熱帶氣候嗎？譬如說，馬克薩斯群島，或是薩摩亞？還是說比較涼爽的地方？」

赫姆霍茲從充氣椅子上站起身。「我想要一個惡劣的氣候。」他回答道，「我相信如果氣候糟糕的話，一個人能夠寫出更好的作品。譬如說，風暴頻發的地方……」

主宰者讚許地點了點頭，「我欣賞你這種精神，華生先生，我真的非常欣賞。但站在官方的立場我不批准。」他微笑着說道，「去福克蘭群島如何？」

「好吧，我想那也不錯。」赫姆霍茲回答道，「現在，如果您不介意的話，我去看看可憐的伯納德怎麼樣了。」

註釋：

[1] 出自《暴風雨》第三幕第二景。

[2] 出自《麥克白》第五幕第五景麥克白的獨白：「人生……是一個白癡所講的故事，充滿着喧嘩與騷動，卻找不到一點意義。」

第十七章

當只剩下兩個人的時候，野人問道：「藝術、科學——為了幸福，你們似乎付出了相當高昂的代價。還有別的甚麼嗎？」

「嗯，當然還有宗教。」主宰者回答道，「在九年戰爭之前有一種事物，被稱為上帝。但我已經開始忘記了。我想你對上帝很了解。」

「嗯……」野人欲言又止。他本想說關於孤獨、夜晚、月色下蒼白的平頂山、懸崖、墮入影子般的黑暗、死亡。他本想說點甚麼，卻無言以對。就連莎士比亞的作品裏也沒有提到上帝。

與此同時，主宰者已經走到房間的另一邊，打開位於書架之間的牆壁上的一個大保險櫃。沉重的櫃門打開了。他在黑暗中搜尋着，說道：「它是一個總是讓我很感興趣的課題。」他抽出一本厚厚的黑色書籍。「你從來沒有讀過這本書，是吧？」

野人接過書。《聖經：舊約與新約全書》，他高聲讀着書名。

「這本也沒讀過吧？」那是一本薄薄的書，封面已經不見了。

「《效仿基督》。」

「這本也沒讀過吧？」他遞過另一本書。

「《宗教經驗種種》，作者：威廉．詹姆斯。」

「我還有很多本書。」穆斯塔法·蒙德坐了下來，繼續説道，「一大堆誨淫誨盜的舊書。上帝在保險櫃裏，而吾主福特在書架上。」他大笑着指着他那個公開的書庫——那幾個架子上的書籍和擺滿了閱讀機器線軸和紙捲音軌的支架。

「但如果你了解上帝，為甚麼你不告訴他們？」野人憤慨地説道，「為甚麼你不讓他們讀這些關於上帝的書籍呢？」

「與我們不讓他們閱讀《奧賽羅》的原因一樣：它們是舊的事物，它們所寫的上帝是好幾百年前的事情了。而不是關於現在的上帝。」

「但上帝是不會變的。」

「但人會變。」

「那有甚麼區別呢？」

「有天壤之別。」穆斯塔法·蒙德説道。他又站起身，走到保險櫃那裏。「曾經有一個人，叫紅衣主教紐曼。」他説道，「紅衣主教，」他補充説道，「就像是首席合唱領唱員。」

「『我，美麗的米蘭的潘杜爾夫，紅衣主教。』[1]我在莎士比亞的作品裏讀過關於他們的內容。」

「你當然讀過。嗯，我剛剛說到，有一個人名叫紅衣主教紐曼。啊，就是這本書。」他把這本書抽了出來，「說到這本書，我順便提提這本書，是一個名叫曼恩·德·比朗的人寫的。他是一個哲學家，如果你知道那是甚麼的話。」

「一個天地之大都無法容納其夢想的人。」野人立刻回答。

「確實如此。待會兒我會給你讀一讀他夢見的其中一件事情。與此同時，聽一聽從前這位首席合唱領唱員說過些甚麼。」他翻到那本書由一張紙作為書籤所標註的地方，開始進行朗讀：「『我們並非自己的主宰，就像我們所擁有的事物並不構成我們一樣。創造我們的並不是我們自己。我們並非自己的主宰。我們是上帝的造物。因此，在這個意義上，這難道不是我們的幸福嗎？認為我們是自己的主宰有甚麼幸福或寬慰可言嗎？或許只有擁有青春和繁榮的人會這麼想。他們或許會認為主宰一切是美妙的——無須仰仗任何人——不用去思考眼前之外的事情，不需要討厭地一直承認上帝，不需要一直進行祈禱，不需要讓自己的行動服從上帝的意旨。但是，隨着時光流逝，所有人都會發現人類並不配享有獨立——那是違反自然的——它只是暫時性的，無法將我們平安地送至彼岸世界……』」穆斯塔法停了下來，放下第一本書，然後拿起另外那本書，翻開書頁，說道：「以這段話為例，」然後以深沉的聲音開始朗讀，「一個人漸漸年邁，伴隨着歲月的流逝，他感覺到自己是那麼虛弱、萎靡、不適，因此，想像着自己只是病了，認為這個痛苦的狀態是由於某個特別的原因，就像患病一樣，相信能夠康復，以此平息自己的恐懼。這只是一個徒勞的想法！這個疾病是衰老，一個可怕的疾病。人們說，是對於死亡和死亡之後所發生的事情的恐懼，使得人們隨着年歲漸長皈依宗教。但我的經歷讓我相信那並非出於恐懼或幻想，而是隨着我們日漸衰老，我們自然而然就會產生宗教情感，由於隨着激情歸於平靜，隨着幻想和感官不再像以前那麼激動人心，我們的理性不再受到干擾，被之前沉溺的聲色犬馬、慾望與干擾所分心，上帝的形象如撥雲見日；我們的靈魂感受到、看到並嚮往一切光芒的起源，這個轉變是自然的而且不可避免的。因為現在賦予感官世界以生命力和魅力的所有那些東西已經開始失去了對我們的影響，現象的存在不再受內部或外部的刺激，我們感受到依賴某個永恆的事物的需要，某個從來不會欺騙我們的事物——真理，絕對的永恆的真理。是的，我們一定會皈依上帝，因為這種宗教情感的本質是如此純潔，令靈魂如此愉悅，感受到它，能夠彌補我們的一切失落。」穆斯塔法·蒙德合上那本書，靠在椅背上。「這些哲學家窮盡天地萬物都從未夢想過的是這個世界，」（他揮了揮手，）「我們這個現代世界。『只有在你擁有青春和繁榮的時候你才能擺脫上帝。獨立無法將我們平安地送至彼岸世界。』如今我們已經得到永恆的青春和繁榮。顯然，順理成章地，我們能夠擺脫上帝了。宗教情懷能夠補償我們的失落，但我們並不感到失落。失落和宗教情感是多餘的。為甚麼在永葆青春的願望已經得到滿足的情況下我們還要去追求永葆青春的替代品呢？當我們可以一直享樂時，為甚麼要去禁慾呢？當我們的心靈和肉體一直愉快活躍時，為甚麼我們需要平靜呢？當我們有蘇摩的時候，為甚麼要尋求慰藉呢？當我們有社會秩序時，為甚麼要祈求永恆呢？」

「所以你認為沒有上帝？」

「不，我認為上帝很可能是存在的。」

「那為甚麼……」

穆斯塔法．蒙德打斷了他。「但他以不同的方式顯現於不同的人面前。在前現代時期，他以那些書籍所描述的形象顯現。而現在……」

「而現在他是如何顯現自己呢？」野人問道。

「他的顯現方式就是不見蹤影，似乎他並不存在。」

「那是你們的錯。」

「不如說是文明的錯。上帝與機器、科學藥品和普遍幸福是不相容的。你必須作出選擇。我們的文明選擇了機器、藥品與幸福。這就是為甚麼我得把這些書鎖在保險櫃裏的原因。它們是禁書。要是人們看到這些東西，他們會嚇壞的……」

野人打斷了他。「但感受到上帝的存在難道不是很自然的事情嗎？」

「你倒不如說褲子上有拉鍊是天經地義的事情。」主宰者挖苦道，「你讓我想起了另一個老傢伙，名叫布拉德利。他認為哲學是為一個人出於本能的信仰找到的糟糕的原因。好像有誰是出於本能而產生信仰似的！一個人的信仰是由培育決定的。為糟糕的原因而產生的信仰尋找糟糕的原因——這就是哲學。人們信仰上帝是因為他們所接受的培育使然。」

「但不管怎樣，」野人固執地說道，「當你孤獨的時候，你自然而然就會信仰上帝——晚上獨自一人的時候，想到死亡……」

「但現在人們不會孤獨了。」穆斯塔法．蒙德說道，「我們讓他們痛恨孤獨，而且我們安排他們的生活，讓他們幾乎沒有孤獨的機會。」

野人沮喪地點了點頭。在熔岩區，他感到痛苦是因為人們不讓他參加村子裏的集體活動；而在文明的倫敦，他感到痛苦是因為他無法逃避那些集體活動，從未能平靜地獨處。

「你還記得《李爾王》中的一段話嗎？」野人最後問道，「『公正的天神使我們的風流罪過成為懲罰我們的工具；他在黑暗淫邪的地方生下了你，結果使他喪失了他的眼睛。』還有愛德蒙的回答——你記得，他受傷了，奄奄一息——『你說得不錯；天道的車輪已經循環過來了。』[2] 現在呢？難道就沒有上帝在主持公道，賞善罰惡嗎？」

「有嗎？」輪到主宰者提問了，「你可以肆意地與一個雄化雌體風流快活，不用擔心你的兒子的情婦會把你的眼睛挖出來。『天道的車輪已經循環過來了。』如果愛德蒙活在今天，他會怎麼樣呢？坐在充氣沙發上，摟着一個女孩子的腰肢，嚼着性荷爾蒙口香糖，觀看着感官電影。無疑，上帝是公正的，但他的律法是由人制定的。說到底，是人組織了社會。天命由人不由主。」

「你肯定嗎？」野人問道，「你真的肯定比起那個受傷流血至死的愛德蒙，那個坐在充氣沙發上的愛德蒙沒有遭到天道的懲罰嗎？上帝是公正的。難道他不是因風流使他墮落嗎？」

「這怎麼叫墮落呢？作為一個幸福的努力工作的消費者，他是完美無瑕的。當然，如果你選擇不同於我們這個社會的標準，那麼或許你可以說他墮落。你必須堅持一套標準。將離心力碰碰球的規則用在電磁高爾夫球上可不行。」

「可是價值不能憑着私心的愛憎而決定；」野人說道，「一方面這東西本身必須確有可貴的地方，另一方面它必須為估計者所重視，這樣它的價值才能確立。」

「好了，好了，」穆斯塔法·蒙德抗議道，「這就開始扯遠了，不是嗎？」

「如果你願意讓自己去思考上帝，你就不會由得自己陷於愉快的惡習不能自拔。你就有了理由去耐心地忍受，懷着勇氣去行動。在印第安人身上我看到了這些。」

「我相信你看到了這些，」穆斯塔法·蒙德說道，「但我們並不是印第安人。一個文明人沒有必要去忍受不愉快的事情。至於行動——吾主福特是不會讓他有這個想法的。如果人們開始自行其是的話，整個社會秩序將會遭到衝擊。」

「那克己呢？如果你信奉上帝，你就有理由去克制自己。」

「但工業文明只有在不去克制自己的情況下才可能實現。以衛生和經濟的名義，將自我放縱進行到底。否則，機器就會停止運作。」

「那你們應該推行貞潔！」野人說道，說出這番話的時候微微臉紅了。

「但貞潔意味着激情，貞潔意味着神經衰弱，而激情與神經衰弱意味着動盪。動盪意味着文明的終結。沒有愉快的惡習，就沒有安穩的文明。」

「但上帝是一切高貴與英勇的事情的理由。如果你信奉上帝的話……」

「我親愛的年輕的朋友，」穆斯塔法．蒙德説道，「文明絕對不需要高貴或英勇。這些事情是政治低效的表現。在像我們這麼一個組織得當的社會，沒有人能有機會去做高貴或英勇的事情。只有在極其動盪的時候才有這樣的機會。有了戰爭和忠誠；有了需要抵制的誘惑，值得去爭取或捍衛的愛情，高貴或英勇顯然才有意義。但如今已經沒有戰爭了。最需要關注的事情是不讓你太愛某個人。如今沒有忠誠可言。一個人所接受的培育使得他會不由自主地做出應該做的事情。而你應該做的事情大體上是如此愉快，所有的自然本能都可以自由放縱，沒有任何誘惑需要抵制。即使糟糕的事情不幸地發生了，怕甚麼呢，還有蘇摩能夠讓你度假，逃避事實。蘇摩總是能平息你的憤怒，讓你與敵人和解，讓你能平靜地忍受。在以前，你只能努力克制和經過多年的道德訓練才能做到這一點。而現在，只需要吞下兩三片半克的藥片就可以了。現在每個人都是正人君子。一瓶蘇摩就能讓你掌握一半的命運。不需要眼淚的基督教精神——這就是蘇摩。」

「但眼淚是必須的。難道你不記得奧賽羅是怎麼說的嗎？『要是每一次暴風雨之後，都有這樣和煦的陽光，那麼儘管讓狂風肆意地吹，把死亡都吹醒了吧！』[3]有一位印第安老人給我們講過一個故事，關於瑪塔斯基這個女孩。想要娶她的年輕人必須在她的花園裏鋤一上午的地。這似乎很簡單，但裏面有可怕的蚊蟲，幾乎沒有年輕人能夠忍受牠們的叮咬。但有一個年輕人忍受下來了——他得到了那個女孩。」

「真是有趣！但在文明的國度裏，」主宰者說道，「你不用鋤地就能夠得到女孩，也不會有蚊蟲來叮咬你。好幾個世紀前我們就已經消滅了牠們。」

野人皺着眉點了點頭，「你已經消滅了牠們。是，這就是你們的作風。把一切不愉快的事情消滅掉，而不是學會去忍受它。是默然忍受命運暴虐的飛箭流石，還是挺身反抗人世的天涯的苦難，通過鬥爭把它們掃清[4]……但你們兩樣都不會去做，既不會去忍受也不會去反抗。你們只是把飛箭和流石一筆勾銷了。這太簡單了。」他突然沉默了，想起了他的母親。在三十七樓的病房裏，琳達漂浮在歌聲、光線、香薰和愛撫的海洋中——漂走了，漂出了時空，漂出了記憶、習性、衰老和浮腫的身軀的牢籠。而托馬金——生育與培育中心的前主人，托馬金仍在度假——遠離恥辱與痛苦的假期，在一個他不會聽到那些辱罵和譏笑的世界裏，不會看到那些猙獰的面孔，不會感受到那雙摟着他的脖子的濕潤鬆弛的手臂，在一個美妙的世界裏……

「你們所需要的，」野人繼續說道，「是含着眼淚去改變。這裏沒有甚麼需要付出高昂的代價。」

（「一千兩百五十萬元。」當野人告訴亨利·弗斯特這番話的時候，後者曾抗議道，「一千兩百五十萬元——這就是新的培育中心的造價，一分都不能少。」）

「拼着血肉之軀奮然和命運、死神與危機挑戰。這全為了小小一塊彈丸之地！[5]難道這句話沒有意義嗎？」他抬頭看着穆斯塔法·蒙德，說道：「除了上帝之外——當然，上帝是一個理由。難道生活在危險中就沒有意義嗎？」

「意義很大。」主宰者回答道，「男人和女人必須時不時受到刺激以分泌腎上腺素。」

「那是甚麼？」野人問道，他無法理解。

「那是完美健康的一個條件。這就是為甚麼我們規定代激治療必須強制實行。」

「代激治療？」

「替代激情治療。每個月定期一次。我們為整個身體注射腎上腺素。它就如同生理意義上的恐懼與憤怒，能帶來謀殺苔絲德蒙娜和被奥賽羅謀殺的滋潤身心的效果，卻不會帶來麻煩。」

「但我喜歡那些麻煩。」

「我們不喜歡。」主宰者説道，「我們希望過得很舒適。」

「我不要舒適。我要上帝，我要詩歌，我要真正的危險，我要自由，我要美好，我要罪惡。」

穆斯塔法．蒙德説道：「事實上，你要求的是不幸福的權利。」

「那好吧。」野人輕蔑地説道，「我正是在要求不幸福的權利。」

「還有變老、變醜、變得性無能的權利，患上梅毒和癌症的權利，吃不飽的權利，骯髒的權利，總是生活在對明天的憂慮中的權利，患上傷寒的權利，受各種難以言狀的痛苦折磨的權利。」

兩人良久地沉默着。

「我願意接受這一切。」野人最後説道。

穆斯塔法．蒙德聳了聳肩膀，「悉聽尊便。」

註釋：

[1] 出自莎士比亞《約翰王》第三幕第一景。

[2] 出自《李爾王》第五幕第三景。

[3] 出自《奧賽羅》第二幕第一景。

[4]《哈姆萊特》第三幕第一景哈姆萊特那著名獨白中的一句。

[5] 出自《哈姆萊特》第四幕第四景。

第十八章

門是開着的，他們走進房間。

「約翰！」

從浴室裏傳來熟悉而難聽的聲音。

「出甚麼事了？」赫姆霍茲問道。

沒有人回答。那個惡心的聲音重複了兩聲，然後安靜下來。接着，浴室的門咔嗟一聲打開了，野人出來了，臉色蒼白。

「聽我說，」赫姆霍茲熱切地說道，「你好像病了，約翰！」

「你吃了甚麼不消化的東西嗎？」伯納德問道。

野人點了點頭，「我吃了文明。」

「甚麼？」

「它讓我中毒了，我被玷污了。」他低聲補充道，「然後，我吃了自己的邪惡。」

「是呀，可是到底怎麼回事？我是說，剛才你正在……」

「現在我淨化了自己，」野人說道，「我喝了一些芥末和熱水。」

另外兩個人驚詫地盯着他。「你是說，你是故意這麼做的？」伯納德問道。

「印第安人總是這樣淨化自己。」他坐了下來，嘆了口氣，用手撫摸着前額。

「我得歇一會兒。」他説道，「我好累。」

「嗯，我想是的。」赫姆霍茲説道。沉默了一會兒，他説道：「我們是來道別的。」他換了個口吻説道：「我們明天早上就出發。」

「是的，我們明天就出發。」伯納德説道，野人注意到他的臉上露出一種新的平靜而決絕的表情。「順便説一下，約翰，」他繼續説道，坐在椅子上前傾着身子，將一隻手擱在野人的膝蓋上。「我想説，我為昨天發生的一切感到非常抱歉。」他臉紅了，「真是太丢臉了。」雖然他的聲音在發顫，但仍繼續説道：「我真的……」

野人打斷了他，握着他的手，親切地按着它。

「赫姆霍茲對我實在太好了。」伯納德停了一下，然後繼續説道：「要不是他，我得……」

「行了，行了。」赫姆霍茲抗議道。

三人沉默着。雖然他們很傷心——但因為他們的傷心正體現了他們對於彼此的愛——三個年輕人都很開心。

野人最後説道：「今天早上我去見主宰者了。」

「為了甚麼事？」

「問他我能不能和你們一起去島上。」

「他怎麼說？」赫姆霍茲熱切地問道。

野人搖了搖頭，「他不同意。」

「為甚麼不同意？」

「他說他想要把實驗繼續進行下去。但我完蛋了。」突然間野人發怒了，「要是繼續被當成實驗品的話，我就完蛋了。我不會為世上的任何主宰者服務。明天我也會離開。」

「但是，去哪兒呢？」另外兩個人異口同聲地問道。

野人聳了聳肩膀，「去哪兒都行，我不在乎。只要能一個人就行。」

* * * * *

從吉爾福德開始，下行航線順着韋谷一直到戈德爾明，然後飛越米爾福德和惠特利，接着到黑斯米爾、彼得斯菲爾德和樸次茅斯。上行航線幾乎和它平行，經過沃普斯登、湯漢姆、普頓漢、埃爾斯泰德和格雷索特。在野豬背和興海德之間有幾處地方兩條航線相距不到六七公里。對於不小心的飛行員來說，這段距離太短了——尤其到了晚上，多吃了半克蘇摩的情況下更是如此。這裏出過好幾次事故，特別嚴重的事故。上頭已經決定將上行航線朝西邊挪幾公里。在格雷索特和湯漢姆之間的四座廢棄的航空燈塔指示着舊的從樸次茅斯到倫敦的路線。它們上方的天空靜悄悄的，沒有飛機經過。現在直升飛機嗡嗡嗡地飛越的地方是塞爾伯恩、博爾登和法恩漢姆。

野人選擇了位於普頓漢與埃爾斯泰德之間的山頂的舊燈塔作為自己的隱居地。這座燈塔是用鋼筋混凝土修築成的，狀況良好——野人第一次來了解這個地方的時候覺得它幾乎太舒適太文明太奢華了。他向自己承諾要奉行更加嚴苛、徹底和完全的自律進行贖罪，以此讓良心好受一些。在隱居地的第一個晚上，他故意不讓自己睡覺，跪了好幾個小時進行祈禱，一會兒向罪孽深重的克勞狄斯[1]曾經乞求原諒的天堂祈禱，一會兒用祖尼語向阿沃納維羅納、耶穌和鷹神普空祈禱，一會兒向他自己的守護動物雄鷹祈禱。時不時地，他會伸直手臂，似乎自己被吊在十字架上，一直伸直着，久久地忍受着逐漸積累的疼痛，直至那成為極度難耐的戰慄的痛苦。他自願忍受這番痛苦，一邊緊咬牙關（汗水從他的臉上淌落），一邊不停地說着：「噢，原諒我！噢，讓我變得純潔！噢，請幫助我做一個好人！」說了一遍又一遍，直到最後他幾乎快疼暈過去了。

到了第二天早上，他覺得自己獲得了住在燈塔裏的資格，儘管大部份窗戶的玻璃還在，儘管從平台望去的風景是那麼美麗。為甚麼他會選中這座燈塔的原因也差不多就是他選擇去其他別的地方的原因。他覺得住在這裏就是因為這裏的風景實在是太美了，因為從這個得天獨厚的位置，他似乎可以看到神聖的化身。但他有甚麼資格時時刻刻都能欣賞此等美景呢？他有甚麼資格活在上帝的視野中呢？他只配活在一個骯髒的豬圈或地底下的黑洞裏。由於昨晚長久地忍受疼痛，他的身體很僵硬，而且還在隱隱作痛，但正是因為這樣，他的內心覺得很踏實。他登上燈塔的平台，眺望着明媚的白天世界，他獲得了在這裏生活的資格。北邊的風景是長長的野豬背的堊土山脊，東邊的盡頭聳立着七座摩天大樓，那裏就是吉爾福德。野人看着那七座摩天大樓，做了個鬼臉，但他遲早能和它們和平共處的，因為到了晚上，它們閃爍着歡樂的幾何形狀的星座圖案，或燈火通明，像發亮的手指莊嚴地直指深邃神秘的天空（英國沒有人理解這個姿勢的含義，但野人現在明白了）。

將野豬背和燈塔所在的多沙的山丘隔開的山谷裏，普頓漢是一座中等規模的寧靜的有九層樓高的小村莊，有幾座穀倉、一個家禽農場和一間小型維他命D工廠。

在燈塔的另一邊，是一大片長着石楠的斜坡，向南一直延伸到幾個池塘。

越過池塘，再穿過中間的樹林，是十四層樓高的埃爾斯泰德塔。興海德和塞爾伯恩在迷離的英國的霧靄中將視線引向遠方一片浪漫的藍色。但吸引野人到他那座燈塔的原因並不只是遠處的風景，近處的風景一樣令人陶醉。樹林、延綿的石楠與金雀花叢、一簇簇的赤松、波光粼粼的池塘和高懸在上空的白樺樹、水中的百合、水邊的蘆葦——這些都很漂亮，對於適應了美洲沙漠的乾旱的眼睛來説，簡直可以用神奇來形容。還有這裏的孤寂！連續好幾天過去了，他從未見過一個人。這座燈塔離查林T字塔只有十五分鐘的航程，但這片薩里的荒原幾乎和熔岩區的群山一樣荒涼。每天離開倫敦的人群只是出城去打電磁高爾夫或打網球。普頓漢不是交通樞紐，最近的黎曼曲面球場在吉爾福德。這裏的迷人之處只有鮮花和風景。因此，他們沒有理由來這裏，沒有人會來。野人獨居的前幾天，沒有人來打擾他。

剛到倫敦的時候約翰領到了一筆錢，用於個人的開銷，他把大部份錢都用在購買裝備上。在離開倫敦前，他買了四件黏膠纖維羊毛毯子、繩索、釘子、膠水、幾件工具、火柴（不過他決定以後自己鑽木取火）、幾個鍋子和盤子、二十多包種子和十公斤的小麥麵粉。「不，不要合成澱粉和棉花廢棄物做的替代麵粉，」他堅持說道，「即使它更有營養。」但他無法抵制店主的游說，買了一些泛腺激素餅乾和維他命替代牛肉。現在看着這些罐頭，他難過地責怪自己的軟弱。可惡的文明世界的東西！他下定決心即使挨餓也絕對不會去吃這些東西。「這會給他們一個教訓。」他萌發了一個報復的念頭。而這也是給他自己的教訓。

他數了數他的錢。他希望剩下的那點錢足夠讓他過冬。到了下一個春天，他的花園應該能夠種出足夠的糧食，讓他能夠自給自足，不需要依賴外部世界。而且，他還可以去打獵。他見過有很多兔子，而且池塘裏還有水禽。他立刻着手製作弓箭。

燈塔附近有白蠟樹，至於箭桿，這裏有一叢漂亮筆直的榛樹苗。他砍下一棵年輕的白蠟樹，將六尺長的沒有長枝杈的樹幹剝光樹皮，慢慢地手削，像老米茲瑪教他的那樣打磨白色的木頭，最後的成品是一根和他一樣高的白蠟桿，稍厚的中間部位非常結實，而稍細的兩頭富有彈性。幹這個活兒讓他覺得非常愉快。在倫敦的那幾個星期他無所事事，無論他想要甚麼，只需要按下一個按鈕或旋開一個把手就可以了。能夠做一件需要技巧和耐心的工作帶來了純粹的快樂。

就快把白蠟桿削磨成型的時候，他才猛地意識到他在唱歌——唱歌！他似乎從外面闖了進來，逮到自己正在明目張膽地做壞事。他內疚地臉紅了。說到底，他來這裏不是為了唱歌和享樂，而是為了擺脱骯髒的文明生活進一步的污染，是為了贖罪和做個好人，是為了積極地贖罪。他難過地意識到他一心沉浸在打造自己的弓箭，忘記了自己曾經發誓會永遠記住的事情——可憐的琳達，還有他蓄意謀害她的歹毒，還有那些討厭的多胞胎，像蝨子一樣簇擁在她的臨終病床前，還有他自己的悲痛與懺悔，還有諸位神明。他發過誓要記住這一切，他發過誓要永遠贖罪。而現在他就坐在這裏，開心地做着他的弓箭，還唱起了歌，是的，唱起了歌……

他走到燈塔裏，打開那盒芥末，燒了一些開水。

半個小時後，三個來自普頓漢的同一個波卡諾夫斯基群體的次等德爾塔農場工人碰巧開車到埃爾斯泰德，開到山頂的時候驚訝地看到一個年輕人站在那座廢棄的燈塔外面，脱光了上身的衣服，用一根有結的鞭子在抽打自己。他的脊背佈滿了暗紅色的鞭痕，每一道鞭痕都流出細細的血珠。那輛卡車的司機把車停在路邊，和他的兩個同伴目瞪口呆地看着這幕奇景。一下、兩下、三下——他們數着抽了多少下。打了第八下之後，那個年輕人中斷了他的自我懲罰，跑到樹林邊上，在那裏劇烈嘔吐。吐完之後，他拿起鞭子，又開始鞭打自己。九下、十下、十一下、十二下……

「吾主福特啊！」司機喃喃說道。他那兩個同伴也有同感。

「我的主福特啊！」他們驚嘆道。

三天後，就像朝着屍體蜂擁而至的禿鷲一樣，記者們來了。

那把弓用綠色的木頭生的慢火烤乾烤硬後，已經準備好了。野人正忙着做他的箭。三十根榛樹的枝條已經被削好和烤乾，用鋒利的釘子做箭頭，小心翼翼地刻好了搭弦的凹痕。有一晚他還跑到普頓漢的那座家禽農場，現在有足夠的羽毛裝備所有的箭了。正在給箭裝羽毛時，第一位記者找到了他。那個男人穿着氣墊鞋，悄無聲息地從後面走上來。

「早上好，野人先生。」他説道，「我是《準點廣播》的代表。」

野人嚇了一跳，似乎被毒蛇咬到了，那些箭、羽毛、膠罐和刷子掉得到處都是。

「很抱歉。」那位記者懷着真誠的歉意説道，「我無意……」他碰了碰帽子——那是一頂鋁質的煙囱管式的帽子，裏面裝了他的無線接收器和發射器。「很抱歉我沒辦法脱下帽子。」他説道，「它有點沉。嗯，我剛才説過，我是《準點廣播》的代表……」

「你想怎麼樣？」野人皺着眉頭問道。那個記者報以最諂媚的微笑。

「嗯，當然，我們的讀者很有興趣……」他把頭擺到一邊，展現出幾乎是在賣弄風情的微笑。「聽您說幾句話，野人先生。」他迅速做了幾個宗教儀式般的手勢，解開兩根連着繫在腰帶上的電池的電線，同時將它們插入他那頂鋁帽的側面；按下帽頂的一個開關，一根天線彈了出來；按下帽檐上的另一個開關，就像小丑盒子一樣，一個麥克風彈了出來，懸在他鼻子前方六英寸處顫抖着；把耳朵上的一對接收器拉下來，按下帽子左邊的一個按鈕，裏面傳來輕微的黃蜂在飛似的嗡嗡聲；然後旋開右邊的一個旋鈕，嗡嗡聲被聽診器似的嘯鳴聲、咔嗟聲和驟然響起的尖厲的聲音打斷了。他對着麥克風說道：「你好，你好，你好……」突然間他的帽子傳來鈴響。「是你嗎，埃德澤爾？我是普里莫．梅隆。是的，我已經找到他了。野人先生現在將會在麥克風上說幾句話。野人先生，好嗎？」他抬頭看着野人，又露出那個迷人的微笑。「請告訴我們的讀者為甚麼您會來這裏。是甚麼促使您如此突然地離開倫敦(等一下，埃德澤爾！)。當然，還有那根鞭子。」(野人嚇了一跳，他們是怎麼知道鞭子的？)「我們都很想知道那根鞭子。然後還有關於文明的事情。您懂的，『我對文明女孩有甚麼看法』之類的東西。說幾句就好，說幾句就好……」

野人以一句沒有意義的話滿足了他的要求。他只說了八個字，就這麼多——八個字，就是他曾經對伯納德說過的關於坎特伯雷首席合唱領唱員的那番話：「哈尼！桑斯埃索忒納！」然後抓住那個記者的肩膀，把他轉了個圈（那個年輕人胖乎乎的身軀是個很好的目標），瞄準他的屁股，以足球冠軍的力道和準確，踢出最精彩的一腳。

八分鐘後，最新發行的《準點廣播》在倫敦的街頭販賣。封面的大字標題是《準點廣播的記者被神秘的野人踢中尾椎骨——薩里的轟動新聞》。

在回去的路上讀着這個標題，記者心想：「即使在倫敦也是轟動新聞。」而且是非常痛苦的轟動新聞，他輕手輕腳地坐下吃午飯。

又有四個記者不被他們那位同事尾椎骨上的警告性的瘀青所嚇倒，分別代表了《紐約時報》、《法蘭克福四維統一體》、《福特科學觀察報》和《德爾塔鏡報》，當天下午就在燈塔外呼喚野人，結果遭到越來越暴力的對待。

那個來自《福特科學觀察報》的記者跑到安全的地方，還在揉着自己的屁股，氣沖沖地吼道：「不開化的傻瓜！你怎麼不吃點蘇摩！」

「給我滾！」野人揮舞着拳頭。

另外三個記者退到幾步開外，然後又轉過身來。「如果你吃上幾克蘇摩，不幸將不復存在。」

「克哈誇伊亞忒托克亞伊！」他的語氣透着兇狠和嘲諷。

「痛苦只是幻覺。」

「噢，是嗎？」野人説道，拾起一根粗一些的榛樹枝鞭子，大步走向前。

那個《福特科學觀察報》的記者衝向他的直升飛機。

之後，野人得以享受了一段時間的平靜。幾架直升飛機來過，還好事地在燈塔的周圍盤旋。他一箭射中它們當中最糾纏不休地靠近燈塔的那架飛機。它射穿了駕駛艙的鋁質地板，裏面發出一聲驚叫，飛機以它的超級發動機能夠實現的最大加速度一下子竄上天空。之後，其他飛機小心翼翼地保持着距離。野人沒有去理會它們發出的煩人的嗡嗡嗡的聲音（他幻想自己是少女瑪塔斯基的追求者之一，不為這些長着翅膀的害蟲所動），為將來的花園鋤地。不知道過了多久，這些害蟲顯然覺得很無聊，於是飛走了。有好幾個小時，他頭頂的天空是空蕩蕩的，只有百靈鳥在靜悄悄地飛。

天氣熱得讓人覺得透不過氣來，天空雷聲陣陣。他已經鋤了一上午的地，正在休息，伸展着身子躺在地上。突然間，對萊妮娜的思念是那麼真切，她赤裸的身軀是那麼真切，説着「親愛的！」和「摟着我！」——身上只穿着鞋襪，灑了香水。

人盡可夫的娼婦！但是，噢，噢，她的胳膊摟着他的脖子，她那堅挺的胸脯，她的雙唇！我的嘴唇和眼睛裏有永生的歡樂。萊妮娜……不，不，不，不！他一躍而起，半裸着身子，跑到屋外。在石楠的邊上有一叢花白的刺柏。他衝向那叢刺柏，張開懷抱，不是他渴望中的柔滑的身軀，而是滿懷的綠色的尖刺。上千根鋒利的刺扎中他的身體。他嘗試着去想可憐的琳達，她那喘不過氣來而且癡呆的模樣，她緊握的雙拳和她眼裏難以言狀的恐懼。可憐的琳達，他發過誓要緬懷她。但是，縈繞在他腦海裏的形象仍然是萊妮娜，他發誓要忘記的萊妮娜。儘管刺柏的尖刺深深地刺痛了他，他那抽搐的肉體仍然能夠感受到她的存在，無法逃避的真實。「親愛的，親愛的……如果你也想和我好的話，你為甚麼不說呢……」

那根鞭子就掛在門邊的一根釘子上，是準備拿來教訓那些記者的。野人瘋也似的跑回燈塔裏，拿起鞭子，將它揮舞起來。打了結的鞭子嵌入了他的肌肉。

「娼婦！娼婦！」每打一下他都會發出怒吼，似乎他打的是萊妮娜（他陷入了癲狂，希望打的人就是萊妮娜，但自己並不知道這一點），白皙、溫暖、香氣襲人的水性楊花的萊妮娜。「娼婦！」然後他絕望地說道：「噢，琳達，原諒我。原諒我，上帝。我是壞人，我是罪人，我……不，不，你這個娼婦，你這個娼婦！」

在三百米開外，感官電影公司的最資深的大製作攝影師達爾文·波拿巴正躲在樹林中精心佈置的藏身地點，將這一幕看在眼裏。耐心和技巧終於得到了回報。他在一棵假橡樹的樹幹裏趴了整整三天三晚，借着石楠叢的掩護，將麥克風藏在金雀花叢裏，把電線埋在軟綿綿的灰沙裏。七十二小時的難耐的不適。達爾文·波拿巴在他的設備之間走動時，心裏想道：現在我的重要時刻來臨了——最重要的時刻。自從他拍攝了那部出名又叫座的立體感官電影《大猩猩的婚禮》後最美妙的電影。「太棒了！」他自言自語着，野人開始了他驚世駭俗的表演。「太棒了！」他仔細地將遠程攝影機對準——緊跟着它們的移動的對象，以更高的解析力拍一張瘋狂而扭曲的臉的特寫（棒極了！），然後切換半分鐘的慢動作（他決定加入精心設計的滑稽效果），同時傾聽着鞭打聲、慘叫聲、那些野蠻的胡言亂語，這些都被錄成了影像的配音。他試着將音量調高一點點（對了，這樣好多了），真是美妙動聽，在減弱了一陣之後，像雲雀的尖利的歌聲般響起。他希望野人能夠轉過身來，這樣他能拍到那血淋淋的脊背的好特寫——那個聽話的傢伙真的立刻轉過身來了（運氣實在是好得出奇！），他得以拍到完美的特寫。

「好的，太好了！」拍完之後他自言自語道：「真是棒極了！」他抹了抹臉。

等他們在工作室加入感官效果，它將會是一部精彩的電影。達爾文·波拿巴心想，幾乎可以和《抹香鯨的戀愛生活》相提並論——吾主福特啊，真是太好了！

十二天後，《薩里的野人》上映了，在西歐的每一座一流的感官電影院都可以看到、聽到和感受到。

波拿巴的電影立刻引發了轟動效應。它上映當晚的第二天下午，約翰的郊野寧靜突然被頭頂一群蜂擁而至的直升飛機打破了。

他正在花園裏鋤地——也在他的思想中進行耕耘，艱辛地翻墾着自己的思想。死亡——他一遍又一遍地將鏟子插進泥土。我們所有的昨天，不過替傻子們照亮了到死亡的土壤中去的路。[2] 在字句之間轟隆隆地響着雷聲。他又鏟起一鏟子泥土。為甚麼琳達會死？為甚麼她會慢慢地變得人不像人鬼不像鬼，最後……他不寒而慄。它是塊可親可吻的好腐肉。[3] 他用腳踩着鏟子，重重地將它踩進堅實的泥土中。在上帝看來我們就像頑童眼中的蒼蠅，他們殺死我們只為了取樂。[4] 雷聲又響起了，宣稱這些話語自身就是真理——比真理本身還要真實。但是，那個葛羅斯特將他們稱為永遠仁慈的神明。而且，睡眠是你所渴慕的最好的休息，可是死是永恆的寧靜，你卻對它心驚膽裂。[5] 永恆的寧靜。但在睡眠中可能有夢。[6] 他的鏟子碰到了一塊石頭，他彎下腰揀起石頭。在死之長眠中會有何夢來臨……

頭頂的低鳴聲變成了怒吼，突然間他被陰影遮蓋住，有甚麼東西擋在他和太陽之間。他抬頭一看，大吃一驚，困惑地張望着。他的思緒仍然在那個比真理更真實的世界裏徜徉，仍然專注於死亡與神聖的宏大命題，抬頭看見在頭頂不遠處，是一群盤旋的飛機。它們就像蝗蟲一樣飛了過來，懸在空中，然後降落在他身邊的石楠叢中。從那些碩大的草蜢的肚子裏走出穿着白色黏膠纖維法蘭絨衣服的男人和穿着醋酸絲綢緞長袍或仿天鵝絨短褲、無袖上裝與拉鍊拉到一半的單襯衣（因為天氣很熱）的女人——每一架飛機都成雙成對。幾分鐘後就來了十幾個人，圍着燈塔站成一個大圈，盯着他看、大笑着，按着照相機，扔出花生（似乎在給猩猩餵食）、一包包性荷爾蒙口香糖、泛腺激素小餅乾。每過一會兒，它們的數目越來越多——因為現在飛機從野豬背那邊川流不息地飛來。就像置身於噩夢中一樣，從十幾架變成了幾十架、幾百架。

野人就像一頭困獸，步步退卻，背靠着燈塔的牆壁，看着那一張張臉，嚇得說不出話來，恍如一個白癡。

一包口香糖瞄得很準，打中了他的臉頰，把他從渾渾噩噩中拉回到現實。一股驚愕的疼痛讓他醒過來了，而且非常生氣。

「滾開！」他吼叫着。

猿猴説話了，人群爆發出一陣大笑和鼓掌。「幹得好，野人老夥計！加油，加油！」在雜亂無章的叫嚷聲中，他聽到：「鞭子，鞭子，鞭子！」

他得到了提示，立刻採取行動，從門後的釘子上取下那根打結的鞭子，朝這些折磨着他的人揮舞着。

他們諷刺地鼓掌叫好。

他兇猛地朝他們衝去。一個女人驚叫一聲，那排人群最直接受到威脅的位置就快散開了，但又緊繃起來，牢不可破。這幫看客知道自己在力量上佔絕對優勢，因此勇氣十足，這是野人沒有預料到的。他吃驚地停了下來，看着周圍。

「為甚麼你們不肯放過我？」他的憤怒中幾乎夾雜着哀傷。

「吃幾顆鎂鹽杏仁吧！」那個首當其衝或許會被野人第一個攻擊的男人説道。他拿出一包東西，「很好吃哦，你知道的。」露出緊張的微笑撫慰他，「鎂鹽有助於你保持青春。」

野人不去理會他的好意。「你們想要我怎麼樣？」他問道，在一張張咧嘴大笑的面孔中轉着圈。「你們想要我怎麼樣?」

「鞭子。」一百個聲音含糊地回答，「拿鞭子抽自己。我們要看你拿鞭子抽自己。」

然後他們以緩慢而沉重的節奏一起喊道：「我們要鞭子。」最後他們一起叫嚷着：「我們——要——鞭子。」

其他人立刻加入到吶喊中，這句話像鸚鵡學舌一樣被不停地重複了一遍又一遍，音量越來越高，重複了七八遍後，再沒有人說起別的字眼。「我們——要——鞭子。」

他們一起吶喊着，陶醉在叫嚷聲、一致性和有韻律感的救贖中，他們似乎可以好幾個小時一直喊下去——幾乎可以不停地喊下去。但喊到第二十五遍的時候，喊叫聲戛然而止。另一架直升飛機從野豬背那裏飛了過來，在人群上空盤旋着，然後落在離野人幾碼遠的地方，就在那群看客和燈塔之間的空地上。螺旋槳的轟鳴聲暫時壓倒了吼叫聲，然後隨着飛機降落到地面，引擎被關掉之後，「我們——要——鞭子，我們——要——鞭子」的吶喊聲再次響起，還是那麼大聲一致。

那架直升飛機的門打開了，先是走出來一個長着一頭金髮的臉色紅潤的年輕人，接着走出一個年輕的女人，穿着綠色的仿天鵝絨短褲和白色襯衣，戴着騎師帽。

看到這個年輕女人，野人嚇了一跳，退了幾步，臉色變得蒼白。

那個年輕女人朝他微笑——猶豫、哀求，幾乎卑微的微笑。好幾秒鐘過去了。她的嘴唇翕張着，正在説着甚麼，但她的聲音被看客們反反覆覆的大聲的叫嚷掩蓋了。

「我們——要——鞭子！我們——要——鞭子！」

那個年輕女人的雙手靠在左邊身子上，她那張像蜜桃一樣水靈又像洋娃娃一樣漂亮的臉蛋露出奇怪的充滿渴望的憂傷。她藍色的眼睛似乎變得更大更明亮了。突然，兩滴眼淚從她的臉頰滾落。她又説着甚麼，但沒人聽得見。然後，以充滿激情的姿態，朝野人伸出雙手，一步步走向前。

「我們——要——鞭子！我們——要——鞭子！……」

突然間，他們得償所願。

「娼婦！」野人就像瘋子那樣朝她衝了過去。「娼婦！」他像瘋子一樣拿着他那根有許多小結的鞭子抽打着她。

她嚇壞了，轉身就逃，被石楠叢絆倒了，摔倒在地。「亨利，亨利！」她叫嚷着。但她那個臉色紅潤的同伴已經躲在直升飛機後面安全的地方了。

那群人興高采烈地吶喊着散開了，朝那個吸引人的魔力中心蜂擁而去。痛苦是一種令人心醉神迷的恐怖。

「煎吧，都給我在姦淫裏煎枯了吧！」[7] 野人暴怒地又抽了一鞭。

他們如飢似渴地圍了上來，像豬群拱槽那樣推搡着。

「噢，肉體！」野人咬牙切齒地説道。這一次鞭子抽打的是他的肩膀。「殺啊！殺啊！」

被痛苦的恐懼和魔力所吸引，被發自內心的協同行動的習慣所驅動，被根深蒂固的培育出的對一致性和救贖的渴望所蠱惑，他們開始模仿野人狂野的動作，像野人毆打着自己叛逆的肉體或毆打着在他腳下的石楠叢裏蠕動的豐滿的罪惡的化身那樣互相毆打。

「殺啊，殺啊，殺啊……」野人不停地嘶吼着。

然後，突然間，有人唱起了《狂歡之禮》，一會兒後，他們都唱起了副歌，還跳起了舞。狂歡之禮，跳了一圈、一圈又一圈，以六八拍子互相毆打。狂歡之禮……

直到午夜過後，最後一架直升飛機才飛走了。野人被蘇摩的效力弄得神情恍惚，又因為被長時間的感官宣洩弄得精疲力盡，在石楠叢中睡着了。醒來的時候已經日上三竿。他躺了一會兒，像貓頭鷹那樣迷迷糊糊地對着陽光眨着眼睛，然後突然間記起了所有事情。

「噢，我的上帝，我的上帝啊！」他捂着眼睛。

當天晚上，無數架直升飛機嗡嗡嗡地飛越野豬背，像一朵烏雲，延綿十公里之遠。所有的報紙都在描寫昨晚的救贖狂歡。

「野人！」第一批抵達者剛下飛機就高喊道，「野人先生！」

沒有人回答。

燈塔的門是虛掩的。他們推開門，走進被百葉窗遮擋的昏暗中，穿過一道拱門，更加深入房間，看到通往更高幾層的樓梯的底端。就在拱門頂端的下方有一雙腳在搖蕩着。

「野人先生！」

就像兩根不徐不急的指南針的指針，那雙腳緩緩地向右旋轉：北邊，東北邊，東邊，東南邊，南邊，西南偏南，然後停頓下來，過了幾秒鐘後，不徐不急地向左轉回去：西南偏南，南邊，東南邊，東邊……

註釋：

[1]《哈姆萊特》中弒兄娶嫂的丹麥國王。
[2] 出自《麥克白》第五幕第五景。
[3] 出自《哈姆萊特》第二幕第二景。
[4] 出自《李爾王》第四幕第一景。
[5] 出自《一報還一報》第三幕第一景。
[6] 出自《哈姆萊特》第三幕第一景中那著名的獨白。
[7] 出自《特洛伊羅斯與克瑞西達》第五幕第二景。

附錄

重返美麗新世界

《重返美麗新世界》作者序

機智的靈魂或許會成為謊言的軀殼。無論多麼精妙和難忘，簡潔，究其本質，永遠無法充份揭示一個複雜情景的所有事實。在這麼一個主題上，你只有通過省略和簡化才能進行總結歸納。省略和簡化有助於我們進行理解——但很多時候會讓我們的理解出錯，因為我們所理解的內容或許只是由縮略者精心歸納的概念，而不是紛繁宏大的現實，而它才是主觀抽象所得出的概念的本原。

但生命是短暫的，而信息是無窮的：沒有人能夠有時間去成就一切。在實踐中，我們總是被迫在過份簡略的闡述和無法進行闡述之間作出選擇。簡略是必要的惡，縮略者的任務就是盡可能做到最好，雖然在本質上是不好的，仍強於甚麼都不做。他必須學會簡化，但不至於弄虛作假。他必須學會專注於情況的本質內容，但又不至於忽略太多起到決定意義的旁枝細節。通過這種方式，他或許不能說出全部真相（因為幾乎任何重要命題的全部真相是與簡潔不相容的），但要比危險的一知半解或片鱗半爪的了解好得多，而後者總是盛行的思潮。

自由和它的敵人是一個宏大的命題，我所寫的內容確實過於簡短，對這個命題並不公允，但至少我已經觸及了這個問題的許多方面。雖然每一個方面的闡述或許被過份簡化了，但我希望這些林林總總的過份簡化的內容會拼湊成一幅圖畫，讓你了解到原命題的宏大與複雜。

在這幅畫面中省略了自由在技術方面和軍事方面的敵人（並不是因為它不重要，只是為了創作的方便，而且因為我在早前的時候已經對它們進行了探討）——掌握在世界的統治者手中用於對付其臣民的強大的武器和工具，為更具毀滅性的、代價更加高昂和更瘋狂的自殺式的戰爭進行準備。接下來的章節發生的背景將是匈牙利人的起義和對它的鎮壓、氫彈、每一個國家為了「國防」而付出的代價，還有無窮無盡的身穿軍裝的年輕士兵的隊伍，有白種人、黑種人、棕種人、黃種人，他們正俯首帖耳地行軍，朝公共墓地前進。

第一章　人口過剩

當我在一九三一年創作《美麗新世界》時，我相信時間還很寬裕。完全組織化的社會、科學式的等級體制、以系統培育泯滅自由意志、通過定期服用化學藥物產生快感而接受奴役、利用夜間睡眠教育灌輸正統理念——這些事情將會發生，但不會在我的時代，甚至不會在我的孫子那一代人發生。我忘記《美麗新世界》的背景的具體時間了，但那大約是在福特紀元六或七世紀。我們生活在二十世紀的中期，必須承認這是一個令人毛骨悚然的世界，但那些蕭條年月的夢魘與《美麗新世界》裏所描寫的未來將會出現的夢魘截然不同。我們這個時代的夢魘源於沒有秩序，而《美麗新世界》的夢魘源於過度秩序化。從一個極端到另一個極端應該會經歷漫長的過渡時期，在我的想像中，在這一時期，那三分之一的幸運兒將會充份利用好這兩個世界——奉行自由主義的無序的舊世界與過度秩序化的完美高效的消滅了自由和個人主動性存在空間的美麗新世界。

二十七年後，來到二十世紀的中後期，福特紀元的第一個世紀還遠遠沒有結束，比起在創作《美麗新世界》的時候，我沒有那麼樂觀了。一九三一年所作的那些預言將比我的想像更快成為現實。沒有秩序與過度秩序化之間的幸福時光還沒有開始，而且根本沒有開始的跡象。確實，在西方，作為個體的男男女女依然享有很大的自由，但就算在那些擁有民主政治傳統的國家，這一自由，甚至對於自由的渴望，似乎正在消失。在世界其他地區，個體的自由已經絕跡，或顯然即將絕跡。我設想將會在福特紀元七世紀出現的完全組織化的夢魘已經從遙遠的安全的未來顯現，正在等候着我們，即將成為現實。

喬治·奧威爾的《一九八四》是將現在的斯大林主義和剛過去不久的猖獗一時的納粹主義放到未來的誇張描寫。《美麗新世界》寫於希特勒在德國上台之前，那時候俄國的獨裁者尚未得勢。一九三一年時，系統性的恐怖主義並不像一九四八年那樣是無法忽視的時代現實，我所想像的未來的獨裁體制世界並不像奧威爾的精彩描寫那麼殘暴。根據一九四八年的形勢，《一九八四》似乎恐怖而令人信服。但說到底，暴君也是凡夫俗子，而且形勢是會改變的。俄國近期的發展和科技的進步已經讓書中某些恐怖而逼真的描寫無從發生。當然，一場核戰爭會讓每個人的預測落空，但是，假設強權大國在當下能有所克制，不會把我們毀滅，我們可以說，現在看來，似乎《美麗新世界》的情景要比《一九八四》的情景更有可能成為現實。

根據我們對動物行為的大體了解，特別是對人類行為的了解，顯然，從長遠來看，通過懲罰手段去控制不合乎要求的行為不如通過獎勵對合乎要求的行為進行強化來得有效。而且，大體上，以恐怖手段實施統治的政府不如以非暴力的手段對環境與男女老少的思想和情感實施操縱的政府那麼運作有效。懲罰暫時能夠停止不合乎要求的行為，但無法永久消除被懲罰者沉溺其中的念頭。而且，懲罰的身心影響或許就像某個人招致懲罰的行為一樣會帶來不良後果。心理療法的大部份內容探討的就是過去的懲罰所造成的導致身心衰弱或仇視社會的後果。

《一九八四》的寓言所描寫的社會是一個幾乎完全通過懲罰和對懲罰的恐懼實施控制的社會。而在我所設想的世界裏，懲罰並不經常發生，而且大體上很溫和。由政府實施的近乎完美的控制是通過多種多樣的幾乎非暴力的身心控制、基因標準化和對合乎要求的行為進行系統性的強化而實現的。試管嬰兒和生育的集中控制或許可以做到，但顯然，在未來相當長的時間裏，我們應該還會長期以胎生的方式進行隨機性質的生育。基因標準化的實際應用或許不會實現。社會仍將繼續實施產後控制——和過去一樣以懲罰作為手段，並逐漸增加更為有效的獎勵和科學控制。

在俄國，《一九八四》所描寫的老式的斯大林式的獨裁體制開始讓位於更加與時俱進的獨裁形式。在蘇聯等級森嚴的社會體制中的上層階級，對合乎要求的行為進行強化開始取代舊式的對不合乎要求的行為進行懲罰作為實施統治的手段。工程師、科學家、教師和行政人員如果工作出色的話，會得到優厚的報酬，而且無須繳納高額稅收，因此他們總是有把工作做得更好並得到更高報酬的動力。在某些領域，他們享有思想上的自由，能夠隨心所欲地行動。只有在他們越過了規定的限制進入意識形態和政治領域時才會被懲罰。正是因為他們被賜予了職業人士的自由，俄國的教師、科學家和技術人員才取得了如此非凡的成就。而那些生活在蘇聯的金字塔底層的人根本享受不到半丁點兒這些幸運兒或天才的特權。他們只有微薄的工資，而且以昂貴的價格承擔高得離譜的稅收。他們可以隨心所欲自由行動的範圍非常狹窄，而且他們的統治者更多是依靠懲罰和威脅而不是通過非暴力的控制或通過獎勵強化合乎要求的行為實施控制。蘇維埃的體制結合了《一九八四》和《美麗新世界》中所預言的上層階級的特徵。

與此同時，我們幾乎沒有能力進行控制的非人格化的力量似乎正把我們推往《美麗新世界》式的夢魘，這一非人格化的推動力正被商業機構和政府組織的代表有意識地加快速度，他們發展出一系列新的手段，為了少數人的利益去操縱人民群眾的思想與情感。在後面的章節裏會對操縱的手段進行探討。現在讓我們專注於正使得民主岌岌可危並嚴重威脅到個體自由的非人格化的力量。這些力量是甚麼呢？為甚麼我原本預測會在福特紀元七世紀才降臨的夢魘如此迅猛地朝我們而來呢？對這些問題的答案必須從文明社會的開端說起——生物意義的層面。

公元元年的聖誕節，地球的人口大約是兩億五千萬——不到目前中國人口的一半。十六個世紀後，當清教徒移民在普利茅斯岩登陸時，人口數字攀升到了五億多一些。到《獨立宣言》簽署時，世界人口突破了七億大關。到了一九三一年，在我創作《美麗新世界》時，世界人口不到二十億。而今天，僅僅過了二十七年，人口總數就達到了二十八億。以後的情況會是怎樣呢？青霉素、滴滴涕和淨水成為了廉價商品，它們對公共健康的作用遠遠大於它們的成本。即使是最貧窮的政府也有錢為其人民實施深入的死亡控制。而生育控制則是另外一回事。一個仁慈的政府只要出資僱幾個技術人員就能夠為全民提供死亡控制。而生育控制則取決於全體國民的配合。它必須由不計其數的個體奉行節育，所要求的智慧和意志力是世界上人數眾多的文盲所不具備的，而且（在使用化學或機械手段避孕的情況下）所要花費的金錢也是這數億人中絕大多數人承擔不起的。此外，沒有任何宗教或社會傳統會贊成濫殺，而提倡不受節制的生育的宗教和社會傳統則影響深遠。正是基於這些原因，死亡控制可以輕易實現，而生育控制的實現則很困難。因此，死亡率近年來以驚人的速度驟然下降，而出生率卻仍保持着舊時的高水平或只有略微的下降，而且速度非常緩慢。結果，現在人口數量的增長要比歷史上的任何時期更加迅速。此外，每年的增長自身也在增長。除了以復合增長的規律穩定增長之外，在技術落後的社會，隨着公共健康法則的一一落實，人口還呈現非常規的增長。目前，世界人口每年增加大約是四千三百萬。這意味着每四年人口就增加相當於目前整個美國的人口，每過八年半就增加相當於目前整個印度的人口。按照基督誕生和伊麗莎白一世女王逝世之間的人口增長率，世界人口花了十六個世紀的時間才增加了一倍。但按照目前的速度，不到半個世紀的時間人口就能倍增。而且，迅猛的人口倍增是在地球最美好肥沃的地區已經人口稠密的情況下發生的，那些地區的土壤由於農民希望多產糧食的瘋狂努力而退化流失，那裏能夠輕易開採的礦藏正被肆意揮霍，就像一個醉醺醺的水手正在敗光自己的積蓄。

在我的寓言《美麗新世界》裏，人口數量與自然資源之間的關係這個問題被有效地解決了。世界人口的最佳數量被計算出來，一代又一代的人口數量被保持在這個水平（如果我沒有記錯的話，大概是二十億不到）。在當代現實世界裏，人口問題並沒有得到解決。恰恰相反，隨着一年年過去，形勢變得更加嚴峻。正是在這一嚴峻的生物學意義的背景下，我們這個時代的政治、經濟、文化和心理的連場好戲正在上演。隨着二十世紀的逐漸流逝，新增加的數十億人疊加在原有的數十億人之上（到我孫女那代人，人口數量將會達到五十五億以上），這一生物學意義的背景將會愈發執着並更具威脅地站上歷史舞台的中心。急劇增加的人口與自然資源、社會問題和個人幸福之間的問題——是當前人類的最主要的問題，而且在接下來的一個世紀裏仍會是最主要的問題，或許還將延續到之後的幾個世紀。新的時代應該始於一九五七年十月四日[1]，但事實上，當前我們所有關於後人造衛星時代的高談闊論根本沒有意義，甚至很荒唐。對於人類而言，接下來的時代不會是太空時代，而會是人口過剩的時代。我們可以對一首老歌的歌詞稍加改動並提問：

如此遼闊的空間，

能不能在廚房裏生起火，

顯然，答案是否定的。登月對於強大的國家來說或許會帶來軍事優勢，但它並不能改善生活，再過五十年，當前的人口規模將會倍增，對於地球上飢腸轆轆的迅速增長的數十億人來說，即使到了移民火星成為現實的未來，即使有許多人感到徹底絕望，願意到兩倍於珠穆朗瑪峰高度的山上那樣的環境中開始新的生活，那又能改變甚麼呢？過去四個世紀以來，許多人從舊世界漂洋過海來到新世界。但無論是他們離去還是將食物和原材料帶回來，都無法解決舊世界的問題。同樣地，將一些剩餘人口載到火星（運輸與開發的成本將會是每個人數百萬美元）並無助於解決我們這個星球的沉重的人口壓力問題。這個問題沒有解決，我們的其他問題也就無法解決。更糟糕的是，它將會使得個體自由和民主生活方式的社會價值觀根本無法存在或幾乎無法想像。每一個獨裁體制的產生方式並不相同，通往《美麗新世界》有很多條道路，但或許最直接的道路正是我們今天所走的龐大人口及迅速增長所指向的道路。讓我們大致了解一下為甚麼人口過多和快速繁衍與極權思想的形成和極權政治體制的崛起之間存在着緊密的聯繫。

隨着不斷增加的龐大人口對可利用的資源構成了越來越大的壓力，經歷這一考驗的社會的經濟情況會變得越來越不樂觀，而對於那些不發達國家來說更是如此。通過利用滴滴涕、青霉素和淨水而驟然降低的死亡率並沒有伴隨着出生率的下降。在亞洲的部份地區和中南美的絕大部份地區，人口增長如此迅速，二十年後，人口就會倍增。如果食物和工業產品的生產、房屋建設、學校和教師的增長能夠比人口增長更快一些的話，或許有可能改善那些生活在人口稠密的不發達地區的居民的悲慘命運。但不幸的是，這些國家不僅缺乏農業機械和能夠製造這些機械的工業設施，而且還缺少建設工業設施所需要的資金。而資金是滿足人口的基本需要之後的剩餘產品，不發達國家的絕大多數人口的基本需要從未得到充份的滿足。到每一年的年末，幾乎沒有剩餘產品能夠留下來，因此，根本沒有資金能夠用於發展工業和農業，而它們是滿足人們需要的手段。而且，所有這些不發達國家都嚴重緊缺受過培訓的勞動力，而沒有他們就無法操作現代工業和農業設備。目前的教育設施不足，而根據形勢的需要盡快改善現有設施的資源、資金與文化也不足。與此同時，這些不發達國家的人口正以每年百分之三的速度持續增長。

他們的艱難處境在出版於一九五七年的《下個一百年》這本重要的書裏進行了

探討，作者是加州理工學院的哈里森・布朗、詹姆斯・邦納和約翰・韋爾教授。人類如何應對人口迅速增長這個問題呢？並不是非常成功。「有力的證據表明，過去半個世紀以來，大部份不發達國家的個人處境明顯惡化。他們的伙食變得更糟糕了，每個人所擁有的財產也更少了。」基本上，每一次改善局勢的嘗試都因為人口持續增長帶來的無情壓力而宣告失敗。

當一個國家的經濟生活陷入蕭條時，中央政府只能為保證基本的福利承擔起更多的責任。它必須制訂精密的計劃應對嚴峻的局面，它必須對民眾的活動實施更大的控制，如果惡化的經濟狀況造成政治動盪或公然叛亂的話（這是非常可能出現的情況），中央政府必須進行干涉以維持公共秩序和自己的權威。從而，權力越來越集中於行政人員與官僚階層的手中。但權力的本質就是：即使是那些並沒有主動追求權力而是被迫接受權力的人也會渴望得到更多的權力。「不叫我們遇見試探」，我們祈禱——我們有充份的理由這麼做，因為當人類面對的誘惑的魅力太強大或時間太久時，他們總是會屈服。民主憲政是防止統治者屈服於權力的危險誘惑的手段。在英國或美國，這個體制運作得很好，因為它們有尊重憲法程序的傳統。而在共和精神或限制君權的傳統薄弱的國家，即使是最完善的憲法也無法阻止野心勃勃的政客心醉神迷地屈服於權力的誘惑。在任何國家，當人口的數量對可利用的資源帶來沉重的壓力時，這些誘惑必定會出現。人口過剩導致經濟蕭條和社會動盪。而動盪和蕭條又會導致中央政府實施更多的管制和強化他們的權力。如果沒有憲政傳統，權力的加強或許將以獨裁專制的形式出現。由於人口過多導致動盪致使獨裁勢力崛起幾乎是不可避免的事情。我敢打賭，再過二十年，全世界的人口過剩的不發達國家將會陷入極權主義統治之下。

這一發展會如何影響人口過多但高度工業化的歐洲民主國家呢？如果那些新成立的獨裁國家對它們抱以仇視的態度，如果從不發達國家運往發達國家的正常的原材料輸送被故意切斷的話，西方國家將會發現自己的處境非常不妙。它們的工業體系將陷於崩潰，迄今為止一直令它們能夠支撐原本單靠本地資源無法維繫的龐大人口的高度發達的技術，將無法再保護它們避免地狹人多的種種後果。如果這種事情發生的話，由於情況危急而賦予中央政府的巨大權力或許將以極權獨裁的方式去行使。

目前美國的人口並不算太多，但是，如果它的人口按照現在的速度（這個速度要比印度的增長更高一些，但幸運的是，要比墨西哥或危地馬拉的速度低得多）繼續保持增長的話，人口數量與可用資源的關係問題或許到了二十一世紀初就會帶來麻煩。當前人口過剩並不會直接威脅美國人的個體自由。但是，它一直會是只有一步之遙的間接的威脅。如果人口過剩使得不發達國家陷入極權主義，如果這些新的獨裁國家與俄國結盟，那麼美國的軍事地位將不會那麼牢固，它必須加強國防和打擊報復能力。但我們所認識的自由是無法在一個總是處於戰爭狀態或接近戰爭狀態的國家興盛發展的。危機一日不解除，中央政府的各個機構就將牢牢控制着每一個人和每一件事，而危機將成為未來世界的常態，在未來世界裏，人口過多將導致獨裁成為幾乎不可避免的事實。

註釋：

[1] 一九五七年十月四日，蘇聯發送人類第一顆人造衛星「旅行者」號（the Sputnik），拉開美蘇太空競爭的序幕。

第二章 數量、質量、道德

在《美麗新世界》裏，我所幻想的優生學和劣生學得以系統實現。在一組瓶子裏裝着生理質量優秀的卵子，由生理質量優秀的精子進行受精，得到最好的產前處理，最後通過試管培育出貝塔、阿爾法甚至優等阿爾法。在另一組數量多得多的瓶子裏，生理質量低劣的卵子由生理質量低劣的精子受精，然後接受波卡諾夫斯基流程處理（由一個卵子培養出九十六個一模一樣的多胞胎），並在產前再用酒精和其他蛋白質毒素加以處理。這些通過試管培育出來的生物幾乎算不上是人，但他們能夠進行非技術性的工作，經過適當的培育，自由頻繁地與異性交往以放鬆身心，沉溺於免費的娛樂消遣，並通過每日服用蘇摩對良好的行為模式加以強化，不會為他們的上司領導製造麻煩。

在二十世紀的後半階段，我們並沒有對生育進行系統性的處理，但由於我們的生育沒有節制，我們不僅使得地球人口過剩，而且似乎這個數目龐大的人口的生理素質還變差了。在糟糕的舊時代，有明顯遺傳性缺陷的孩子或只是略有遺傳性缺陷的孩子很難活下來。而如今，由於衛生、現代醫學和社會良知的進步，大部份有遺傳缺陷的孩子都能長大成人，而且繁衍自己的後代。在如今的普遍條件下，醫學上每一次進步都會被某些有基因缺陷的個體的生存率的提高抵消掉。儘管有了新的靈丹妙藥和更合理的措施（事實上，從某種意義上說，正是因為這些），人口的整體健康狀況將不會得到改善，甚至可能惡化。而伴隨這一情況，人口的平均智力水平或許也會下降。事實上，某些權威人士相信這種情況已經出現，而且正在繼續。「在軟弱而無序的情況下，」威廉·赫伯特·謝爾頓[1]博士寫道，「我們最好的人種將會被方方面面都不如他們的劣等的人種所淹沒……在一些學術圈子裏，向學生們保證對於出生率差異的擔心毫無根據成為一種風尚，說這些問題只是經濟上的問題，或只是教育上的問題，或只是宗教上的問題，或只是文化上的問題，或某個方面的問題。這是盲目的樂觀主義。生育不良是最基本的生物問題。」他還補充說：「沒有人知道這個國家（美國）的平均智力水平自從一九一六年特曼[2]嘗試標準化IQ100的意義以來到底下降了多少。」

在一個人口過多的不發達的國家，當五分之四的人口每天的熱量攝入不到兩千卡路里，只有五分之一的人口能夠吃得上飽飯時，能夠自發實現民主嗎？如果民主制度由外部確立或自上而下推行，它能夠維持下去嗎？

現在，讓我們思考一下富裕的工業化的民主社會的情況，在劣生學隨機而有效的作用下，智力水平和身體機能正在下降。這麼一個社會能維持它的個體自由和民主政府的傳統多久呢？再過五十年或一百年，我們的兒孫輩將會知道這個問題的答案。

與此同時，我們發現自己面臨一個最令人不安的道德問題。我們知道對高尚目標的追求並不表示能動用卑劣的手段，但那些如今經常發生的由於好的手段而導致糟糕的結果的情況又如何呢？

比方説，我們來到一個熱帶島嶼，在滴滴涕的幫助下，我們消滅了瘧疾，在兩三年內，拯救了數十萬人的生命。這顯然是好事。但這數十萬被救活的人，以及他們繁衍出的數以百萬計的後代，沒有衣服穿，沒有房子住，無法接受教育，甚至將島上可供利用的資源全部消耗殆盡。瘧疾造成的早夭被消滅了，但營養不良和過度擁擠使得悲慘的生活成為常態，飢餓造成的早亡對更多的人口造成了威脅。

那些先天不足的人又怎麼樣呢？我們的醫藥和社會服務保全了他們的性命，讓他們得以繁衍自己的後代。幫助不幸的人顯然是好事。但不良變異的結果正成批量地遺傳給我們的後代，一點一滴地污染我們這個物種賴以繁衍後代的基因庫，顯然也是很糟糕的事情。我們陷入了倫理上的兩難境地，必須傾注所有的智慧和善意，才能找到一條中庸之道。

註釋：

[1] 威廉·赫伯特·謝爾頓（William Herbert Sheldon, 1898-1977），美國心理學家，體質心理學創始人。

[2] 路易斯·麥迪遜·特曼（Lewis Madison Terman, 1877-1956），美國心理學家，教育心理學先驅，曾對智力水平測試進行改良。

第三章 過度組織化

正如我所指出的，通往《美麗新世界》的噩夢最寬敞便捷的道路，就是人口過多和人口數量的加速增長——今天是二十八億，到世紀之交將會是五十五億，大部份人口只能在無政府狀態和極權主義控制之間作出選擇。但人口增加對可供利用的資源所造成的日益沉重的壓力並不是將我們往極權主義方向推進的唯一的力量。威脅自由的生物學意義上的盲目敵人正與我們最引以為豪的技術進步所帶來的強大力量結盟。或許應該補充的是，我們確實有理由感到自豪，因為這些進步是天才與不懈的勤奮努力、邏輯、想像與克己奉獻的成果——一言以蔽之，是道德與智慧的結晶，你只會感到景仰與崇拜。但是，大自然的規律是，在這個世界上，凡事必有其代價。要享受到這些神奇美好的進步也要付出代價。事實上，那就像去年買的洗衣機，現在仍得為它們付錢——而且每一期的分期付款要比上一期的價格更高昂。許多歷史學家、社會學家和心理學家已經懷着深切的擔憂探討了西方文明為技術進步已經付出並將繼續付出的代價。譬如說，他們指出民主幾乎不可能在政治權力與經濟權力逐步集中與集權的社會裏蓬勃發展。但技術的進步已經並且仍在繼續導致這種權力的集中與集權。隨着大規模生產的機器的效率越來越高，它將會變得愈發複雜昂貴——而資源有限的企業家將越來越無力承擔。而且，大規模生產離不開大規模的分銷，但大規模的分銷所提出的問題只有大規模的製造商才能滿意地解決。在一個大規模生產與大規模分銷的世界裏，資金有限的小人物處於非常不利的處境。在與巨人的競爭中，他會賠光老本，最後，作為一個獨立的製造商，巨人會將他一口囫圇吞掉。隨着小人物的消失，越來越多的經濟權力被越來越少的人掌握。在獨裁體制下，技術進步造就了大型商業，進而消滅小型商業，並由政府掌控——也就是說，由一小撮黨的領袖和執行命令的士兵、警察和公務員控制。在資本主義民主國家，例如美國，是由查爾斯·賴特·米爾斯[1]教授所說的「權力精英」。這些權力精英直接僱傭着美國工廠、辦公室和商店裏的幾百萬勞動力，通過向數千萬人貸款去購買他們的產品間接控制着他們，並且通過掌握大眾通訊傳媒，影響着基本上每個人的思想、情感和行為。套用溫斯頓·邱吉爾的話說：「從未有如此之多的人被如此之少的人如此程度地實施操控。」事實上，我們距離傑弗遜理想中的由不同層次的自治體——「村莊的初級共和、郡縣共和、各州共和與美利堅合眾國，構成權力漸進的政體」——所組成的真正的自由社會仍很遙遠。

於是，我們看到現代技術已經導致經濟權力和政治權力的集中，並形成了由大型商業和龐大政府所控制的社會（在極權主義國家是殘酷無情的統治，而在民主國家則相對溫和與難以察覺）。但社會是由個體構成的，只有能夠幫助個體實現潛能和過上快樂而有創造性的生活的社會才是好的社會。近幾年來的技術進步如何對個體產生影響呢？下面是哲學家—精神病學家埃里希．塞利格曼．弗羅姆[2]博士對這個問題的回答：

> 我們的當代西方社會雖然在物質、思想和政治層面取得了進步，正變得越來越不利於精神健康，而且會戕害個體內心的安全感、幸福感、理性思考和愛的能力。它會將他變成一台自動機器，由於人性的缺陷，人們的精神疾病日益嚴重，在瘋狂的工作和追求所謂的快樂的背後隱藏着絕望。

我們「日益嚴重的精神疾病」或許將以神經官能症的症狀作為表徵。這些症狀很明顯，而且非常令人不安。但「我們要當心，」弗羅姆博士說，「不要將精神健全等同於防止症狀的出現。這些症狀並不是我們的敵人，而是我們的朋友。有症狀就表明有衝突，而衝突總是意味着渴望完整與快樂的生命的力量仍在抗爭。」真正無藥可救的精神病患者是那些看上去很正常的人。「他們許多人很正常是因為他們非常適應我們的生存模式，因為他們從早年就失去了發出人性吶喊的聲音，他們甚至不會去掙扎，或承受苦難，或像精神病患者那樣表現出症狀。」他們不是絕對意義上的正常人，他們只是一個極度不正常的社會裏的正常人。他們完美地適應了這個不正常的社會，這就是衡量他們的精神疾病嚴重程度的尺度。這數百萬不正常的正常人乖乖地生活在社會裏，而如果他們是完整意義上的人，他們不應該會適應，仍會珍惜「個體性的幻想」。但事實上，他們已經在很大程度上非個體化了。他們的順從方式是他們形成了「一致性」。但「『一致性』與自由是不相容的，一致性與精神健康也是不相容的……人不應該被塑造成一台自動機器，如果他成為了一台自動機器，精神健康的基礎就被摧毀了」。

在進化的過程中，大自然不厭其煩地讓每一個個體各不相同。我們通過將父親的基因和母親的基因相結合的方式繁衍後代，這些遺傳因素能夠以幾乎是無數種方式進行結合。因此，我們每個人在身體上和精神上都是獨一無二的。任何文化，為了效率或遵奉某個政治的理念或宗教的教條為名，都會試圖將個人標準化，做出有違生物本能的暴行。

科學或許可以被定義為「將多樣性歸納為統一性」。它的宗旨是通過忽略個別事件的獨特性，專注於事件之間的共性，總結出某個能夠被理解和有效處理的「法則」，去解釋大自然無窮無盡的紛繁複雜的現象。譬如說，蘋果從樹上掉下來，月亮橫跨天空。自古以來人們就一直觀察到這些事實。和格特魯德．斯泰因[3]一樣，他們相信蘋果就是蘋果，而月亮就是月亮，二者風馬牛不相及。只有艾薩克．牛頓才察覺到這些風馬牛不相及的現象其實有共同之處，並歸納出萬有引力理論，讓蘋果的運動、天體運動和宇宙中的一切現象的某個方面都可以通過這個單獨的思想體系進行解釋和處理。藝術家以同樣的信念將外部世界的數不勝數的多樣性與獨特性與他自己的想像力相結合，在一個雕塑的、文學的、音樂的、有序的體系裏賦予它們意義。從混沌中確立秩序，在不協調中構建和諧，從多樣性中歸納出統一性的願望是一種思想本能，是精神的基本衝動。在科學、藝術和哲學的王國內，我所說的「渴望秩序的意志」的作用大體上是好事。確實，渴望秩序的意志製造了許多基於不充份證據的不成熟的假想、荒謬的形而上學和神學思想，以及許多迂腐的關於現實的錯誤觀念和對直接體驗的符號化與抽象化。但是，無論這些錯誤多麼令人遺憾，它們並沒有造成太大的破壞，至少不是直接的破壞——但是，有時候一個錯誤的哲學體系或許會造成間接性的破壞，被用來為愚昧和慘無人道的行為進行辯護。在社會範疇和政治經濟的範疇裏，渴望秩序的意志造成了真正的危險。

在這裏，將無法理解的多樣性在理論上歸納為可以理解的統一性，意味着在實踐中將人性化的多樣性歸結為非人性化的一致性，將自由變為奴役。在政治世界裏，最完善的科學理論或哲學體系相對應的事物就是極權主義獨裁體制。在經濟世界裏，與美妙的藝術品相對應的事物就是工人們完美地與機器相結合的運作順暢的工廠。渴望秩序的意志能將那些只是希望消除混沌的人變成暴君，而秩序之美則被用來為專制主義開脫。

組織是不可或缺的，因為只有在一個由自由合作的個體組成的實行自我管理的社區裏，自由才能存在和擁有意義。但是，儘管不可或缺，組織也可能是致命的。過度的組織會將男人和女人變成自動機器，扼殺創新精神和毀滅自由存在的可能。和以往一樣，唯一的安全途徑是在自由放任和完全控制這兩個極端之間找到一條中庸之道。

過去一個世紀來，技術的持續進步一直伴隨着組織程度的相應提高。精密的機械必須有複雜的社會結構相匹配，按照設計，它們將像新的生產手段那樣順利高效地運作。為了適應這些組織，個體就必須消除自己的個體特徵，必須否定自己天生的多樣性，並順從於一個標準化的模式，努力成為一台自動機器。

過度組織化的非人性化的作用強化了人口過多的戕害人性的作用。隨着工業的擴張，越來越多的人口被吸引到大城市，但大城市的生活並不利於精神健康（據説精神分裂症發生頻率最高的地方就是人口密集的工業貧民窟），也無助於培育在自治小群體中負責任的自由，而它是真正的民主體制的前提條件。城市生活是匿名性的，也是抽象的。人們彼此之間的關係不是基於完整的人格，而是經濟功能的體現，當他們不工作時，就只是不負責任的貪圖享樂的人。過着這樣的生活，個體會感覺到孤單和無足輕重。他們的存在失去了任何意義。

在生物學的意義上，人有一定的群居性，但不是徹底的社會性動物——他更像是一頭狼或一頭大象，而不是一隻蜜蜂或一隻螞蟻。原始形態的人類社會根本不像螞蟻穴或白蟻窩，他們只是組成了族群而已。做一個簡單的類比，文明是從原始的族群轉變到社會性昆蟲式的有機體的過程。當前人口過多的壓力和技術變革正在加速這一進程。白蟻窩似乎可以實現了，甚至在某些人的眼裏，它就是美好的理想。無消說，這個理想是永遠無法實現的。在社會性的昆蟲與群居性並不是特別強的頭腦發達的哺乳動物之間橫亙着巨大的鴻溝，即使那頭哺乳動物盡自己的最大努力去模仿那隻昆蟲，鴻溝依然存在。無論他們多麼努力地進行嘗試，人類都無法構建出社會性的有機體，他們只能創造出一個組織。在嘗試構建有機體的過程中，他們只是創造出了極權主義體制。

《美麗新世界》描繪了一個奇妙而又有點低俗下流的社會圖景，在那裏，將人類塑造得如同白蟻一般的嘗試幾乎達到了極致。顯然，我們正被推往《美麗新世界》的方向。但同樣明顯的事實還有，如果我們真心渴望的話，我們能夠拒絕與正在推動我們的盲目的力量合作。但是，抵制的願望目前似乎並不是非常強烈或廣泛。正如威廉·懷特[4]先生在他那本傑出的作品《組織人》裏所指出的，一種新的社會倫理正在取代我們以人為本的傳統倫理。社會倫理的關鍵詞是「調整」、「適應」、「以社會為依歸的行為」、「歸屬感」、「社交技能的掌握」、「團隊合作」、「集體生活」、「集體忠誠」、「集體驅動力」、「集體思考」、「集體創造力」等。它的基本設想是作為整體的社會要比個人擁有更大的價值和意義，與生俱來的生物意義的差異應該讓位於文化意義的一致性，集體的權利優先於十八世紀所倡導的人權。根據社會倫理的看法，耶穌認為安息日是為人類創造的，這個想法是徹底錯誤的。恰恰相反，人類是為了安息日而創造的，他必須犧牲自己與生俱來的個人特徵，偽裝成集體活動的組織者心目中標準化的合乎理想的會交際的人。合乎理想的人會展現出「合群活躍」（多麼美妙的字眼！）和對集體擁有高度忠誠，總是樂意服從命令，有歸屬感。合乎理想的人必須有合乎理想的妻子，非常合群，有極強的適應力，不僅接受她的丈夫首先要忠於企業這個事實，而且自己也非常忠誠。就像彌爾頓對亞當與夏娃的評論：「他只為了上帝而生存，而為了上帝，她在他的身體中。」在一個重要的方面，合乎理想的組織人的妻子要比我們的第一位母親糟糕得多。她與亞當得到主的允許可以放縱不羈地沉溺於「年輕的嬉戲」。

我不願意，

讓亞當離開他那肌膚勝雪的伴侶，讓夏娃背離儀式，

讓美妙的夫妻恩愛，遭到拒絕。

今天，根據《哈佛商業評論》的一位作家所寫的，努力達到社會倫理所倡導的理想模範妻子「絕對不會要求佔有她的丈夫太多的時間和關注。因為他需要一心一意專注於工作，甚至他的性生活也必須降低到次要的地位」。僧侶們發誓要清貧、溫順和守貞。屬於組織的人可以發財致富，但必須承諾服從（「他毫無怨言地接受權威，崇拜他的領袖」——墨索里尼永遠是正確的），而且他必須做好準備，為了僱用他的組織更偉大的榮耀，甚至捨棄夫妻恩愛。

值得一提的是，在《一九八四》裏，黨員們被迫順從地接受比清教徒主義更嚴苛的性倫理。而另一方面，在《美麗新世界》裏，所有人都可以無拘無束地沉溺於性愛的衝動。奧威爾的寓言所描寫的社會是一個永遠處於戰爭狀態的社會，而它的統治者們行使權力的目的首先當然是為了自己的快樂，其次是讓他們的臣民長期處於戰爭所要求的緊張狀態。通過禁止性愛，領導者們得以讓他們的追隨者保持合乎要求的緊張情緒，與此同時，能夠以最令人陶醉的方式滿足他們的權力慾望。《美麗新世界》所描述的社會是一個世界統一的國家，戰爭已經被消除，統治者的首要目標是不惜一切代價讓被統治者不製造麻煩。這一點他們通過合法化一定程度的性自由（通過廢除家庭）以及其他手段，基本上保證生活在美麗新世界裏的人不會有任何形式的毀滅性（或創造性）的情感壓力。在《一九八四》裏，權力欲通過施加痛苦而得到滿足，而在《美麗新世界》裏，則是通過給予快樂，但同樣是對人的侮辱。

顯然，當前的社會倫理只不過是在為過度組織化的不良後果進行開脫。它代表了從不得已而為之的事情中尋求價值，將壞事變成好事的可悲的嘗試。它是一個非常不切實際因此極度危險的道德體系。社會整體的價值被認為要比它的組成部份的個體的價值更大，但它並不是一個像螞蟻穴或白蟻窩那樣的有機體。它只是一個組織，一台社會機器。它的價值只在於與生命和意識的關係。一個組織既沒有意識也沒有生命。它只有工具性和派生的價值。它本身並不美好，它的價值完全在於它如何能夠讓構成集體總和的個體獲益。讓組織優先於個人就是讓目標服從於手段，希特勒和斯大林已經清楚地展現了這一點。在他們殘暴的統治下，通過暴力和宣傳、系統性的恐怖和系統性的思想控制的綜合運用，使個人的目的服從於組織這個手段。在獨裁制度更有效率的明天，或許暴力行為不會像在希特勒和斯大林的統治下那麼多。未來的獨裁者的臣民將會沒有痛苦地被一幫經過高度培訓的社會工程師實施組織管理。「我們這個時代的社會工程的挑戰，」一位這門新科學的熱情的支持者寫道，「就像五十年前技術工程遇到的挑戰一樣。如果說二十世紀的前半葉是技術工程師的時代，後半葉或許將會是社會工程師的時代。」——而我猜想二十一世紀將會是世界主宰、科學等級體制和美麗新世界的時代。至於「監督者由誰監督」[5]這個問題——又會是誰來規劃工程師他們呢？——答案就是直白的否定，他們不需要任何監督。某些社會學博士似乎相信他們絕不會受到權力的侵蝕。就像加拉哈特騎士[6]，他們有以一當十的能力，因為他們的心靈是純潔的——而他們有純潔的心靈是因為他們是科學家，經過了六千個小時的社會學研究。

嗚呼，高等教育並不一定能保證更高尚的品格或更高明的政治智慧。除了倫理和心理層面的擔憂之外，還有純粹科學性的擔憂。我們能夠接受社會工程師們為他們操縱人類的做法所提供的依據和辯護的理論嗎？譬如說，埃爾頓．梅奧[7]教授向我們強調說：「人有強烈的願望想要和他的同伴們一起工作，即使那不是最強烈的人性的特徵。」我會說這顯然不是真相。有些人像梅奧那樣喜歡和人交往，但有些人並非如此。這是性格和遺傳的問題。任何基於「人類」（無論他們是誰）總是渴望與同伴交往的設想的社會組織，對於許多男男女女來說，就是普洛克路斯忒斯之床，要麼會被截肢，要麼會被拉長，才能適應這張床。

還有，許多當代的社會關係理論家對中世紀詩情畫意的描寫是多麼浪漫而誤導！「中世紀的人作為行業工會、莊園或村莊一員，受到它們的保護，得到一生的安寧。」我們會問，保護他們不受甚麼的傷害呢？肯定不是免受上層階級無情的欺壓。而伴隨着「安寧」，貫穿中世紀的始終，是長年的沮喪、鬱鬱寡歡和僵化的等級森嚴的不允許社會階層上下流動的體制，人們都被綁在土地上，幾乎沒有橫向流動的空間，對這個體制懷着強烈的憎恨。人口過剩和過度組織化的非人性化的力量，以及嘗試引導這些力量的社會工程師們正將我們往新的中世紀制度的方向推去。中世紀的復興會比《美麗新世界》中構想的制度設施，如嬰兒培育、睡眠教育和藥物刺激的歡愉更加容易接受，但對於大部份人來說，這仍然是一種奴役。

註釋：

[1] 查爾斯·賴特·米爾斯（Charles Wright Mills, 1916-1962），美國社會學家。

[2] 埃里希·塞利格曼·弗羅姆（Erich Seligmann Fromm, 1900-1980），德國社會心理學家，社會學家。

[3] 格特魯德·斯泰因（Gertrude Stein, 1874-1946），美國女作家、詩人。

[4] 威廉·懷特（William Whyte, 1917-1999），美國城市規劃專家、組織分析專家，代表作有《組織人》、《小型城市的社會生活》等。

[5] 原文是拉丁文：quis custodiet custodes?

[6] 加拉哈特騎士（Sir Galahad），是英國傳說中亞瑟王麾下的騎士之一。

[7] 喬治·埃爾頓·梅奥（George Elton Mayo, 1880-1949），澳大利亞心理學家、組織理論家。

第四章　民主社會中的宣傳

「歐洲的信條是，」傑弗遜寫道，「由人組成的團體一定會逾越秩序與公義的界限，只能由權威施加獨立於他們的意志之外的武力與道德才能維持秩序與公義……而我們（美國新民主體制的締造者）則相信人是理性的動物，生來便擁有天賦的權利和正義感，能約束自己不做壞事，將有節制的權力交託於他們自己選出的人手中，由他們保護自己的權利，並自願履行職責。」後弗洛伊德時代的人會覺得這番話精緻典雅，富於感染力。人類並不像十八世紀的樂觀主義者所想像的那麼理性和天生懷有正義感。另一方面，他們也不像二十世紀的悲觀主義者想讓我們相信的那麼道德敗壞或毫無理性可言。雖然有本我和無意識，雖然神經官能症與智商低下十分普遍，大部份人或許正派講理，能夠被信任，能夠去實現自己的命運。

民主制度是在尊重個體自由和主動性的基礎上協調社會的機制，並讓國家的統治者的直接權力臣服於被統治者的最高權力。事實上，在西歐和美國，總的來說，這些制度一直運作有效，證明十八世紀的樂觀主義者們並非錯得很離譜。人類很有可能管好自己，並更好地實施自治，但或許不會像被「獨立於他們的意志之外的權威」所統治那樣有如機器般高效。很有可能，我要重複一遍，因為「很有可能」是一個不可或缺的前提條件。沒有人能夠突然間從專制統治下的順從狀態過渡到完全陌生的政治獨立狀態，還能實現民主體制的運作。而且，經濟蕭條的人民很可能無法通過民主制度實現自我統治。自由主義只能在繁榮的環境裏才能夠蓬勃發展，而隨着經濟步入蕭條，政府必須進行更加頻繁而猛烈的干預，從而導致民主的式微。正如我説過的，人口過多和過度組織化是促使民主制度無法有效運作的兩個因素。於是，我們看到，在某些歷史條件、經濟條件、人口條件和技術條件的作用下，傑弗遜筆下天生擁有不可被剝奪的權力和懷有正義感的理性的動物將很難去發揮他們的理性，倡導他們的權利，並在民主社會裏做一個公正體面的人。我們西方人非常幸運，能夠擁有實施自治的偉大實驗的機會。不幸的是，最近的情況變化似乎表明這個彌足珍貴的機會正逐漸從我們手中被奪走。當然，這並不是真相的全部。個人自由和民主制度的敵人並不只是這些盲目的非人格化的力量。還有另外一些並不那麼抽象的力量，可能會被追求權力的個體有意使用以對同胞實施部份乃至全面的控制。五十年前，當我還是一個孩子時，糟糕的舊時代似乎已經過去了，折磨、屠殺、奴役、迫害異端已經成為了過去時，這似乎是不言自明的道理。對於那些戴着高禮帽，乘火車出行，每天早上洗澡的人來說，這些事情已經不是問題了。畢竟，我們已經生活在二十世紀。幾年後，這些每天洗澡、星期天戴着高禮帽去教堂的人就犯下了愚昧的非洲人和亞洲人做夢都想不到的罪行。以近代史為參照，以為這種事情不會再次發生是愚蠢的。無疑，它能夠，而且將會再度發生。但在不久的未來，有理由相信《一九八四》裏的那些懲罰手段會讓位於《美麗新世界》裏的強化和操縱手段。

宣傳可以分為兩種——理性的宣傳號召與發言人和聽眾的正當的自我利益一致的行為，但非理性的宣傳並不與正當的自我利益一致，而是訴諸激情，並由激情主宰。就個人的行動而言，有的動機比正當的自我利益更加高尚，但是，在政治與經濟領域，當必須採取集體行動時，正當的自我利益或許是最有效的動機。如果政治家和他們的選民的行動總是在倡導實現自己或國家的長期利益，這個世界將會成為人間樂園。而實際的情況是，他們的行動總是有悖自己的正當利益，只是為了滿足最不體面的激情。結果，這個世界就成為了悲慘之地。號召與正當的自我利益一致的行為的宣傳訴諸理性，通過基於當前所能獲得的完整而忠實的證據進行合乎邏輯的辯論。而號召由卑劣的自我利益所驅動的行動的宣傳提出的是斷章取義的虛假的證據，迴避符合邏輯的辯論，試圖通過簡單地重複口號，氣急敗壞地斥責國外或國內的替罪羊，狡猾地將最卑劣的激情與最崇高的理想勾兑了去影響受騙者。因此，暴行以上帝為名義被奉為不朽的功績，最自私卑劣的現實政治被奉為宗教準則和愛國責任。

用約翰·杜威[1]的話說：「重塑對普遍人性本質的信仰，對人性的潛能的信仰，對人性以及對理性與真理作出回應的力量的信仰，是比展現物質成功或虔誠地崇拜某種特別的法律和政治形式更可靠的對抗極權主義的壁壘。」我們都擁有回應理性和真相的能力，但不幸的是，我們也有回應非理性和虛偽的傾向——特別是在虛偽能喚醒愉悅的情感，或利用非理性勾起我們內心深處的原始的非人性的回應的情況下。在某些領域，人類學會了堅持理性和真理。學術文章的作者不會去喚起同行的科學家和技術人員的激情。他們根據自己所了解的所有知識去詮釋某一方面的真理，理性地解釋他們觀察到的事實，而且通過與別人進行理性的辯論去支持自己的觀點。所有這些在物理科學和技術的領域很容易實現，但在政治、宗教、倫理的領域則很困難。在這些領域，我們總是無法把握相關事實。至於事實的含義，那當然取決於你選擇哪一個思想體系進行詮釋。理性的找尋真相的人所遇到的困難並不只是這些。在公眾生活和私人生活層面，總是發生的情況是，沒有時間去收集相關的事實或權衡它們的意義輕重。我們只能被迫在證據並不充份和不如邏輯那麼可靠的感覺的指引下行事。懷着最好的善意，我們不能總是完全符合真相或一直保持理性。我們能夠去做的，就是在情況允許之下，盡可能符合真相和保持理性，並盡我們的能力對別人提供給我們的有限的真相和不完美的推理作出回應。

「沒有哪一個愚昧的國家能夠保持自由，」傑弗遜說道，「過去如是，將來亦如是⋯⋯沒有信息人民就沒有安全。在媒體自由的地方，每個人都有識字能力，所有人都會平安無事。」同一時期，在大西洋對面，另一個理性的熱情信徒有着幾乎相同的想法。約翰·斯圖爾特·穆勒[2]在寫到他的父親──實用主義哲學家詹姆斯·穆勒[3]時曾道：「他完全依賴於理性對人類思想的影響，如果所有人都能夠理性行事，所有人都會受益。如果每個人都有識字能力，如果所有的意見都能通過言語或文章進行討論，如果他們能夠得到選舉立法機構去反映他們的意見的權力。」所有人都會安全，所有人都會受益！我們再一次聽到了十八世紀樂觀主義的宣言。確實，傑弗遜是一個現實主義者，也是一個樂觀主義者。慘痛的經歷讓他知道出版自由會被卑鄙地濫用。他宣稱：「報紙上看到的內容沒有甚麼能被相信。」但是，他堅持認為（我們只能認同他）：「在真理的範圍內，媒體是一個高貴的制度，而且是科學和公民自由的朋友。」簡而言之，大眾傳媒沒有好壞之分，它只是一股力量，而就像任何力量一樣，它可以造福也可以作惡。使用得當的話，媒體、電台和影院是民主的存在必不可少的條件。使用不當的話，它們將成為獨裁者最強大的武器。和其他領域的企業一樣，在大眾傳媒領域，技術進步已經傷害了小人物和扶助了大人物。就在五十年前，每一個民主國家會為擁有許多小型雜誌和本地報紙而感到自豪。數千位編輯表達出數千個獨立的想法，幾乎任何人都可以通過某種方式刊印任何內容。今天媒體在很大程度上仍是自由的，但大部份小報已經消失了。木漿、現代印刷機器和新聞報業集團對於小人物來說代價太高了。在推行極權主義的東方，那裏有政治審查制度，大眾傳媒被國家控制。在奉行民主的西方，那裏有經濟審查制度，大眾媒體由權力精英階層的成員控制。由不斷增加的成本和傳媒力量集中於幾個大公司的手中所造成的內容審查制度並不像國家所有制和政府宣傳那麼糟糕，但它肯定不是傑弗遜等民主人士會贊同的東西。

全民識字和自由出版的早期支持者只想到了宣傳工作的兩個可能性：宣傳或許

是真實的，也有可能是虛假的。他們沒有預見到在所有西方資本主義民主國家都會發生的事情——龐大的大眾傳媒行業的發展，關心的並不是內容的真與假，而是不切實際的根本無關緊要的內容。一言以蔽之，他們沒有預見到人類對於消遣的幾乎欲壑難填的渴求。

過去絕大多數的人從來沒有機會完全滿足這個慾望。他們或許渴望消遣，但他們沒有得到消遣。聖誕節每年只有一次，盛宴「神聖而稀罕」，識字的人不多，而可供閱讀的內容也很少，去附近看場演出只能去教區的教堂，雖然有很多場表演，但內容很單調乏味。要說有甚麼可以和現在盛行的情況相比較的，我們必須回到古羅馬帝制時期，那時候古羅馬人可以頻繁地免費享受到各種娛樂形式——從詩劇到角鬥士搏鬥，從維吉爾的朗誦到無規則拳擊，從音樂會到閱兵儀式和公開處決，以保持快樂的心情。但即使在古羅馬也不像今天那樣有報紙、雜誌、電台、電視和電影所提供的無休止的消遣。在《美麗新世界》裏，無休止的極其美妙的娛樂（感官電影、狂歡儀式、離心力碰碰球等）被作為政策工具加以利用，目的是不讓人們去關心社會現實和政治局勢。宗教的彼岸世界與娛樂的彼岸世界不一樣，但它們關鍵性的相似之處在於「與這個世界無關」。二者都是消遣，如果一直沉溺其中的話，二者都會成為——用馬克思的話説——「麻醉人民的鴉片」和自由的威脅。只有警醒的人才能夠維護他們的自由，只有那些一直理智地活在當下的人才能有望通過民主制度實現自我治理。一個社會的絕大多數成員如果大部份時間不是活在當下和可預測的未來，而是生活在虛無飄渺的運動、肥皂劇、神話構建的奇幻迷離的世界裏時，將很難抵擋想要操縱控制他們的人一步步的侵蝕。

今天的獨裁者在宣傳中主要依靠重複、鎮壓和文過飾非——重複他們希望被當成真理接受的口號，鎮壓他們希望忽略的事實，激情的喚醒與合理化或許會為了黨派或政府的利益而被利用。隨着操縱的藝術和科學得到更深入的了解，無疑，未來的獨裁者將學會將這些技術與無休止的消遣結合在一起。在西方，它們正構成威脅，將維護個體自由和民主制度的理性宣傳淹沒在無關緊要的瑣事的海洋中。

註釋：

[1] 約翰·杜威（John Dewey, 1859-1952），美國哲學家、心理學家、教育家。

[2] 約翰·斯圖爾特·穆勒（John Stuart Mill, 1806-1873），英國哲學家、經濟學家。

[3] 詹姆斯·穆勒（James Mill, 1773-1836），英國哲學家、歷史學家、經濟學家。

第五章　獨裁體制下的政治宣傳

希特勒的軍備部長阿爾伯特·斯皮爾[1]在二戰結束後接受審判時，發表了一則長篇演講，非常準確地描述了納粹暴政，並分析了它的手段。他說道：「希特勒的獨裁體制與歷史上之前的獨裁體制在本質上是不同的。它是第一個對自己的國家全方位實施現代技術手段的獨裁體制。通過諸如電台和高音喇叭等技術手段，八千萬人被剝奪了獨立思考的權利，從而讓他們臣服於一個人的意志……早期的獨裁者需要有能人的協助，甚至在最基層也是如此——而這些人是能夠獨立思考和行動的人。如今現代技術高度發達，極權主義體制在現代通訊技術的幫助下已經不再需要這些人，基層領導有可能被機器代替，結果就是出現了新型的對命令絲毫不加批判的接受者。」

在我的預言性政治寓言作品《美麗新世界》裏，技術的發展遠遠超越了希特勒時代的成就，結果就是，接受命令的人比起納粹分子更加缺乏批判能力，對發號施令的精英階層更加俯首帖耳。而且，他們被進行了基因標準化的改造，再經過產後培育，然後去執行作為下屬的職能，幾乎就像機器一樣可靠。在下一章裏，我們將會看到，這種對「基層領導」的培養已經在獨裁體制裏進行。俄國人不僅依賴先進技術的間接影響，他們正致力於直接改造基層領導的身心機制，讓他們全身心接受殘暴而且在各個方面極其高效的培育。斯皮爾説：「許多人做着同一個噩夢，擔心有一天國家會以技術手段實施統治。這個噩夢在希特勒的極權體制下幾乎實現了。」是幾乎，但並沒有真的完全實現。納粹分子沒有時間——或許沒有智慧和必要的知識——去對他們的基層領導進行洗腦和改造。或許這正是他們之所以失敗的原因之一。繼希特勒之後，新的獨裁者可供使用的技術手段已經大大豐富了。除了電台、高音喇叭、移動電影院和輪轉印刷機之外，當代的宣傳工作者還可以利用電視去播放僱主的圖像和聲音，並用捲軸磁帶記錄下來。由於技術進步，老大哥現在幾乎可以像上帝一樣無處不在，新的獨裁者增強的手段並不只是局限於技術層面。從希特勒的時代開始，應用心理學和神經學等領域已經開展了大量的研究工作，這些領域是宣傳工作者、灌輸者和洗腦者們特別關心的領域。那些精於改變別人思想之道並且信奉經驗主義的專家人士通過試錯法，歸納出了幾個行之有效的方法和流程，但並不知道為甚麼它們會有成效。而如今，控制思想的藝術正逐漸成為一門科學。這門科學的踐行者知道他們在做甚麼和為甚麼要這麼做。他們的研究工作以基於大規模實驗證明的理論和假想為指導。在這些新的知識以及這些知識所指導的新的技術手段的幫助下，在希特勒的極權體制下未能實現的噩夢或許將很快得以完全實現。

但在我們探討這些新的知識和技術手段之前，讓我們先看一看在納粹德國幾乎就要實現的噩夢。希特勒和戈貝爾們使用了甚麼手段去「剝奪八千萬人的獨立思考的權利，並讓他們臣服於一個人的意志」呢？這些可怕而成功的手段是基於人性的甚麼理論呢？這些問題的答案的大部份內容可以從希特勒自己的話裏找到。它們是多麼清晰而狡猾的言語啊！當他就宏大而抽象的命題如人種、歷史和上帝的意旨進行創作時，他所寫的內容真是不堪卒讀。但當他寫到德國群眾和他用來統治和引導他們的手段時，他的風格就改變了。不知所云變成了意義充實，空喊高調變得不動聲色、憤世嫉俗而且清晰明朗。希特勒的哲學著作要麼是在白日做夢或覆述着別人的半生不熟的理念，而當他就群眾與宣傳發表意見時，他所寫的內容是他了解的第一手經驗。用最好的希特勒傳記作家艾倫．布洛克[2]先生的話說：「希特勒是歷史上最出色的煽動家。」有些人會補充說：「只是一個煽動家而已。」但他們並沒有理解群眾政治時代權力政治的本質。正如希特勒本人所說的：「要成為領袖就必須有打動群眾的本事。」他的目標首先是打動群眾，然後使他們脫離傳統的忠誠和道德，將他們強行納入（在大多數人處於催眠狀態的認同下）由他親手設計的新的極權統治秩序。赫爾曼·勞施寧[3]在一九三九年寫道：「希特勒對天主教會與耶穌會懷着深深的敬意，不是因為他們所奉行的基督教的教義，而是因為他們所控制的精密的『機器』，他們等級森嚴的體制，他們極其聰明的策略和手段，以及他們對人性本質的洞察和他們在統治信徒時對人性弱點的巧妙利用。」沒有基督教義的教會主義和修道院式的統治，不是為了上帝或實現個人救贖，而是為了國家和由前身是煽動家的領袖的更加偉大的榮耀與權力——這就是群眾通過一系列行動被領往的目的地。

讓我們了解一下希特勒對群眾有甚麼樣的看法和他是如何打動他們的。他奉行的第一條準則是價值判斷：群眾是卑微可鄙的，他們無法進行抽象思考，而且對自己的小圈子之外的事情根本不感興趣。他們的行為不是由知識和理性決定，而是由情感和無意識的驅動力決定。這些驅動力和情感正是「他們正面的以及負面的態度的根源」。要成為一位成功的宣傳工作者就必須學會操控和擺佈這些本能和情感。「引發最大規模革命的驅動力從來不是說服了群眾的科學的教誨，而總是鼓舞他們的忠誠和促使他們採取行動的某種歇斯底里的情緒。任何希望獲得群眾支持的人都必須掌控打開他們的心扉的鑰匙……」用後弗洛伊德時代的術語就是開啓他們的無意識。

希特勒對中下層階級成員的吸引力最大，他們被一九二三年的通貨膨脹摧毀了，接着在一九二九年和之後那幾年的大蕭條中再被摧毀了一遍。他所說的「群眾」是那數百萬一直困惑、沮喪和憂心忡忡的人。為了他們更像烏合之眾，更加趨同和泯滅人性，他在大會堂和體育場舉行規模達數千人乃至數萬人的集會，在這些地方，個人喪失了身份，甚至基本的人性，與人群融為一體。一個男人或女人通過兩種方式與社會直接接觸：作為家庭群體、職業群體或宗教群體的成員，或烏合之眾的成員。群體能夠像它的成員那樣保持道德和理性，而烏合之眾則混亂不堪，沒有自己的目的，根本無法進行理智的行動和務實的思考。置身於烏合之眾中，人們會失去理性思考和作出符合道德抉擇的能力。他們的暗示感受性被增強到失去了自己的判斷力和意志的程度，他們變得非常容易興奮，失去了所有個體或集體的責任感，突然間會感到暴怒、興奮和恐慌。簡而言之，一個置身於烏合之眾中的人的行為就像吞下了大劑量的強力興奮劑。他們是我稱之為「畜群中毒」症狀的受害者，就像酒精一樣，畜群毒害是一種烈性的外向性的毒藥。畜群中毒的個體逃避責任、思想和道德，陷入一種恐慌狀態，像動物一樣失去了思考能力。

作為一名老練的煽動家，希特勒曾對畜群中毒的效果進行了研究，知道如何利用它們達到自己的目的。他發現演講家能夠借助那些激起行動的「隱藏的力量」，比寫作更加有效。閱讀是一種個體性而不是集體性的行為。作家只對在正常清醒狀態下端坐的個體傾訴，而演說家的對象是由個體組成的群眾，他們已經服下了畜群毒藥，做好了準備。他們任憑演說家的處置，如果他能掌握這門手段，他就能隨心所欲地操縱他們。作為一位演說家，希特勒可謂是行家裏手。用他自己的話說，他能夠「如此貼近群眾，從他的聽眾的活生生的感情出發，說出恰到好處的話，直達他們的內心」。奧托·斯特拉瑟[4]形容他是「一台高音喇叭，宣揚整個國家最隱秘的慾望，最難以啓齒的本能、苦難和個人的厭惡」。早在美國的廣告業開始「動機研究」之前，希特勒就已經在系統性地探究和利用德國群眾的隱秘的恐懼、希冀、渴望、焦慮與沮喪。通過操縱「隱藏的力量」，廣告專家誘使我們去購買他們的產品——牙膏、香煙、政治候選人等。正是通過訴求於同樣的隱藏的力量——以及美國廣告業無法染指的其他太過於危險的力量——希特勒誘使德國群眾接受了一位元首、一種瘋狂的哲學和一場世界大戰。

知識分子與群眾的不同之處在於他們更傾向於理性，更關注事實。他們的批判性的思維習慣使得他們抗拒對群眾很有效果的宣傳內容。在烏合之眾中，「本能是至高無上的，由本能派生出信仰……健全的平民會本能地結合成社區」。當然，不言而喻，由一位領袖進行領導，「知識分子卻像庭院裏的母雞，三三兩兩，各自信步而行，你無法利用他們去創造歷史，也不能作為構成集體的一分子派上用場」。知識分子講求實證，會驚訝於邏輯的矛盾和謬誤。他們認為過度簡化是思想的原罪，不受宣傳人員慣用的口號、沒有根據的斷言和空泛的大而化之等手段的影響。「一切有效的宣傳，」希特勒寫道，「必須限制在幾則乾巴巴的必要的內容，然後再以幾道一成不變的公式進行表述。」這些一成不變的公式必須一直重複，因為「只有不斷地重複才能最終成功地將一個理念移植到群眾的記憶中」。哲學教導我們要去懷疑似乎不言自明的事物。而政治宣傳則教導我們要接受不言自明的事物，不去進行判斷或懷疑。煽動家的目的是讓整個社會都奉他為領袖。但是，正如伯特蘭·羅素所指出的：「沒有實證基礎的教條體系如經院哲學、馬克思主義和法西斯主義的優勢在於能在信徒的群體內產生極強的凝聚力。」因此，蠱惑人心的宣傳人員必須堅持教條主義。所有他的言論都是沒有根據的。他所描繪的世界圖景裏沒有灰色，一切要麼是邪惡猙獰的黑色，要麼是聖潔美好的白色。用希特勒的話説，宣傳工作者應該「對每一個必須解決的問題採取一以貫之的一面倒的態度」。他絕不能承認自己或許是錯的，或觀點不同的人有可能在部份程度上是正確的。他們不應該與對手進行辯論，而是應該對其進行抨擊，用音量壓倒他們，如果他們實在是太討厭，就把他們消滅。道德上有潔癖的知識分子或許會對這種事情感到震驚。但群眾總是相信「先聲奪人者是正確的」。

這些就是希特勒對群眾的看法。它是一個極其下流卑劣的看法。但它是一個錯誤的看法嗎？一棵樹因其果實而被認識，一個關於人性本質的理論所構思出的手段被證明如此恐怖而有效，一定蘊含了至少一定程度的真理。美德和智慧屬於彼此自由結合的小群體中的個體，而罪惡和愚昧也是。野心家會利用群眾的愚昧和罔顧道德，煽動被蒙蔽的他們採取行動，但愚昧和罔顧道德並不是作為個體的人的特徵，而是烏合之眾的特徵。沒有思想和罔顧道德並不是人性的特徵，它們是畜群中毒的症狀。世界上所有高層次的宗教都在為個人尋求救贖和啓蒙。天國存在於一個人的意志中，而不存在於烏合之眾的集體無意識中。基督應允我們：「有兩三個人奉我的名聚會，那裏就有我在他們中間。」他沒有說他會在數千個畜群中毒的人中間出現。在納粹的統治下，許許多多的人被迫花費許多時間排成密集的方隊從A點走到B點，然後回到A點。「讓整個人口進行遊行似乎是在毫無意義地浪費時間和精力，」赫爾曼．勞施寧補充道，「直到後來，我們才了解到它是另有深意的，是經過深思熟慮的對目的和手段的調適。遊行轉移了人們的思想，遊行扼殺了思想，遊行標誌着個體的終結。遊行是不可或缺的魔術棒，目的是讓人們習慣於機械的半儀式化的活動，直至它成為第二本能。」

從他的觀點和他所選擇的進行可怕工作的層次，希特勒對人性的判斷是完全正確的。我們將男人和女人看作個體，而不是烏合之眾或被嚴格控制的集體的成員，在我們看來，他似乎錯得很離譜。在我們這個時代，人口過剩和過度組織化日益嚴重，大眾傳媒的手段越來越有效，我們如何能夠保住誠實和重塑人類個體的價值呢？現在我們還能提出這個問題，或許還能得到答案，但再過一代人或許就無法得出答案了，在令人窒息的集體氣氛下，或許根本就不會有人去提出這個問題了。

註釋：

[1] 伯托爾德．康拉德．赫爾曼．阿爾伯特．斯皮爾（Berthold Konrad Hermann Albert Speer, 1905-1981），德國建築師，曾擔任納粹德國戰備部長一職。

[2] 艾倫．路易斯．查爾斯．布洛克（Alan Louis Charles Bullock, 1914-2004），英國歷史學家、傳記作家。

[3] 赫爾曼．勞施寧（Hermann Rauschning, 1887-1982），德國民主活動家，納粹主義的堅定反對者。

[4] 奧托．約翰．馬克西米安．斯特拉瑟（Otto Johann Maximilian Strasser, 1897-1974），德國政治家，德國納粹黨左翼派系領導人，二戰前與希特勒決裂，流亡海外，組織抵制納粹主義的運動。

第六章　販賣的藝術

民主的生存依賴於有許多人能夠在獲得充份信息的情況下作出現實的選擇。而獨裁體制則通過內容審查和歪曲事實維護自己的統治，不是訴諸理性思考或開明的自我利益，而是訴諸激情與偏見，訴諸希特勒所說的潛伏在每個人的無意識思想深處的強大的「隱藏的力量」。

在西方，民主原則被廣泛宣傳，許多能幹而且有良知的宣傳人員盡自己的最大努力為投票者提供充份的信息並以理性的辯論說服他們，希望借助這些信息讓他們作出務實的抉擇。所有這些都會造福社會。但不幸的是，西方民主國家的宣傳，尤其是美國，具有兩面性和人格分裂。編輯部總是由奉行民主的哲基爾醫生[1]所掌管——作為一位宣傳人員，他非常樂意證明約翰·杜威認為人性能回應真理和理性的意見是正確的。但這位值得尊敬的人只是控制了大眾傳媒這部機器的一部份。我們發現掌控廣告部門的人是反民主而且反理性的海德先生——更確切地說，是海德博士，因為海德先生現在擁有心理學博士學位和社會科學碩士學位了。事實上，如果每個人一直都無愧於約翰·杜威對人性的信念的話，這位海德博士會非常惱火。真相與理想是哲基爾的事情，而不是他的事情。海德是一位動機分析專家，他的任務是研究人性的弱點和缺陷，調查那些無意識的慾望和恐懼，而人的有意識的思想和外在的行為正是受到這些無意識的慾望和恐懼的影響。而他做這些事情，不是像道德家那樣希望讓人變得更美好，或像醫生那樣希望治病救人，只是為了尋找出為了老闆的經濟利益利用他們的無知和非理性的最佳方式。但有人或許會爭辯說：「資本主義已死，消費主義為王。」——而消費主義需要精通勸誘之道十八般武藝（包括更加陰險的手段）的專業銷售員。在自由企業體制下，商業宣傳是絕對不可或缺的，但不可或缺並不一定就是好事。經濟學領域裏的好事對於作為投票者乃至作為人類一分子的男男女女來說或許根本不是好事。道德感更加強烈的老一輩或許會為動機分析師赤裸裸的玩世不恭的思想感到震驚。而今天，當我們讀到像范斯·帕卡德[2]先生的《隱藏的說服者》這麼一本書的時候，我們會覺得內容很有趣而不會覺得恐怖，感到平靜而不是憤慨。有了弗洛伊德，有了行為主義，有了大規模生產者對於大規模消費的近乎絕望的永不間斷的需求，這只是順理成章的事情。但我們會問，未來將會發生甚麼事情呢？海德的所作所為從長遠來說與哲基爾的所作所為一致嗎?理性的宣傳能夠在與另一個更加活躍的非理性宣傳的抗衡中獲得勝利嗎?在這裏我不會嘗試去回答這兩個問題，而是讓它們作為探討技術發達的民主社會的群眾勸誘的方式時的背景。

比起大權在握的獨裁者或即將上位的獨裁者僱傭的政治宣傳工作者，民主國家的商業宣傳工作者的任務在某些方面要輕鬆一些，在某些方面則要困難一些。它要相對輕鬆一些，因為幾乎每個人都懷有對於啤酒、香煙和冰箱的喜好，而幾乎沒有人會喜歡暴君。它要相對困難一些是因為商業宣傳工作者受制於遊戲規則，不能利用聽眾更加野蠻的本能。奶製品的廣告商非常希望告訴他的讀者和聽眾，他們所有的麻煩都是一夥沒有信仰的國際人造黃油廠家的陰謀引起的，他們的愛國責任就是列隊出發去燒掉壓迫者的工廠。但是，這種事情不可能發生，他只能使用比較溫和的方式進行宣傳。但溫和的方式沒有通過語言或行為暴力的方式那麼刺激。從長遠來說，憤怒與仇恨是自我毀滅的情感。但在短期內它們能帶來精神上甚至生理上的高度滿足(因為它們會釋放出大量的腎上腺素和去甲腎上腺素)。一開始的時候人們或許會討厭暴君，但當暴君或即將掌權的暴君為他們帶來釋放腎上腺素的宣傳，渲染敵人的邪惡無恥——特別是邪惡透頂應該滅之而後快的敵人時——他們就會滿懷熱情地追隨他。希特勒在演講中一直重複着「仇恨」、「力量」、「無情」、「粉碎」、「摧毀」這些字眼，而且在說出這些暴烈的字眼時會伴隨着甚至更加暴烈的姿態。他會聲嘶力竭地咆哮，他會青筋畢露，他的臉會漲得發紫。強烈的情感（每一位演員和戲劇家都知道）非常具有感染力。聽眾們被演講者惡毒的情緒所感染，會在不受約束的激情和狂歡中嘆息、哭泣、尖叫。而這些放縱是如此美妙，大部份體驗過的人會熱切地回來再度尋覓。我們幾乎所有的人都渴望和平與自由，但只有一小部份人對促成和平與自由的思想、情感和行動懷有熱情。相反，幾乎沒有人想要戰爭或暴政，但許多人會在促成戰爭和暴政的思想、情感和行動中得到快感。這些思想、情感和行動用在商業上太危險了。廣告人員只能接受這一束縛，盡自己的最大努力去利用毒害程度較輕的情感和相對比較平靜的非理性的形式。

有效的理性宣傳只有在當事的各方對符號的本質以及它們與所象徵的事物和事件的關係有明確的認識時才可能實現。非理性宣傳的效力取決於群眾無法理解符號的本質。頭腦簡單的人總是會將符號等同於它們所代表的事情，將宣傳工作者為了自己的利益而選擇的詞語當成是與它們聯繫在一起的事物和時間的特徵。舉一個簡單的例子，大部份化妝品是用羊毛脂做的，那是淨化的羊毛脂油和水混合而成的乳液化合物。這種乳液有很多好處，它能滲透肌膚，它沒有難聞的味道，還有溫和的抗菌作用，等等等等。但商業宣傳人員不會去講述這種乳液的真正的好處。他們會給它起一個美妙動人的名字，對女性的美麗進行極盡美妙而誤導人的講述，並展示美麗動人的金髮女郎滋潤肌膚的圖片。一位廣告商寫道：「化妝品廠家賣的不是羊毛脂，他們賣的是希望。」為了這個希望，這個欺騙她們將脱胎換骨的承諾，女人願意付出乳液的原價十倍乃至二十倍的價錢去購買，因為宣傳人員以高超的技巧，通過誤導性的象徵符號，將其與幾乎每一個女人深切的願望——渴望變得更加吸引異性的願望聯繫在一起。這類宣傳內在的原理非常簡單。找到一些共同的慾望，一些廣為流傳的無意識的恐懼或焦慮，想出某種方式將這個願望或恐懼與某個你想賣的產品聯繫起來，然後通過語言或圖像的符號搭建起一座橋樑，讓顧客能從現實進入補償性的夢境，再從夢境進入幻覺，以為當買下你的產品時就能夠夢想成真。「我們買的不是橙子，我們買的是活力。我們買的不是汽車，我們買的是尊嚴。」諸如此類。比方説，我們買一支牙膏不是單單為了清潔和抗菌，而是為了消除讓異性討厭的恐懼。我們買伏特加和威士忌不是為了小劑量的壓抑神經系統並獲得快感的原生質毒素，我們購買的是友誼與情誼、丁利谷[3]的溫馨和美人魚酒館[4]的美妙氣氛。我們買瀉藥，是希望像古希臘神明那樣健康和像狄安娜女神的仙女那樣明艷照人。我們購買每月的暢銷讀物，是為了變得有文化，成為文化品味不如我們的鄰居羨慕的對象並贏得見多識廣之人的尊敬。無論是甚麼情況，動機分析師都能夠找到某個深層次的願望或恐懼，它們的能量能夠被用來打動消費者花錢，從而間接地推動工業發展。這一潛在的能量存在於無數個體的思想與身體中，通過精心編排的符號進行表達，擯除理性，掩蓋真正的問題，將其釋放出來。

有時候，符號本身會美得令人心醉神迷。宗教的儀式和盛況就屬於這類情況。由於它們只是訴諸美感，它們並不能保證與它們生硬地聯繫在一起的教條便是真理或符合倫理價值。歷史事實表明，世俗之美可以與神聖之美相提並論，甚至有過之而無不及。譬如說，在希特勒的統治下，每年一度的紐倫堡黨代會是儀式與戲劇藝術的傑作。「我曾經在聖彼得堡待了六年，那是戰爭之前，舊式俄國巴黎舞蹈的黃金年代，」希特勒統治時期的英國駐德國大使內維爾·亨德森爵士寫道，「但我從未見過能比紐倫堡集會更加恢宏壯麗的芭蕾舞。」你會想到濟慈——「美就是真理，真理就是美。」但是，真理只存在於終極的超越凡俗的境界，而在政治和神學層面，這些「神聖之美」能強化已經存在的信仰，而如果信仰並不存在，能促成皈依。

美與愚昧和暴政是可以相行不悖的。這是非常幸運的好事，因為如果美與愚昧和暴政相悖，那麼這個世界上就沒有多少藝術可言了。繪畫、雕塑、建築的傑作可以是宣揚宗教或政治的宣傳作品，為了某個神明、某個政府或某個神權階層的更偉大的榮耀。但絕大多數國王與神權階層都是專制的，所有的宗教都充斥着迷信。天才成為暴君的奴僕，藝術在宣揚某個地域性迷信的好處。隨着時間的流逝，美妙的藝術會從蹩腳的形而上學中分離出來。我們能否學會不在事後而是在事情正在發生的時候就把二者區分開來？這正是問題的關鍵。

商業宣傳清楚地知道運用令人心醉神迷的符號這一準則。每一位宣傳工作人員都有他的藝術團隊，不斷嘗試去製作美麗的廣告牌、動人的海報以及配以生動的圖畫和像片的雜誌廣告頁面。這些都不是大師作品，因為大師作品只有少數人才能夠欣賞，而商業宣傳工作者的目的是迷惑大多數人。對他來説，理想的狀態是恰如其分的優秀，不需要太好，只需要足以打動人心，讓美術與它所聯繫的產品相得益彰。

另一個令人心醉神迷的符號是商業歌曲。商業歌曲是近期的發明，但神學意義上的歌曲——聖詩與讚美詩——與宗教同樣古老。軍歌或進行曲與戰爭誕生於同一時代。愛國歌曲，我們的國歌的前身，無疑是被游走四方的舊石器時代的獵人與食物採集者用來增進集體團結，強調「我們」與「他們」的區別的。對於大部份人來說，音樂具有內在的吸引力。而且，旋律會在聽眾的腦海中縈繞。一首曲子能夠被記住整整一輩子。譬如說，一則內容很無趣的言論或價值判斷，光是那些詞語本身，沒有人會去關注，但把那些詞語配上朗朗上口的好記的調子，它們立刻就會擁有魔力。而且，每一次聽到或記起旋律的時候，這些歌詞就會自發重複。俄耳甫斯[5]已經與巴甫洛夫聯手——音樂的力量加上條件反射。對於商業宣傳工作者和政治宗教領域的同仁們來說，音樂還有一個好處。一個理性的人恥於寫下或說起或聽到的無稽的內容可以被同一個人愉快地唱起或聆聽，甚至在思想上認同。我們能不能學會享受歌唱或聽歌的快樂，而不去輕易相信歌曲中傳遞的宣傳內容？這又是一個問題。

有了義務教育和輪轉印刷機，過去很多年來，宣傳工作者們能夠將他們的消息傳播到幾乎每一個文明國度的每一個成年人。而今天，有了無線電和電視，他甚至能與沒有上過學的大人或還未識字的兒童進行溝通交流。

正如我們所想像的，孩子們對宣傳毫無抗拒能力。他們對世界及其運作方式一無所知，因此，完全沒有戒備心。他們還沒有養成批判的能力。他們當中最年輕的人還沒有達到能進行理性思考的年齡，而大一些的人則缺乏讓剛剛獲得的理性有效運作的閱歷。在歐洲，被徵募的士兵總是被戲稱為「炮灰」。現在他們的弟弟妹妹成了電台和電視的「炮灰」。在我的童年時代，我們學唱兒歌，而在虔誠的家庭裏，唱的則是讚美詩。今天那些小孩子唱的是商業歌曲。哪首歌比較好呢？——「萊茵的黃金是我的啤酒，最喜歡的乾啤」或「小貓貓，蹦蹦跳，玩小提琴，喵喵喵」還是「和我在一起」或「用白速得牌牙膏刷牙，你會納悶黃斑到底哪去了」？誰知道呢？

「我並不是說應該迫使孩子們纏着父母去買他們在電視廣告上看到的產品，但與此同時，我不能無視這種事情每天都在發生的事實。」許多檔面向青少年觀眾的節目之一的一位明星如是說。他補充說：「孩子們是活生生的會說話的錄音機，記錄下我們每天告訴他們的內容。」時候一到，這些活生生的會說話的電視商業廣告的記錄儀將會長大，會掙錢，會購買工業產品。「想一想，」克萊德·米勒先生[6]興高采烈地寫道，「想想它對於貴公司的利潤意味着甚麼。如果你能培育一百萬或一千萬名兒童，他們將會長大成人，受過訓練去購買貴公司的產品，就像士兵們提前受過訓練，當他們聽到口令就會齊步向前走！」是的，想一想那一幕吧！與此同時，請記住，那些獨裁者和即將掌權的獨裁者已經在琢磨這種事情很多年了。那數百萬個、數千萬個、數億個兒童將會長大成人，接納暴君的意識形態，就像訓練有素的士兵那樣，應對暴君的宣傳工作者在他們有效的心靈中種下的觸發命令，作出相應的行動。

自治政府與人口的數量成反比。選區越大，單獨一張選票的價值就越小。當他只是幾百萬人中的一員時，個體選民會感覺自己根本無能為力，是一個可以被忽略不計的數字。他為其投票的候選人離他很遙遠，遠在權力的金字塔的頂峰。理論上說他們是人民的公僕，但事實上是這些公僕在發號施令，而人民由於身處金字塔的底部，只能乖乖聽命。人口增加和技術進步使得組織的規模和複雜程度也隨之增長，官員手中的權力越集中，相應地，選民手中的控制力也就越小，同時還伴隨着公眾逐漸失去對於民主程序的尊重。民主制度已經遭到當代世界非人格化的力量的削弱，正從內部被政客和他們的宣傳人員所破壞。

人類的行為有種種不理性的方式，但如果給予機會的話，他們似乎都能在證據充份的情況下作出理性的選擇。民主制度只有在各方都在盡力傳授知識和鼓勵理性思考的情況下才能有效運作。但今天，在世界上最強大的民主國家，政治家與他們的宣傳工作人員傾向於幾乎完全利用投票人的愚昧和非理性，使得民主程序毫無意義。一九五六年一份商業主流報刊的編輯告訴我們：「兩黨會以銷售商品的商業手法去推銷他們的候選人和議題。這些手法包括科學地選擇訴求和經過精心策劃的重複……收音機插播廣告和廣告會以計劃好的強度重複選舉口號。廣告牌會推送被證明有感染力的宣傳口號……除了渾厚的聲音和美妙的措辭之外，競選人還得在電視鏡頭前有誠懇的外表。」

政治宣傳人員只會利用選民的弱點，而不是他們潛在的力量。他們不會嘗試去教育群眾，讓他們變得適合實施自治。他們只滿足於操縱和壓榨他們。為了實現這個目的，所有的心理學和社會科學的資源都會被動員和運用。精心挑選的選民被安排「深度訪問」。這些深度訪問揭示了某個社會在選舉時最為盛行的無意識的恐懼和願望。專家們精心挑選詞語和圖像，目的是去舒緩，或者如果有必要的話，去增強這些恐懼，滿足這些願望，至少是象徵性地滿足，在讀者和聽眾的身上進行嘗試，然後借助反饋信息進行變更或改善。之後，選戰被交給大眾傳媒工作者。現在需要的是金錢和一個能被教會露出「誠懇」模樣的候選人。在新的安排下，政治原則和行動規劃已經無關緊要，競選者任由廣告專家擺佈所展現出的個性和做派才是真正要緊的事情。

不管怎樣，無論是精力充沛的硬漢還是慈祥的父親，這個候選人必須魅力四射。他還必須是一個不會讓觀眾感到厭倦的表演者。他們習慣了電視和收音機的消遣，不喜歡被要求專注或長時間進行思考。因此，這個候選人兼表演者所發表的演講都必須乾脆簡短。當前的重大問題最多只能花五分鐘——最好六十秒鐘就結束（因為聽眾渴望聽到比通貨膨脹或氫彈更為生動有趣的內容）。辯論的本質是，政治人物和神職人員總是傾向於將複雜的問題過度簡化。站在佈道壇或演講台上，即使是最有良知的演講者也會發現要講述出全部真相是非常困難的事情。現在用於推銷政治候選人的手段是把他當作保證有效的除臭劑，選民不會聽到關於任何事情的真相。

註釋：

[1] 哲基爾醫生（Dr. Jekyll）與海德先生（Mr. Hyde）是英國作家羅伯特·路易斯·史蒂文森（Robert Louis Stevenson）名著《化身博士》中的人物，象徵人性的善與惡。

[2] 范斯·帕卡德（Vance Packard, 1914-1996），美國記者、社會評論家。

[3] 丁利谷（Dingley Dell）是英國作家查爾斯·狄更斯的作品《匹克威克外傳》中的一處莊園的名字。

[4] 美人魚酒館（Mermaid Tavern）是伊麗莎白一世時期許多文人騷客聚會飲酒的地方。

[5] 俄耳甫斯（Orpheus），古希臘神話中的吟遊詩人，能演奏極其美妙的樂章。

[6] 克萊德·米勒（Clyde Miller, 1887-1958），美國政客。

第七章　洗腦

在前面兩章裏我講述了由最出色的煽動家和有史以來最成功的銷售員所踐行的或許可以被稱為大規模的思想操縱技術。但人的問題不能單靠大規模的方式去解決。霰彈槍有其作用，而皮下注射器也有其作用。在接下來的幾章裏，我將講述幾個更加行之有效的手段，不是操縱群眾或公眾整體，而是獨立的個體。

伊萬·巴甫洛夫[1]在他的劃時代的條件反射實驗過程中觀察到，當承受長期的生理壓力或精神壓力時，實驗室的動物會表現出種種神經崩潰的症狀。當情況到了無法承受的地步時，牠們的大腦就會拒絕合作，開始罷工，或者徹底停止運作（有一隻狗失去了意識），或消極怠工（有一隻狗做出不切實際的舉動，如果發生在人身上，我們會稱之為歇斯底里的生理症狀）。有的動物比別的動物更能承受壓力。擁有巴甫洛夫稱之為「強興奮度」的狗要比其他只是比較「活潑」的狗（相對於容易憤怒或激動的狗）更快地崩潰。同樣地，「控制力差」的狗會比「平和鎮靜」的狗更快地達到極限。但即使是最堅強的狗也無法一直忍受下去。如果承受的壓力太大或太久的話，牠也會像最脆弱的狗一樣可憐而徹底地崩潰。

巴甫洛夫的發現在兩次世界大戰中以最令人擔憂不安的方式大規模得以證明。無論是一場大災難的經歷還是長期忍受不是那麼可怕但頻繁重複的恐怖，士兵們都會出現一系列令他們喪失戰鬥能力的心理與生理症狀：暫時無意識、極度激動、嗜睡、功能性失明或癱瘓等，或者對挑戰作出不切實際的回應，終生行為顛三倒四——所有這些巴甫洛夫在他的狗身上觀察到的症狀在第一次世界大戰的受害者身上重演，當時被稱為「彈震症」，而在第二次世界大戰時則被稱為「戰爭神經官能症」。人就像狗一樣有自己的忍受極限。大部份人在現代戰爭的情況下連續承受壓力的極限大約是三十天左右。比較脆弱的人只能承受十五天，而比較堅強的人能夠承受四十五天或五十天。無論是堅強的人還是脆弱的人，長期承受壓力都會崩潰。所有這一切指的都是一開始神志清醒的人。諷刺的是，能夠長期承受現代戰爭壓力的人只有瘋子。個體的癲狂避免了集體癲狂的後果。

每個人都有其崩潰臨界點這個事實已經被了解，而且一直都被以不符合科學的粗暴的方式加以利用。有時候，人對人做出可怕的慘無人道的暴行是出於對殘忍手段本身可怖而又迷人的魅力的熱愛。但是，更經常發生的事情是，施虐是以功利主義、神學思想或國家利益為名義進行的。執法人員以肉體折磨和其他的方式施壓，為的是讓頑固的證人開口作供；神職人員這麼做，目的是為了懲罰異端分子和誘使他們改變思想；秘密警察這麼做，是為了讓被懷疑會對政府不利的犯人坦白招供。在希特勒統治下，嚴刑拷打和大規模滅絕被用於對付那些人種意義上的異類——猶太人。對於一個年輕的納粹分子來說，到集中營執行任務是（用希姆萊[2]的話講）「了解劣等種族的最好的教育手段」。考慮到希特勒年輕時在維也納貧民窟形成強烈的反猶思想，再次動用神聖裁判所用於懲治異端分子和女巫的手段是不可避免的。但在巴甫洛夫的發現和精神病學家在治療戰爭神經官能症方面所得到的知識的指導下，這似乎是可怕而荒誕的不合時宜的錯誤。大到足以使大腦徹底崩潰的壓力可以通過儘管慘無人道卻不需要使用暴力的方式進行施加。

無論早些年發生過甚麼，似乎可以很肯定地說，今天的獨裁國家的警察並沒有廣泛地使用暴力折磨。他們的靈感不是來自於異端審判法官或蓋世太保，而是來自於生理學家和他們那些被系統處理的實驗室的動物。對於獨裁者和他的警察部隊來說，巴甫洛夫的發現具有重大的實踐意義。如果狗的神經中樞系統能夠被摧毀，那麼政治犯的神經中樞系統也可以被摧毀，只需要施加足夠的壓力並持續足夠長的時間就可以了。到了折磨的尾聲，囚犯會陷入崩潰或歇斯底里的狀態，並願意招供他的逮捕者想要他招供的任何內容。

但光是招供並不足夠。一個絕望的精神病人對任何人都沒有意義。那些精明強悍的獨裁者需要的不是一個將被關入精神病院的病人或一個將被槍斃的死刑犯，而是一個願意悔過自新並為他的事業奮鬥的人。讓我們再回到巴甫洛夫，他發現，在到達崩潰臨界點的整個過程中，狗變得比平時更加聽話。當那隻狗達到或接近其大腦承受力的極限時，新的行為模式就能夠輕易地建立，而且這些植入動物體內的新的行為模式似乎從此不會消失，在壓力下所學習到的東西將會成為牠的構造的不可分割的一部份。

心理壓力可以通過很多方式去製造。在刺激格外強烈時，當刺激與習以為常的回應被過度延長時，當那隻狗的大腦因為有悖於已經學會預測的刺激而陷於困惑時，當刺激不符合已經建立的認知模式時，狗就會變得焦躁不安。而且，研究已經發現刻意施加恐懼、憤怒、焦慮會顯著提高狗的暗示感受性。如果這些刺激保持足夠的強度和足夠長的時間的話，大腦就會「罷工」。這時，新的行為模式就能夠輕而易舉地得以建立。

疲勞是讓狗變得聽話的生理壓力的一種，此外還有傷痛和任何形式的疾病。

對於即將上台的獨裁者來說，這些發現有着重要的意義。譬如說，它們證明了希特勒認為夜間舉行民眾集會要比在白天舉行集會更有效果的這個想法是正確的。他寫道：「白天的時候人的意志力以最強大的能量抵抗任何迫使其屈服於另一個人的意志和思想的嘗試。但是，到了晚上，他們更容易屈服於一個更強大意志的凌駕一切的力量。」

巴甫洛夫或許會認同他的看法：疲勞能夠讓人變得更聽話。（這就是除了別的原因之外，為甚麼電視節目的商業贊助商喜歡晚間時段，願意出高價去強化觀眾的喜好的原因所在。）

疾病甚至要比疲勞更加有效地增強暗示感受性。在以前，病床見證了無數宗教皈依。經過科學訓練的未來的獨裁者會讓治下所有醫院的病房和枕頭下都安裝喇叭，每天二十四小時播放，而更重要的病人會讓政治靈魂拯救者和思想改造者去探訪，就像以前牧師、修女和虔誠的善男信女去探訪他們的對象一樣。

強烈的負面情感會讓人變得聽話，因此促成心靈的轉變這件事早在巴甫洛夫的時代之前就已經被觀察到並加以利用了。正如威廉·薩甘特[3]博士在他那本富於啓發意義的書《爭奪思想的鬥爭》裏所指出的，約翰．衛斯理[4]作為一位佈道者之所以那麼成功是因為他對中央神經系統的本能的理解。他在佈道時會先冗長而詳細地對各種苦難進行描述，他的聽眾覺得自己如果不皈依基督的話就會永遠受盡折磨。然後，當恐懼與極度痛苦的罪惡感讓聽眾幾乎崩潰的時候（有時候一些聽眾會真的徹底精神崩潰），他會改變口吻，對那些信奉基督並願意懺悔的人承諾救贖。通過這種佈道方式，衛斯理使數以千計的男女老少皈依。強烈而持續的恐懼令他們崩潰，使得他們變得非常容易順從聽話。在這種狀態下，他們不加質疑地接受了佈道者的神學宣示。接着撫慰的話語令他們重新振作，順利度過折磨，形成大體上更好的不可磨滅地植根於思想和神經系統中的新的行為模式。

政治與宗教宣傳的效果取決於它們所採用的方式，而不是所傳授的信條。這些信條或許是對的，或許是錯的，或許是合理的，或許是有害的——但這些並不重要。如果灌輸信條是在精神疲勞的適當時機以正確的方式實施，它就能取得成效。在條件理想的情況下，幾乎每個人都可以被勸服信奉任何思想。

我們掌握了關於獨裁國家警察如何對付政治犯的手段的詳盡的描述。從他被關押的那一刻起，犯人就得遭受系統性的各種各樣的肉體和精神的折磨。他吃不上飽飯，備受騷擾，根本不得安寧，每天晚上只能睡上幾個小時，一直處於焦慮不安擔驚受怕的狀態。日復一日——或者應該說夜復一夜，因為這些巴甫洛夫式的警察知道疲勞能夠讓人變得順從聽話——他會被一連盤問好幾個小時，那些問話的人會想盡辦法恐嚇擾亂他的心神。經過幾個星期或幾個月這樣的折磨，他的大腦開始罷工，無論他的逮捕者想要他招供甚麼他都會坦白招供。然後，如果他需要被改造而不是被槍斃，他會得到希望的慰藉。如果他願意接受真實的信仰，他還能得到救贖——當然，不是來生（因為按照官方的思想，並沒有來生這回事），而是今世。

巴甫洛夫在政治立場上似乎是一個舊式的自由主義者。但命運就是這麼諷刺，他的研究和理論促成了一支遍佈世界各地的狂熱的全情投入的心靈和反射神經系統，誓要摧毀舊式自由主義的大軍。

如今正在進行的洗腦採用綜合手段，其有效性一定程度上依賴於對暴力的系統利用，一定程度上依賴於巧妙的心理操縱。它表明《一九八四》的路線正朝《美麗新世界》的路線轉變。在一個已經成立了很久而且管制得當的獨裁體制下，當前我們正使用的半暴力的操縱手段無疑似乎顯得很粗糙。從嬰兒時期就接受培育（或許還接受了生物意義上的命運設計），中下階層的群眾將永遠不需要改變信仰，甚至不需要對真正的信仰進行再培訓。最高階層的成員必須能夠有新的思想去應付新的情況，因此，比起那些職責並不是去思考為甚麼而只需要默默地乖乖地幹活和死掉的人來說，他們的培訓不會那麼僵化刻板。這些上層階級的個體仍保持着野性——與完全馴服的動物不同，作為培訓者和守衛者，他們自己只經過些許改造，他們的野性或許會讓他們變得離經叛道。當這種情況發生時，他們要麼會被消滅，要麼會被洗腦以接受正統觀念，或被放逐到某座孤島上（就像在《美麗新世界》中一樣），在那裏他們不會再造成麻煩，只會互相騷擾。但普遍的嬰兒培育和其他操縱手段還需要幾代人的時間才能實現。在通過《美麗新世界》的道路上，我們的統治者只能依賴過渡性和臨時性的手段進行洗腦。

註釋：

[1] 伊萬．巴甫洛夫（Ivan Pavlov, 1849-1936），俄國生理學家，古典條件反射實驗的先行者。

[2] 海因里希．希姆萊（Heinrich Himmler, 1900-1945），德國納粹黨人，希特勒親信，曾擔任黨衛軍首領、警察總長、內政部長等職務。

[3] 威廉．薩甘特（William Sargant, 1907-1988），英國精神學家。

[4] 約翰·衛斯理（John Wesley, 1703-1791），英國基督教傳教人、神學家，衛理公會創始人之一。

第八章 化學勸誘

在我的寓言《美麗新世界》裏，沒有威士忌、香煙、非法的海洛因和違禁品可卡因。人們不吸煙、喝酒或吸毒。每當有人感到沮喪或心情低落時，他會吃一兩片名為蘇摩的化合物。這種假想的藥品的名字取自於古代入侵印度的雅利安人在他們最神聖的宗教儀式上所使用的一種未知的植物（可能是馬利筋屬植物）。進行莊嚴的儀式時，祭司與貴族會喝下從這種植物的莖幹榨取的令人陶醉興奮的汁液。在《吠陀聖歌》中，我們了解到喝下蘇摩的人會得到多重的祝福。他們的身體變得更加強壯，他們的心中充滿勇氣、快樂與熱情，他們的頭腦變得更加清醒，立刻體驗到永生，對自己將獲得不朽充滿信心。但這種神聖的汁液有其缺點。蘇摩是一種危險的藥品——它是如此危險，即使是偉大的天神因陀羅有時候喝了蘇摩也會生病。凡夫俗子服用過量的話甚至會死掉。但那種經歷是如此超然、美妙和令人開悟，喝蘇摩被視為一種高貴的特權。為了這個特權，多大的代價都願意付。

《美麗新世界》裏的蘇摩毫無它的印度的前身那些缺點。小小的劑量就能讓你感到飄飄然，而加大劑量能夠讓你產生幻覺，如果你服用三片的話，你就會在幾分鐘之內進入令身心放鬆的睡眠，而且完全沒有生理或精神的代價。《美麗新世界》裏的人在心情低落或因為遇到日常熟悉的煩心事時可以去度假，不會犧牲他們的健康或永久性地降低效率。

在《美麗新世界》裏，服用蘇摩的習慣並不是個人的惡習，它是一種政治制度，是「權利法案」規定的生命、自由與追求幸福的個中要義。但這一最寶貴的個體不可被剝奪的權利同時也是保衛獨裁者的最強大的武器。為了國家利益而系統性地讓個體服藥（當然，順便說一句，這是為了他們自身的快樂）是統治世界的主要政綱。每天配給蘇摩是防止個體不滿、社會動盪和反動思想傳播的保障。卡爾·馬克思宣稱宗教是人民的鴉片。在《美麗新世界》裏，情況發生了逆轉。鴉片，或確切地說是蘇摩，成了人民的宗教。就像宗教一樣，這種毒品有寬慰和補償的力量，它喚醒了另一個更加美好的世界，提供希望，增強信仰，倡導博愛。一位詩人寫道：「（啤酒）……在向人們宣揚上帝這件事情上比彌爾頓更有效果。」我們要記住，比起蘇摩，啤酒是最粗陋和不可靠的藥物。在向人們宣揚上帝這件事情上，蘇摩之於酒精就好比酒精之於彌爾頓的神學辯論。

在一九三一年，當我在描寫想像中的未來世界用來使人快樂順從的合成藥物時，著名的美國生化學家厄文．佩吉[1]博士正準備離開德國，之前三年他一直待在德皇威廉研究院，研究化學物品對大腦的影響。佩吉博士在最近一篇文章裏寫道：「很難理解，為甚麼科學家們要花那麼久的時間才開始着手研究他們自己的大腦裏的化學反應。」他還補充說：「根據我的親身經歷，當我在一九三一年回國時，我在這個領域（大腦化學領域）裏找不到工作，也無法引起人們對這個領域的興趣的漣漪。」今天，二十七年後，一九三一年根本不存在的漣漪變成了生化和精神藥物學研究的滔天巨浪。調節大腦運作的酶素正被研究。人體內之前未知的化學物質如腎上腺色素和血清素（佩吉博士是發現者之一）已經被分離出來，而且它們對我們的精神和身體的深遠影響現在正在被研究。與此同時，新藥正在被研發——在多種化學物質的作用下強化、糾正或干預行為的藥物——通過這些方式，神經系統時時刻刻都在執行控制身體以及指揮和調節意識的職能。在我們現在看來，關於這些新藥最有趣的事實是它們能在短期內改變大腦的化學構成和相應的精神狀態，而不會對大腦造成永久性的傷害。從這個意義上說，它很像蘇摩——而不像以前那些改變精神的毒品。譬如說，古老的鎮靜劑鴉片是一種危險的毒品，從新石器時代開始直到今天，一直令人上癮和破壞健康。古老的致幻劑酒精也一樣——用《聖經．詩篇》的作者的話說，這個毒品「能悅人心」。但不幸的是，酒精不僅能悅人心，如果飲用過量，還會引發疾病和上癮，而且過去八千到一萬年以來，它一直是罪惡、家庭不幸、道德敗壞和原本可以避免的慘劇的主要肇因。

古老的興奮劑如茶、咖啡和馬黛茶幾乎完全沒有危害。它們也是非常微弱的興奮劑。與這些「令人振奮但不會令人迷戀的飲品」不同，可卡因是一種非常強力而危險的毒品。服用可卡因的人必須為他們的極度快樂和無窮無盡的精力和腦力的幻覺付出代價，包括痛苦、抑鬱、有如萬蟻侵蝕的生理痛苦和導致暴力犯罪的妄想症幻覺。另一種更新型的強力興奮劑是安非他命，它更出名的商品名稱是苯丙胺。安非他命非常有效——但如果濫用的話，代價就是身心的健康。據報道，在日本，目前有大約一百萬安非他命的癮君子。

在古典的致幻劑中，最有名的是墨西哥和美國西南部的烏羽玉和大麻，在全世界以諸如哈希什、班高、草等別名進行服用。根據最權威的醫學與人類學證據，比起白人的杜松子酒或威士忌，烏羽玉危害要小一些。服用它的印第安人能夠在宗教儀式上進入天堂，並感覺自己與摯愛的社區融為一體，而這種享受的代價只不過是不得不咀嚼味道難吃的東西和感覺惡心反胃一兩個小時而已。大麻是一種毒害較低的藥物——並不像某些人為了讓我們相信所極力渲染的那麼有害。一九四四年由紐約市長任命的藥品委員會調查了大麻的問題，經過精心的研究，他們得出的結論是大麻對社會並不構成嚴重威脅，甚至對那些沉迷其中的人來說也無大害，只是讓人覺得討厭。

現在讓我們的注意力從這些古老的精神藥品轉向精神藥理學研究的最新成果。知名度最高的幾種藥物是三種新的鎮靜劑：利捨平、氯丙嗪和甲丙氨酯。在對幾類精神病患者進行臨床實驗之後，前兩種藥物已經被證明療效顯著。儘管它們不能治癒精神疾病，但至少能夠暫時抑止更痛苦的症狀。甲丙氨酯（又名眠爾通）對罹患各種神經官能症的病人有相似的療效。這三種藥品都不是完全沒有副作用，但它們造成的生理健康和精神效能的代價非常低。在一個凡事都有其代價的世界裏，鎮靜劑的好處遠遠高於其代價。眠爾通和氯丙嗪還不是蘇摩，但已經非常接近於這種神奇藥物的其中一個方面。它們能夠暫時鬆弛神經，在絕大多數情況下不會對器官造成永久性的傷害，只是在藥物起作用時，會對身心效率造成些許影響。作為麻醉劑，它們或許要比巴比妥酸鹽更好，後者會使思維遲鈍，而且大劑量服用的話，會導致一系列不良的精神生理症狀出現，或許還會導致嚴重上癮。

LSD-25（麥角酸酰二乙氨）是藥理學家們最近開發出的蘇摩在另一個方面的替代品——幾乎沒有生理傷害的感受改善劑和致幻劑。這種神奇的藥物，只需要五十微克甚至二十五微克，就能將人們帶到另一個世界（就像烏羽玉）。在大部份情況下，LSD-25所創造的另一個世界是天堂，但也可能是煉獄甚至無間地獄。無論是美妙的世界或是恐怖的世界，幾乎任何服用麥角酸的人都能感受到深刻而富於啓迪的體驗，不管怎樣，精神能夠發生如此劇烈的改變，而且對身體的影響如此之小，真是令人驚訝。

蘇摩不僅是一種致幻劑，也是一種鎮靜劑。而且它還是身心的致幻劑（無疑，這是不可能的），能主動締造欣快感，也能帶來被動的快樂，釋放緊張和壓力。

理想的興奮劑——強力卻又不會造成傷害——仍然有待開發。我們已經了解到，安非他命遠遠不能令人滿意，為它的效力所付出的代價過於高昂。有希望承擔蘇摩的第三種功效的候選藥品是異煙酰異丙肼，現在正被用於治療抑鬱，舒緩冷漠和增強心理能量。但根據一位我認識的傑出的藥理學家所說，更有希望的藥物是一種仍在實驗階段的新的名為迪安諾的化合物。迪安諾是一種氨基醇，據說能增加體內乙酰基—膽鹼的製造，因此提高神經系統的活力與效果。服用這種新藥的人睡眠時間少了，覺得更加警覺和愉悦，思維更加敏捷——而且幾乎沒有生理機能的代價，至少在短期內是這樣。聽起來好得幾乎令人難以置信。

於是，我們看到，雖然蘇摩並不存在（或許永遠也不會出現），但它各個方面的替代品已經被研發出來了。現在已經有了生理代價很小的鎮靜劑、致幻劑和興奮劑。

顯然，如果獨裁者願意的話，他能夠利用這些藥品實施政治目的。他能通過改變被統治者的大腦的化學狀態，讓他們安於被奴役的狀態，從而保證政治上的長治久安。他能使用鎮靜劑平息激動的人群，用興奮劑去喚醒麻木不仁的人民的熱情，用迷幻劑讓可憐的人不去想到自己的悲劇。但有人或許會問，獨裁者如何能夠讓被統治者服用這些藥品，讓他們思想、感受、行為都如他所願呢？最有可能發生的情況是只需要製造出這些藥物就夠了。今天酒精和煙草都可以買到，人們在這些非常不令人滿意的欣快劑、偽興奮劑和鎮靜劑上花的錢要比花在他們的孩子的教育上的錢多得多。或想一想巴比妥酸鹽和鎮靜劑，在美國，這些藥品只能憑醫生的處方才能買到。但美國公眾希望讓工業城市的生活變得更加可以忍受的要求如此強烈，現在醫生每年開出各種鎮靜劑的數量達到了四千八百萬顆。而且，大部份處方是反覆開的。一百劑量的快樂藥片不夠，再去藥店買一瓶——藥吃完了就再開一瓶……無疑，如果鎮靜劑能夠像阿司匹林那樣輕易而廉價就買到的話，它們的消費量就不是目前的數十億顆，而是數百上千億顆了。一種廉價的好的興奮劑也會同樣大受歡迎。

在獨裁體制下，藥劑師在每次局勢發生改變時會根據命令去改變國民的心情。在國家遇到危機時，他們的任務就是推動興奮劑的銷售。在危機之間，臣民太警惕和活躍或許會讓暴君感到不安。在這種時候，群眾會被鼓勵去購買鎮靜劑和致幻劑。在這些撫慰人心的藥物的作用下，他們不會對統治者帶來麻煩。

當前，鎮靜劑或許能夠阻止某些人去惹是生非，不只是不給他們的統治者，也不會給自己惹麻煩。壓力太大是一種疾病，但壓力太小也是一種疾病。有的時候我們應該感到壓力，過度的寧靜（特別是通過服用化學藥物而獲得的寧靜）根本不是甚麼好事。

在最近我參加的一次關於甲丙氨酯的研討會上，一位知名的生化學家開玩笑地說美國政府應該免費向蘇聯人民贈送五百億顆這種最受歡迎的鎮靜劑。這個玩笑其實有着深刻的含義。在兩個民族的對抗中，其中一個民族總是受到威脅和承諾的激勵，總是接受片面的宣傳的引導，而另一個民族總是看電視消遣和服用鎮定劑眠爾通，哪一方更有可能最後獲得勝利呢？

除了鎮靜作用、致幻作用和興奮作用之外，我的寓言中的蘇摩還能夠讓人變得更聽話更順從，因此能夠被用於強化政府宣傳。有幾種藥品已經能夠被用於相同的用途，但效果沒有那麼顯著，而且生理代價更高。譬如說，莨菪的有效成份莨菪鹼，大劑量服用的話會是強力的毒藥。還有噴妥撒和阿米妥鈉。噴妥撒的綽號是「吐真劑」（在招供時使用），已經被多個國家的警察用於從不願意合作的罪犯口中獲得供詞。噴妥撒和阿米妥鈉降低了有意識與潛意識之間的界限，在治療「戰爭神經官能症」上有非常好的效果，在英國被稱為「發洩療法」，在美國被稱為「麻醉精神療法」。

與此同時，藥理學、生化學和神經學正在高歌猛進，我們可以很肯定，再過幾年，能更讓人順從聽話和降低精神抵抗的新的化學手段就將會被發現。和任何事情一樣，這些發現可以被用於正途，也可以被用於為非作歹。它們可以幫助精神病醫生治癒疾病，也能夠幫助獨裁者鎮壓自由。更有可能出現的情況是（因為科學是神聖而中立的）：它們能夠造就或囚禁自由，能治病救人，也能夠謀害人命。

註釋：

[1] 厄文·赫恩利·佩吉（Irvine Heinly Page, 1901-1991），美國生理學家、生化學家。

第九章 無意識的勸誘

西格蒙德．弗洛伊德[1]在一九一九年出版的《夢的解析》的腳註裏提醒讀者關注奧地利神經學家波伊澤爾[2]博士的作品，他在不久前發表了一篇論文，描述了他使用視速儀（視速儀有兩種，一種是觀看盒，實驗對象在盒子裏觀看一幅只顯現幾分之一秒的圖像，另一種是配備高速快門的投影儀，能夠非常迅速短暫地在屏幕上投射一幅圖像）進行的實驗。在這些實驗中，波伊澤爾要求實驗對象畫出他們在觀看視速儀時有意識地留意到的畫面，然後他轉而關注實驗對象在當天晚上所夢到的情形，要求他們再把夢到的內容畫出來。結果確鑿無疑地表明，實驗對象沒有注意到的圖像上的細節構成了夢境的素材。

波伊澤爾的實驗經過多次改良後又重複了幾遍，大部份工作由查爾斯．費舍爾[3]博士進行，並就「夢與前意識感知」這個主題向美國心理分析協會刊物貢獻了三篇優秀的論文。與此同時，學術界的心理學家們也沒有閒着。他們的研究證實了波伊澤爾的發現，表明人們實際所看到的聽到的內容要比他們意識到自己看到的聽到的內容多得多，他們不知道自己看到的聽到的內容被記錄在無意識層面裏，或許會影響他們有意識的思想、情感和行為。

純科學不會永遠停留在純科學的層面。遲早它將會轉變成應用科學，最後變成科技。理論轉化為工業實踐，知識成為力量，公式與實驗改頭換面，以氫彈的面目出現。在這個例子裏，波伊澤爾的鑾有意思的純科學，以及前意識感知領域的所有其他鑾有意思的純科學，令人驚訝地保持了其原先的純粹性很長一段時間。然後，在一九五七年的早秋，在波伊澤爾的那篇原創論文發表四十年後，一則消息宣告它們的純潔性已經成為過去，它們已經被加以應用，進入技術的領域。這個消息引起了相當程度的騷動，整個文明世界都在談論它。這並不奇怪，因為這種名為「潛意識影射」的新型技術與大眾娛樂有着緊密的聯繫，而在文明人的生活中，大眾娛樂如今扮演着宗教在中世紀所扮演的角色。我們這個時代被起了很多別名——焦慮時代、原子時代、太空時代，或許還可以被稱為電視上癮時代、肥皂劇時代、唱片騎師時代。在這麼一個時代，波伊澤爾的純科學已經以「潛意識影射」的形式被加以應用這個消息必定會引起大眾娛樂受眾的濃厚興趣。因為這個新技術的直接受眾就是他們，它的目的是在他們不知情的情況下操縱他們的思想。通過專門設計的視速儀，詞語或影像會在節目進行時（不是在節目進行之前或之後）在一毫秒或更短的時間內在電視機屏幕上或電影銀幕上顯現。「暢飲可口可樂」或「點上一根駱駝香煙」將會在愛人擁抱或心碎的母親哭泣時疊加在上面，觀眾的視覺神經會看到這些隱秘的信息，他們的無意識思想會對它們作出反應，到了適當的時候，他們會有意識地想要喝蘇打汽水和抽煙。與此同時，其他秘密信息會以極其輕柔微妙的方式傾訴，不會讓意識聽見。在有意識的層面，聽眾注意的是像「親愛的，我愛你」，但在潛意識的層面，在意識閥之下，他那雙極其敏銳的耳朵和他的下意識思想會接收到關於除臭劑和瀉藥的最新好消息。

這種商業宣傳真的有效嗎？商業公司提供的關於潛意識影射技術應用的證據語焉不詳，而且從科學的角度看，很不令人滿意。據説多買爆米花的命令在電影院幕間休息時每隔一段時間播放，促成了爆米花銷售量百分之五十的增長。但單獨一次實驗並不能證明甚麼。而且，這個特殊實驗的構設很粗陋。沒有嘗試去控制無疑會影響電影院觀眾的爆米花消費的許多變量。不管怎樣，難道這就是將多年以來對於潛意識的科學調查所積累的知識最有效的運用了嗎？光是閃現一種產品的名字和去購買它的指令就能夠打破銷售阻力和招徠新的顧客，這種事情有可能實現嗎？這兩個問題的答案顯然是否定的。但是，這當然不是說神經學家與心理學家的發現根本沒有實用價值。如果巧妙地加以利用，波伊澤爾的蠻有意思的純科學或許將會成為操縱不加猜疑的思想的強大工具。

從暗示性的提示，讓我們的注意力從爆米花小販轉移到正在同一領域進行的比較低調卻更有想像力的更好的方式。在英國，操縱潛意識的過程被稱為「洗腦灌輸」，研究者強調創造合適的心理條件進行潛意識勸誘的重要性。當接受者在藥物的作用下或由於疾病、飢餓或任何形式的身心折磨而處於輕度催眠入定狀態時，意識層面之上的暗示會更有可能起作用。但是，對於意識層面的暗示起作用的情況也同樣適用於潛意識層面的暗示。總而言之，一個人的心理抵抗越弱，洗腦灌輸的暗示就會越有效。未來的有科學頭腦的獨裁者會設立耳語機器，在學校和醫院（孩子和病人很容易聽話）設立無意識投射儀，在所有的公共場合，聽眾會先接受降低心理防禦和提高暗示感受性的演講或儀式。

從讓潛意識暗示生效的條件，現在讓我們轉到暗示的內容本身。宣傳工作者們應該對受他們操縱的對象的潛意識說些甚麼呢？直接的命令（「去買爆米花」或「投票給瓊斯」）和沒有根據的言論（「社會主義很糟糕」或「某某牌牙膏能治療口臭」）

只會對那些在思想上已經傾向於瓊斯和爆米花的人和已經意識到體臭和生產資料公有制的危險的人起作用。但增強已經存在的信仰並不足夠，如果宣傳人員要配得上他們的地位的話，就必須創造新的信仰，必須知道如何爭取到那些漠不關心和猶豫不決的人，必須能夠緩和矛盾，甚至可以化敵為友。除了無意識的主張和命令之外，他們還必須加上無意識的勸誘。

在意識層面，非理性的勸誘最有效的方式之一是聯想式勸誘。宣傳工作者刻意將他選中的商品、候選人或事情與某個文化中絕大多數人認為是美好的理念、人物形象或事物聯繫起來。因此，在促銷時，女性的美或許會被武斷地與從推土機到利尿劑的任何事物聯繫在一起；在選戰中，愛國主義可以跟種族隔離或種族融合，跟諸如聖雄甘地或參議員麥卡錫的任何人聯繫在一起。幾年前在中美洲，我觀察到了聯想式勸誘的例子，讓我對想出這個點子的人佩服得五體投地。在危地馬拉的山區，唯一的進口藝術品是外國公司免費派發的彩色日曆，他們要把商品賣給當地的印第安人。那些美國日曆上面有狗的照片、風景照片和年輕女人羅衫半解的照片。但對於印第安人來說，狗只是實用的牲畜，風景是他這輩子天天看膩了的，而且他對半裸的金髮美女並不感興趣，或許還有點令人反感。因此，美國日曆遠遠比不上德國日曆那麼受歡迎。因為德國的廣告商花了一番功夫去了解那些印第安人重視和感興趣的是甚麼。我對一個商業宣傳傑作的記憶尤為深刻。那是一張由阿司匹林的廠家發行的日曆。在圖片的下方你看到熟悉的裝着白色藥品的瓶子上的商標。上面沒有雪景或秋日的樹林，沒有可卡犬或豐滿的歌舞團女演員。不——聰明的德國人將他們的止痛藥和聖三位一體端坐在雲層上的色彩鮮艷栩栩如生的圖畫聯繫在一起，周圍是聖約瑟、聖母馬利亞、形形色色的聖人和一大群天使。乙酰水楊酸的神奇功效在印第安人的淳樸虔誠的心靈中得到了天父和整個天堂的保證。

這種聯想式的勸誘應用於潛意識影射技術上似乎特別有效。紐約大學曾在國家衛生部的資助下進行了一系列實驗，發現一個人對於一幅意識層面看到的圖像的情感能夠被無意識層面對於另一幅圖像或帶有價值判斷的語句（後者更加有效）聯繫在一起而被修正。因此，當一張面無表情的臉在無意識層面與「快樂」這個詞聯繫在一起時，在觀察者看來它就似乎正在微笑，看上去很友善、親切和外向。當同樣一張臉在無意識層面與「生氣」聯繫在一起時，它就似乎蒙上了嚴峻的表情，而且在觀察者眼中變得充滿敵意和難以相處。（對一群年輕女人來說，它還會開始顯得很大男子主義——而當與「快樂」這個詞聯繫在一起時，她們眼中的這張臉就會像是屬於同一性別群體中的成員。丈夫們和父親們，可要注意了。）對於商業和政治宣傳工作者來説，這些發現顯然具有重大意義。如果他能讓他的操縱對象陷入反常的高度暗示感受性的狀態，如果他能在他們處於這一狀態時向他們展現他想要推銷的事物或人物，或者通過符號展現事情時，在潛意識層面他能將這個事物、人物或符號與某個帶有價值判斷的詞語或圖像聯繫在一起的話，他就能夠在他們完全沒有察覺的情況下改變他們的情感和思想。根據新奧爾良的一個積極進取的商業集團所説，通過使用這一技巧，應該能夠提高電影和電視劇的娛樂價值。人們喜歡感受到強烈的情感，因此很享受悲劇、驚悚片、謀殺疑案和富於激情的故事。一場打鬥或一個擁抱場面的戲劇性能夠帶給觀眾強烈的感官刺激，如果在無意識層面與恰當的詞語或符號聯繫在一起的話，能夠產生更加強烈的情感。譬如説，在《永別了，武器》的改編電影裏，女主人公在分娩時的死或許還能通過在播放這個場面時，一遍又一遍地在屏幕上閃現只能被無意識感知的諸如「痛苦」、「鮮血」、「死亡」這些恐怖的詞語，將氣氛營造得更加悲切。在有意識思想的層面，這些詞語是看不見的，但它們對於無意識思想有着非常強烈的影響，而這些影響將會大大加強在有意識的層面通過表演和對話所喚起的情感。似乎可以非常肯定的是，如果無意識映射能夠持續地強化電影觀眾所感受到的情感，電影業就有可能從破產的邊緣起死回生——要是電視機的製造商未能搶先一步的話。

在探討了聯想式的勸誘和通過無意識的暗示強化情感後，讓我們嘗試着想像以後的政治會議會是甚麼情形。候選人（如果還有候選人的話）或寡頭統治階級的指定代表會向眾人發言。與此同時，視速儀、耳語機器、投影儀在傳遞只有潛意識才能夠作出反應的信息，系統性地將這個人與他的事業與積極正面的詞語和神聖的形象聯繫在一起並加以強化，而當他提到國家或黨派的敵人時就通過負面的詞語和醜陋的符號進行洗腦灌輸。在美國閃現的是「亞伯拉罕·林肯」的形象和「民有民治民享」這幾個字投射在講台上，而在俄國，演講人肯定是和列寧的形象、「人民民主」和馬克思的哲人般的大鬍子聯繫在一起。因為所有這些仍是遙遠的未來的事情，我們能夠付諸一笑。再過十年或二十年，或許就沒有那麼好笑了。因為現在只是科幻的內容將會成為司空見慣的政治現實。

波伊澤爾是我在創作《美麗新世界》時忽略了的昭示未來的跡象之一。我的寓言裏沒有提到無意識映射。如果今天我重寫這本書的話，我一定會將這個疏忽的錯誤予以糾正。

註釋：

[1] 西格蒙德·弗洛伊德（Sigmund Freud, 1856-1939），奧地利精神學家、心理學家，精神分析學說創始人。

[2] 奧托·波伊澤爾（Otto Poetzl, 1877-1962），奧地利神經學家。

[3] 查爾斯·費舍爾（Charles Fisher, 1908-1988），美國神經學家。

第十章 睡眠教育

一九五七年秋末，加利福尼亞圖萊里縣的伍德蘭路拘留營進行了一項新奇有趣的實驗。一群囚犯自願參加，作為心理學研究的白老鼠，在枕頭下放置了微型揚聲器，而揚聲器都連着典獄長辦公室裏的一台留聲機。整個晚上每隔一個小時，一個慷慨激昂的耳語聲會重複一段關於「道德生活準則」的簡短的說教。半夜醒來時，一個囚犯會聽到這個微弱的聲音在頌揚基本的價值觀，或代表囚犯心中那個積極向上的自我在喃喃自語：「我對所有人都充滿了愛與熱情，請保佑我，上帝。」

讀完關於伍德蘭路拘留營的文章後，我翻開了《美麗新世界》的第二章。在那一章裏，西歐生育與培育中心的主任對一群將執行生育與培育工作的新人解釋由國家主導的倫理教育系統的運作，在福特紀元七世紀時被稱為睡眠教育法。主任告訴他的聽眾，睡眠教育法在最初嘗試時步入歧途，因此沒有獲得成功。教育者們嘗試對昏睡中的學生進行智力培訓，但智力活動與睡眠是不相容的。睡眠教學法只有在用於進行道德培訓時才能取得成功——換句話說，在心理抵抗鬆懈的時候通過語言暗示對行為進行調節。「沒有言語的條件作用粗糙而籠統，無法傳授（國家所需要的）更複雜的行為模式。因此要達到這個目的就必須使用語言，但必須是非理性的言語……」那種不需要去分析理解卻能夠被睡眠中的大腦全盤接受的語言。這才是真正的睡眠教育法，「有史以來最偉大的道德教化和社會化的力量」。在《美麗新世界》裏下層階級的公民從來不會惹麻煩，為甚麼呢？因為從他們能夠說話和理解別人對他們說甚麼的那一刻起，每一個下層階級的孩子都在接受不斷重複的暗示，夜復一夜，在昏昏欲睡和酣然入睡的時時刻刻。這些暗示就「像是蠟滴，一滴滴地附着在它們滴落的石頭上，將它包裹起來，和它結合在一起，直到最後，那塊石頭變成了一個深紅色的蠟團。直到最後那個孩子的思想就是這些話，而這些話就是那個孩子的思想。不只是孩提時的思想，他長大了也會秉承這個思想——一輩子都是這樣。思想的判斷、慾望和決定都由這些暗示所主宰，而所有的暗示都是我們的暗示——來自於國家的暗示……」

據我所知，目前只有圖萊里縣在努力進行睡眠教育的實驗，而它對違法者實施睡眠教育的內在邏輯是無可指摘的。要是我們所有人，而不只是伍德蘭路拘留營的囚犯，能夠在我們睡着的時候被切實有效地灌輸對世人的愛與憐憫就好了！不，我們反對的不是那個慷慨激昂的耳語聲所傳達的信息，而是由政府機構推行睡眠教育的原則。民主社會的官員被授予權力以行使權威，他們能夠獲得許可隨心所欲地使用睡眠教育這種手段嗎？在這個案例裏，他們只是對志願者進行實驗，而且立意高尚。但沒有人能保證在其他情況下都是出於良好的動機，或灌輸都是在自願的基礎上進行的。任何法律或社會制度如果使得官員有可能陷入誘惑都是不好的。任何法律或社會制度能夠讓官員不受誘惑去濫用被授予的權力謀求私利或為某個政治、經濟或教會組織的利益服務，都是好的。如果睡眠暗示能取得成效的話，將會成為能夠向失去自由的聽眾施加暗示的人手中一個非常強有力的工具。民主社會的一貫主張是：權力經常會被濫用，因此應該有限度地交到有任期限制的官員手中。在這樣的社會裏，官員使用催眠暗示應該由法律進行管制——當然，如果睡眠暗示真的是一個強有力的工具的話。但它真的是一個強有力的工具嗎？它真的會像我在所想像的福特紀元七世紀那樣有效運作嗎？讓我們看一看證據。

在一九五五年七月的《心理學學報》裏，查爾斯·西蒙[1]與威廉·埃蒙斯[2]分析和評估了該領域的十個最重要的研究。所有這些研究都與記憶有關。睡眠教育能夠幫助學生完成死記硬背的任務嗎？在一個睡着的人耳邊所說的內容他第二天醒來時能記住多少呢？西蒙與埃蒙斯的回答是：「我們對十個睡眠教育研究進行了考察。許多研究被商業機構或流行雜誌和新聞文章不加批判地引用，支持睡眠中進行學習的可行性。在對實驗設計、統計數據、研究方法和睡眠的標準進行批判性的分析後發現，所有這些研究都在一個或幾個方面存在着缺陷。這些研究並沒有明確清晰地證明在睡眠中真的進行了學習。學習似乎在某種特殊的醒着的狀態下發生了，但實驗對象後來並不記得他們是否醒着。從學習時間的經濟性的角度看，這或許具有重要的實用意義，但這並不能被解釋為睡眠學習……在一部份程度上，這個問題因為對於睡眠不夠充份的定義而變得含糊不清。」

事實上，二戰時期在美軍內部（甚至早在一戰就進行了實驗），士兵們除了白天上課學習摩斯密碼和外語之外，還在睡着的時候接受指導——結果顯然很令人滿意。二戰後，美國和其他地方有幾家商業機構賣出了很多枕頭揚聲器和定時控制的留聲機和錄音機，幫助演員迅速記住台詞，讓政客和牧師顯得很擅長進行即興演講，幫助學生備考，而最掙錢的是，幫助不計其數的對自己的現狀並不滿意的人通過被暗示或自我暗示，成為另一個人。自我實施的暗示能夠方便地記錄在磁帶上，然後在白天和睡覺時反反覆覆地聆聽。來自外部的暗示可以通過錄音帶的方式被買到，上面有各種各樣的有益的信息，有釋放壓力的錄音，有促進深度放鬆的錄音，有提升自信的錄音（大部份使用者是銷售人員），有增加魅力和變得更有吸引力的錄音。最好賣的錄音是促成性和諧和針對那些希望減肥的人的錄音（「我對巧克力很冷淡，我不會理會土豆的誘惑，我根本不為鬆餅所動。」）還有提高健康的錄音，甚至還有掙更多錢的錄音。而了不起的是，根據衷心感激這些錄音帶的消費者未經證實的證言，許多聽過睡眠暗示的人真的掙錢多了，許多肥胖的女性真的成功瘦身了，許多即將離婚的夫婦真的獲得了性和諧，並過上了幸福快樂的生活。

在這一方面，西奧多·色諾芬·巴伯[3]刊登於一九五六年十月份《臨床與實驗催眠月刊》的文章《睡眠與催眠》是最具啓發意義的。巴伯先生指出輕度睡眠與深度睡眠之間有一個重要的差別。在深度睡眠中，腦電圖儀沒有記錄到阿爾法波，而在輕度睡眠中則有阿爾法波出現。從這個角度説，輕度睡眠比重度睡眠更接近於醒着的狀態和催眠狀態（這兩種狀態都有阿爾法波出現）。大聲吵鬧會讓一個處於深度睡眠中的人醒來，比較輕微的刺激則無法讓他醒來，但會讓阿爾法波重新出現，由深度睡眠狀態過渡到輕度睡眠的狀態。

一個處於深度睡眠狀態中的人是無法接受暗示的。但巴伯先生發現，當實驗對象處於輕度睡眠中並被給予提示時，他們會作出反應，就像他們在催眠恍惚狀態下會對暗示作出反應一樣。

許多早期的催眠研究者進行過類似的實驗。在他初版於一九零三年的經典著作《催眠術的歷史、實踐和理論》中，米爾恩．布拉姆維爾[4]寫道：「許多權威人士宣稱能將自然睡眠變成催眠下的睡眠。按照威特斯特朗德[5]的說法，與一個睡着的人，特別是睡着的孩子建立關係是非常輕鬆的事情……威特斯特朗德認為這種誘導式催眠的方法很有實用價值，並宣稱總是能成功地應用這一手段。」布拉姆維爾引用了許多其他經驗豐富的催眠師（包括伯恩海姆[6]，牟爾[7]和弗雷爾[8]等知名權威人士），他們也達到了同樣的效果。如今一個實驗者不會說「將自然睡眠變成催眠下的睡眠」。他會說輕度睡眠（相對於沒有阿爾法波的深度睡眠而言）是一種實驗對象在像是催眠狀態下接受暗示的狀態。譬如說，許多實驗對象在輕度睡眠狀態中被暗示說一會兒醒來後他們會感到非常口渴，結果當他們醒來時，他們真的口乾舌燥，很想喝水。大腦皮層或許過於惰怠而無法直接進行思考，但它仍然很警覺，能夠對暗示作出反應，並將它們傳遞到自主神經系統。

正如我們已經了解到的，著名的瑞典醫生與實驗者威特斯特朗德在對睡着的孩子進行催眠治療時特別成功。在我們這個時代，有幾位兒科醫生按照威特斯特朗德的方法，指導年輕的母親在孩子處於輕度睡眠的狀態下給予有益的暗示。這種睡眠教育能夠幫助孩子們克服尿床和咬指甲的習慣，能夠做好準備不帶着恐懼去做手術，在生活中遇到困難時能被給予信心和安慰。我自己就親眼看到過對小孩子施行臨床睡眠教育時取得的顯著效果。或許在很多成年人身上也可以取得同樣的效果。

對於未來的獨裁者來說，所有這一切的寓意是很明顯的。當條件合適的時候，睡眠教育是有效的——似乎和催眠一樣有效。對於一個處於催眠狀態中的人能夠做的大部份事情，對於一個進入輕度睡眠狀態的人也都可以實施。言語的暗示能夠通過昏睡中的大腦皮層傳遞到中腦、腦幹和自主神經系統。如果這些暗示被接收到並一再重複的話，睡眠者的身體機能可以得到改善或干預，新的感知模式會被建立，舊的感知模式會被修正，並發出催眠後的命令，口號、公式和觸發命令會深深地留在記憶裏。比起成年人，兒童是更好的睡眠暗示的對象，未來的獨裁者會充份地利用這一點。託兒所和幼兒園的兒童會在午睡時被施加睡眠暗示。對於年紀大一些的兒童，特別是黨員的孩子——那些長大後將成為領導、管理者和教師的男孩女孩們——將會為他們安排寄宿學校，白天接受優質的教育，而晚上則接受睡眠教育。

至於成年人，病人會受到特別關注。就像巴甫洛夫在許多年前所表明的，意志堅定地進行抵抗的狗在經過手術或受病痛折磨時會變得特別聽話。因此，我們的獨裁者會讓每一間醫院的病房都接上揚聲器。闌尾炎、分娩肺炎或肝炎的發作，都可以是進行忠誠和真實信仰的強化課程和重溫意識形態原則的機會。失去人身自由的聽眾還可以在監獄、勞改所、兵營、海上船隻、火車、飛機、巴士終點站或火車站沉悶的候車室等場合找到。即使對這些失去人身自由的聽眾施加的睡眠暗示只能產生不到十分之一的效果，對於獨裁者來說，結果也會令他感到相當滿意。

從輕度睡眠和催眠狀態下的高度的暗示感受性，讓我們轉而探討那些醒着的人的正常的暗示感受性——或者說，那些認為自己醒着的人。（事實上，根據佛教徒的觀點，我們中的大部份人一直半睡半醒，像夢遊者般度過一生，聽從別人的指示。覺悟就是完全的醒覺，而「佛陀」這個詞可以翻譯為「醒覺者」。）

每個人在基因上是獨一無二的，在許多方面與其他任何人都不一樣。個體差異的範圍在統計標準上非常寬泛，但我們必須記住，統計標準只在精算中才有意義，在現實生活中並沒有意義。在現實生活中，沒有所謂的平均意義上的人，只有特定的男女老少，每個人都有其與生俱來的身心特徵，所有人都在嘗試（或被迫）將自己的生物多樣性硬生生地擠入文化模式的統一性中。

個體之間的暗示感受性有非常顯著的區別。當然，環境因素在讓一個人比另一個人對暗示更有反應上起到一定程度的作用，但同樣肯定的因素還有體質上的差異。對暗示極度抗拒是相當罕見的。幸好如此，因為如果每個人都像某些人那樣冥頑不靈的話，社會生活就根本不可能進行。社會能夠在相當程度上有效地運作，原因就在於大部份人都是可以受到暗示的影響，只是程度不同而已。極高的暗示感受性與極低的暗示感受性同樣罕見。這也是一件幸事，因為如果大部份人就像處於暗示感受性的極端的那些男男女女一樣對外部暗示極度敏感的話，對於絕大多數選民來說，自由理性的選擇將幾乎不可能實現，民主體制將無法繼續，甚至根本不會存在。

幾年前在麻省綜合醫院，一群研究者進行了一次關於安慰劑止痛效果的最發人深省的實驗。（安慰劑是病人相信有效但實際上並沒有藥效的東西。）在這個實驗中，實驗對象是一百六十二個剛剛做完手術的病人，全都感到很痛。當一個病人要求吃藥止痛時，他或她會被打一針，或者是嗎啡，或者是蒸餾水。所有的病人都被注射了一些嗎啡和一些安慰劑。大約百分之三十的病人從未能從安慰劑那裏得到慰藉，而有百分之十四的人被注射了蒸餾水後感覺疼痛減輕了。剩下的百分之五十五的病人有時候覺得安慰劑能止痛，有時候則沒有效果。

那些容易接受暗示的有反應的病人和那些不容易接受暗示的沒有反應的病人在哪些方面不一樣呢？仔細的研究和測驗表明，年齡或性別都不是關鍵因素。男人和女人對安慰劑起反應的頻率是一樣的，而年輕人和老年人也沒有區別。根據標準測試測量出的智商水平似乎也不是重要因素。兩組病人的平均智商水平大致相等。最大的不同在於性情，他們對於自己和其他人的觀感有着顯著差別。有反應的人比沒反應的人更加配合，不那麼挑剔和多疑。他們不會給護士們添麻煩，覺得醫生的照料「好得很」。但是，雖然他們比那些沒有反應的人更加友好，這些有反應的病人大體上卻更加擔心自己。在壓力之下，這種擔憂會轉化成各種身心失調的症狀，如胃痛、腹瀉和頭疼。或許是因為他們感到焦慮的緣故，大部份有反應的病人比沒有反應的病人更加無拘無束地流露感情，更加健談。他們在宗教上更加虔誠，更積極參與教會事務，在無意識層面更加在意自己的骨盆和腹部器官。

將對安慰劑起作用的數字與催眠領域的作者估計的數字進行比較是很有趣的事情。我們了解到，大約有五分之一的人能輕易地被催眠；另外有五分之一的人根本無法被催眠，或只有在藥力作用或疲憊降低了心理戒備的情況下才能被催眠；剩下的五分之三的人不像第一種人那麼容易催眠，但要比第二種人容易催眠得多。一位製作睡眠教育錄音帶的廠商告訴我，他的顧客中有百分之二十的人非常熱情，在很短的時間內就報告顯著的結果，而在暗示感受性的另一個極端，有百分之八的人總是會要求退款。在這兩個極端的人群之間是既無法得到立竿見影的成效卻又有足夠的暗示感受性，終究會取得效果的人。如果他們堅定不移地收聽合適的睡眠教育指導的話，他們終能得到自己想要的結果——自信、性和諧、減肥成功或掙到更多的錢。

民主和自由的理想遭遇到人的暗示感受性這個無情的事實。五分之一的選民能夠在幾乎一眨眼間就被催眠，七分之一的選民被注射清水後就感到疼痛消除，四分之一的人會立刻熱情地對睡眠教育作出反應。除了這些過於配合的少數人之外，還有反應遲鈍的大多數人，任何手段老到而且願意付出必要的時間和不憚煩的人都可以利用他們不那麼極端的暗示感受性。

個體的自由與高度的個人暗示感受性一致嗎？民主制度能否經受得住受過科學培訓、精於利用個人和群體的暗示感受性的、手段高明的思想操縱者的顛覆呢？為了個體的利益和民主社會的利益，在何種程度上過於容易受到暗示的天生的傾向性能夠通過教育被消弭呢？商人、教會人員和像走馬燈那樣上台下台的政治人物利用與生俱來的暗示感受性能夠在何種程度上受到法律的控制呢？在前面的章節裏已經直接或間接對前兩個問題進行了探討。在接下來的內容中，我將探討預防與救治的問題。

註釋：

[1] 查爾斯·西蒙（Charles W. Simon），情況不詳。

[2] 威廉·埃蒙斯（William H. Emmons），情況不詳。

[3] 西奧多·色諾芬·巴伯（Theodore Xenophon Barber, 1927-2005），美國心理學家。

[4] 約翰·米爾恩·布拉姆維爾（John Milne Bramwell, 1852-1925），蘇格蘭醫生、催眠師。

[5] 奧托·喬治·威特斯特朗德（Otto Georg Wetterstrand, 1845-1907），瑞典醫生，精神治療手段的先驅者。

[6] 希波萊特·伯恩海姆（Hippolyte Bernheim, 1840-1919），法國醫生、神經學家。

[7] 阿爾伯特·牟爾（Albert Moll, 1862-1939），德國精神學家。

[8] 奧古斯特—亨利·弗雷爾（Auguste-Henri Forel, 1848-1931），瑞士精神學家、優生學家。

第十一章　爭取自由的教育

爭取自由的教育必須以闡述事實與闡明價值觀作為起點，而且必須制定合適的手段去實現這些價值，並與那些不管出於甚麼原因而選擇忽略事實或否定價值的人作鬥爭。

在前面的章節裏，我探討了將源自於過度組織化和人口過多的弊端正當化並使之看上去像是好事的社會倫理。這麼一個價值體系與我們所了解的關於人類身心的知識並行不悖嗎？社會倫理認為教化是決定人的行為最重要的因素，而天性——個人與生俱來的生理與心理特徵——是可以忽略不計的因素。但真的是這樣嗎？人真的只是他們的社會環境塑造的產物嗎？如果事實並非如此，認為個體沒有他所屬的集體那麼重要的觀點有甚麼正當性可言呢？

所有的證據都指向這麼一個結論：個體的生命和社會的傳承的重要性並不亞於文化。每一個人在生物意義上是獨一無二的，有別於所有其他個體。因此，自由是一樁好事，寬容是高尚的價值，而嚴格管制則是巨大的不幸。出於功利或理想原因，獨裁者、組織者和某些科學家渴望將令人抓狂的人的天性的多樣性歸結為可以實施管理的統一性。約翰·布羅德斯·華生[1]在首次宣洩行為主義熱情時，莊嚴地宣佈他找不到「遺傳性的行為模式，或特殊的能力（音樂、美術等）有家族遺傳性」的支持。即便到了今天，我們聽到哈佛大學的傑出心理學家博爾赫斯·弗雷德里克·斯金納[2]教授堅稱：「隨着科學解釋越來越完善，原本或許可以被認為是個人所作出的貢獻似乎接近於零。人類所自詡的創造力，在藝術、科學和道德領域所取得的成就——這些在新的科學的自我寫照中並不顯著，它們其實是選擇的能力和我們讓他為選擇的結果承擔責任的結果。」一言以蔽之，莎士比亞的戲劇不是莎士比亞寫的，更不是培根或牛津伯爵[3]寫的，它們是由伊麗莎白時期的英國人寫的。

六十多年前，威廉·詹姆斯[4]寫了一篇名為《偉人與環境》的文章，在文中為傑出的個體進行辯護，反對赫伯特·斯賓塞[5]的抨擊。斯賓塞聲稱「科學」（在任何時候某某教授都可以信手就用它作為意見的代表）完全擯除了偉人。他寫道：「偉人必須與誕生他的社會的所有其他現象等量齊觀，是其所有早前的事件促成的產物。」偉人或許是（或似乎是）「改變的直接促成者……但如果這些改變有一個真正的解釋的話，它必須在條件的總和中去尋找，而正是這些條件造就了他和這些改變」。這是一番空洞的深奧的言論，根本沒有實際應用的意義。我們的哲學家所說的是：在我們完全理解一切之前必須知道一切。這句話沒有問題。但事實上我們永遠不可能知道一切。因此，我們必須滿足於片面的理解和直接的原因——包括偉人的影響。「如果有甚麼事情從人的角度說是肯定的話，那就是，確切地說，先是偉人重塑了社會，然後才是社會造就了他。生理的、社會的、政治的、地理的，還有很大程度上人類學的力量與造就他的原因之間的關係，就像維蘇威火山與我書桌前這盞汽燈的閃爍。難道斯賓塞先生認為在一五六四年四月二十六日，在社會壓力的匯合衝擊之下，擁有種種思想特徵的威廉．莎士比亞注定會在埃文河畔斯特拉福德出世？……他是不是說，如果這位莎士比亞死於嬰兒吐瀉病，埃文河畔斯特拉福德的另一位母親將會生出另一個一模一樣的莎士比亞，以恢復社會的平衡？」

斯金納教授是一位實驗心理學家，他的論文〈論科學與人類行為〉以事實作為堅實的依據。但不幸的是，那些事實如此狹隘有限，當他最後大膽地作出總結時，他的結論就像維多利亞時代的理論家那樣空泛而不切實際。這是不可避免的，因為斯金納教授與赫伯特．斯賓塞一樣對詹姆斯所說的「生理意義上的力量」根本不屑一顧。他只用了不到一頁的內容就把影響人類行為的基因這個因素打發掉了。他的書裏沒有提到體質藥理學的發現，也沒有提到體質心理學，而僅這兩個話題（在我看來，單憑一個話題）就足以撰寫一篇完整而切合實際的關於個體與其存在的相關事實之間的聯繫的傳記——他的身體、他的性情、他的智力天賦、他時時刻刻所處的環境、他的時代、地點與文化。研究人的行為的科學就像一門研究抽象運動的科學——它很有必要，但光靠它自身並不足夠。設想一下，有一隻蜻蜓、一架火箭和一股破碎波。這三種事物都展現了相同的運動基本法則，卻是以不同的方式展現了這些法則，其差異性與共同性一樣重要。運動研究本身幾乎無法告訴我們在某個具體的情形下，是甚麼事物在運動。同樣地，行為研究本身也幾乎無法讓我們對展現行為的個體身心有所了解。但是，對於擁有身心的我們來說，對於身心的了解非常重要。而且，通過觀察與實驗我們了解到，個體身心之間的差別非常大，有的身心能夠而且確實深刻地影響了它們的社會環境。關於最後這一點，伯特蘭·羅素先生完全認同威廉·詹姆斯——我會補充說，幾乎每個人都會贊同，除了斯賓塞哲學或行為主義的支持者。在羅素看來，歷史變遷的原因有三種——經濟改變、政治理論和重要的人物。羅素先生寫道：「我不相信任何一者能夠被忽略，或單憑一者就能將另一者的影響搪塞解釋掉。」也就是說，如果俾斯麥和列寧早夭的話，我們的世界將會與現在大不一樣，而某種程度上由於俾斯麥與列寧的緣故，世界成了現在的樣子。「歷史並不是一門科學，而且只能在作偽與斷章取義的情況下才能讓它似乎是一門科學。」在日復一日的現實生活中，個體的因素從來無法被搪塞掉。只有在理論上，它們的貢獻似乎接近於零，但實際上它們非常重要。當一件作品問世時，是誰做的？是誰的眼睛和耳朵在感受，誰的大腦在進行思考，誰的情感在鼓舞，誰的意志在克服障礙？當然不是社會環境，因為一個群體並不是一個有機體，只是一個盲目的無意識的組織。在一個社會中所做的每一件事情都是由個體來做的。當然，這些個體受到本土文化、禁忌、道德和以口頭傳統或文學作品保存及傳承的信息與謬誤的深刻影響，但無論每一個人從社會接受了甚麼（或許更確切地說，是他從與其聯繫的群體中的無論在世或已經去世的其他個體或由他們撰寫的符號記錄所接受的東西），都會以他自己獨特的方式進行運用——以他獨特的感受、他的生化構造、他的身體和性情，與別人無關。沒有任何一種科學解釋，無論它有多麼綜合完善，能夠搪塞解釋掉這些不言自明的事實。讓我們記住，斯金納教授的科學式的人的寫照認為人是社會環境的產物，但它並不是唯一的科學式的寫照。還有其他寫照更加符合真實。譬如說，思考一下羅傑·威廉姆斯[6]教授的寫照。他所描繪的不是抽象的行為，而是身心與身心之間的互動，一部份是他們與其他身心共同分享的環境的產物，另一部份則是他們自身的個體遺傳性的產物。在《人的邊界》與《論自由和不平等》裏，威廉姆斯教授以豐富的細節闡述了個體之間的天賦之間的區別，華生博士對此不予認同，而在斯金納教授的眼中，其重要性接近於零。在動物界裏，物種在進化程度上的等級越高，生物意義上的多樣性就越發明顯。這種生物意義上的多樣性在人類身上達到了最高的程度，比任何其他物種在生化特徵、結構特徵和性情特徵上都有更大的差異。這是一個非常明顯的事實。但我所提到的渴望秩序的意志，將可以理解的統一性強加於令人困惑的事物和事件的多樣性之上的渴望，使得許多人忽視了這個事實。他們將生物獨特性的意義最小化，只專注於更加簡單而且在目前的知識狀況下更容易理解的與人類行為相關的環境因素。「這一以環境為中心的思考和研究的結果，」威廉姆斯教授寫道，「人類的嬰兒在本質上是相同的這一信條已經被許多社會心理學家、社會人類學家和其他學者，包括歷史學家、經濟學家、教育家、法學家和公共領域的人士接受。這個信條被納入了許多能夠影響教育和行政政策的人士的思考模式中，並被那些不具備獨立批判思想的人不假思索地接受。」

一個基於相對真實的對經驗數據進行總結歸納的倫理體系應該會利大於弊，但許多倫理體系的基礎是極其不符合真實的經驗總結歸納以及對事物的本性觀念的。這樣的倫理體系的危害要比好處更大。直到不久之前，人類普遍相信惡劣天氣、牲畜的疾病和性無能或許是由巫師惡意作祟而引起的。將巫師捉住並處死就成了責任——而且這個責任被神聖地記載於摩西的經書中：「行邪術的女人，不可容她存活。」以這個錯誤的觀點為基礎的倫理和法律造成了最駭人聽聞的罪行（在掌握權力的人對它非常重視的那幾個世紀裏）。窺私告密、私刑和合法謀殺的狂歡，關於巫術的錯誤觀點使之變成天經地義和必須去做的事情，但它們遠遠比不上我們這個時代基於錯誤的經濟學觀點和錯誤的人種觀點的納粹倫理所命令執行和正當化的更大規模的暴行和慘劇。社會倫理的基礎是我們是完整的社會性動物，人類的嬰兒出生時別無二致，個體是在集體環境下塑造的產物，但這些觀點是錯誤的，如果社會倫理被廣泛接納的話，將可能會造成同樣可怕的後果。如果這些觀點是正確的，如果人類真的是一個社會性物種的成員，如果他們的個體特徵微不足道並能夠通過適當的培育而完全定型的話，那麼，顯然就不需要自由了，國家迫害要求實現自由的異端人士將會被正當化。對於白蟻來說，為白蟻窩服務就是最好的自由。但人類並沒有徹底的社會性，他們只是有一定的群居性。他們的社會不是像白蟻窩或蟻穴那樣的有機體，而只是組織，換言之，是為了集體生活而創造的機器。而且，個體之間的差異是如此巨大，即使在最強大的文化塑造之下，一個極端的內胚葉型者（用威廉·赫伯特·謝爾登的術語進行形容）仍會保持他那好交際和貪圖享樂的特徵，而一個極端的中胚層體型者仍會保持精力充沛不畏艱難的特徵，而一個極端的外胚葉型者會總是孤僻、內向而過於敏感。在我的寓言《美麗新世界》裏，基因改造和後天培育的雙重過程確保了合乎社會要求的行為。在試管裏培育嬰兒，通過採用數量有限的母親的卵子和促使每一個卵子不斷分裂的手段，培育出一百多個一模一樣的多胞胎出來，以此保證生出來的人高度一致。通過這種方式有可能為標準化的機器培育出標準化的操作員來。而標準化的操作員在出生後再通過嬰兒培育、睡眠教育和使用化學藥物產生欣快感，代替一個人感到自由和有創造力時的滿足感，使其成為完美的產品。正如前面的章節所指出的，在我們生活的世界裏，巨大的非人格化的力量正在促成權力的集中和一個嚴格管制的社會。對個人實施基因標準化仍然不可能實現，但龐大的政府和商業機構已經掌握了或很快將會掌握《美麗新世界》裏所描述的所有用於控制思想的手段，以及其他我根本無法想像的手段。未來人口過多而且過度組織化的世界的統治者們缺乏對胚胎進行基因一致性改造的能力，將會嘗試對成人和他們的孩子推行社會和文化的一致性。要實現這個目的，他們會（除非予以制止）運用一切能夠運用的思想控制的手段，並會毫不猶豫地通過經濟壓迫和肉體施暴的威脅強化這些非理性勸誘的手段。要避免這種獨裁體制出現，我們必須刻不容緩開始對我們自己和我們的子孫進行關於自由與自治的教育。

正如我已經說過的，倡導自由的教育首先應該是基於事實與價值觀的教育——個體多樣性和基因獨特性這一事實，以及自由、寬容和友愛的價值，它們是這些事實在倫理上的必然推論。但不幸的是，光有正確的知識與合理的原則並不足夠。平淡的真相或許會被令人興奮激動的謊言所掩蓋。對激情的巧妙利用總是良好的決心所無法抵擋的。只有接受徹底的對宣傳手段進行分析和看穿它的詭辯的培訓，才能消除虛偽而有害的宣傳的影響。語言促成了人類從動物進步為文明意義上的人。但語言也激發了愚昧和系統性的極度可怕的邪惡，它們就像由語言激發的深謀遠慮和善良仁慈一樣是人類行為的特徵。語言讓其使用者專注於事物、人物和事件，即使那些事物和人物並不存在，而那些事件並沒有發生。語言塑造了我們的記憶，通過將經歷轉變成符號，將直接的渴求或憎惡、仇恨或愛意轉化為固定的情感和行為準則。大腦的網狀系統從不計其數的刺激中選擇少數對我們有實際意義的體驗，而這個過程我們毫無察覺。從這些無意識下選擇的體驗中，我們再有意識地將一小部份選擇出來並抽象化，從我們的詞彙中選擇詞語作為標識，然後將其歸入一個同時涵蓋形而上學、科學和倫理學的由其他抽象層次更高的詞語構成的體系中。如果選擇和抽象化是由一個對於事物的本質並非過於謬誤的體系決定的，而詞語標籤得到精心選擇並充份理解它們的符號本質的話，我們會作出切合實際和得體的行為。但如果詞語選擇不當，加上對它們只是符號的本質缺乏理解，而且由謬誤的思想體系去選擇和抽象化體驗的話，我們將會做出殘忍愚昧的舉動，而這些事情是愚笨的動物（正是因為牠們愚笨而不會說話）做不出來的。

自由的敵人通過非理性的宣傳，系統性地敗壞語言的資源，目的是哄騙或恫嚇受害者像思想操縱者所希望的那樣去思考、感受和行動。倡導自由的教育（同時也是提倡愛與智慧的教育，它們是自由的條件和結果）其中必須包括語言的恰當使用的教育。在過去兩三代人的時間裏，哲學家們殫精竭慮地對符號與意義的含義進行分析。我們表達的詞語與句子是如何與我們在日常生活中必須應對的事物、人與事件聯繫在一起的？對這個問題進行討論會花費太多的時間和偏離主題。簡單地說，對語言的恰當使用進行合理教育的教材——橫跨從幼兒園到研究生院的每一級別的教育——現在已經有了。分辨符號的恰當使用和不當使用的教育已經可以立刻開始進行了。事實上，過去三四十年間，它原本可以隨時開始。但現在孩子們並沒有接受系統的教育去辨別真偽或區分有意義和無意義的表述。為甚麼會是這樣？因為他們的長輩，即便他們生活在民主國家裏，也不想讓他們接受這類教育。在這裏有必要講述一下宣傳分析學院那短暫而可悲的歷史。該學院創建於一九三七年，當時納粹的宣傳喧囂一時，影響深遠，它的創始人是新英格蘭的慈善家費爾林[7]先生。在其贊助下，對非理性宣傳的分析開始進行，並為高中生和大學生準備了幾篇課文。接着戰爭打響了——一場在各個戰線進行的全面戰爭，不僅在戰場上，還在思想上進行。同盟國的所有政府都在進行「心理戰」，再堅持去分析宣傳材料就似乎不是很明智了。這個機構於一九四一年關閉。但即使在戰爭爆發之前，許多人士就極度反對它的活動。例如，某些教育者不贊成分析宣傳內容的教育，理由是它會使得青少年變得憤世嫉俗。軍方也不歡迎，他們擔心新兵會開始分析教官所說的話。還有神職人員和廣告商的反對。神職人員反對宣傳分析，因為它會破壞信仰和使得人們不再去教堂，廣告商反對宣傳分析，原因是它會削弱品牌的忠誠度和影響銷售。

這些恐懼和厭惡並非沒有依據。太多的平民百姓如果對他們的牧師和上司所說的話尋根問底的話或許將會造成顛覆。當前的社會秩序依賴於服從的繼續，不對那些掌握權力的人和本地傳統神聖化的宣傳提出太多令人尷尬的問題。再一次，問題的關鍵所在是找到一條中庸之道。個體必須有充份的暗示感受性，願意並且能夠使社會運作，但不能有過份的暗示感受性，以免無助地落入職業思想操縱者的圈套。同樣地，他們應該接受關於分析宣傳內容的充份的指導，不至於不加批判地相信胡說八道的內容，但不能有過度的批判性，讓他們斷然拒絕並非總是符合理性的出於善意的傳統守護者所說的話。或許光靠分析是無法找到並堅持輕信和懷疑一切之間的中庸之道的。這個負面性的手段必須以更加正面性的手段——闡述一組以事實為堅實基礎的被普遍接受的價值——作為補充。首先是基於人的多樣性和基因獨特性的個體自由的價值，其次是慈善和憐憫的價值，基於古老而熟悉的事實和現代精神學的最新發現——無論人類的身心差異有多大，對於我們來說，愛就像食物與居所，是必不可少的。最後是思想的價值，沒有了思想，愛將虛弱無力，而自由將無法實現。這組價值為我們提供了判斷宣傳內容的標準。不合理性和有違道德的宣傳會被斷然拒絕。只是不合理性但與愛和自由相行不悖，而且原則上不妨害思想運作的宣傳則可以被暫時接受。

註釋：

[1] 約翰·布羅德斯·華生（John Broadus Watson, 1878-1958），美國心理學家。

[2] 博爾赫斯·弗雷德里克·斯金納（Burrhus Frederic Skinner, 1904-1990），美國心理學家，行為主義者。

[3] 愛德華·德·維爾（Edward de Vere, 1550-1604），第十七任牛津伯爵，伊麗莎白一世時期英國宮廷貴族，鍾愛並熱心支持藝術與文藝創作，有學者認為他是莎士比亞作品的真正作者。

[4] 威廉·詹姆斯（William James, 1842-1910），美國哲學家、心理學家。

[5] 赫伯特·斯賓塞（Herbert Spencer, 1820-1903），英國哲學家、社會學家、人類學家，社會進化論提出者。

[6] 羅傑·約翰·威廉姆斯（Roger John Williams, 1893-1988），美國生化學家、生物學家。

[7] 愛德華·阿爾伯特·費爾林（Edward Albert Filene, 1860-1937），法裔美國商人、慈善家。

第十二章　我們能夠做些甚麼？

我們能夠接受倡導自由的教育——比我們現在所接受的教育要好得多的教育。但我在努力嘗試表明的是，自由遭到了來自許多方面的威脅——人口的、社會的、政治的、心理學的威脅。我們的疾病是由多個因素合力造成的，只有通過相互配合的復合藥方才能治癒。在處理任何複雜的關乎人的問題時，我們必須考慮所有的相關因素，而不只是單獨一個因素，少一個都不行。自由受到了威脅，迫切需要倡導自由的教育，但還有許多事情要做——譬如說，倡導自由的社會組織、倡導自由的生育控制、倡導自由的立法。讓我們從最後這幾個因素開始吧。

從大憲章時代甚至更早的時候開始，英國的立法者一直關心保護個體的人身自由。一個因為被懷疑有違法行徑而被關在監獄裏的人，根據一六七九年普通法的規定，有權向法庭申請人身保護令。這張保護令由法官簽署，要求警長或典獄長在規定的時間裏將被關押的犯人帶到法庭對案件進行庭審——請注意，帶到法庭的不是那個人的訴訟狀，也不是他的法律代表，而是他這個活生生的人，這個被強迫睡在木板床上，聞着監獄的惡臭，吃着令人作嘔的監獄食物的人。這關係到自由的基本條件——不允許人身監禁——無疑是很有必要的，但並不足夠。很有可能一個人雖然不在監獄裏，但他並不自由——沒有遭受人身監禁，卻是精神上的囚犯，被迫按照國家或某個私人利益的代表所希望的那樣去思考、感受和行動。思想保護令這種東西並不存在，因為沒有哪位警長或典獄長能夠將一個被非法禁錮的思想帶到法庭上，沒有哪個思想被前面的章節羅列的手段所禁錮的人會抱怨自己遭到了囚禁。精神強迫症的本質是那些在禁錮下行動的人仍然以為自己在自由行動。思想控制的受害者不知道自己是受害者。對於他來說，監獄的高牆是看不見的，他以為自己是自由的。只有別人才知道他並不自由。他的奴役完全是客觀性的。

不，我要重複一遍，思想保護令這種東西並不存在。但我們可以制訂預防性的法律——禁止精神意義上的奴隸貿易，仿照保護身體不受寡廉鮮恥的販賣劣質食物和危險藥品的商販的危害的法令，立法保護思想不受寡廉鮮恥的商販有害的宣傳內容的毒害。譬如說，我認為可以也應該立法限制民政或軍政官員對受他們管轄控制的失去自由的個人進行睡眠教育的權力。我認為，可以也應該立法禁止在公共場所或電視屏幕上進行潛意識影射。我認為，可以也應該立法限制政治候選人在選戰上支出的金額，而且還要限制他們不得進行擾亂整個民主程序的非理性的宣傳。

這樣的預防性的法律或許能夠起到一些作用，但如果那些現在正在威脅自由的非人格化的力量繼續肆虐的話，它們很快就會失效。最完善的憲法和預防性的法律也無力對抗逐漸增強的由人口增長與技術進步帶來的壓力。憲法不會被廢除，好的法律會繼續存在於法典上，但這些自由主義的形式起到的作用只是掩蓋和裝飾深刻的非自由的本質。如果人口過多和過度組織沒有得到遏止，我們或許將會看到民主國家將會出現促使英國變成民主政體但仍然保留君主政體外在特徵的過程的逆轉。在人口過度增長和過度組織化的無情衝擊下，以及越來越有效的思想操縱手段的影響下，民主國家的本質將會改變，古老典雅的形式——選舉、議會、最高法院以及其他——將會保留下來。而內在的本質將是一種新式的非暴力體制。所有傳統的名字和神聖的口號將會和舊日的美好時光一般無二。民主和自由將會是每一次廣播和每一篇社論的主題——但那是有着特殊含義的民主和自由。與此同時，寡頭統治階層與他們那些訓練有素的士兵、警察、思想製造者和思想控制者會悄悄地按照自己的想法操縱局勢。

我們如何能夠控制現在正威脅我們歷經艱難才爭取到的自由的那些巨大的非

人格化的力量呢？在口頭上對這些問題作出空泛的回答是非常容易的事情。思考一下人口過多的問題。迅速增長的人口數量正對自然資源構成越來越沉重的壓力。我們能夠做些甚麼呢？顯然，我們必須盡快將出生率降到不至於高於死亡率的程度。與此同時，我們必須盡快增加食物的供給，我們必須制訂和執行世界性的政策保護我們的水土和森林，我們必須開發出不像鐳那麼危險而且不會迅速枯竭的實用的替代品作為燃料；此外，在節約地使用我們日漸減少的容易開發的礦物資源的同時，我們必須研究出新的不是太昂貴的方式，從越來越貧瘠的礦石中開採這些礦產——最貧瘠的礦則是海水。但無消説，所有這一切都是説得輕鬆做起來難。每年增長的人口應該減少。但該怎麼做呢？我們有兩個選擇——一方面是饑荒、瘟疫與戰爭，另一方面是生育控制。我們大部份人會選擇生育控制——然後立刻發現我們面對的是一個同時涉及生理學、藥理學、社會學、心理學甚至神學的難題。「靈丹妙藥」還沒有被發明出來，即使它被發明出來了，該如何將它送至數以億計的潛在的母親（或者，如果那是對男性起作用的藥丸的話，就是數以億計的潛在的父親）的手中，並讓他們吃下去以降低生育率呢？在當前，由於現有的社會風俗、文化影響力和心理惰性的影響，該如何勸服那些應該服藥但不願意服藥的人改變想法呢？要是羅馬天主教會提出反對呢?他們反對任何形式的生育控制,只接受所謂的安全期避孕法——順便說一下,這個方法已經在那些工業程度落後的最迫切需要降低出生率的社會裏被證明幾乎根本沒有效果。這些關於未來和假想的靈丹妙藥的問題必須被提出來,但光靠現有的化學和機械生育控制手段,不要指望能夠得到令人滿意的答案。

當我們從生育控制的問題轉移到增加食物供應和保護我們的自然資源這個問題時,我們發現我們所面對的困難或許不可同日而語,但依然相當艱巨。首先是教育的問題。那些現在耕種着世界上絕大部份農田的不計其數的農民和莊稼漢甚麼時候才能接受教育並改善耕作呢?當他們接受了教育,他們將如何籌集資金以獲得機器、燃料、潤滑劑、電力、化肥和改良品種的牲畜和作物呢?沒有了這些,最好的農業教育也沒有用武之地。同樣地,將由誰去教育這些人保護資源的原則和做法呢?如何阻止對食物的需求正在迅速增加的飢腸轆轆的農民去掠奪式開發土地呢?如果他們能被勸阻的話,將由誰為他們的支持付錢,讓滿目瘡痍的地球得以逐漸恢復健康和肥沃,如果這種事情仍然可以實現的話?或者思考一下那些正在努力進行工業化的落後社會,如果它們成功了,誰將來阻止他們在拚命追趕發達國家時像過去和現在仍在進行的那樣愚昧而肆意地揮霍地球的不可替代的資源呢?到了最不得已的時候，那些貧窮的國家能否擁有從貧礦中獲取不可代替的礦物所需要的懂科學的勞動力和巨額資金，使得採礦在技術上可行或在經濟意義上划算呢？或許所有這些問題總會得出實際的答案，但還要等多久呢？在人口數量與自然資源的競爭中，時間對我們並不利。到本世紀末，如果我們非常努力地嘗試，或許世界糧食市場的供應會是現在的兩倍。但屆時的人口也會是現在的兩倍，數十億人將會生活在半工業化的國家，並消耗相當於目前的消費量十倍的能量、水、木材和不可替代的資源。簡而言之，糧食狀況將和今天一樣糟糕，而原材料的狀況將會嚴重惡化。

為過度組織化這個問題找到解決方案並不比為自然資源和人口增加這個問題找到解決方案來得容易。口頭上得出空泛的答案非常簡單。政治上的定義是，權力伴隨着財富而來。但現在生產資料正迅速成為大型商業和大型政府的壟斷財產，因此，如果你相信民主，就作出安排，盡可能平均地分配財富吧。

或者談一談投票的權利吧。大體上說，它是一項重要的權利。但實際上，正如最近的歷史一再表明的，投票的權利本身並不足以保證自由。因此，如果你希望避免通過全民公投走向獨裁體制，就要將現代社會的只是在執行職能的集體拆分為能夠獨立於大型商業與大型政府的官僚體制之外的自願合作的自治群體。

人口過多和過度組織化造就了現代大都市，在這裏，完全意義上的全方位的個人關係的人文生活幾乎是不可能的事情。因此，如果你希望避免個人和整個社會走向精神貧瘠的話，離開大都市，復興小型的鄉村社區，或創造類似於小型鄉村社區的組織網絡，讓大都市變得更有人情味。在這裏，個體能夠以完整的人格交往合作，而不只是專業職能的化身。

所有這些在今天都是淺顯的道理，事實上，早在五十年前就已經是淺顯的道理。從希萊爾·貝洛克[1]到莫提莫爾·阿德勒[2]，從信用合作社的早期倡導者到現代意大利與日本的土地改革者，懷着良好願望的數代人一直在提倡經濟力量的分散化和財富的平均分配。為了分散生產，為了回歸小規模的「鄉村工業」，許多奇思妙想的計劃被提出來。還有杜布魯爾[3]的精密的衡量一個大型工業組織內的各個部門的自治程度和主動性的計劃。還有工團主義者，他們勾勒出由各個工會主持下的生產團體組成聯合會的無政府社會的藍圖。在美國，亞瑟·摩根[4]和貝克爾·布朗內爾[5]提出了新型的鄉村與小城鎮生活的理論與實踐。

哈佛大學的斯金納教授在他的著作《桃源二村》裏對這個問題提出了作為一位心理學家的觀點。《桃源二村》是一本關於自給自足的自治社區的烏托邦小說，那個社區的組織是如此科學合理，沒有人會被引向反社會的誘惑，不需要借助強制或不良宣傳，每個人都在盡自己的本份，每個人都生活得幸福而富有創造力。在二戰期間和戰後的法國，馬塞爾·巴布[6]和他的追隨者們創建了幾個沒有等級之分的自治生產社區，它們也是倡導互助和完整的人性生活的社區。與此同時，在倫敦，帕金翰實驗[7]表明通過協調廣泛利益群體的醫療服務，即使在大都市裏也能創造一個真正的社區。

於是，我們看到，過度組織化的弊病已經被清楚地認識到，並提出了各種綜合性的解決方法，實驗性的治療已經在各個地方展開，而且總是很成功。但是，雖然有這些教導與可仿效的實踐，弊病仍在持續惡化。我們知道任由權力集中在寡頭統治階層的手中是不安全的，但是，事實上，權力正集中於越來越少的人的手中。我們知道，對於絕大多數人來說，現代大都市的生活是匿名性的，原子化的，並非完整意義的人文生活。但是，大都市變得越來越大，工業都市的生活模式一直沒有改變。我們知道，在一個龐大而複雜的社會裏，民主相對於規模可控制的自治群體而言，變得幾乎毫無意義。但是，越來越多的國家的事務由大型政府和大型商業的官僚進行管理。在實踐中，非常明顯，過度組織化的問題幾乎就像人口過多的問題一樣難以解決。在這兩個問題上，我們都知道應該做些甚麼，但我們都無法依照我們的知識去採取有效的行動。

這時我們發現自己面臨一個非常令人不安的問題：我們真的希望依照我們的知識去採取行動嗎？大部份人真的認為值得花費精力去制止，如果有可能的話，去扭轉當前這股由極權主義控制一切的浪潮嗎？美國是其他都市工業國家幾年後的先驅榜樣，而近期的民意測驗表明美國的大部份青少年，也就是明天的投票者，對民主制度並沒有信念，並不反對審查不受歡迎的思想，並不相信民治民有的政府是可能實現的，而且如果能夠繼續生活在已經習以為常的繁榮富足的生活方式下，非常願意接受由上至下的由各類專家組成的寡頭政體的統治。如此多生活在世界上最強大的民主國家的衣食無憂的年輕的電視觀眾對自治政府的理念如此冷漠，對思想自由和提出異議的權力如此不感興趣，實在是令人感到擔憂，但並不是很令人吃驚。我們說「自由就像一隻小鳥」，並羨慕這些長翅膀的小動物在三維空間無拘無束地飛翔的能力。但是，唉，我們忘記了渡渡鳥。學會了過上有吃有喝的生活而不需要使用翅膀的鳥很快就會放棄飛翔的權力，永遠停留在地面上。人也一樣，如果麵包每天三餐定期供應，許多人非常願意就這麼光吃麵包生活下去——或者光吃麵包和看馬戲團表演活下去。「最後，」陀思妥耶夫斯基的寓言中那位宗教大法官說道，「最後他們將把他們的自由放在我們的腳下，對我們說：『讓我們做你們的奴隸，但請讓我們吃上飽飯。』」當阿廖沙・卡拉馬佐夫問故事的講述者——他的哥哥——那個宗教大法官是不是在說反話時，伊萬的回答是：「根本不是！他把這當成了自己和教會的功績，他們消滅了自由，這麼做是為了讓人類獲得幸福。」是的，讓人類獲得幸福。大法官堅持道：「因為對於人類或人類社會來說，沒有甚麼比自由更不靠譜的。」失去了自由是最不靠譜的事情，因為當情況變得糟糕而飼料被削減時，困在地上的渡渡鳥會再次鼓譟着要使用翅膀——而當情況好轉，飼養渡渡鳥的農民又變得慷慨大方時，牠們就會再次放棄使用翅膀。現在對民主不屑一顧的年輕人或許將來長大後會成為民主鬥士。「給我電視和漢堡包，但不要拿自由的責任煩我」的吶喊或許在情況改變之後會變成「不自由毋寧死」。如果這麼一場革命真的爆發，一部份原因是即使是最有權勢的統治者也無法左右力量的作用，一部份原因是那些統治者的無能，他們無法有效地運用科學與技術所提供的操縱思想的手段。考慮到他們的知識是那麼貧乏而且裝備是那麼落後，早年的宗教大法官們已經做得很好了。但他們的繼任者，未來那些知識淵博而且完全符合科學的獨裁者們無疑將能做得更好。宗教大法官責備基督號召人類去爭取自由，並告訴他：「我們已經糾正了你的工作，並將它建立在奇蹟、神秘和權威的基礎上。」但奇蹟、神秘和權威並不足以保證獨裁體制的長治久安。在我的寓言《美麗新世界》裏，獨裁者們加入了科學，因此能夠通過控制胚胎的身心發育、嬰兒的反射神經和兒童與成年人的思想去實施他們的權力。他們並沒有光是在談論奇蹟和象徵性地暗示神秘，他們能夠通過使用藥物讓被統治者直接體驗到神秘與奇蹟——將信仰轉變為令人心醉神迷的知識。以前的獨裁者們垮台了，因為他們沒辦法為被統治者提供足夠的麵包、足夠的消遣和足夠的奇蹟與神秘。而且他們也沒有掌握真正行之有效的思想操縱系統。在以前，自由思考者與革命者經常是最虔誠的正統教育的產物。這並不令人感到驚訝。正統教育者所採用的方法從過去到現在一直很低效。在奉行科學的獨裁者的統治下，教育將會真正起到作用——結果就是，絕大多數男男女女長大之後會熱愛他們的奴役，永遠不會想到革命。我們似乎沒有理由相信完全符合科學的獨裁體制會被推翻。

與此同時，世界上仍有自由存在。確實，許多年輕人似乎並不珍惜自由。但我們當中有人仍然相信，失去了自由，人就不能成為完整意義上的人，因此，自由是最高的價值。或許現在威脅自由的力量實在是太強大了，沒辦法長久地抵抗下去，但不管怎樣，我們的責任就是盡自己的能力進行抵抗。

註釋：

[1] 約瑟夫·希萊爾·貝洛克（Joseph Hilaire Belloc, 1870-1953），英國詩人、歷史學家和散文作家。

[2] 莫提莫爾·傑羅姆·阿德勒（Mortimer Jerome Adler, 1902-2001），美國哲學家、教育家。

[3] 杜布魯爾（Dubreuil），情況不詳。

[4] 亞瑟·厄尼斯特·摩根（Arthur Ernest Morgan, 1878-1975），美國工程師、教育家。

[5] 貝克爾·布朗內爾（Baker Brownell, 1887-1965），美國哲學家。

[6] 馬塞爾·巴布（Marcel Barbu, 1907-1984），法國政治家、改革家。

[7] 帕金翰實驗（the Peckham Experiment），指一九二六年至一九五零年間在英國帕金翰進行的針對工人階級的醫療健康狀況實施改善的社會實驗，由社會活動家喬治·斯科特·威廉姆森與妻子伊尼斯·霍普·皮爾斯發起。

天地外國經典文庫

⑬泰戈爾散文詩選集
［印度］羅賓德拉納特·泰戈爾 著　吳岩 譯

⑭荷風細語
［日］永井荷風 著　陳德文 譯

⑮流動的盛宴
［美］歐內斯特·海明威 著　湯永寬 譯

⑯最後一片葉子
［美］歐·亨利 著　黃源深 譯

⑰面紗
［英］威廉·薩默塞特·毛姆 著　張和龍 譯

⑱漂泊的異鄉人
［英］D·H·勞倫斯 著　劉志剛 譯

⑲莎士比亞十四行詩集
［英］威廉·莎士比亞 著　馬海甸 譯

⑳變形記
［奧］弗蘭茨·卡夫卡 著　謝瑩瑩等 譯

㉑羅生門
［日］芥川龍之介 著　林少華 譯

㉒烏合之眾
［法］古斯塔夫·勒龐 著　陸泉枝 譯

㉓一生
［法］莫泊桑 著　盛澄華 譯

天地
www.cosmosbooks.com.hk

書　　名　美麗新世界（Brave New World　Brave New World Revisited）
作　　者　奧爾德斯・赫胥黎（Aldous Huxley）
譯　　者　陳　超
編輯委員會　馬文通　梅　子　曾協泰
孫立川　陳儉雯　林苑鶯
責任編輯　宋寶欣
美術編輯　郭志民
出　　版　天地圖書有限公司
香港黃竹坑道46號
新興工業大廈11樓（總寫字樓）
電話：2528 3671　傳真：2865 2609
香港灣仔莊士敦道30號地庫（門市部）
電話：2865 0708　傳真：2861 1541
印　　刷　美雅印刷製本有限公司
香港九龍官塘榮業街 6 號海濱工業大廈4字樓A室
電話：2342 0109　傳真：2790 3614
發　　行　聯合新零售（香港）有限公司
香港新界荃灣德士古道220-248號荃灣工業中心16樓
電話：2150 2100　傳真：2407 3062
出版日期　2018年11月初版 / 2022年9月 第二版

ISBN ： 978-988-8258-64-2

本書譯文由上海譯文出版社有限公司授權繁體字版出版發行